Elizabeth Lee

Unser Feuer erlischt nie

ELIZABETH
LEE

UNSER
FEUER
ERLISCHT
NIE

Roman

Aus dem Englischen
von Wibke Kuhn

List

Besuchen Sie uns im Internet:
www.ullstein.de

Wir verpflichten uns zu Nachhaltigkeit
- Klimaneutrales Produkt
- Papiere aus nachhaltiger Waldwirtschaft und anderen kontrollierten Quellen
- ullstein.de/nachhaltigkeit

FSC www.fsc.org
MIX
Papier aus verantwortungsvollen Quellen
FSC® C014496

Das englische Original erschien 2021 unter dem Titel *Cunning Women* bei Windmill.

List ist ein Verlag der Ullstein Buchverlage GmbH

ISBN: 978-3-471-36043-9

Gesetzt aus der Albertina Pro powered by *pepyrus*
Druck und Bindearbeiten: GGP Media GmbH, Pößneck

Für meine Mutter Sally

Ein ungewohnter Schmerz

Lancashire, 1620

Annie schläft eingerollt auf dem Lager, das wir uns teilen. Der nasse Daumen ist ihr aus dem Mund gerutscht. Ich knie mich neben sie, rufe und schüttle sie. Sie runzelt die Stirn und murmelt etwas Unverständliches.

»Wach auf«, sage ich.

Sie stößt mich weg und dreht sich um.

»Los. Wir müssen dich absuchen.«

Sie öffnet die Augen und setzt sich auf, sie umklammert meinen Arm. »Ist er gekommen?«

»Wir haben die Glocke geläutet, oder? Und die Asche ist immer noch unversehrt.«

Sie fährt mit den Augen den dünnen Aschering ums Bett entlang. Kein Hufabdruck zu sehen.

»Dann bin ich ja sicher«, sagt sie und legt sich wieder hin.

»Nein.« Ich ziehe sie auf die Füße. Ich muss mich überzeugen, dass sie einen weiteren Tag verschont geblieben ist. Für mich ist es bereits zu spät. Ich bin zu einem Schicksal verurteilt, dem ich nicht entrinnen kann, aber sie kann noch gerettet werden. Sie ist so dürr, dass ich sie mit einer Hand tragen könnte. Ohne auf ihren Protest zu achten, ziehe ich sie hinüber zum schwachen Licht, das durch den Mauerspalt fällt, im schmalen Streifen zwischen unserer Matratze und der von Mam, und beginne unser tägliches Ritual. Ich ziehe ihr die Kleider über den Kopf, und sie steht vor mir, nackt und schlotternd, während ich genauestens ihre Haut absuche.

Ich fange mit ihrer Seite an, wo mein Mal liegt, beerenrot und rund. Ihre Flanke ist gähnend leer, nichts als weiße Gänsehaut, die sich straff über ihre spitzen Knochen spannt. Ich hebe und drehe ihre Arme, spreize ihre Finger, um die Haut in den Zwischenräumen zu inspizieren, ich schaue in ihre Kniekehlen und unter beide Fußsohlen. Die Flohbisse, an denen sie gepult hat, sind rau, aber das Mal, das ich niemals auf ihr finden möchte, wäre flach und dunkel. Ein Fleck, den man mit keiner Wäsche wegbekommt, obwohl ich es weiß Gott versucht habe. Als sie den Kopf senkt, hebe ich ihr Haar hoch und untersuche ihren Hals.

Sie ist noch nicht sein.

Ich ziehe sie an mich und wiege sie hin und her. »Nichts.«

Endlich kann ich ausatmen. Jeden Morgen beginne ich damit, sie abzusuchen. Jeden Morgen beginne ich mit einer düsteren Vorahnung.

Sie springt von unserer Matratze durch die Tür auf die leere Matratze von John und wieder zurück und klatscht dazu in ihre schmutzigen Hände. »Er will mich nicht.« Sie grinst, wischt sich die Nase ab und leckt sich die Schleimspur von der Hand.

Ich muss lachen und ziehe ihr die Sachen wieder über den Kopf, bevor sie nach nebenan hopst, ihre Füße in der ausgeschütteten Asche von gestern vergräbt, um nur ja jedes bisschen Wärme mitzunehmen.

Mam ist aufgestanden. Sie hat sich ihre Decke um die Schultern geschlungen und steht auf der Schwelle.

»Kein Besuch?«, fragt sie. Die Worte gleiten durch ihre Zahnlücken.

Ich schüttle den Kopf.

»Er wird kommen. Keiner deiner Tricks wird ihn abhalten.« Sie wirft einen Blick auf ihren Schutzgeist, einen Hasen, der für uns harmlos ist, aber ein bereitwilliger Träger für Verwünschungen, wie sie immer sagt. Er erscheint nur ihr, aber wir können aus ihren geflüsterten Liebesworten und boshaften Plänen auf seine Anwesenheit schließen. »Wir wissen es, nicht wahr, Tau-Springer?« Ich starre, versuche, seine Fußabdrücke in der Asche auszumachen oder einen Blick auf ihn zu erhaschen, wie er sich um ihre Füße bewegt. Nichts.

Sie quetscht sich an Johns Matratze und dem Tisch vorbei, um zum Feuer zu kommen. Mit einer Handbewegung verscheucht sie Annie und stochert in der leblosen Asche, bis Staub aufsteigt und sich auf dem Schimmel an den Wänden ablagert. Die Decke rutscht ihr von den Schultern, entblößt die Kette ihrer Rückenwirbel und ihr eigenes Mal.

»Feuerholz«, sagt sie knapp.

»Ich geh an die Küste runter und hol ein bisschen Treibholz. Vielleicht find ich ja auch ein paar Muscheln.«

»Hilfst du mir zuerst, sie abzuwaschen?«

Ich tunke einen Lumpen in den Eimer, und Mam fängt Annie, bevor sie davonrennen kann. Sie schreit und zappelt, als ich ihr das schmutzige Gesicht und die Hände schrubbe, aber sie hat nicht genug Kraft, um sich zu wehren. Sie hat vor zwei Tagen das letzte Stück Brot gegessen.

»Ihr Trottel«, ruft sie, mit geballten Fäusten und gefletschten Zähnen. Mam und ich müssen uns beherrschen, um nicht loszuprusten beim Anblick ihres wütenden Gesichts und ihrer abstehenden feuchten Haare. »Ihr seid doof.«

Da fliegt die Tür auf, und wir starren John an, der leicht breitbeinig, mit den Händen auf dem Rücken und etwas abgespreizten Ellenbogen dasteht, damit seine dünne Gestalt ein bisschen bulliger wirkt.

»Ihr ratet nie, was ich hier habe«, sagt er.

»Einen Vogel«, rät Annie. »Einen Spatz, einen kleinen braunen?«

John verdreht die Augen. »Warum sollte ich wohl einen Vogel mitbringen, kleine Motte?«

»Wäre nützlicher als du«, antworte ich.

Annie wischt sich die Nase mit dem Ärmel ab und zuckt mit den Schultern. »Egal. Im Wald sind auch Spatzen. Ich hol mir selbst einen.«

»Nein, rat noch mal richtig. Ratet, was ich hier habe.«

»Ich schlag dich gleich, wenn du es uns nicht sagst«, droht Mam.

Eine zahnlose Drohung. Sie hat niemals die Hand gegen uns erhoben. Nur ein Mal habe ich gesehen, wie sie wirklich zu Gewalttätigkeiten getrieben wurde. Eine rasende und tiefe Wut, die aufstieg, um die Ihren zu schützen.

Schwungvoll und mit stolzgeschwellter Brust bringt John seine Faust vom Rücken nach vorne, als würde er uns einen Goldschatz präsentieren. Mam schnappt nach Luft.

Von seiner Hand baumelt der Körper eines Lamms. Blut tropft auf den Boden, in einem stetigen Platsch, Platsch, Platsch.

Mam stolpert zu ihm und schließt ihn in die Arme, und das Lamm gleich mit. Der Rücken seines Oberteils ist rot gefleckt. »Oh, John. Du großartiger Junge! Wir sind gerettet.«

Sie hat recht. Ohne das hier haben wir nichts zu essen als die Kleinigkeiten, die wir an der Küste oder am Straßenrand gesammelt haben. Das stetige Tropfen hat hypnotische Wirkung, sein Rhythmus auf dem Boden, die sich ausbreitende Pfütze zu seinen Füßen. Eine Spur den Hügel hinauf und durch das verlassene Fischerdörfchen, die direkt zu unserem Haus führt.

John wird rot und schüttelt sie ab. »Ist ja nur 'n kleines.«

Sie nimmt es ihm ab, dreht seinen schlaffen Körper prüfend

hin und her, wobei sie eine Schüssel unterhält, um ja nicht mehr von dem kostbaren Blut zu verlieren. »Macht das Fleisch nur noch zarter. Genug für uns alle.«

»Und ich weiß, wo es Kohlrüben gibt.«

»Dann geh, Junge. Wir werden ein Festmahl zubereiten. Annie, wisch den Tisch ab. Sarah, hol mir mein Messer.«

John rennt zur Tür hinaus, und ich bringe das Messer, doch Annie bleibt, wo sie ist.

»Es ist so klein«, sagt sie.

»Groß genug, um uns alle satt zu machen«, erwidere ich.

»Es ist ein Baby.«

Ich halte inne und schaue sie an. Sie beobachtet, wie Mam das Tier aufschneidet und ihm die Haut abzieht, die weiße Wolle jetzt rot gefleckt. Tränen stehen ihr in den Augen. Sie wischt sich mit dem Handrücken über den Mund, ihre Lippen sind nass.

Ich knie mich vor sie hin, nehme ihre knochigen Schultern in die Hände. »Er hat es ganz schnell getötet. Es hat überhaupt nichts gespürt.«

Sie starrt an mir vorbei auf das Lamm, das jetzt nicht mehr ist als ein Klumpen Fleisch auf unserem Tisch.

»Komm, Kleine«, sage ich. »Wir gehen Algen sammeln, die können wir dazu essen, und Holz, um Feuer zu machen.«

Ich nehme sie bei der Hand und führe sie hinaus.

Wir essen lange, bevor die Sonne ihren Höchststand erreicht hat. Ein Festmahl, wie es das bei uns schon so lange nicht mehr gab, dass wir uns gar nicht mehr daran erinnern können. Eines, das man sich eigentlich bis zum Abend hätte aufsparen sollen, aber wir können nicht mehr warten. John hat Kohlrüben geholt, Annie und ich ein paar Algen gesammelt, und sie werden alle mit dem Lamm zusammen gekocht. Ein reicheres Mahl, als wir es gewöhnt sind, Fleisch voller Geschmack, das einem auf der Zunge zergeht.

Sobald das Essen vor ihm steht, greift John mit den Fingern hinein und schaufelt sich Kohlrüben in den Mund, dass ihm Stücke herausfallen und am Kinn kleben bleiben, während er seine Zähne im Fleisch vergräbt.

Mam, Annie und ich können uns kaum besser beherrschen, wir essen, ohne abzusetzen. Wir sprechen weder, noch schauen wir von unseren Schüsseln auf, bis sie leer sind.

Ich lehne mich auf meinem Stuhl zurück und halte mir den straff gespannten Bauch. Ein ungewohnter Schmerz ist da drin. Der Schmerz, der von der Gier herrührt. John schaut uns der Reihe nach an, wie ein König, der sein Volk gespeist hat.

»Das hast du gut gemacht, mein Sohn. Und es ist ja noch was übrig. Brühe von den Knochen. Das Blut kann ich für Zaubersprüche benutzen, und mit dem Geld, das ich damit verdiene, können wir uns noch mehr zu essen kaufen.«

John rülpst lang und laut. Annie lacht, und sogar Mam muss lächeln.

»Wie bist du zu dem Lamm gekommen?«, frage ich.

Einen Moment herrscht Stille am Tisch. Mam steht auf und beginnt, die Schüsseln aufeinanderzustapeln, ihre Bewegungen sind flink, aber holprig.

John rutscht auf seinem Stuhl herum, schaut auf seinen Handrücken herunter und kratzt sich. »Hab eins von den Taylor'schen genommen. Draußen auf dem Weg, wo jeder sich bedienen kann, oder?«

»Gestohlen.«

»Natürlich hab ich's gestohlen, oder dachtest du, ich hätte Fengold gefunden, um es zu bezahlen?«

»Dann hast du also nicht dafür gearbeitet?«

»Es stand auf dem Weg, frei zum Mitnehmen«, sagt Mam.

»Nicht frei – gestohlen. Er könnte dafür hängen.«

»Sie werden John nicht hängen«, sagt Annie und kaut auf einem schmutzigen Fingernagel herum. »Das würden wir nie zulassen. Mammy wird ihre Augen mit einem Fluch belegen, dass sie ihnen rausfallen, und ich werf sie dann den Waldvögeln zum Fraß vor, damit sie ihn nicht finden. Sie werden dich nicht hängen, oder, John?«

»Nicht nötig, kleine Motte. Das Lamm stand neben der Weide, hätte auch ein wildes sein können. Und keiner wird's vermissen, außer wenn Sarahs schlechtes Gewissen sich durchsetzt.«

»Wenn du arbeiten würdest ...«

»Es gibt niemanden, der mich beschäftigen würde, ich hab an jede Tür gehämmert und um jede Art von Arbeit gebeten, und keine Seele will mir eine geben.«

»Sodass es zur Wahrheit wird, was alle von uns sagen.«

Mam knallt die Schüsseln wieder auf den Tisch. »Sie sagen es, und wir müssen es sein. Wäre es dir lieber, ich würde mich für die andere Möglichkeit entscheiden?« Sie schaut mir fest in die Augen, bis ich den Blick abwende.

»Außerdem«, sagt sie, »dieser Matt Taylor hat so viele, dass er ein einziges kleines Lamm gar nicht vermissen wird. Und er ist so leichtgläubig, dass eh alles verloren ist, er genauso wie sein greinender Sohn.«

Ich sitze am immer noch vollgestellten Tisch, während John sein Messer an einem Stein schärft und Schatten von den Wänden herankriechen. Mam hat den Lammkopf auf den Herd gesetzt und lässt ihn auskochen, nachdem sie zuerst die Augen rausgenommen hat. Wenn der Schädel sauber und weiß ist, nehmen wir ihn mit ins Dorf, und irgendjemand wird ihn nur zu gerne in seinem Haus vergraben, als Talisman gegen böse Geister. Der stechende Gestank erfüllt das ganze Haus.

»Mammy?«, sagt Annie um ihren Daumen herum. »Erzählst du mir noch mal, wie ich angefangen habe?«

Das Kratzen des Messers verstummt. Mam lässt ihren Topf stehen und setzt sich zu Annie. Manchmal schiebt sie sie weg, wenn sie diese Frage stellt, aber manchmal erzählt sie Geschichten von besseren Tagen.

»Dein Anfang war wie kein anderer. Du warst ein Geschenk, der Erde entsprungen, voller Zauber.«

Annie kuschelt sich an sie. »Voller Magie, stimmt's, Mammy? Aber Sarah und John hatten einen Papa.« Ihre Mundwinkel sacken herab. »Ich wünschte, ich hätte auch einen Papa.«

»Er war ein guter Mann.«

Eine Erinnerung kommt mir in den Sinn, so rasch da und wieder verschwunden, dass ich ihre Anwesenheit kaum gespürt habe, an seine warme Hand, die auf meinem Kopf ruht, an den Geruch von salzverkrusteten Kleidern.

In der aufziehenden Dunkelheit ist Mams Gesichtsausdruck verborgen, aber die Art, wie sie den Kopf schief legt, sagt mir, dass sie dabei ist, sich in der Vergangenheit zu verlieren. Ich versuche, Johns Blick aufzufangen, aber er ist zu sehr damit beschäftigt, seinen Schleifstein am Stoff seines Oberteils zu polieren.

»Er war groß«, sagt Mam. »Groß wie ein Baum, mit Armen so dick wie Äste.«

Ich bin nervös und angespannt, denn ich weiß, dass sie ihre besten Erinnerungen aussiebt und jetzt nur die glücklichsten teilt. Die anderen kommen später.

John schnaubt. Das Messer kratzt wieder. Er war fünf, als unser Vater starb, so alt wie Annie jetzt. Es kann nicht viel geben, woran er sich erinnert.

»Aber das ist doch nur sein Aussehen«, sagt Annie. »Wie war er?«

»Sein Haar war gelockt, schwarz und glänzend wie nasse Steine, und seine Augen hatten die Farbe vom Meer selbst.«

Mam hat ihr Gesicht jetzt von Annie abgewendet. »Er fand

mich schön. Meine Haut war die schönste, die er je gesehen hatte, behauptete er. Glatt und hell wie frisch gebutterter Rahm.«

Annies Daumen rutscht mit einem satten Ploppen aus ihrem Mund. »Aber wie war er, Mammy? Du hast mir nicht zugehört.«

»Sie ist müde«, sage ich und stehe auf. Dieser Unsinn muss aufhören. »Und du auch. Ab ins Bett. Ich hol mal die Glocke.«

»Ich will nicht.« Annie verschränkt die Arme und legt das Kinn trotzig auf die Brust.

John klopft mit dem Messer gegen den Stein und hält es sich ganz nah vor die Augen, damit er es im schwindenden Licht noch sehen kann. Er blickt nicht auf.

»Wird dunkel draußen«, sagt er. »Die Nacht ist gekommen. Und du weißt, wer mit ihr kommt, auf der Suche nach frischem Blut.«

Ich versetze ihm einen Nackenschlag mit der Handfläche. »Hör auf, du Trottel.«

Annie hat das Zimmer durchquert, ihre kleine Hand schiebt sich in meine, und John setzt sich zurück, legt die Füße auf den Tisch und zieht die Augenbrauen hoch.

Mam bleibt auf dem Bett, die Arme um ihre Knie geschlungen. Annie und ich nehmen die Glocke, ihre Hand liegt über meiner. Wir klingeln dreimal in jeder der acht Ecken des Hauses, dann stellen wir sie wieder zurück auf den Boden neben dem Feuer.

»So«, sage ich. »Jetzt sind wir sicher.«

»Legst du dich zu mir?«

Ich werfe einen Blick zu Mam hinüber. Ihr Körper verharrt noch in derselben Stellung wie zuvor, ihr Geist hängt an einer Erinnerung.

»Mach ich«, sage ich.

Wir mustern den Ring ums Bett ganz genau, bevor wir uns hinlegen. Unversehrt. Morgen werde ich ihn zusammenfegen und einen frischen machen, wie immer, indem ich Asche aus dem Feuer langsam durch meine geschlossene Faust rieseln lasse und aufpasse, dass der Kreis schön gleichmäßig gerät. Das ist alles, was ich tun kann, um sie in Sicherheit zu bringen, und das ist alles, was ich mir wünsche. Der Kreis ist da, um Annie zu beschützen, nicht mich, denn er macht keine zweiten Besuche, sagt Mam.

Sie rollt sich neben mir zusammen, und ich ziehe die Decke über uns beide. Ihre Arme heiß um meinen Hals, ihr Atem sauer vom Essen. Der Gestank von Lammkopf hängt in der Luft.

Ich kann mich nicht an die Nacht erinnern, in der er kam, sein Zeichen auf meiner Haut hinterließ und von mir trank. Mich damit zu einem Zweck erwählte, den ich erst noch entdecken muss. Das dunkelrote Mal an meiner Seite ist schon da, seit ich denken kann. Bis ich zwölf war, hat Mam mir nie erzählt, was er zu bedeuten hatte, und davor hatte ich nicht groß nachgedacht über meinen Fleck, denn ich maß ihm nicht mehr Bedeutung zu als meinen blauen Augen oder meinem schwer zu bändigenden Haar. Sie ließ mich weinen, als die Möglichkeiten, die ich mir für mein Leben erträumt hatte, vom einen auf den anderen Moment auf eine zusammenschrumpften. Sie bleiben aber für Annie.

Sie nuckelt an ihrem Daumen und wickelt sich meine Haare um die Finger. Alles, was ich hören kann, ist Johns Messer, wie es über seine Zehennägel schabt, seine Kaugeräusche, wenn er die Abschabsel zum Mund führt. Natürlich hat er kein Mal, und früher habe ich diese Freiheit beneidet, sich ein Handwerk aussuchen zu können und sich seinen eigenen Weg zu bahnen. Aber jetzt schaue ich auf die Möglichkeiten, die John hat, und sehe nichts als dieses Leben hier, das er bereits führt.

»Die Leute werden für das Blut bezahlen.«

Ich fahre zusammen, als Mams schneidende Stimme durchs Zimmer tönt. Annies Augen gehen auf, das stetige Nuckeln an ihrem Daumen hört jäh auf.

»Pscht«, sage ich zu beiden.

»Gut für Zaubersprüche. Ein Todesmal im Blut, das wird sie

zufriedenstellen. Dann können sie auch gleich noch für die Heilung bezahlen.«

»Du hast Annie geweckt.« Die Gereiztheit macht mich so kühn, dass meine Worte sogar mich überraschen. Mam reagiert nicht.

»Und die Augen«, fährt sie fort. »Jeder will seine Feinde im Auge behalten. Du hast uns Essen für eine Woche gesichert, John. Nächstes Mal fängst du ein größeres.«

Ich setze mich auf, und die Haare, die Annie in ihren klebrigen Fingern hält, werden mir ausgerissen. »Es wird kein nächstes Mal geben.«

»Wovon sollen wir dann leben?« Die Ruhe in Mams Stimme verrät genauso viel Ärger, als wenn sie lauter werden würde.

»Wir kommen schon durch.«

»Und mit welcher Art von Durchkommen soll ich es deiner Meinung nach versuchen, wenn dein Bruder mir nicht helfen soll? Welche Wahl bleibt mir denn, seit euer Vater gestorben ist?«

Annie windet sich und wimmert. Es ist jedes Mal dasselbe. Mams Gedanken an meinen Vater beginnen süß wie Nektar und enden so bitter wie Wermut.

Sie wendet mir den Rücken zu, aber spricht deutlich genug weiter, dass ich sie verstehen kann. »Du bist jetzt eine Frau. Es gibt andere Möglichkeiten als Betteln, wenn du dich nützlich machen willst.«

Jetzt gibt es nichts mehr zu sagen. Die einzigen Geräusche sind Annies leise Atemzüge und das Werkeln von Mam und John, während sie sich fürs Bett fertig machen, das Rascheln von Mäusen, die es sich in unseren Matratzen gemütlich machen. Ich liege wach. Meine Gedanken daran, was aus meinem Leben hätte werden können, brodeln. Wenn ich nur die Freiheit gehabt hätte, selbst zu entscheiden … Aber ich werde nicht mein letztes bisschen Selbstbestimmung aufgeben. Wenn Mam vorhat, mich schön anzuziehen und zu schminken und mich von den Männern im Dorf benutzen zu lassen, werde ich sie einen nach dem anderen zu Krüppeln machen, bevor ich auch nur eine einzige Münze verdient habe. Wenn sie Zauberkraft meint, dann will ich keine. Seine dunkle Macht wohnt in mir, ich habe gespürt, wie sie nur darauf wartet, entfesselt zu werden. Ich bin gezeichnet, mein Schicksal besteht darin, eines Tages meinen eigenen Schutzgeist heraufzubeschwören und Flüche zu spinnen wie Mam. Aber nicht heute.

Während ich so in der Dunkelheit liege, lausche ich auf das Knarzen von Holztür und Dachbalken, auf die Bewegungen von Zweigen im Wind. Fühle, wie er sich anschleicht, die Hand ausstreckt nach dem Ärger, der sich in mir zusammenballt, mir zuruft, dass ich ihn einfach zulassen soll, um mein wahres Selbst zu werden.

Fleisch und Blut und Knochen

Es war der Lärm, der Daniels Aufmerksamkeit erregte, ein verzweifeltes und jämmerliches Blöken, das aus der Hecke kam. Er wandte sich der Geräuschquelle zu, stolperte über das raue Gras und verschüttete dabei Milch aus seinem Eimer. Er blieb lauschend stehen und hörte, wie jemand mit etwas raufte und dabei unterdrückt fluchte.

Jemand stahl gerade ein Schaf, und wenn Vater jetzt hier wäre, würde er dem Dieb lieber die Arme ausreißen als zulassen, dass man ihm seinen Besitz wegnahm. Aber es war in erster Linie der Schrecken des Tieres, der Daniel in Bewegung setzte, der ihn den Eimer loslassen, zur Hecke hinüberrennen und ausrufen ließ:

»L… lass das Tier in Ruhe. Lass es sof…«

Daniel versagte die Stimme, als er in das schmutzige, wutverzerrte Gesicht des Teufelsjungen vom alten Pesthügel starrte. Sein Kopf wurde leer. Er trat zurück, streckte die Hand aus, um an der dornigen Hecke Halt zu suchen, als die Welt ins Kippen geriet und sich blitzschnell wieder aufrichtete. Die ganze Zeit konnte er die Augen nicht von der Szene losreißen.

Der Junge grinste langsam, und ohne den Blick von Daniels Gesicht zu nehmen, hob er das Lamm hoch und zog ihm ein Messer über die Kehle.

Blut floss aus der Wunde, und das Tier strampelte und zitterte. Ein leiser Laut entfuhr Daniel, ein Ausdruck von Angst und Mitleid, der dem anderen Jungen nur höhnisches Gelächter entlockte.

Er lehnte sich über die Hecke. »Na, kennst du mich?«

Daniel nickte. Mit wild klopfendem Herzen, trockenem Mund. Er konnte an nichts anderes denken als an den Fluch, mit dem der Junge ihn belegen würde.

»Die Hölle soll über dich kommen, wenn du ein Wort verrätst«, sagte der Junge. Er warf sich das Lamm über die schmale Schulter und spazierte über den Weg davon.

Daniel beobachtete, wie das Blut des Lamms sich über den Rücken des Jungen ausbreitete. Er fühlte die warme, klebrige Flüssigkeit auf seiner eigenen Haut, roch Metall, schmeckte Salz. Blinzelnd sah er alles wie durch eine rote Scheibe.

Sein Herz schlug schneller, der Takt war abgehackt und unregelmäßig. Er versuchte, tief und gleichmäßig durchzuatmen, aber egal, wie sehr er nach Luft schnappte, es wollte keine Luft in seine Lungen kommen. Als er in die Knie sackte, spürte er noch kurz die Sorge, dass sein Vater ihn in dieser unglaublich peinlichen Stellung entdecken würde, aber da kippte er auch schon nach vorn, und das Rot vor seinen Augen verwandelte sich in Finsternis.

Daniel wurde sich langsam des Geruchs und Kratzens der Grashalme bewusst. Sie drückten sich in seine Lider, kitzelten ihn zwischen den Lippen. Er leckte sie ab und spuckte aus, drehte sich auf den Rücken, schlug die Augen auf. Starrte ins klare Blau des Himmels, versuchte, sich zu erinnern, wie er hier gelandet war.

Als er die Lämmer blöken hörte, fiel es ihm wieder ein, der Messerschnitt und das heraussprudelnde Blut. Das dunkle Lächeln des Haworth-Jungen.

Er schoss hoch, kam stolpernd auf die Füße und hob den Eimer an, wobei er sich auf den stechenden Schmerz konzentrierte, als die Haut auf seinen Knöcheln aufsprang und blutete. Milch drohte über den Eimerrand zu schwappen, als Daniel dahinging und der Eimer an seinem Arm zog. Er wollte ihn beidhändig vor sich tragen, aber er war schon einmal von Gabriel, dem Knecht, dabei erwischt worden.

»Soll ich meine kleine Schwester für dich rufen, Danny?«, hatte Gabriel gefragt. »Die könnte diesen Eimer mit ihren Fingern tragen, die ist Frauenarbeit gewöhnt. Aber andererseits – du ja auch.«

Er war davongegangen, lachend und kopfschüttelnd, und Daniel hatte sich geschworen, sich nie wieder so zum Gespött zu machen. Mochte ihm der Arm auch von der Schulter abreißen, er würde den Eimer mit einer Hand tragen.

Daniel versuchte, nichts zu denken, doch ständig tauchten die verzerrten Lippen des Jungen vor seinem inneren Auge auf. Man erzählte sich so manche Geschichten von der alten Hexe und ihrer verdorbenen Brut: dass man das jüngste Balg erwischt hatte, wie es Zähne vom Friedhof stahl, dass Tobias Bartons drei Kinder eins nach dem anderen starben, nachdem er die älteste Tochter wegen Bettelns von seinem Grund und Boden gejagt hatte, dass der Junge Dämonen befehligte.

Bis heute hatte er noch keines von ihnen aus der Nähe gesehen, und die Begegnung war genauso hässlich und böse gewesen, wie er befürchtet hatte. Jetzt kannten sie ihn, er hatte versucht, die Tat des Jungen zu vereiteln, und so sicher wie die Nacht kommen würde, würde er seinen Preis dafür bezahlen müssen. Daniel mochte sich gar nicht ausmalen, was für Hexenkunststücke man mit Fleisch und Blut und Knochen eines einen Monat alten Lamms anstellen konnte.

Er hatte die geflüsterten Worte immer noch im Ohr.

»Die Hölle soll über dich kommen.« Daniel schauderte.

Nasse Stiefel und frischer Fisch

Mam umklammert mit den Händen eine kleine Puppe, genäht aus einem Stoffstück der Tunika meines Vaters. Die Puppe ist ihm nachgebildet, ein paar seiner Haarsträhnen sind auch dran. Sie ist jetzt zerlumpt. Versengt, wo sie sie verbrannt hat, vernarbt, wo sie sie aufgeschlitzt und dann wieder zugenäht hat. Ihre Waffe heute Nacht besteht aus den Dornen des Brombeergestrüpps, das Matt Taylors Hecken zuwuchert, und sie hat auch noch ein paar Tropfen von ihrem eigenen Blut darauf gegeben.

Ich kauere mich neben sie an die Hauswand, aber sie lässt sich gar nicht aus der Ruhe bringen. Sie drückt einen Dorn, ganz langsam, sodass ich den Stoff reißen höre, ins Bein der Puppe. »Weil du bei Sturm rausgesegelt bist«, sagt sie. Tränen laufen ihr übers Gesicht in den Mund, und die Worte sind nass, glitschig und bitter.

Der nächste Dorn geht in seine Wange. »Weil du der See erlaubt hast, dich zu verschlingen.«

Und noch einer und noch einer und noch einer, in seine Brust, seinen Rücken, wo immer sie Platz findet. »Weil du uns verlassen hast, weil du uns so runterkommen ließest, weil du die Kinder einem Leben in Hunger und Kälte überlassen hast …«

Ich strecke den Arm aus, lege meine Hand über ihre und halte sie zurück. Es kommt nie etwas Gutes dabei heraus, die Puppe nährt nur den Schmerz, und ich ertrage es nicht, sie wieder damit zu sehen. Sie zögert, ihre Finger schweben immer noch über der Puppe, dann schaut sie auf und blickt in die Ferne, an meiner Schulter vorbei, und reibt sich das Gesicht. Dabei schmiert sie sich irgendwas auf die Wange.

»Weißt du noch?«, sagt sie, ohne ihre Blickrichtung zu ändern.

»Vater?«

»Wie das Leben damals war.«

Ich suche nach einer Antwort, die sie nicht verletzen wird. »Manchmal.«

Ich habe versucht, meine Erinnerungen festzuhalten, sie einzuschließen wie eine Motte in einem Tropfen Baumharz, der noch am Stamm klebt, aber sie wollen einfach nicht bleiben. Mittlerweile sind seit seinem Tod mehr Jahre vergangen, als wir jemals zusammen hatten.

Ab und zu kommt ein Bild, ein Geruch, der ihn zurückbringt. Wie er die Augenbrauen hochzog und sich in seinen Augenwinkeln kleine Fältchen bildeten, wenn er auf mich herablächelte, vorbei an seinen lang gestreckten Beinen und seinem großen Körper, der Luftzug, wenn er mich auf seine Schultern hob. Diese Erinnerungen sind real, da bin ich sicher. Der Geruch von nassen Stiefeln und frischem Fisch. Seine Hände, schwielig, aber zärtlich, die mich sanft in meinen molligen Daumenballen kniffen. Mams Lachen, leise und zärtlich, wie der Klang von Glocken, die in einer kleinen Faust geschwenkt werden. Diese Frau wurde mir auch genommen.

»Das ist alles mit ihm verschwunden«, sagt sie. »Das Essen auf dem Tisch, der Stoff im Fenster, das Holz im Feuer. Du hast früher immer auf den Feldern gespielt mit diesem Bauernjungen. Sie haben dich sogar mal ein Lamm füttern lassen. Wir sind zu Dorftänzen gegangen. Ich hab Alice Turner früher eine Freundin genannt, jetzt spuckt sie aus, wenn sie mich anschaut.«

Ihre Tränen sind getrocknet, aber sie haben saubere Spuren auf ihrem dreckigen Gesicht hinterlassen. Seufzend zieht sie die Dornen aus der Puppe und legt sie beiseite fürs nächste Mal.

»Jonathon«, flüstert sie und streicht sich über die verbliebenen Haarsträhnen. »Komm zurück zu mir, egal in welcher Form, ich werde keine Angst vor dir haben. Komm einfach nur zurück.«

Sie schließt die Hand um die kleine Puppe, hält sie sich an die Wange, drückt sie sich an die Nase. Ich lege meine Arme um sie, und sie sieht mich zum ersten Mal an, schüttelt den Kopf. Sie ergreift meine Hand. »Solltest du ein Leben mit einem anderen wählen, wird dieses Leben in Scherben gehen, und der, den du liebst, wird Grausames erleiden. Bleib dem treu, der dich erwählt hat.«

Vorsichtig löse ich meine Hand aus ihrem Griff. Diese Warnung habe ich schon so oft von ihren Lippen gehört, dass ich mich nicht erinnern kann, mir jemals ein Leben voller Liebe und Glück mit einem anderen vorgestellt zu haben. Was mich jedoch nicht davon abhält, davon zu träumen. Ich lecke mir über die Lippe und schaue über ihre Schulter.

»Wer ist das?«

Wir sehen den Mann erst, als er schon fast bei uns ist. Seine Füße verstreuen Kieselsteine, während er den Pfad entlang zu unserem Haus kommt. Sein schwarzes Gewand bläht sich, seinen weichen Hut muss er sich auf dem Kopf festhalten, damit er ihm nicht vom starken Wind heruntergeblasen wird. Wir warten, immer noch gegen die Mauer gekauert, und beobachten ihn.

Er hätte auch versteckt bleiben können, indem er die Wälder durchquert, die unsere Hügel hochwachsen, am Rande dessen, was einmal das Fischerdörfchen am unteren Fluss war. Aber die Nacht bietet ihm genug Deckung, und er hat sich für den schnelleren Weg über den Pfad entschieden. Er sucht sich seinen Weg durch die schiefen Silhouetten der paar Hütten, die früher unseres umgaben, Häuser, die denen gehörten, die vor langer Zeit der Pest zum Opfer gefallen sind, viele von ihnen noch möbliert mit umgekippten oder kaputten Stühlen oder zerbrochenen Tellern, während sie langsam, aber sicher von Wurzeln und Zweigen zurückerobert werden. Annie durchstreift sie manchmal, sie lässt sich nicht stören von den Geistern derer, die dort immer noch wohnen. Jedes Mal kommt sie mit irgendwelchen Fundstücken zurück, die sie aus dem zurückgelassenen Hausrat geklaubt hat. Einige dieser Türen, die immer noch fest schließen, zeigen die Überreste des Kreuzes, mit dem sie markiert wurden, obwohl die meisten abgefallen sind und jetzt im Boden verfaulen, zusammen mit ihren Besitzern.

Der Mond ist hell, der Himmel gesprenkelt mit Sternen, die wie kleine Eisstücke funkeln und die Spur von dunklen Spritzern des Lammbluts beleuchten. Ich bemerke sie zum ersten Mal, weil Mam mich so abgelenkt hatte. Wir brauchen Regen, um unsere Schuld abzuwaschen, aber heute Nacht wird keiner mehr kommen.

Mam wischt sich übers Gesicht und steht auf. »Ins Haus«, sagt sie, und ich gehorche nur zu gerne. Er kommt uns regelmäßig besuchen, deswegen fürchte ich ihn nicht. Er kann sich mal besser und mal schlechter beherrschen, aber er ist nie böse. Heute Abend verlangsamt eine gewisse Melancholie seine Schritte, deswegen schenke ich ihm ein Lächeln, denn das ist alles, was ich zu bieten habe. Er erwidert es und gibt mir zwei Rettiche, an denen noch Erdkrümel hängen.

»Danke.«

»Nächstes Mal bring ich euch Brot.« Seine Stimme klingt angestrengt, erdrückt unter der Last seines Elends.

»Du brauchst einen Heiltrunk«, sagt Mam, als ich mich abwende.

Seine Stimme wird leiser, und ich bleibe absichtlich noch kurz auf der Schwelle stehen, um seine Antwort zu hören. »Ich wünschte, ich könnte widerstehen, ein Mann in meiner Stellung sollte eigentlich stärker sein. Aber ich fürchte, wenn ich den Trunk nicht bekomme …«

»Jeder Mann braucht Trost, Seth«, sagt Mam.

Die Tür schließt sich, und ich stehe in der Düsternis, taste nach dem Tisch, um die Rettiche draufzulegen, mache ein paar Schritte mit einer Hand an der Wand, bis mein Fuß gegen den Stapel von Fundstücken stößt, die Annie neben unserer Matratze lagert: Steine, und ihre Lieblingsmuschel vom Strand, flach und glatt. Die Stücke, die sie aus den verlassenen Häusern rundherum mitgebracht hat: Teile von Schüsseln, die in scharfkantige, verdreckte Scherben zerbrochen sind. Ich krieche neben sie und versuche ganz bewusst, nicht daran zu denken, was sie einmal enthielten, was für Hände sie gehalten haben.

Nur wenige kommen an unsere Tür, und Seth ist der netteste von allen, weil er immer irgendein Geschenk mitbringt, und wenn er gut gelaunt ist, nimmt er Annie bei den Armen und schwingt sie im Kreis, bis sie vor Lachen Schluckauf kriegt. Wenn wir ihn im Dorf sehen, müssen wir ihn dort wie einen Fremden behandeln, denn sie kennen ihn dort unter einem anderen Namen.

Ich freue mich besonders, dass er heute Abend gekommen ist, die Gesellschaft und die Münze, die er mitbringt, werden Mam von ihrem Kummer ablenken. Mein Vater war kein perfekter Mann, das weiß sie genauso gut wie ich, wenn sie mit leuchtenden Augen von seinem Trinken und Flirten erzählt. Doch sie verzeiht ihm immer wieder. Sie verzeiht ihm alles, nur nicht, dass er gestorben ist.

Das Lamm gestattet uns, zwei Tage lang zu leben wie die anderen, wie Mam, John und ich es von früher kennen. Am dritten Morgen haben wir bloß noch die Brühe, und Annie hat alle Knochen gründlich abgeleckt. Als ich ihre Haut fertig abgesucht habe, wendet sich Mam zu mir.

»Wir müssen ins Dorf.« Sie fängt Annie ein, die sich bei den

Worten in den Wald stehlen will. »Und du, mein Mädchen, du hast hier Arbeiten zu erledigen. Komm, Tau-Springer.«

Mam nimmt ihren Schutzgeist zu jedem Gang ins Dorf oder zu den Cottages an der Küste mit, zur Sicherheit. Sie hat uns oft gewarnt, dass wir unser Wissen nicht mit Außenstehenden teilen sollen. Wir müssen immer eine Kluft zwischen ihren Leben und dem unsrigen wahren. Ich frage mich, welche Gestalt mein Schutzgeist einmal annehmen wird, wenn die Zeit kommt, und ob er mir auch ein Gefühl von Sicherheit verleihen wird.

Wir begleiten Mam bis zum Dorf. Auf dem Pfad sind immer noch Spuren von Lämmerblut zu sehen, das wir mit keiner Silbe erwähnen. Nächstes Mal beim Wasserholen werde ich versuchen, es wegzuwaschen. Wir können es uns nicht leisten, Ärger zu provozieren. Die meisten ertragen uns ohne Klage, denn sie brauchen Mams Heilwissen, aber es wird immer ein paar Leute geben, die uns wegen anderer Dinge verdächtigen. Wegen Schlimmerem. Und es stimmt ja auch, dass Mam, wenn man sie verärgert, nicht zögert, dunkle Mächte anzurufen, um Leid über jemand zu bringen. Matt Taylor gehört zu denen, die uns nicht besonders wohlwollend begegnen, es bräuchte nicht viel, um ihn von unserer Schuld zu überzeugen.

Wir trennen uns von Mam, als wir uns den Cottages der Fischer nähern, die den Hafen säumen. John hat ihr von einer Frau erzählt, deren Henne brütet, aber nicht legen will. Wahrscheinlich ist sie verhext, und sie möchte Mam bitten, ihr zu weissagen, wer dieser Feind ist, um ihn zu bestrafen und das Tier vom Bann zu befreien. Mam trägt die Augen des Lamms und die Blutreste, denn beides könnte hier nützlich sein.

Wir umrunden das Dorf und gehen auf die andere Seite. Ich bin froh, dass sie nicht mehr von mir erwartet als Betteln und Kräutersammeln. Ich weiß aber, dass sie eines Tages darauf bestehen wird, mich in ihre Künste einzuweihen, in die Kräuterkunde und die Heilkunst, aber auch in Verwünschungen und Racheflüche. Manchmal bietet sie es mir an, aber noch leiste ich Widerstand, denn ich habe Angst, irgendetwas in mir zu wecken: den Ruf zum Zorn, die Lust zu schaden. Den Willen dessen, der mich auserwählt hat.

Es ist Sonntag, und die guten Menschen sind auf dem Weg in die Kirche. Ein Tag, der für uns fast genauso viel bedeutet wie für sie, denn wir müssen uns nach dem Muster ihrer Tage richten, wenn wir sie in großzügiger Laune erwischen wollen. Die Dorfbewohner tragen ihre schönsten Sachen, um vor Gott zu treten, obwohl ich den Grund nie so recht verstanden habe. Er sieht doch bestimmt durch ihre Kleidung hindurch in ihre pechschwarzen Seelen. Keine hübsche Blume wird den einladenden Blick verbergen, der dem Ehemann einer anderen zugeworfen wird, kein Händeschrubben wird die blauen Flecken entfernen, die diese Hand am Vorabend auf dem Gesicht der Ehefrau hinterlassen hat.

Annie und ich sind es gewöhnt, uns unsichtbar zu machen, um Ecken zu schleichen und uns im Schatten herumzudrücken. Wir haben gelernt, leise aufzutreten. Über der Hecke sehen wir Mützen und Hüte auf und nieder gehen, deren Besitzer gerade den Pfad hinunterlaufen. Als wir auf die Straße treten, verteilen sie sich in alle Richtungen, als hätte man einen Stein zwischen sie geworfen. Die Damen senken den Blick und machen uns Platz, die Männer heben trotzig das Kinn und starren uns ins Gesicht. Mam hat uns beigebracht, welche Dorfbewohner niemals freundlich zu uns sein werden und welche gerne von ihr kaufen, obwohl keiner von ihnen geneigt ist, etwas zu geben und nichts dafür zu bekommen, wie wir sehr gut wissen.

Der erste Stein trifft Annie am Rücken, und sie schreit auf, in einer Mischung aus Schmerz und Überraschung. Ich höre am Ton, dass sie nicht schwerer verletzt ist, aber drücke sie fester an mich und wirble herum, wo ich einen Jungen und ein Mädchen sehe, nicht viel älter als Annie, die uns lachend weiter mit Steinen bewerfen. Ich werde an der Schulter getroffen und am Arm, den ich schützend um Annie gelegt habe, ein kurzes Stechen und sich ausbreitende Hitze, die nicht besonders stark ist, aber mich verärgert.

»Pestbeule«, rufen sie. »Korbkrabblerin.«

Ich werfe Annie fast auf den Boden. »Warte hier«, sage ich und marschiere auf die Kinder zu.

Ihre amüsierten Mienen werden schnell verängstigt, als ich auf sie losgehe. Irgendetwas brennt in mir. Ich habe nicht darüber nachgedacht, was ich mit ihnen tun soll, wenn ich sie gefangen habe. Sie drehen sich um und rennen in die Arme einer Frau, die auf sie zueilt, sich vor sie stellt und mir mit einer Mischung aus Abscheu und Todesangst in die Augen schaut.

»Tut mir leid«, sagt sie. »Tut mir wirklich leid. Sie sind noch Kinder, sie meinen es nicht so.«

»Sie haben uns mit Steinen beworfen. Sie haben meine Schwester verletzt.«

»Ich … ich weiß, es tut mir leid. Sie bekommen eine Tracht Prügel von mir, ich versprech's, nur bitte … bitte beleg sie nicht mit einem Fluch, dass sie krank werden.«

Ihr stehen die Tränen in den Augen. Die Kinder verstecken sich hinter ihren schäbigen Unterröcken, geflickt und abgetragen. Ich genieße meine wachsende Wut, ein wütendes Pulsen, das mich groß werden lässt und geflüsterte schwarze Flüche auf meine Zungenspitze drängt. Die Frau kauert vor mir, als wäre ich es, die hier mit Steinen wirft.

Ich hebe das Kinn und strecke die Hand aus. Ich warte. Sie schließt die Augen, senkt den Kopf, und dann fummelt sie in ihrem Unterrock, um ihre Tasche zutage zu fördern. Sie hält sie mir zitternd hin, sodass sie sie kaum aufbekommt, aber es ist sowieso unnötig. Ich kann auch so sehen, dass der dünne, weiche Stoff keine Münzen enthält.

»Bitte«, sagt sie. »Ich komme zu deiner Mam und geb ihr alles Geld, was wir entbehren können. Mein … mein Mann ist krank und kommt nicht wieder auf die Beine, vielleicht hat sie ja einen Trunk, der …« Ihre Stimme verliert sich, und ich lasse den Arm sinken, nehme meinen Blick von ihrer betroffenen Miene. Wende mich ab von jedem Mitgefühl, das in mir aufsteigt angesichts ihrer Lage, ihrer Traurigkeit, ihrer Verzweiflung. Wenn sie uns so behandeln, werde ich zu genau dem Wesen, das sie fürchten.

Ich gehe zurück zu Annie, und während die Frau mit ihren Kindern an uns vorbeihuscht, nähern wir uns Samuel Finch, dem Netzmacher, und seiner Frau Nelly. Sie sind jung, frisch verheiratet und noch kinderlos. Mam hat sich noch nicht zu ihnen geäußert, weder im Guten noch im Schlechten, und ich beschließe, mein Glück zu versuchen.

Annie weitet die Augen und lässt die Mundwinkel hängen. Sie ist schmutzig, ihr Gesicht mit Dreck verschmiert, Blätter stecken ihr im zotteligen Haar. Ich ziehe ihr den Finger aus dem Ohr.

»Entschuldigt, Sir«, sage ich und lege ihm die Hand auf den Arm. Der Stoff unter meiner Hand ist dick und warm.

Die beiden bleiben stehen und drehen sich zu mir um. Er schüttelt meine Hand ab, und ich weiß, dass meine Zuversicht ein Fehler war. Trotzdem müssen wir es versuchen.

Ich schiebe Annie vor mich. »Meine Schwester hat Hunger, und wir haben nichts, was wir ihr geben könnten. Es geht jetzt schon ein paar Tage so, und sie ist nur ein kleines Mädchen, so lieb, und sie beklagt sich nie.«

Er schaut sich um. Sie mustert Annie, mit großen und zärtlichen Augen.

»Ich würde nicht bitten, aber sie ist schwach und hungrig, und wenn wir uns nur eine kleine Gefälligkeit von Euch guten Leuten erbitten dürften, wären wir …«

Nelly lächelt Annie an und beginnt, an den Falten ihres Rock herumzunesteln. Ihre Tasche ist zweifellos prall gefüllt mit Münzen für die Kirche. Gott würde es bestimmt nicht übelnehmen, wenn man mit einer davon einem hungrigen Kind etwas zu essen kaufen würde, denkt sie. Ich kenne diese Art von sanften, mütterlichen Frauen, die freundlich reagieren, und heute wird mein Wissen uns eine Münze einbringen, die wir nach Hause mitnehmen können.

Doch sanfte, mütterliche Frauen bestimmen selten über den Geldbeutel. Er schlägt ihre Hand weg. Ein Armreif aus verblassenden blauen Flecken umgibt ihr Handgelenk.

»Ach, Samuel«, flüstert sie. »Können wir nicht …?«

»Nein. Willst du dich mit Heiden gemein machen? Auf dem Weg zur Kirche?«

Er dreht sich um und versetzt ihr einen Stoß ins Kreuz, und sie gehen so schnell davon, dass sie ein bisschen ins Stolpern gerät.

»In Gottes Namen, Nell«, sagt er. »Pass doch auf, wo du deine Füße hinsetzt.«

Sie wirft uns über die Schulter einen Blick zu. Ich antworte mit einem Lächeln, denn ihre Freundlichkeit ist selten. Obwohl eine Münze noch besser gewesen wäre.

Die Menschenmassen lichten sich, und wir haben keinen Erfolg gehabt. Ich setze mich mit Annie an den Straßenrand, während das altbekannte Nagen des Hungers wiederkehrt, und wir stellen uns die Tische vor, an die diese Kirchgänger heimkehren, beladen mit Fleisch und Käse und Brot, duftend und frisch gebacken. Annie wackelt mit ihren staubigen Zehen, sie hat die Beine vor sich ausgestreckt.

Ein letzter Dorfbewohner befindet sich noch auf dem Weg zur Kirche, er kommt den Pfad hochgebummelt, anscheinend hat er keine Angst, zu spät vor Gott zu erscheinen. Es ist Matt Taylors Knecht, Gabriel. Letzten Sommer hab ich ihn dabei beobachtet, wie er mit einer Mistgabel ein Eichhörnchen aufspießte und es in der Hitze sterben ließ. Ich denke an das Lamm und wende den Blick ab, versuche, ihn mit meiner Willenskraft dazu zu bewegen, dass er an uns vorübergeht.

»Entschuldigt, Sir«, sagt Annie.

Ich kann sie nicht mehr zurückhalten, es ist zu spät. Sie hat ihr allertraurigstes Gesicht aufgesetzt. Ich könnte schwören, dass sie sich sogar eine Träne rausgequetscht hat.

»Ich habe Hunger, und wir haben nichts zu essen«, sagt sie. »Ich bin ein braves Mädchen, das sich nie bekl…«

»Und ich glaube, dass du geklaut hast, was du brauchst.« Ein Schatten fällt auf uns, als er direkt vor uns stehen bleibt. Er ist so groß gewachsen, dass er die Sonne verdeckt.

Ich fange seinen Blick auf. Sollen Annie und ich jetzt für die Tat unseres tollkühnen Bruders bezahlen? Mein Mund wird trocken, mein Herz pocht.

»Seid ihr aus der Kirche verbannt, ihr Sünder?«, fragt er.

Ich stehe auf. Ich reiche ihm gerade mal bis zum Kinn. Er ist kräftig gebaut, seine breiten Schultern hängen drohend über mir. »Warum? Du etwa?«, frage ich.

Annie schaut von mir zu ihm. Sie hat keine Angst vor den Männern aus dem Dorf, nicht mal vor diesem Schläger, aber sie will alles über sie wissen, wie bei den Tieren im Wald, als wären sie eine andere Art von Mensch. Groß und bärtig, in ein Wams gekleidet. Solche Lebewesen bekommt sie zu Hause nicht zu sehen.

»Wenn wir von Euch eine Nettigkeit erbetteln dürften …«

Jetzt sitzt ihm Lachen in den Augen, grausam und mächtig. »Nettigkeit, sagst du? Das ist alles, worum du mich bittest?«

»Nicht von dir.«

Er macht einen Schritt auf mich zu. Ich rühre mich nicht von der Stelle. Ein Fehler.

»Aha. Und warum nicht?«, fragt er mit ruhiger Stimme. »Vielleicht ist mir ja danach, euch eine Nettigkeit zu erweisen.« Er senkt seinen Kopf so nah zu meinem, dass ich grüne Flecken in seinen Augen sehen und seinen Atem auf meiner Haut spüren kann. Sein Geruch erinnert mich an das Auskochen des Lammkopfes. »Aber was würde ich dafür zurückbekommen?«

Er wischt mir mit der Hand über die Wange, reibt mir mit dem Daumen über den Mund und, ohne lange zu überlegen, schaue ich ihm ins Auge, knurre, wie ich es von den wilden Hunden gehört habe, und schnappe nach seinem Daumen. Grabe meine Zähne hinein, schmecke Blut. Er macht einen Satz rückwärts, schreit, dann rammt er mir die Faust ins Gesicht. Ein grauenvoller Schmerz explodiert in meinem Schädel und lässt mich zu Boden gehen, wobei sich der Geschmack meines Blutes mit dem Geschmack von seinem mischt.

Da höre ich Schreie, Annie schmeißt sich auf ihn und drischt mit ihren Fäusten auf sein Bein ein. Er schleudert sie mit dem Fuß von sich, flucht und saugt an seinem blutenden Daumen. Sie kriecht zu mir, und ich setze mich auf, wische mein Gesicht sauber und halte sie fest.

Er beugt sich über mich, schwer und schnell atmend. »Dafür wirst du bezahlen, du kleine Hure.«

Er hebt seinen Hut hoch, streicht sich die Haare glatt, dann richtet er sich auf und geht zur Kirche, nicht schneller als vorher. Ich sehe ihm nach, streichle Annie den Kopf und versuche, meine Atmung zu beruhigen.

Die Wut nährt meine Lust, ihn leiden zu lassen. Wieder fühle ich den dumpfen Aufprall eines Steins an meiner Schulter, sehe Annies große, verständnislose Augen und die feixenden Gesichter der Kinder, rieche den faulig-fleischigen Geruch des Knechts. Die Wut durchzuckt mich, brennt unter meiner Haut, füllt meinen Mund und jagt mich so jäh auf die Füße, dass Annie auf den Boden fällt.

»Fluch über dich.«

Die Worte brechen durch meine Lippen, körnig und verunreinigt mit dem Blut des Knechts. Mit tiefer, rauer Stimme. Nicht meine eigene. Nicht laut. Er dreht sich trotzdem um.

»Ich verfluche dich. Die Haut soll dir in schwärende und brennende Wunden ausbrechen, die dich mit Schmerzen quälen und jeden abstoßen, der seinen Blick auf dich richtet.«

Er steht da, erst betroffen, aber dann lacht er und setzt seinen Weg fort. Doch sein Lachen klingt aufgesetzt, und ich spüre, dass er Angst hat. Ich bleibe stehen, während die Kraft, die brennend durch mich läuft, in mir aufsteigt, bis sie denselben Grad erreicht hat wie das Grauen, das in ihm hochquillt.

Als sich mein Herzschlag schließlich beruhigt, wird mir bewusst, dass Annie zu meinen Füßen kauert. Sie wimmert und hält sich die Hände vors Gesicht. Ich nehme sie schnell auf den Arm, jetzt wieder ganz ihre Schwester, ein zerlumptes Mädchen mit leerem Magen, das brennende Schmerzen hat, wo mich Hand und Stein getroffen haben. Wir wenden uns zurück zum verfluchten Hügel.

Kirchturmspitzen und Dachgebälk

Daniel gesellte sich zu Vater in die Küche, gerade als Bett ein paar Pastinaken aus dem letzten Herbst hackte und dem Eintopf hinzufügte, der nun den ganzen Tag vor sich hin köcheln würde, bis sie ihn am Abend essen konnten. Ein Feuer glühte unter dem Rost, es warf einen Schein auf die glänzende Oberfläche des Tischs. Das ganze Zimmer roch nach backendem Brot und dem blubbernden Getreide und Bohnen.

»Bist du krank? Du siehst aus, als hättest du Fieber.«

Bett legte ihm die Hand auf die Stirn. Eine Berührung, die effizient war, wenn nicht sogar liebevoll.

»Nein«, sagte sie, zuckte mit den Schultern und wandte sich wieder ihrem Topf zu. Seine gute Gesundheit machte ihn sofort unwürdig jeder weiteren Aufmerksamkeit.

Vater grunzte. »Ist Faulheit, nicht Krankheit, die ihn aufhält. Komm, du Langschläfer. Bett geht gleich, und wir müssen in die Kirche.« Seine Laune war ungewöhnlich schlecht, und Blut sickerte ihm aus einem Nasenloch. Daniel befürchtete, den Grund dafür zu kennen.

»D-du, äh … du hast da …« Er tippte sich unter seine eigene Nase.

Vater runzelte die Stirn und wischte sich das Blut weg, als sie durch die Tür traten. »Uns geht ein Lamm ab, verdammt noch mal«, sagte er.

Daniel schauderte.

»Halt mal die Augen offen. Es ist durch die Hecke entwischt, ganz sicher, und wir müssen es unbedingt wiederfinden. Ich kann es nicht hinnehmen, so etwas Wertvolles zu verlieren.«

Daniel trottete hinter ihm her. Er war dankbar, dass er die Geistesgegenwart besessen hatte, das Blut vom Pfad hinter dem Feld zu waschen, gleich an dem Tag, als das Lamm gestohlen worden war. Die ganze Zeit war ihm die Stimme des Teufelsjungen im Kopf herumgespukt, hatte seine Träume überschattet und ihm Angst im Dunkeln gemacht. Er war so froh, verschont worden zu sein, dass er sich keine Schuldgefühle erlaubte, wenn er mal wieder so viele Kerzen abgebrannt hatte und neben einem Haufen Asche auf dem Boden aufwachte. Er machte sie selbst, indem er Binsen spaltete und auseinanderzog und sie dann in Schafstalg tauchte. Eine Arbeit, die ihn vor Gestank würgen ließ. Eine Arbeit, die anderswo Frauen erledigten.

Er fuhr zusammen, als er ein Rascheln in der Hecke hörte, beim Geräusch eines Flüsterns, ganz sicher, aus dieser Richtung: »Die Hölle soll über dich kommen.«

Blonde Haarsträhnen stahlen sich unter Molly Matthews' Hut hervor und streiften ihren Nacken. Daniel versuchte, sich auf das Bildnis Christi und die Worte des Pfarrers zu konzentrieren. Er hielt seine Augen offen, bis sie brannten, denn wenn er blinzelte, sah er gleich wieder das höhnische Gesicht des Jungen vor sich.

Wenn er sich auf der Kirchenbank vorbeugte, konnte er Mollys Haut riechen, die sie für den Kirchgang extra frisch geschrubbt hatte.

Daniel litt unter der schlaflosen Nacht. Die Kirche war bestimmt der sicherste Ort für ihn, aber er wurde die Angst nie ganz los, dass der Haworth-Junge dort auftauchen könnte, seine dreckige Hand unter der Kirchenbank durchschieben würde, um ihn zu packen. Der schwache, aber beständige Geruch von Fisch, der allgegenwärtig war, wenn das ganze Dorf zusammenkam, drehte ihm den Magen um.

Hinten in der Kirche öffnete sich quietschend die Tür. Daniel umklammerte die Bank vor sich – jetzt war der Junge gekommen, um ihn zu holen, nicht mal das Haus Gottes konnte so viel Schlechtigkeit aufhalten, und Daniel würde verwünscht werden oder gleich umgebracht, während er hier im Gottesdienst saß.

Alle Köpfe drehten sich, schickten ein raschelndes Geräusch durchs Kirchengebäude, während Pastor Walsh mit seinen Beschreibungen der Verdammnis fortfuhr. Er klatschte einmal in die Hände und warf einen wütenden Blick auf die Gemeinde, wobei er die Stimme erhob, um sich die gewünschte Aufmerksamkeit zu verschaffen.

Daniel schaute sich auch um und sah Gabriel hereinkommen, mit gesenktem Kopf und gerunzelter Stirn. Von allen beobachtet, suchte er sich einen Platz und setzte sich. Ein kollektiver Seufzer der Enttäuschung ging durch die Menge, die Unterbrechung war den Erwartungen nicht gerecht geworden. Gabriel lebte mit seiner kleinen Schwester und seiner gebrechlichen Mutter zusammen, um die er sich aufopfernd kümmerte, und er kam daher oft zu spät in die Kirche. Das war die einzige Pflicht, über die er sich nie beklagte, und er erfüllte sie mit einer Sorgfalt, die bei Daniel Staunen darüber auslöste, wie ein Mann zugleich so liebevoll und so grob sein konnte.

Daniel schloss die Augen, schwankte leicht hin und her. Atmete wieder und drehte sich zurück zum Pastor und seinen speichelspritzenden Warnungen vor dem Höllenfeuer, aber dann blickte er auf einmal geradewegs in Mollys lächelndes Gesicht.

Er blinzelte. Ihre Augen waren zu hell, die Farbe von blassgrünen Äpfeln, ihre Lippen zu einem mutwilligen Lächeln verzogen, das eigentlich nicht in die Kirche gehörte. Seine Augen verengten sich, als wäre er geblendet worden.

Sie beugte sich zu ihm. Ein Geruch nach Rauch und Eisen, irgendwie unpassend zum zart gefärbten Stoff ihres Rocks.

»Was hat den denn von der Kirche abgehalten?«, flüsterte sie.

Daniel musste den Drang unterdrücken, »Pscht« zu sagen. Er machte den Mund auf und wartete darauf, dass die Worte herauskamen. Wenn man ein hübsches Gesicht vor sich hatte, war es auch nicht viel einfacher, als wenn man einen Teufelsjungen vor sich hatte.

»Ein Kampf?«, brachte er schließlich heraus. Auch ein Grund, der Gabriel oft zu spät kommen ließ, obwohl er sich bevorzugt nach einem Besuch in der Schenke prügelte.

Sie beugte sich noch näher zu ihm und stützte sich mit der Hand auf die Rückenlehne ihrer Bank.

»Oder eine Geliebte.«

Das Lächeln breitete sich genauso schnell über ihr Gesicht aus wie die Röte über Daniels, bis sie sich endlich wieder nach vorne umdrehte.

Er schaute zum Pastor, doch jetzt sah er nur noch ihr Gesicht vor sich. Wenn Gott einen Blick in Daniels Kopf getan hätte, durch Kirchturmspitze und Dachgebälk, durch die ganzen Hauben und Hüte und frisch gekämmten Haare, dann hätte Er nicht vorgefunden, was Er hätte vorfinden sollen. Alles, woran Daniel denken konnte, war der Geschmack von Mollys Lippen.

Nach dem Gottesdienst fanden sich die Menschen in mehreren Grüppchen zusammen. Die Jungen pflückten kleine Sträuße mit Wildblumen und reichten sie den errötenden Mädchen, die Keuschheit heuchelten. Sonntag war der unterhaltsamste Tag der Woche.

Daniel stellte sich mit seinem Vater zu Mr Matthews und ein paar Fischern, darunter auch Betts Mann Nathaniel. Sie standen plaudernd unter der Eiche, deren Zweige sich langsam mit hellgrünem Laub bedeckten. Sie alle nickten Vater zu und verstummten in der Erwartung, dass er das Wort ergreifen würde.

»Gute Predigt«, sagte sein Vater. »Bisschen Grips diese Woche.«

Zustimmendes Gemurmel von den Männern.

»Obwohl der Herr Pastor heute wegen deinem Knecht beinahe den Faden verloren hätte«, bemerkte Mr Matthews.

Blätterrascheln, ganz deutlich. Daniel musste sich zwingen, sich nicht umzuschauen. Die Dämonen des Haworth-Jungen konnten ganz nach Belieben ihre Erscheinungsform wechseln, hieß es, und konnten gut und gerne zwischen den Grabsteinen herumkriechen und Daniel sogar noch belästigen, wenn er einfach nur hier stand. Er konzentrierte sich ganz bewusst auf die Unterhaltung.

»In der Kirche untersteht er nicht meinen Befehlen.« Das kam tadelnd, denn Mr Matthews ließ es oftmals an dem Respekt fehlen, den Vater von den anderen Dorfbewohnern gewöhnt war.

Nathaniel schaute an Daniels Schulter vorbei und runzelte die Stirn: »Seht ihr die zwei da, wie die die Köpfe zusammenstecken?« Er deutete auf Sam Finch und einen Mann namens Turner. »Kommt mir komisch vor.«

Sie blickten alle hinüber. »Hat da nicht gerade auch Geld den Besitzer gewechselt?«, fragte Daniel.

»Schau nicht so genau hin, mein Sohn, und sprich nicht so laut«, warnte sein Vater. »Wo immer du hinschaust, du wirst immer jemand sehen, der sich das Schweigen eines anderen erkauft. Behalt dir deine Unschuld und schau einfach weg.«

»So wie der Magistrat. Obwohl den nicht unbedingt die Unschuld blind macht«, bemerkte Nathaniel.

»Und dafür wollen wir alle dankbar sein«, meinte Mr Matthews und beschattete seine Augen mit der Hand. »Scharfe Augen können Gewinn bringen. Ich werd nicht verraten, bei wem ich meinen Fisch kaufe, aber ich zahl nur die Hälfte von dem, was die anderen zahlen, und dazu das Versprechen, nicht zu sagen, mit wessen Frau er ins Bett geht. Außer seiner eigenen.«

Vater runzelte die Stirn, und Daniel wusste, dass sich Mr Matthews schon wieder verrechnet hatte. Die Ehe seiner Eltern war kurz, aber glücklich gewesen, und Vater sah Untreue nicht mit gnädigen Augen an.

»Verwendet eure scharfen Augen lieber für bessere Zwecke und haltet nach meinem Lamm Ausschau«, sagte Vater. »Ich hab eins verloren, und ich kann es nicht wiederfinden.«

»Glaubst du, dass es gestohlen worden ist?«, fragte Nathaniel.

Daniel atmete tief durch, um seinen schnellen Herzschlag zu beruhigen, und senkte den Kopf, um die Schuld zu verbergen, die mit Sicherheit auf seinem Gesicht geschrieben stand. »Vielleicht ist es ja einfach durch die Hecke entkommen«, schlug er vor.

»Ich halte Diebstahl für wahrscheinlicher«, sagte Vater. »Haltet die Ohren offen, Jungs.«

Daniel blieb reglos stehen und erwartete fast, dass einer sagte, dass sie den Teufelsjungen gesehen hatten, wie er das Lamm davontrug, aber niemand sprach. Er spürte, wie sich hinter ihm etwas bewegte, spürte einen Atem in seinem Nacken, und er machte einen kleinen Satz zur Seite, wobei er fast mit Nathaniel zusammenstieß. Der Dämon war ihm auf den Fersen. Als er sich umschaute, war nichts zu sehen.

Er fühlte nur die Demütigung durch den grimmigen Blick, mit dem sein Vater ihn bedachte, und das verächtliche Grinsen von Mr Matthews. Allen war bewusst, was für eine Rolle er auf dem Hof spielte. Er war kein Mann, und das wussten sie. Heute war es mehr als die Furcht vor ihrem Hohn, die ihn davontrieb. Daniel gab vor, mit Gabriel sprechen zu müssen, und ließ seinen Vater stehen, um das Familiengrab aufzusuchen, wie immer. Als er auf das Tor zuging und dabei beständig nach rechts und links schielte, ob nicht doch ein bösartiges Wesen ihn belauerte, da standen auf einmal ein Paar blanke braune Schuhe vor ihm auf dem Weg, und er wäre um ein Haar mit ihrer Besitzerin zusammengeprallt.

»Du schaust ja so ernst.« In Mollys Stimme klang das Lachen schon mit.

»Echt?« Er war jetzt nicht in der Stimmung, alberne Mädchen zu unterhalten. Nicht mal, wenn sie so dralle Lippen hatten wie diese.

»Und warum fällt es dir so schwer, mich anzuschauen? Ist mein Gesicht zu hässlich für dich?«

»Nein, natürlich nicht.«

»Warum musst du dann auf deine Schuhe schauen?«

Sie streckte eine Hand aus und hob damit sein Kinn, sodass seine Augen ihren Blick trafen. Er war entschlossen genug, um ihrem Blick standzuhalten, aber gegen die Röte, die sich über sein Gesicht ausbreitete, konnte er nichts machen.

»Vielleicht bist du am ersten Mai weniger ernst«, sagte sie und ließ ihn wieder los. »Ich hab nämlich neue Kleider bekommen, und ich hoffe, dass du mich dann anschauen kannst. Wirst du mich zum Tanz auffordern?«

Eher hätte er der Sau einen Unterrock angezogen und wäre mit ihr auf der Dorfstraße rumgehüpft. »Es wäre mir ein Vergnügen«, log er.

Seine Ungeschicklichkeit fiel heute ganz besonders auf. Oft beging er nach der Kirche irgendeinen Fehler, und dann wurde sein Vater, der gerade seine ganze Güte zu Gott und seine ganze Zuneigung vor einen Grabstein gebracht hatte, schrecklich zornig.

Als er beim Reinkommen gehetzt vor Angst die Tür zu heftig aufwarf, schmiss er die Kanne mit der Milch von heute um.

»Du Trampel«, schrie sein Vater, während Daniel neben der Pfütze kniete und sie aufwischte. »Weißt du, was du mich da gerade gekostet hast? Weißt du, was das für einen Wert hatte?«

Daniel hielt den Kopf gesenkt.

»Ganz zu schweigen von dem Gestank, den das hinterlassen wird.«

Daniel stand auf, um den vollgesogenen Putzlumpen hinauszubringen.

»Hörst du mir überhaupt zu?«

Er hob den Blick gerade noch rechtzeitig, um eine Faust heranfliegen zu sehen, zu spüren, wie ihn der Hieb ins Gesicht traf und ihn wegschleuderte, dass ihn die Türklinke in die Stirn traf.

Daniel ging in die Knie, Milch drang durch seine Hose. Diesmal kein Blut. Durch seine Finger sah er Vaters Beine, die vor ihn hintraten, seinen Brustkorb, dann sein Gesicht, als er sich neben ihn kniete.

»Sohn«, sagte er. »Warum musst du mich immer so reizen? Du weißt doch, wie schnell ich in Wut gerate.« Mit einer sanften Berührung zog er Daniels Hände weg und musterte sein Gesicht. »Du bist nicht verletzt, es ist nicht zu schlimm. Komm, ich helf dir.«

Er hob Daniel auf die Füße, setzte ihn an den Tisch neben dem Kaminfeuer. Er streckte eine Hand aus, die über Daniels Kopf schwebte, dann zog er sie wieder zurück.

»Was zu essen vielleicht?«

Daniel nickte und zwang sich, zu lächeln. Vater stellte die Pfanne auf, um Milch zum Auftunken mit Brotstückchen heiß zu machen, wie Daniel schon wusste, denn das machte er immer. Ihm war schlecht, ein Gefühl, das vom Geruch der kochenden Milch noch verstärkt wurde. Ein Geruch, den er für alle Ewigkeit mit Schmerz und der Reue seines Vaters in Verbindung bringen würde.

Sommerhimmel

Wie alles, was einmal unser Dorf ausgemacht hat, ist auch der Brunnen vom Tode befleckt.

Er steht immer noch, umwuchert von Efeu und verstopft mit Schlamm. Selbst wenn dort noch Wasser wäre, wir trauen uns nicht, es zu trinken. Die Sorge, dass sich von dem verfaulten Fleisch unter der Erde Gift ausbreitet, ist zu groß. Wir können nicht sicher sein, wo die Toten begraben liegen. Es heißt, es waren so viele und sie starben so plötzlich, dass keine Zeit mehr für einen würdigen Gottesdienst blieb. Ganze Familien liegen hier, einer über dem anderen, in den kleinen Gärten, in denen einst die Tiere grasten und das Gemüse angebaut wurde, in Reihen, die die Erde rund um unser Zuhause furchte.

Ich gehe übers Gras den Hügel hinunter zum Brunnen, komme unterwegs an Matt Taylors Hof vorbei und stolpere fast über eins seiner Schafe, das auf dem Pfad liegt. Der leere Eimer schlägt gegen mein Bein. Es blökt, als würde es wittern, dass ich mir den Geschmack seines gekochten Fleisches vorstelle. Kein Stück besser als mein Bruder.

Aus der Ferne höre ich das Wiehern eines Pferdes, sicher ein Wildpferd, sonst würde es nicht so galoppieren und so laut wiehern. Ich stelle den Eimer ab und schiebe mich durch eine Lücke in der Hecke, die mir die Haut zerkratzt und nach meinen Haaren schnappt. Da ist aber auch noch ein beruhigendes Geräusch, ein einlullendes Gemurmel. Die Geräusche kommen vom Nachbarfeld, dem ich mich vorsichtig annähere. Durch die Wolken kommt ein Sonnenstrahl, so dick wie Butter. Ich weiß nicht, warum ich das sehen muss, aber ich kann nicht mehr umdrehen, obwohl ich in meinem Kopf ganz deutlich Mams Stimme höre. Ihre Warnungen, mich von den Dorfbewohnern fernzuhalten, davor, was uns passieren könnte, wenn sie sich entscheiden sollten, unsere Dienste nicht mehr zu benötigen.

Das Pferd ist nachtschwarz und glänzt, es hat die Ohren zurückgelegt und rollt mit den Augen. Schreiend und ausschlagend galoppiert die Stute immer wieder rund um die Wiese. Böse bis ins Mark, wie jeder sehen kann, ein Fluch, der nur durchs Mams Fähigkeiten geheilt werden kann. Niemand, der seine fünf Sinne beisammenhat, würde in ihre Nähe gehen.

Matt Taylors Sohn steht keine zwei Schritte entfernt von der Stelle, an der sie stehen geblieben ist. Die Hand hat er ausgestreckt, er lässt das Pferd nicht aus den Augen. Er ist größer, als ich ihn in Erinnerung habe, kerzengerade steht er da. Keiner von beiden hat mich gesehen.

Ich hab schon vom Sohn des Bauern gehört. Ein schüchternes Ding. Ich hätte nicht gedacht, dass er den Mut aufbringen könnte, diesem Viech entgegenzutreten.

Er starrt das Pferd an, ohne einmal mit der Wimper zu zucken. An ihm ist eine Ruhe, die berückend wirkt. Mein Puls verlangsamt sich, während ich ihm zuschaue.

Die Stute tänzelt, bereit, jederzeit wieder davonzugaloppieren oder auszuschlagen, während er vorsichtig auf sie zugeht. Sie ist wie festgenagelt von seinem Blick, unfähig, wegzuschauen. Genauso wie ich. Die feinen Haare auf seinem ausgestreckten Arm sind weiß wie Treibholz.

Sie bleckt die Zähne, kaut und leckt, senkt den Kopf. Der Sohn des Bauern wendet ihr jetzt den Rücken zu und geht von ihr weg. Gerade als ich denke, dass sie ihn nun garantiert angreifen wird, folgt sie ihm mit gesenktem Kopf, jetzt vollkommen ruhig.

Er fährt ihr mit der Hand über die Stirn, flüstert ihr etwas zu, lehnt seine Wange an ihr Maul. Sie bleibt stehen wie ein Schmusekätzchen.

Genauso wie die Stute stehe auch ich wie gebannt da, ich vergesse mich selbst. Ich vergesse, dass ich die Tochter von der Familie oben auf dem Hügel bin, die man verspottet oder fürchtet, aber mit der man nicht redet. Ich gestatte mir die Vorstellung, dass ich von meiner Last und meinem Versprechen, die ich in mir trage, befreit bin.

Ich trete einen Schritt vor. »Wie hast du das gemacht? Sie hätte dich umbringen können.«

Er fährt zusammen und dreht sich zu mir um, wobei er puterrot im Gesicht wird. Das Pferd wiehert, und er streckt die Hand aus, um es zu beruhigen, ohne die Augen von mir zu nehmen. Sein Blick bleibt ganz kurz an der Haut auf meiner Wange hängen, die unter den Knöcheln des Knechts aufgeplatzt ist, dann schlägt er die Augen nieder.

»Ach, ich …« Er schaut sich um, scheint verwirrt.

»Das ist eine Gabe.«

»Ach, nein. Das ist nur … Es ist nichts.«

»So was hab ich noch nie gesehen.« Er hat eine seltene Sanftheit an sich, einen Selbstzweifel. »Kann ich sie auch streicheln?«

Er zögert kurz, dann nickt er. »Wenn du vorsichtig bist.«

Die Stute zuckt zurück, zeigt das Weiße in ihren Augen und schnaubt, als ich auf sie zugehe.

»Du darfst sie nicht anschauen«, sagt er. »Du musst einfach … deinen Kopf gesenkt halten. Genau, so.«

Ich bewege mich auf sie zu und halte den Blick auf den Boden gerichtet. Langsam. Sehr langsam. Die Stute bewegt sich ganz leicht. Seine Hand liegt immer noch auf ihrem Hals. Ich weiß, dass sie mich nicht angreifen wird. Er wird sie nicht lassen.

»Gut so«, sagt er.

Ich strecke die Hand aus, und er führt meine Finger zur Stirn der Stute.

»Hier«, sagt er. »So hat sie's gern.« Zusammen streicheln wir sie mit kreisenden Bewegungen. Sie schnaubt leise.

»Siehst du«, sagt er. »Sie mag dich.«

Seine Worte sind wie der Sommerhimmel. Ich könnte mich unter sie legen und mich wärmen lassen. Die Sonne, die sich einen Weg durch eine dicke Wolke bahnt, zeigt jede seiner Sommersprossen und jede blonde Wimper. Unter seinem Auge zieht sich ein Bluterguss hin wie ein Schatten, er ist frisch und geschwollen.

»Wie hast du das gelernt?«, frage ich.

»Ich mach einfach … ach, ich weiß nicht. Ich kann im Grunde überhaupt nichts.« Er lacht unsicher. Zuckt mit den Achseln. »Ich mag Tiere. Ich beobachte sie. Es ist ganz einfach.«

»Du kannst das richtig gut.« Ich streichle die Stute, und sie schnobert in meiner Hand herum. »Als hättest du sie verhext.«

Als ich die Worte ausspreche, erkennt er mich auf einmal. Ich sehe es in seinen Augen, eine aufblitzende Angst. Auf einmal steht er ganz still und krallt seine Hand in den Rücken des Pferdes. Die Stute reagiert mit einem Wiehern. Mir war gar nicht aufgefallen, dass ich lächle, bis ich auf einmal aufhöre. Das ungewohnte Gefühl verlässt mich, und wieder einmal bin ich bloß die dünne Kruste eines Menschen mit nichts drin. Die süße Wärme, jemand anders zu sein, hat nur kurz angedauert, aber ihre Abwesenheit brennt wie die offenen Wunden, die ich dem Knecht an den Hals gewünscht habe.

Er stolpert zurück, fällt beinahe über seine eigenen Füße, schnappt nach Luft wie ein Fisch auf dem Trockenen. Sein Gesicht ist so weiß wie der Himmel über uns dunkel. Ich hasse ihn für die Freundlichkeit, die er mir erst entgegengebracht hat, um sie mir anschließend wieder wegzunehmen. Mehr als die Raufbolde, die mich aufziehen und verprügeln.

Die Stute beginnt, mit den Hufen zu stampfen, und schüttelt ihre Mähne. Ich versuche, mit Willenskraft auf sie einzuwirken, damit ihr Huf in seinen Schädel dringt, aber ich kann es nicht, ich habe immer noch die Sanftheit seiner Stimme im Ohr. Stattdessen renne ich weg, flitze zurück übers raue Gras, breche durch die Hecke, die mir die Haut zerreißt, hebe den Eimer und schlage ihn mir auf die blauen Flecken, die er auf meinem Bein hinterlassen hat, während ich zum Brunnen renne.

Wolken wälzen sich und wirbeln über mir, ein Blitz schneidet durch die Luft, und Regen fällt in großen und kalten Tropfen. Ich freue mich darüber, ich freue mich über das Donnerkrachen und den schwarzen Himmel und meine nassen Röcke, die mich bis ins Mark frieren lassen. Bald wird das alles sein, was ich noch fühlen kann.

Der Klang des Sturms

Es dauerte, bis ihre Worte zu Daniel durchdrangen, bis ihm klar wurde, wer sie war und warum sie gekommen war. Sie war das Hexenmädchen. Die Schwester des Teufelsjungen. Er stand da, neben sich die unruhige Stute, während sich über ihren Köpfen der Himmel verdunkelte und dann jäh von einem grellen Blitz geteilt wurde. War das ihr Werk? War das eine Warnung?

Er sah ihr nach, wie sie davonlief – einerseits erleichtert, dass sie sich entfernte, andererseits hätte er sie am liebsten sofort zurückgewünscht. Sie war nur gekommen, um ihm zu schaden, gar kein Zweifel. Aber trotzdem. Ihr Lächeln war so beruhigend gewesen, und sie hatte nur für ihn gelächelt. Wie ein warmer Herd, dessen tröstlicher Wärme er nicht widerstehen konnte. Als sie fort war, fror er.

Ihre Worte gingen ihm durch den Kopf. Eine Stimme, so süß und klar wie ein Regentropfen im Frühling, ein hübsches, kleines Gesicht voller Licht. Er konnte nichts Dunkles an ihr finden. Diese Augen. Jede Farbnuance des Meeres war darin gewesen.

Aber das war sicherlich nur Hexenwerk, das sie so aussehen ließ.

Verhext. Das Wort war so bedeutungsschwer, das musste ihr auch bewusst gewesen sein. Um ihn wissen zu lassen, wer sie war, um die Macht ihres unheiligen Wirkens zu demonstrieren. Um ihn an die Strafe zu erinnern, die ihn erwartete. Er wünschte, sie hätte ihn verflucht, und er würde sich jetzt krümmen und winden an irgendeinem Leiden, das ihm zugedacht war. Er hielt das Warten nicht mehr aus, die Angst vor der unvermeidlichen Folter, die auf ihn zukam.

Daniel drehte sich um und erbrach sich ins Gras, wobei er um ein Haar das Hinterbein der Stute getroffen hätte. Sie zuckte nicht zusammen, sie lehnte sich vielmehr an ihn, als der nächste Blitz aus den Wolken über ihnen herabfuhr.

Er führte sie zum Schuppen. Er hatte immer noch weiche Knie, der Boden schwankte unter seinen Stiefeln. Die Stute folgte ihm willig. Vater und Gabriel saßen in der Ecke, tranken Bier und aßen Brot und hartgekochte Eier, während der Regen aufs Dach hämmerte.

Vater deutete auf das Pferd. »Was soll das denn werden?«

»Hab die Stute gezähmt.«

Daniel war sich sicher, einen befriedigenden Ausdruck über Vaters Gesicht flackern zu sehen. Er würde die Leistung seines Sohnes am Gewicht der Münzen ermessen, die ihm die Stute beim Verkauf einbringen würde. »Dann bring sie in den Stall«, forderte er ihn auf.

Als Daniel das Pferd wegführte, sprach Gabriel um das halb gekaute Brot in seinem Mund: »Hätte den Gaul auch selbst brechen können.«

Daniel war schon einmal dabei gewesen. Ihm war ganz schlecht geworden, und am Ende musste er sich auf die Lippe beißen, damit er nicht lautstark Einwände erhob. Brechen war genau die richtige Bezeichnung. Gabriel fesselte dem Tier Kopf und Füße und schlug es, bis der letzte Widerstandsgeist gebrochen war. Daniel schwor sich, dass er nie wieder danebenstehen und zuschauen würde.

»Nathaniel hat erzählt, dass du das Lamm nicht gefunden hast. Ich glaube jetzt auch, dass es gestohlen wurde, sonst hätten wir es längst wieder«, sagte Gabriel.

Daniel hielt inne. Vater knurrte.

»Und auf dem Weg in die Kirche hab ich mir gedacht, das war doch garantiert diese Familie von da oben im Pestdorf, die es gestohlen hat.« Er kratzte sich seitlich am Kopf, so heftig, dass seine Kappe dabei vor- und zurückrutschte. Daniels Griff um den Hals der Stute wurde fester, und sie warf ihm einen unheilvollen Blick zu. »Wahrscheinlich war das diese kleine Hure, die da auf dem Hügel lebt.«

Vater runzelte die Stirn. »Sie sind schon eine finstere Bande, das ist wohl wahr. Aber ich bezweifle, dass das Mädchen das Lamm gestohlen hat, wenn überhaupt einer, dann eher der Sohn.«

Das Gesicht des Jungen erhob sich vor Daniels innerem Auge: das höhnische Grinsen, die Drohung. Das Blut.

Gabriel kratzte noch heftiger. »Wir sollten mal ein paar Männer zusammentrommeln, hochgehen und schauen, was die da so treiben. Heute Nacht. Ich werd sie finden, diese ...«

»Was? Dieses junge Mädchen?«, fragte Vater.

Gabriel riss sich die Hand vom Kopf und wurde rot. »Nein. Nur ... alle, wie sie da sind, meinte ich.«

»Wenn ich den Schuldigen finde, werde ich über seine Strafe befinden«, sagte Vater.

»Das Lamm ist ertrunken«, sagte Daniel. Das war ihm einfach so rausgerutscht und überraschte ihn selbst. »Ich hab es in der Strömung gesehen.«

Die Sache mit den Haworths setzte ihm so zu, dass er keine Angst mehr hatte, diese Lüge auszusprechen. In den Schatten lauerte wesentlich Schlimmeres als der Jähzorn seines Vaters.

Vater stieß einen gereizten Seufzer aus. »Daran bist du schuld,

Gabriel. Du musst die Hecken besser prüfen und zumachen. Ich werd dir deinen Lohn kürzen.«

Daniel ließ den Klang von Gabriels Protesten hinter sich, die Stute folgte ihm jetzt mit einem Vertrauen in den Augen, das ihn ganz kurz an die Tochter der Haworths erinnerte, dieser offene Ausdruck, der darin lag, als sie vortrat.

Sie schien harmlos wie jedes andere Tier auf dem Hof. Geschlagen, verängstigt und fluchtbereit. Allein ihre Angst machte sie zu einer Gefahr, zu einer Verzauberung. Aber jetzt nicht mehr.

Die, die mich kennen

Der Hügel ist rutschig von Schlamm und durchnässtem Gras. Ein Schmerz schießt mir durch den Fuß, als ich auf einen Stein trete. Ich schreie auf und stolpere, verliere das Gleichgewicht und stürze.

Dort bleibe ich liegen, muss an den Gesichtsausdruck des Jungen denken, an Mams düstere Warnungen, dass wir uns vom Dorf fernhalten sollen. Das Wissen, das wir in uns tragen, weitergegeben von ihrer Großmutter und gehütet von jedem auserwählten Mitglied der Familie, darf nicht geteilt werden. Und dann steh ich auf einmal da und plaudere mit ihm, als wäre er meinesgleichen. Er hat mich reingelegt, so wie er das Pferd eingelullt hat, bis es ihm vertraute. Sein Erschrecken war nur aufgesetzt, er hatte die ganze Zeit gewusst, wer ich bin.

Ich rapple mich wieder hoch, schüttle meinen tropfnassen Unterrock aus und starre den Hügel hinunter zum Bauernhof und zum Dorf. Zu den Orten, an denen ich niemals zu Hause sein werde. Ich wurde von einem anderen erwählt, für ein Schicksal, das ich selbst noch nicht kenne, aber ich bin bereit, es anzunehmen. Denn ich bin inzwischen zu erschöpft, um mich dagegen zu wehren.

Den Hügel hoch. Auf Händen und Knien, wo ich muss. Ich muss wieder zu denen, die mich kennen.

Ich werfe mich gegen die Tür und stolpere ins Haus. Beim Anblick von Mam, die sich gerade übers Feuer beugt, verraucht mein Ärger und löst sich ganz in Luft auf. Ich bin zermürbt. Ich gehe zu ihr und lege ihr den Kopf an die Schulter, als wäre ich wieder so klein wie Annie.

Sie nimmt mich in die Arme, zieht mich auf einen Stuhl und holt den Lappen. Wischt mein Gesicht mit langsamen Bewegungen ab. Als ich sauber bin, dreht sie sich wieder um. Ich fasse sie beim Arm.

»Ich will, dass du es mir beibringst.«

Wir beginnen mit Heilkunde und Schutzamuletten.

»Fangen wir mit den harmlosen Sachen an«, sagt sie. »Vieles von unserem Handwerk befriedigt Rachsucht oder den Wunsch, Leid zu verursachen, notgedrungen, denn das ist die Natur, der wir dienen, aber diese Seite hat auch etwas Reines, das gut zu dir passt. Ist gut, wenn du es freiwillig in dein Leben lässt. Du hast nicht die Wahl, die andere Mädchen haben.«

Die Stimme bricht ihr weg, während sie spricht, und ich weiß, sie redet davon, dass ich niemals einen Mann und die Liebe finden werde. Ganz kurz denke ich an die Angst in den Augen des Bauernjungen, dann straffe ich den Rücken. Was sollte mir ein Ehemann schon groß nützen? Nein. Ich werde bei Mam und John und Annie bleiben. Ich werde die Fähigkeiten von unseresgleichen erlernen.

Ich hab mir oft gewünscht, ich wäre in dieses andere Leben hineingeboren worden, mit Essen auf dem Tisch und warmer Kleidung. Einem Ehemann, einer Familie. Ein Leben mit Wäschewaschen im Fluss mit den anderen Frauen und Kirchgängen am Sonntag. Mam hat versucht, uns dieses Leben zu geben, aber er, dem wir dienen, hat einen Sturm heraufbeschworen, der es uns entriss, uns unseren Vater nahm und alles andere obendrein.

Wir sind nicht gemacht für dieses Leben. Ich muss mich jetzt der Heilkunde zuwenden. Dieser Teil unserer Gabe hat mich immer angezogen, das Lindern von Leiden und das Heilen von Schmerzen. Es ist eine freundliche Fähigkeit.

Wenn ich arbeite, stelle ich mir eine Zeit vor, in allernächster Zukunft, in der das Dorf uns nur noch als Wohltäter sieht. In der man uns in ihrer Mitte willkommen heißt. Wenn ich in dieser Zeit eines Morgens aufwache und ein Mal auf Annies Haut entdecke, wird davon nicht mehr so viel Schrecken ausgehen. Sie wird in Sicherheit sein. Bald werde ich die Macht haben, ihnen das Gute in dem zu zeigen, was wir tun, ihnen ihre Angst zu nehmen. Denn obwohl auch sie aus Magie gemacht ist, ist es eine andere, sanftere Art als die, die wir praktizieren.

Vieles weiß ich schon, weil ich Mam immer zugeschaut habe, und ich könnte jedem erzählen, welche Kräuter gegen Magenschmerzen wirken oder einen Ausschlag lindern. Viele Male bin ich für sie schon Pflanzen pflücken gegangen. Jetzt bringt sie mir bei, wie ich sie in Salben und Tinkturen verwandeln kann, wie ich Amulette zusammenstelle, mit denen man Verlorenes wiederfindet oder Flüche aufhebt.

Heute zerdrücke ich die Malvenblätter und Stängel, die wir gesammelt haben, bis sie sich in eine dicke, klebrige Paste verwandelt haben, die das ganze Zimmer mit seinem frischen Geruch erfüllt. Mam leitet mich an, während ich Wasser zugieße und umrühre und so ein Tonikum herstelle, welches, löffelweise eingenommen, einen aufgewühlten Magen beruhigt.

John sitzt daneben und schaut zu. Mit einer Art Gier beobachtet er, wie Mams Hand meine führt, ihr leises Lachen, wenn ich die Mischung nicht gleich ganz glatt rühren kann. Er zuckt mit dem Bein, trommelt mit der Messerspitze auf den Tisch, wartet darauf, dass sie ihn anfährt, er solle gefälligst aufhören. Das tut sie aber nicht, also schiebt er irgendwann geräuschvoll seinen Stuhl zurück und verlässt wortlos das Haus.

Ich kann mich noch an Johns Gesicht erinnern, als er hörte, wie mir Mam erklärte, was mein Mal zu bedeuten hatte. Er war damals ein Junge von zehn Jahren, der mit großen Augen lauschte. Am nächsten Morgen zog er sich aus und suchte seine Haut nach einem Mal ab, und dann rannte er ganz aufgeregt zu Mam, als er einen kleinen dunklen Fleck auf seiner Brust entdeckt hatte.

Sie würdigte ihn kaum eines Blickes. »Das ist nicht sein Mal, mein Sohn«, sagte sie und bückte sich, um Annie, die damals noch ein Baby war, aus dem Körbchen zu heben. »Du bist nicht erwählt und wirst es auch nie sein, denn er sucht keine Seele wie deine.« Sie schaukelte Annie mit dem einen Arm und legte ihre andere Hand John auf die Schulter. »Du bist der Mann im Haus. Deine Aufgabe besteht darin, dass du arbeitest. Uns ernährst.«

Sie wandte sich von ihm ab. Er zog seine Tunika an und rannte den Hügel hinunter ins Dorf. Es war das erste Mal, dass er sich Arbeit suchte, und sein erster Geschmack von der Grausamkeit und dem Spott der Dorfbewohner, die sein Ansuchen ablehnten.

Sie kommentiert es jetzt auch nicht, als er aus dem Haus geht, aber sie beobachtet mich und tätschelt mir die Hand. »Du hast das Blut deiner Urgroßmutter«, sagt sie. »Du kommst jetzt mit ins Dorf und hilfst mir verkaufen.«

Ich schüttle die Traurigkeit ab, die ich für John empfinde, schlucke den Kitzel von Unwohlsein herunter, den mir ihre Worte verursacht haben. Ich gehöre zu den Heilkundigen und habe keine andere Wahl.

Mam und ich wandern von Haus zu Haus, die Küste im Rücken und die Brise brackig mit dem Geruch von Fisch, der unsere Münder ausfüllt und unsere Haare mit einer feinen Kruste überzieht. Dieser Teil des Strandes ist lang, der Sand weich, und als das Wetter wieder aufklart, singt das Meer eine beschwingte Melodie. Es wimmelt von Leuten: Männer in Booten, die ihren Fang an Bord ziehen, Frauen, die auf der Suche nach Miesmuscheln durchs flache Wasser waten. Das hier ist nicht der Abschnitt, den ich mit Annie besuche, und ich hatte auch noch nie den Wunsch danach.

Abgesehen von Taylors Hof ballen sich die Häuser des Dorfes unten am Meer zusammen. Tau-Springer sucht uns diejenigen heraus, die vielleicht unsere Gaben brauchen könnten, und heute führt er uns hierher, behauptet Mam. Tür um Tür wird uns vor der Nase zugeschlagen, obwohl die meisten Mams Heilmittel irgendwann schon einmal genutzt haben und sie vielen Kindern auf die Welt geholfen hat. Jetzt erlebe ich selbst, was John erdulden muss, wenn er Arbeit sucht.

Eine Frau tritt einen Schritt zurück und verschränkt die Arme, als sie uns sieht. »Wisst ihr, diese Heilkundige vom anderen Flussufer war gerade erst vor ein paar Tagen hier, und ich hab von ihr alles bekommen, was ich gebraucht hab.«

Mam versteift sich, sie atmet ganz flach, und ich spüre die Wut, die in ihr Funken schlägt. »Dieses alte Weib«, sagt sie. »Das ist eine Betrügerin und eine Teufelin obendrein, und ihre Ware ist nichts als Wasser und schwarze Magie.«

Die Frau bleibt unbeeindruckt. »Ihre Ware hat mich weniger gekostet als eure. Also.«

Sie macht uns die Tür vor der Nase zu, und wir gehen weiter, um uns immer und immer wieder abweisen zu lassen. Mam murmelt die ganze Zeit etwas in sich hinein, dass ihre Rivalin nicht mehr als eine Betrügerin ist und mit hässlichen Taten handelt. Ich verzichte darauf, sie daran zu erinnern, dass sie sich auch nicht zu fein dafür ist, hie und da einen Fluch einzusetzen, wenn es ihr in den Kram passt.

»Egal«, sagt sie. »Wir werden Tau-Springer auf sie ansetzen.«

Als uns zu guter Letzt Robert Turner die Tür seines Cottages aufmacht, werden wir ins Haus gebeten. Wir warten im dämmrigen Raum, wo ein Korb mit Fisch in einer Ecke steht und Stiefel neben dem Feuer trocknen.

»Es geht um Alice«, sagt er. »Sie ist krank geworden und liegt im Bett, aber sie kann nicht schlafen.«

Wir folgen ihm zu ihrem Lager, wo sie mit weit aufgerissenen Augen liegt und ihre Finger die Luft umklammern.

Ich beobachte, wie Mam das Bild der Frau aufnimmt, die sie einmal gekannt hat. Alice setzt sich auf, wirft ihre Decke von sich und erhebt sich taumelnd.

»Was tut sie in meinem Haus?« Sie schaut mit wildem Blick von Mam zu ihrem Mann. »Schaff sie raus hier. Lass mich in Frieden, du Hexe.« Sie macht mit erhobener Hand einen Satz auf Mam zu, aber die tritt einfach beiseite, und Robert greift seine Frau, hält sie ganz still. Sie weint und jammert an seiner Schulter. »Kannst du es sehen?«, flüstert sie. »Es ist hier, siehst du nicht?«

Er schüttelt den Kopf. »Du weißt, dass ich das nicht kann, mein Schatz. Ruth ist hier, um dir zu helfen. Leg dich hin und lass sie ihre Arbeit tun.«

Mam setzt sich zu Alice auf die Bettkante und nimmt ihre Hand. Sie wartet einen Moment, wortlos, und schaut voll Mitleid und Verachtung diese Frau an, die einmal ihre Freundin war. »Erzähl mir«, sagt sie.

»Es ist dunkel.« Alices Hände flattern. »Es bewegt sich in den Schatten, und, und … es hat Flügel, wie ein Vogel. Und es flüstert, ich hör es, könnt ihr es nicht auch hören?« Sie wirft Robert und Mam einen wilden Blick zu. »Es redet von Dingen, die ich tun soll, ganz schrecklichen Dingen.« Sie presst sich die Hand auf den Mund. »Verletzen. Ich soll andere verletzen, und mich auch. Jedes Mal, wenn ich zu schlafen versuche, liegt es auf mir. Ich bin verflucht, nicht wahr?«

Mam ergreift Alices Hände, drückt sie zurück aufs Bett und

tätschelt sie. »Ist nur ein Geist, die sind bekannt für ihre Boshaftigkeit, aber sie können nicht viel anrichten. Es wird nicht lange dauern, dann haben wir dich von ihm befreit.«

Alice packt Mams Finger und drückt sie sich an die Lippen, um sich dann zurücksinken zu lassen. Im Nebenzimmer zeigt Mam Robert, wie er ein Hexenglas befüllen muss, indem er ein Büschel von Alices Haar abschneidet, es ins Glas legt und noch ein paar abgeschnittene Fingernägel von ihr dazutut.

Wir gehen hinunter ans Meer, um Wasser zu holen, und Mam weist ihn an, noch eine Handvoll Sand und ein paar Steine hineinzutun. Ich beobachte ein paar Männer, die ihr Boot an Land ziehen, mit gesenkten Köpfen und beschäftigten Händen. Sie zeigen kein Interesse an uns, ihre Anwesenheit macht mich nervös. Ich ziehe die Einsamkeit am schäbigeren Strandabschnitt vor, an dem Annie und ich immer Muscheln suchen. Als das Glas fertig ist, drückt Mam es Robert in die Hand.

»Vergrab es auf deinem Land, am äußersten Ende«, sagt sie. »Ich komme noch einmal vorbei mit einem Mohn-Elixier. Sie wird bald geheilt sein.«

Er nickt. Mam streckt die Hand aus, damit er seine Münze hineinlegen kann. »Das Elixier wird noch mal mehr kosten«, sagt sie.

Wir gehen zurück zur Wiese und dem Hügel. Mam schweigt, bis wir an der Tür sind.

»Ich hab sie früher einmal meine Freundin genannt«, sagt sie.

Ich gebe keine Antwort, denn der Verlust steht ihr deutlich ins Gesicht geschrieben. Ich versuche, mir vorzustellen, was Freundschaft bedeutet, wie es aussieht und wie es sich anfühlt. Ich kann mich an Kinder von früher erinnern, als mein Vater noch lebte und wir am Meer wohnten. Ich weiß noch, wie wir gemeinsam über nasse Steine geklettert sind und unsere Hände in die kleinen Pfützchen getaucht haben, um die winzigen Fischchen zu fangen, die darin schwammen. Aber ich glaube nicht, dass Freundschaft dasselbe bedeutet, wenn man erwachsen ist, wenn man Frau und Mutter ist. Was es jetzt für mich bedeuten würde, die ich irgendwo zwischen Kind und Mutter stehe. Vielleicht werde ich Letzteres niemals sein.

Mam plaudert im Flüsterton mit Tau-Springer, ihre Stimme zittert vor boshaftem Mutwillen, während ich mir den Topf mit der Salbe vornehme, denn man hat uns gebeten, einen Fall von Pocken zu behandeln.

»Warum musst du gehen?«, fragt Annie, die mit baumelnden Beinen am Tisch sitzt und Löwenzahnblätter kaut. Sie ist gerade von einer Erkundungstour in den Ruinen zurückgekehrt, ihre Knie und Hände sind noch schlammverschmiert. »Im Wald sind Fuchsbabys, und die fangen jetzt alle an zu krabbeln und rumzuspringen, die würd ich dir so gern zeigen. Und ich hab noch was gefunden, womit wir spielen können.«

Sie legt einen kleinen Holzgegenstand auf den Tisch, der geformt ist wie eine Eichel, oben ganz flach und unten abgerundet. Er ist mit Dreck und Schmutz bespritzt, und ich kann sehen, dass er sich an den Rändern schon auflöst.

»Zeig es ihr morgen«, sagt Mam. »Nimm John mit. Er wird mit dir spielen und auch die Fuchsbabys besuchen.«

John setzt sich auf, obwohl er immer noch in seine Decke gewickelt ist. Die Haare stehen ihm wild vom Kopf ab, und sein Gesicht spiegelt seine Empörung.

»Es sei denn, du hast vor, dich uns anzuschließen und Arbeit zu suchen?«, fragt Mam.

Er ächzt und legt sich wieder hin.

»Aber was ist das denn, Mammy?«, fragt Annie. »Das, was ich da gefunden hab?«

Ich kann meine Augen nicht davon abwenden. Heute ist es zwar nutzlos, weil Alter und Verwitterung ihm zu stark zugesetzt haben, aber ich kann die kleinen Hände sehen, die diese Kreisel auf den Boden setzten, die lachenden Kinderstimmen hören.

Mam wirft einen Blick auf Annies Schatz. »Das ist ein Kreisel. Für Kinder, die haben ihn ganz schnell gedreht und dann auf den Boden gesetzt.«

Annies Mund öffnet sich, als sie ihren Fund anstarrt und zu drehen versucht, aber er fällt gleich wieder um.

»Tu's zu den anderen Sachen«, sage ich, damit ich endlich aufhören kann, an die ganzen kleinen Hände zu denken, die jetzt irgendwo im Erdreich vermodern, an die Stimmen, die nun verstummt sind.

Sie gleitet von ihrem Hocker und legt den Kreisel behutsam in ihre Sammlung. Auf ihrem Rückweg springt sie auf John. Er stöhnt und protestiert, aber ich weiß genau, dass er ihr nichts lange ausschlagen kann.

»Ach komm, John, komm mit und schau sie dir an«, bittet Annie. »Ich zeig dir, wo die Füchse sich verstecken, aber du musst ganz still sein, damit du ihre Mammy nicht erschreckst.«

»Lass mich in Ruhe, kleine Motte«, sagt er und vergräbt sich unter der Decke. Ich weiß, dass er aufstehen und mit Annie in den Wald gehen wird, sowie wir aus der Tür gegangen sind. Seine Zuneigung zu Annie ist genauso stark und von Beschützerinstinkt geprägt wie bei mir, obwohl er vor Mam und mir immer Gleichgültigkeit heuchelt, für den Fall, dass wir ihn für schwach halten, für unfähig, seine Rolle als unser Beschützer auszufüllen. Dabei ist es gerade seine Sanftheit, seine Unfähigkeit, Annie irgendeinen Wunsch abzuschlagen, die meine Gefühle für ihn auftaut.

Mam biegt vom Weg ab, der zu den Wiesen und den Cottages an der Küste führt, und geht stattdessen nach links, zu Taylors Hof. Sie nickt einem winkenden Mädchen zu.

»Liebes Mädel, diese Phyllis«, bemerkt sie.

Ich bleibe stehen. »Du hast doch gesagt, wir gehen ins Dorf.«

»Der Bauernhof gehört auch zum Dorf. Geh weiter jetzt, Kind.«

Ich umklammere die Schale mit der Salbe, und ich denke wieder an den Jungen, der die Stute so beruhigt hat, die Sanftheit seiner Stimme, das Sonnenlicht, das sich in seinen Augen spiegelte. Und wie er vor Angst erstarrt ist, als ihm klar wurde, wer ich bin. »Für wen ist die Salbe?«

»Für einen Knecht. Er hat einen Ausschlag, Kuhpocken oder so was.«

»Aha.« Ich gehe weiter. Immerhin, wir gehen nicht zu dem Jungen, und ich kann mir auch vorstellen, dass er alle Hände voll zu tun hat. Ich erinnere mich an die Faust des Knechts und die Wut, die mich durchfuhr, als ich ihn verfluchte. Vielleicht sind meine Fähigkeiten ja jetzt ausgereift, und er hat die Pocken mir zu verdanken. Ich sollte Angst haben vor dem, was ich getan habe, aber die Erinnerung bringt nur meinen Zorn zurück, und ich möchte eher sein Leiden sehen, als ihm eine Salbe bringen, die den Ausschlag wieder heilt. Aber sein Geld nehme ich gerne.

Wir haben den Hof kaum betreten, als ich auch schon den Jungen sehe. Er trägt einen Korb mit Eiern auf dem Arm. Er erbleicht, schaut hinter uns, als würde er sich dringend wünschen, dass ihm jemand zu Hilfe kommt. Wir zaudern beide, und die Eier rollen im Korb herum. Eigentlich Arbeit für eine Frau, hatte ich immer gedacht, aber vielleicht hab ich mich ja auch geirrt. Mam schaut mich stirnrunzelnd an und wendet sich dann direkt an ihn.

»Guten Morgen, junger Mann. Man hat uns gerufen, damit wir uns das Leiden eures Knechts näher ansehen.« Sie schenkt ihm ein zahnlückiges Lächeln.

Sein Blick zuckt von ihr zu mir und wieder zurück. »G-gerufen?«

»Ja, vom Hausmädchen. Bett, heißt sie nicht so?« Mam scheint sich nicht unwohl zu fühlen, aber ich weiß nicht, wie viel von ihrem selbstsicheren Auftreten wirklich echt ist. »Wir haben eine Heilsalbe mitgebracht.«

Er mustert den Tiegel in meinen Händen, hält aber immer noch vorsichtig Abstand. »Wie … wie wirkt die?«

Ich versuche, ihn zu hassen, aber die Erinnerung an seine Freundlichkeit, auch wenn sie nur sehr kurz anhielt, macht meine Bemühungen zunichte. Mam wirft mir einen Blick zu, ihre Miene ist verblüfft. Ich bezweifle, dass jemals irgendein Dorfbewohner ihr so eine Frage gestellt hat.

»Ich … also, das macht der Knoblauch«, erkläre ich.

»Knoblauch?« Er stellt den Korb auf den Boden und macht einen kleinen Schritt auf mich zu. »Die … das, was im Wald wächst? Diese Blumen?«

»Ja, aber wir benutzen die Knolle. Die beruhigt die Haut.«

Er späht in meinen Tiegel. »Hab ich gar nicht gewusst.«

»Wissen auch nicht viele«, sagt Mam und bedenkt mich mit einem verärgerten Blick.

Ich rufe mir ins Gedächtnis, wie er sich verändert hat, als er mich erkannte. Aber jetzt kennt er mich, ich kann nicht verhehlen, dass ich die Tochter der Heilkundigen bin, und er bleibt trotzdem sanft. Und hat nur noch ein bisschen Angst, glaube ich.

»Hilft auch bei Bauchschmerzen und lindert Schwäche auf der Brust«, füge ich hinzu.

Neugierig kommt er noch näher. »Wirklich? Aber … ich meine, wie macht ihr …?«

»Pscht, Mädel.« Mam lacht, aber ihr Blick warnt mich. »Gib nicht unser ganzes Wissen preis, wir brauchen …«

»Wie geht es der Stute?«, frage ich. Ich halte den Atem an. Seine Antwort wird mir die Wahrheit über seine Gefühle für mich und meine Familie verraten.

Seine Augen hellen sich sofort auf. Eine ungewohnte Wärme überkommt mich. »Gut, danke«, sagt er. »Sie ist …«

Von hinten unterbricht ihn ein scharfer Ruf.

»Hej.«

Es ist der Knecht, der direkt auf mich zeigt. Der Junge tritt zurück.

»Hej«, ruft er noch einmal. »Das war dein Werk, du mit deiner Hexerei und deinen Flüchen, und jetzt wagst du es noch, deinen Fuß auf diesen Boden zu setzen?«

Er drängt sich an dem Jungen vorbei und versetzt ihm einen Schlag, dass er stolpert und direkt vor mir zum Stehen kommt. Seine Kiefer mahlen, sein Brustkorb hebt und senkt sich.

»Mach, dass das aufhört.« Er bietet einen jämmerlichen Anblick, mit seinem mürrischen Gesichtsausdruck und den fehlenden Haarbüscheln, wo er sich die Kopfhaut wund gekratzt hat. Ich muss gegen mein Lachen ankämpfen. »Nimm deinen Fluch von mir.«

Bei diesen Worten starren mich Mam und der Junge an. Er tritt wieder zurück, seine Augen jetzt verängstigt.

»Nein«, sage ich, nur an ihn gewandt. »Ich hab das nicht …«

Ich ignoriere Mams scharfen Blick, schaue am Knecht vorbei zu dem Jungen. Ich muss ihm beweisen, dass ich unschuldig bin.

»Das ist nicht … ich lerne bloß, zu heilen.«

Er bleibt still, und ich habe nicht das Gefühl, dass er wirklich verstanden hat. Der Knecht brüllt weiter seine Anschuldigungen, Mam wirft beschwichtigende Worte ein, aber ich kümmere mich weder um ihn noch um sie.

»Nehmt dies«, sagt Mam, nimmt mir die Schüssel aus der Hand und bückt sich, um sie neben die Füße des Knechts zu stellen. »Das wird Euer Leiden lindern. Bitte, wir heilen nur. Mehr nicht. Es soll Euch nichts kosten, Sir.«

Sie ergreift meine Hand und zieht mich weg. Ich will nicht weg. Als mir klar wird, dass ich tatsächlich wahre Macht besitze, dass mein Fluch, mit dem ich den Knecht belegt habe, gewirkt hat, durchzuckt mich ein Schlag. Es ist zu viel. Was für eine Verletzung könnte ich bei meinem nächsten Wutausbruch verursachen? Was für ein Unglück könnte ich über meine Familie bringen? All das geht mir durch den Kopf, aber trotzdem mehr als alles denke ich an diesen Jungen. Dieser Moment flüchtiger Wärme, die so rasch verflogen ist. In diesem Augenblick wäre ich gerne jemand anders. Ich wünschte, ich wäre einfach nur das Mädchen, das ihm beim Zähmen der Stute zugeschaut hat, weiter nichts. Er steht da wie vom Donner gerührt, als wäre er derjenige, den ich verflucht habe.

Als wir den Hügel zur Hälfte erklommen haben, ergreift Mam das Wort. »Was hast du getan?« Sie steht da, die Hände in die Hüften gestützt, schwer atmend. »Du musst mir das ganz genau erklären mit diesen Stuten und Flüchen. Hab ich dir nicht gesagt, du sollst dich von dort fernhalten? Wir mischen uns nicht in ihr Leben, und sie lassen uns in Ruhe, und so muss es auch bleiben.«

»Er hat mich geschlagen, da bin ich eben wütend geworden. Es sollten eigentlich nur Wunden werden.«

»Das freundliche Gespräch über Stuten fürchte ich mehr als diesen Fluch.«

»Ich hätte nicht gedacht, dass ich so viel Macht habe.«

»Natürlich hast du Macht. Du bist gezeichnet. Du hast die Gabe, hab ich dir das nicht jahrelang gepredigt?« Sie nimmt meine Hände in ihre. »Aber du musst sie mit Vorsicht einsetzen, Mädchen, und zeig deine Wut nicht so offen, sonst wissen alle, dass du es warst. Sie fürchten sich davor.« Sie lässt meine Hände los, tritt einen Schritt zurück, und ich spüre, wie sie um Selbstbeherrschung ringt, spüre ihren Drang, mir ihre Worte einzubläuen. »Was muss ich noch tun, damit du achtsamer mit deiner Gabe umgehst? Würdest du uns alle, würdest du auch deine kleine Schwester in Gefahr bringen?« Sie schaut sich um, obwohl niemand außer uns dem Pestdorf so nahe kommt. »Ich hab dich oft genug vor dem

Schicksal von Frauen gewarnt, die verurteilt worden sind. Frauen, die nichts anderes getan haben als wir.«

Obwohl ich ungern daran denke, dräut finster über mir die Geschichte derer, die nicht weit von uns entfernt wohnten. Die Geschichte, die uns Mam immer erzählt, wenn sie fürchtet, dass wir von den Versuchungen des Dorflebens dazu verführt werden, unbewacht dort rumzulaufen. Von einem Mann, der Frauen wie uns jagt. Wie sie von Gericht und Kirche verurteilt wurden. Wie Freundin sich gegen Nachbarin wandte, Tochter gegen Mutter, bis sie am Ende in der Schlinge baumelten. Ich kann den festen Strick um meinen eigenen Hals geradezu fühlen.

Schöne Jammergestalten

Daniel kniete im Gemüsegarten, wobei er sorgfältig darauf achtete, die Setzlinge nicht zu zertrampeln. Tief sog er den Duft frischer Erde ein, als er sie von den Radieschen und dem Frühlingskohl schüttelte, die er auf Betts Geheiß erntete.

Er setzte sich zurück, lauschte dem Gesang der Amsel und beobachtete, wie die Asseln versuchten, in ihre Verstecke zu huschen. Er bemühte sich, jeden Gedanken an das Hexenmädchen aus seinem Kopf zu verbannen, den stürmischen Tanz ihrer Haare, als ihre Mutter sie fortzog. Die Sonne ging auf, brach sich ihre Bahn durch die Zweige des Apfelbaums, der ganz frische Blüten trug. Als würde Gott selbst herunterlächeln, obwohl Daniel sicher war, dass Gott sich nicht groß für seine schwache Existenz interessierte. Er zögerte eine Weile, beobachtete, wie die Amsel heruntergeflogen kam, um die Gänsefedern zu holen – er hatte sie absichtlich an den Fuß des Baumes gelegt, damit sie sie für den Nestbau benutzen konnte. Aber jetzt musste er sich wirklich sputen. Wenn er heute noch Erbsen aussäen wollte, musste er sogleich mit den Vorbereitungen beginnen.

Seufzend sammelte er das Gemüse zusammen und ging in die Küche, wo Bett damit beschäftigt war, Wäsche zusammenzupacken.

»Ah«, sagte sie mit einem Blick in den Korb, den er auf den Tisch gestellt hatte. »Gut, du hast wunderbares Gemüse ausgesucht. Und mir eine Arbeit erspart, danke.«

Daniel beäugte die Wäsche. Ein Gedanke kam ihm in den Sinn. »Ist heute Waschtag?«

»Ja.«

»Soll ich … hättest du gerne, dass ich dich begleite?«

Sie warf ihm einen verblüfften Blick zu, und er spürte, wie ihm die Röte in die Wangen stieg.

»Runter zum Fluss? Zu den ganzen anderen Frauen?«, fragte sie.

»Es ist nur … ich hab mitbekommen, dass die vom Hügel, dieses Mädchen, die wäscht auch im Fluss, und da hab ich mir gedacht … du weißt schon, nach Gabriel und dem … dem … dass ich dich vielleicht begleiten sollte. Zum … zum Schutz.« Sein Gesicht brannte.

Bett starrte ihn einen Moment lang an, dann kicherte sie und wandte sich wieder ihrem Wäschebündel zu. »Du bist wirklich eine Seele von Mensch, und es wärmt mir das Herz, zu wissen, dass du dir Sorgen um mich machst. Aber es ist wirklich nicht nötig. Und hast du nicht andere Aufgaben zu erledigen?«

Daniel zuckte zusammen und ging sofort Richtung Tür, weil er sich lebhaft vorstellen konnte, wie sein Vater sich über seine Säumigkeit ärgerte.

»Ich hatte noch nie Angst vor den Haworths, und außerdem …« Betts Stimme klang jetzt gedämpft, weil sie ihm wieder den Rücken zudrehte. » … werden sie gar nicht an diesen Flussabschnitt gehen.«

Daniel blieb auf der Schwelle stehen. »Ach so?«

»Nein, ich hab gehört, dass sie den Abschnitt mit dem Gestrüpp benutzen, wo es felsiger ist und die Bäume dicht an dicht stehen.« Sie blickte kurz auf. »Ich dürfte also in Sicherheit sein.«

Er blieb stehen, während ihre Worte sich in seinem Kopf überschlugen.

Er kannte die Stelle, von der sie sprach. Vielleicht würde er nachher mal dort vorbeigehen.

• • •

Dann ein Schrei, ein Ton, bei dem einem das Herz fast stehen blieb und das Blut in den Adern gefror. Da war jemand in Not. Daniel rannte los, wobei er Angst vor dem hatte, was er vorfinden würde, aber er war fest entschlossen, dem Wesen zu helfen, das da so litt.

Das Geräusch kam mit hoher Geschwindigkeit auf ihn zu, in Form einer kleinen Gestalt, nur fliegende Gliedmaßen und flatternde Haare. Sie rannte mit überraschender Wucht in ihn hinein und warf ihn zu Boden. Er fing das Wesen auf und hielt es fest, als wollte er versuchen, einen Aal zu fangen.

»Pscht. Alles in Ordnung, du bist hier sicher.«

»Lass mich los«, schrie das Kind und zappelte noch mehr.

»Beruhige dich«, sagte er. »Du bist …« Ihre kleinen Finger griffen sich seine Haare und rissen kräftig. »Aua, warte …«

Daniel lockerte seinen Griff, und das Kind rannte in die Arme des Haworth-Mädchens, das über ihm stand. Sein Magen machte einen unangenehmen Hüpfer. Er wusste nicht, ob vor Angst oder Vorfreude.

»Was machst du mit meiner Schwester?«, fragte sie.

Er setzte sich auf und rieb sich die brennende Kopfhaut. Kämpfte seinen Drang nieder, einfach davonzulaufen. Jetzt bereute er seinen schwachsinnigen Impuls, hierherzukommen. Er sammelte seinen ganzen Mut zusammen, obwohl ihm das Blut so schnell durch die Adern schoss, dass er spürte, wie es unter seiner Haut toste, und brachte schließlich hervor: »F-frag lieber, was sie mit mir macht.«

»Wolltest du sie entführen?«

Er hätte nicht sagen können, ob Sonnenlicht oder Hexerei ihre Augen zum Leuchten brachten. Er rappelte sich hoch und war bereit, jederzeit wegzurennen, falls es nötig werden sollte. »Ich dachte, sie hätte sich verletzt, das arme Ding. Sie … ich wollte ihr bloß helfen.«

Das arme Ding knurrte ihn aus der Sicherheit der schwesterlichen Umarmung an. Er hob beschwichtigend die Hände.

»Mein Fehler.«

»Nicht dein erster.«

»Sicher nicht.«

Sie betrachtete ihn über den zerzausten Kopf des Kindes mit ihren überraschend dunkelblauen Augen, die sich leuchtend von ihrer schmutzverschmierten Haut abhoben. Der Wind schnappte sich ihren widerspenstigen Haarschopf und legte ihr Gesicht frei. Es lag eine unerwartete Lieblichkeit in der Rundung ihres Kiefers, eine Schiefe der Lippen, die entweder spöttisch oder freundlich war.

»Na, dann lass ich euch jetzt mal allein.« Er wollte weggehen, rührte sich aber nicht vom Fleck. Sie schien ihm wie ein gewöhnliches Mädchen zu sein, aber vielleicht vollzogen sie hier ja irgendein heidnisches Ritual. Ihm waren solche Geschichten über ihre Familie zu Ohren gekommen.

»Sie ist weggerannt, weil ich versucht habe, sie zu waschen.«

»Ach so?«

»Ja. Auf ihrem Körper wimmelt es nur so. Von Flöhen.«

»Wovon?«

»Du weißt schon.« Sie ahmte nach, wie sich Annie am Kopf kratzte.

»Ach so.« Vielleicht also doch eine irdischere Erklärung als Hexerei. Wieder fiel ihm ihr Lächeln ein, als er die Stute gezähmt hatte.

Die Verachtung, hinter der sich das Mädchen versteckte, war nur eine dünne Schale, hinter der sie mehr schlecht als recht einen Abgrund aus Angst verbarg. Sein Instinkt sagte ihm, wie bei jedem Lebewesen, dass sie aus Angst angriff, dass er sie beschwichtigen musste.

Das Gesicht ihres Bruders ging ihm durch den Kopf. War sie ein Dämon, so wie er? Hatte sie Daniel aus der Ferne befohlen, sie aufzusuchen? Denn er wusste nicht mehr, warum er gekommen war. Er sollte jetzt lieber gehen.

Jetzt wollte er sogar wegrennen. Jedes seiner Körperteile strebte davon. Das Kind war mager, seine Haare schmutzig und verfilzt, in den Augen des Mädchens tobte ein Sturm aus Trotz und Zweifel. Was sie brauchten, war Hilfe, keine Furcht. Doch wie bei seinem Versuch, das Lamm vor ihrem Bruder zu schützen, ließ er sich gegen jede innere Warnung vom Schmerz eines anderen Wesens anrühren und machte einen Schritt vor statt einen zurück.

Daniel ging in die Hocke, um mit dem schmutzigen Gesicht des Kindes auf Augenhöhe zu sein. »Magst du den Fluss denn nicht?«

Sie entblößte die Zähne.

»Du weißt schon, dass da Fische drin sind, die die Farbe vom Mond haben, oder?«

Sie löste ihre verschränkten Arme.

»Und Muscheln, die das Lied des Meeres flüstern.«

Sie legte den Kopf auf die Seite.

Daniel stand auf und zuckte mit den Achseln. »Gut, wenn du nicht willst, dann lassen wir es eben.«

Das Kind blickte hoch zu seiner Schwester und zupfte sie am Arm. »Wir können ja mal gucken«, schlug das Mädchen vor. »Wenn du möchtest.«

Sie gingen zu dritt bis ans Flussufer. Daniel schnürte seine Stiefel auf und zog sich die Socken aus, dann suchte er sich seinen

Weg durch die Steine und paddelte mit den Händen durchs flache Wasser, den Kopf gesenkt. Ein Blick verriet ihm, dass die beiden Schwestern immer noch am Ufer verharrten.

»Schnell«, sagte er. »Ein Fisch. Komm her, schau mal. Mach einen Schritt ins Wasser, sodass deine Füße drin sind.«

»Ich komme ja schon«, sagte das ältere Mädchen, ließ ihre kleine Schwester stehen und watete hinein.

Daniel berührte ihren Arm, und sie schaute ihn überrascht an, mit einem Gesichtsausdruck, der ihm sagte, dass sie immer noch auf der Hut war. Er deutete auf die kleinen Fische, die ihr um die Knöchel schwammen. Sie schaute hinunter und sah verzückt aus, als hätte er ihr wirklich den Mond gezeigt. »Hast du die schon mal gesehen?«, fragte er.

Sie schüttelte den Kopf. »Wir mögen das Wasser nicht.«

Er stellte keine weiteren Fragen. Das Meer und der Fluss gaben den Menschen ebenso viel, wie sie zerstörten. Sie lieferten Nahrung und ließen sich bezahlen mit dem Leben der Männer, die darauf segelten, der Frauen, die darin Wäsche wuschen. Die meisten konnten nicht schwimmen, und auch er tat es nur in den ruhigeren Wassern des Flusses. »Hier bist du sicher«, sagte er.

Ihr Lächeln kam jäh und hell. Das konnte doch nicht geheuchelt sein. »Na komm, Annie«, rief sie. »Komm, schau auch.«

Das Kind watete zu ihnen, sein Rock baumelte im Wasser.

»Hier.« Daniel ging in die Hocke und griff ins schlammige Flussbett. »Schau.«

Als er seine Hand hohl machte und den Fisch fing, kam sie näher und beugte sich darüber, sodass ihre Haare sich auf der Wasseroberfläche ausbreiteten und sanft hin und her getrieben wurden. Er machte die Hand wieder auf und zeigte ihr das Lebewesen, wie es zuckte und sich drehte.

»Du hast einen gefunden«, staunte sie. »Ist das ein Mondfisch?«

Er lachte. »Das ist ein … doch, stimmt schon. Ein Name ist so gut wie der andere. Aber jetzt müssen wir ihn wieder zurücktun. Magst du mir helfen, noch einen zu suchen? Du musst ganz genau hingucken.«

Sie drehte sich langsam um, Hände und Arme im Fluss, das Gesicht berührte schon fast die Oberfläche. Daniel schaute zu ihrer Schwester, die hinter dem Kind stand.

»Ihre Haare sind schon nass«, stellte er fest.

Sie begann, mit der hohlen Hand Wasser zu schöpfen und es der Kleinen über die Haare zu gießen. Das Kind runzelte die Stirn und schlug die Hand seiner Schwester weg.

»Da ist wieder einer«, rief Daniel. »Siehst du ihn? Willst du ihn mal in die Hand nehmen?«

Das Kind spuckte die Rinnsale aus, die ihm übers Gesicht liefen, und streckte die Hände aus. Daniel gab ihr den Fisch und musste lächeln, als sie nach Luft schnappte. Sie hätte nicht glücklicher aussehen können, wenn er ihre Arme mit Honigkuchen gefüllt hätte.

»Fertig?«, fragte er die Schwester. Sie nickte. Er nahm die Hände der Kleinen und zog sie ins Wasser, sodass der Fisch wieder frei war. Sie zitterte.

»Na«, meinte er, »das reicht wohl für heute, oder?« Er kniff sie zärtlich ins Kinn.

Sie wateten hinaus, wobei die Schwestern sich an den Händen hielten und ihre Beine vor Nässe glänzten. Lumpen, die sich fächerförmig auf dem Wasser ausbreiteten, feuchtes, verfilztes Haar, das in der Sonne glänzte. Schöne Jammergestalten. Daniel holte wieder seine Stiefel und Strümpfe.

Das Mädchen ließ ihre Hand vorschnellen, auf deren Fläche ein Stein lag. »Hier, als Dankeschön«, sagte sie.

Er nahm ihn von ihrer Handfläche und musterte den glatten grauen Stein, der immer noch nass war vom Fluss.

»Mammy wird sicher böse sein«, flüsterte das Kind.

»Nicht, wenn wir alle den Mund halten.«

»Oh, das ist ja schön«, sagte er. »Der hat ja ein Loch in der Mitte.«

Sie schaute ihn an, als wäre er nicht mehr ganz richtig im Kopf. »Ja, das ist ein Altweiberstein. Er schützt vor Flüchen und so. Habt ihr bei euch auf dem Hof keinen, damit die Milch nicht sauer wird?«

Er schüttelte den Kopf. »Mein Vater hält nicht viel von …«

Das Kind hüpfte jetzt von einem Fuß auf den anderen. »Und wenn du durch das Loch schaust, siehst du vielleicht eine Fee. Oder einen Wassergeist, wenn du ihn in den Fluss hältst.«

Daniel drehte den Stein in der Hand. »Ein tolles Geschenk. Ich werde es in Ehren halten.«

»Ja«, sagte das Mädchen. »Das solltest du auch.« Sie schüttelte die Kleine sanft am Arm. »Wie sagst du zu dem Jungen?«

»Daniel«, sagte er.

Das Kind hatte den Daumen im Mund. »Danke«, sagte sie an ihrem Daumen vorbei, dann blickte sie hoch zu ihrer Schwester. »Aber ich hab die Flüstermuschel nicht gekriegt.«

Er lachte. »Ein andermal.« Er wandte sich zum Gehen, kehrte dann aber noch einmal um. »Wie heißt du?«

Ein misstrauischer Ausdruck huschte über ihr Gesicht. »Warum?«

Er wurde rot und kam aus dem Tritt. »Ich … das ist doch … so macht man das eben.«

»Ach so.« Sie runzelte die Stirn und wich zurück, als würde sie von ihm einen Hinterhalt erwarten.

»Also?« Mit ihr zu sprechen war, als würde man irgendwo hinfahren, ohne den Weg zu kennen.

Sie zögerte und musterte ihn. Er wartete. »Sarah«, sagte sie.

»Das ist aber hübsch«, rutschte ihm heraus.

Sie fuhr zusammen und runzelte die Stirn, als hätte er sie beleidigt. »Du brauchst gar nicht so überrascht zu schauen.«

»Nein, nein. Tu ich auch gar nicht, es ist nur, er passt so gut zu dir.« Er holte Luft. Jetzt war es auch schon zu spät für Vorsicht. Ein einziges Mal wollte er auch mutig sein. »Er ist eben hübsch.«

Daniel senkte den Kopf, um zu verbergen, dass er rot geworden war, und eilte barfuß über Erde, Kies und Gras nach Hause. Er drückte den Stein dabei in seine Handfläche und dachte über die Stärke seiner Zauberkräfte nach. Ob er ihn wohl vor seinem Wunsch beschützen konnte, sie wiederzusehen? Würde er ihn vor den vorwurfsvollen Blicken des Dorfes schützen, wenn er nicht widerstehen konnte?

Endlich waren die Vorbereitungen abgeschlossen und das Land bereit zur Aussaat. Die Tage auf den qualmenden Feldern, bei denen man die Wurzeln abkokelte, hatte Daniel wenig genossen. Seine Augen brannten und tränten, seine Kehle stach, und der Rauchgestank hing gefühlt noch Wochen danach in seiner Kleidung. Als schließlich der erste Mai kam, freute er sich auf die Abwechslung, die er mitbrachte.

Vater stellte das Pferd und die Kutsche für die Maikönigin. Die Frauen aus dem Dorf, diejenigen, die nicht mehr nach der Maiköniginnen-Krone oder nach den Jungs schielten, waren seit Tagesanbruch mit ihrer Dekoration beschäftigt und plauderten bei der Arbeit. Jetzt war sie fertig, festlich geschmückt mit Bändern, und der alte Boris, ihr ruhigstes Pferd, wartete stoisch vor der Kutsche, die wiederum mit Wiesenkerbel, Glockenblumen und Weidenzweigen verziert war.

Die Dorfwiese summte von Stimmen und Gelächter, Kinder quietschten und jagten sich gegenseitig durch Gruppen fröhlicher Erwachsener, die sie gewähren ließen. Das gemeinsame Mahl sollte erst später aufgetischt werden, aber einige hatten jetzt schon angefangen, die reichlichen Wein- und Biervorräte zu trinken.

Gabriel ließ seine Mutter und seine kleine Schwester für einen Moment stehen und schritt hinüber zu Daniel und Bett. Seine Haare waren zwar noch nicht ganz wieder nachgewachsen, aber das Jucken hatte aufgehört, und er betrachtete es als Beweis seiner Stärke, dass er den Fluch einfach abgeschüttelt hatte. Bett schrieb seine Genesung eher der Salbe der Heilkundigen zu.

»Das ist ja noch nicht mal das Beste«, sagte er und versetzte Daniel einen derben Schlag auf den Rücken. »Weißt du, was das Beste ist, Danny?«

Diese Unterhaltung führten sie jedes Jahr. »Der Tanz«, antwortete er.

Gabriel grinste, hielt sich die Hände vor die Brust und ließ sie auf und ab wippen. »Der Tanz«, sagte er und hüpfte herum. »Oh ja, der Tanz.«

Daniel fing einen Blick von Bett auf und musste ein Lächeln unterdrücken, als er ihre Miene sah.

»Schau dich doch an, wie du hier Luftsprünge machst wie ein verstopftes Schwein«, sagte sie, und Gabriel kam schlitternd und mit hochrotem Kopf zum Stehen.

»Du weißt schon, dass du an diesem einen Tag mal deine mürrische Miene ablegen kannst, daran gehst du auch nicht zugrunde«, sagte er.

Molly drängte Bett beiseite, ignorierte den bösen Blick, den ihr das eintrug, nahm ihre Röcke in die Hand und drehte sich im Kreis.

»Hübsch«, sagte Gabriel.

»Hab ich dir nicht erzählt, dass ich neue Kleider habe, Daniel?«, fragte sie.

Er musterte die drei Gesichter, die um ihn herumstanden. Bett hatte einen amüsierten Gesichtsausdruck, Gabriel einen verwirrter Gereiztheit und Molly einen … bewundernden? War das möglich?

»Na«, sagte sie, »wie gefallen sie dir?«

Ihre Augen glänzten, nur für ihn, und in ihm tobte eine verwirrte Mischung aus Unwohlfühlen und Vergnügen, das noch gesteigert wurde durch das Wissen, dass sie Gabriel ignorierte und stattdessen mit ihm sprach.

»Es ist … es ist …« Der Stoff war hell und leicht, sowohl die Farbe als auch das Gewebe, ganz anders als die grauwollenen Unterröcke, die die Frauen normalerweise trugen. Er verstand, warum sie sich so darüber freute. »Sehr schön.«

Bett lachte, und er wurde rot, denn ihm war bewusst, dass seine Antwort nicht ausreichend war. Aber Molly schien das gar nicht zu stören, sie senkte den Kopf und schaute ihn von unten an. Sie begann zu reden, wurde aber gleich wieder abgelenkt, weil die Mädchen für die Wahl der Maikönigin aufgerufen wurden.

»Wünsch mir Glück«, sagte sie und streifte kurz seinen Arm, bevor sie sich umdrehte und sich zu den anderen gesellte.

»Viel Glück«, rief er ihr nach, fing einen Blick von Gabriel auf und gestattete sich, ausnahmsweise seinen säuerlichen Gesichtsausdruck zu genießen.

»Ach ja«, sagte Bett, mit einem neckenden Unterton in der Stimme. »Erster Mai, und schon blüht die Liebe.«

Daniel sonnte sich in ihren Worten und in Gabriels finsterer Miene, als sie sich alle umdrehten, um bei der Wahl der Maikönigin zuzusehen. Die Mädchen stellten sich in einer Reihe vor den mit Bändern geschmückten Brunnen, kichernd und drängelnd, leckten sich über die Lippen und schlugen sich auf die Wangen, damit sie schön rot wurden. Die junge Phyllis Ross, die dieses Jahr endlich das Mindestalter für die Wahl erreicht hatte, klatschte vor Aufregung in die Hände und zog Grimassen, um ihre kleinen Cousinen zum Lachen zu bringen. Molly winkte. Durch seine Hosentasche spürte Daniel den Stein, den Sarah ihm gegeben hatte.

Magistrat Thompson hatte sich Blumen in sein Hutband gesteckt, wie immer, wenn er die Maiparade abnahm. Eine der wenigen Pflichten, für die er tatsächlich einen gewissen Eifer an den Tag legte: Er ging vor der Reihe der Mädchen auf und ab, wobei er ab und zu stehen blieb, um eine Locke hinter die Schulter zu streifen oder eine Wange zu streicheln, und fragte, ob sie nicht Arbeit suchten, denn er hätte eine freie Stellung für ein Hausmädchen. Mal wieder.

Der Magistrat zeigte umständlich, wie er jedes Mädchen genau anschaute, das Kinn mit der Fingerspitze anhob, um jedes Gesicht betrachten zu können, ihnen Anweisung zu geben, Brüste, Taille und Hüften schwingen zu lassen. Es war eine schwierige Aufgabe, die Gewinnerin zu bestimmen, erklärte er. Dieses Jahr genauso wie all die anderen davor. Aber es wurde eine Entscheidung getroffen.

Als ihr Name aufgerufen wurde, quietschte Molly, presste sich beide Hände auf den Mund und bedachte ihre Freundinnen, die neben ihr in der Reihe standen, mit einem triumphierenden Blick. Eine Gruppe von Jungen, angeführt von Gabriel, lief herbei, um sie auf die Kutsche zu heben. Sie umklammerte ihren Hut und schaukelte mit den Beinen, dass man ihre weißen Strümpfe sah. Obwohl sie ihn direkt anschaute, drehte Daniel sich weg. Er blickte auf den verfluchten Hügel hinter der Wiese und dem Weg. Er konnte nicht anders.

»Du solltest zu ihr gehen und ihr gratulieren«, sagte Bett. »Sie möchte so gerne, dass du ihr gratulierst.«

»Was weißt du über die Familie Haworth?«, fragte er.

Bett runzelte die Stirn bei diesem Themenwechsel. Sie zuckte mit den Schultern. »Sind Heilkundige. Haben Kräuterwissen und so. Die Mutter versteht sich wirklich auf ihr Fach, aber ich habe

Geschichten über ihren Sohn gehört, dass einem das Blut in den Adern gefriert.«

»Und die Tochter?«

Sie schirmte ihre Augen mit der Hand gegen die Sonne ab. Hinter ihr Gelächter und Rufen aus der Menge, die Molly umgab. »Warum fragst du?«

»Ach … ich hab nur …«

Sie drückte seinen Arm. »Mach dir heute keine Sorgen wegen der Haworths.«

»Aber was, wenn … wenn ich mir gar keine Sorgen mache? Was, wenn sie mich …« Anziehen. Er brachte es nicht über die Lippen.

Bett verengte ihre Augen. »Mein Junge, das riecht nach Ärger. Man ruft sie, wenn jemand in Not ist, sonst nicht. Molly hat ein Auge auf dich geworfen, und obwohl ich zugeben muss, dass es schwierig sein dürfte, ein alberneres Ding zu finden … hübsch ist sie doch, oder?«

Ihre Worte ergaben schon Sinn. Aber er hatte kein Ohr für sie.

Sie drohte ihm einmal mit dem Finger und ging dann weg, um ihren Mann zu suchen.

Er geriet ins Stolpern, als Gabriels Hand klatschend auf seiner Schulter landete. »Du hast dir doch nicht wirklich Hoffnungen gemacht, dass die Maikönigin einen Welpen wie dich aussucht, der ihr morgen den Hof machen soll, oder, Danny?«

»Was?«

»Auf mich hat sie nämlich ein Auge geworfen, und es wird höchste Zeit, dass mir auch mal was Gutes über den Weg läuft. Kein Schuften mehr, das sowieso niemand bemerkt, keine Flüche mehr von dreckigen Weibern. Ein süßer Sommer für Schäferstündchen, was?« Er zwinkerte Daniel zu. »Du weißt schon, dass ich sie mal im Arm gehalten habe, oder? Ich hab ihre Wärme durch ihre Kleider gespürt.«

Daniel ging an ihm vorbei zum Pfad. »Ich muss los.«

Er ließ die sonnige Wiese hinter sich, auf der alle versammelt waren, die er kannte. Das hübsche Mädchen auf der Kutsche, die Parade über die Straße, die Kinder, die Blumen streuten auf den Weg der Maikönigin, während ihr das ganze Dorf folgte.

Weg vom Schatten des verfluchten Hügels, wo die Überreste des Pestdorfs kauerten, Boden, der von dem vergifteten Fleisch verseucht war, das dort ruhte, die Klagen der Geister, die immer noch durch die Lüfte zogen. Wo das Mädchen mit den Sturmaugen und der scharfen Zunge wohnte. Das Mädchen, das in ihm etwas sah, was andere nicht sahen.

Er war nie Herr seines eigenen Schicksals gewesen. Was für einen Unterschied machte es, wenn er sich ihr selbst schenkte? Zumindest entschied er, wer Macht über ihn ausübte. In diesem Gedanken lag eine Wildheit, eine Freiheit, die ihn auflodern ließ und gleichzeitig bis ins Mark gefrieren.

Zähne

John kauert in den Schatten der Zimmerecke neben seiner Matratze. Er hat eine Holzlatte in der Hand, seine knochigen Schultern drücken sich durch den abgeschabten Stoff seines Oberteils. Er lauert den Mäusen auf, die sich ihr Bett in unseren Matratzen gemacht haben. Das macht er nur, wenn er richtig mies drauf ist.

»Ich dachte, du suchst dir Arbeit«, sage ich und schleppe den Eimer zur rußgefleckten Wand, die oben, wo das Dach ein Loch hat, schon anfängt, zu schimmeln. Ich bücke mich und drücke mir die Hand in die Seite, um wieder zu Atem zu kommen. Ich hätte genauso gut Hammelfett auf glühende Asche kippen können. Ich sehe gut genug im Dämmerlicht, um zu bemerken, wie Mam, die am Tisch sitzt und Würmer und violette Pflanzen im Mörser zerstößt für ihre Mai-Liebeszaubertränke, innehält.

»Ich hab gesucht, ich hab gebeten, ich hab gebettelt, wie man es von keinem Mann verlangen sollte. Niemand will mich haben. Alles, was ich mir dabei eingefangen habe, war eine Platzwunde an der Lippe.«

»Eine Schlägerei?«

Er bleibt in seiner geduckten Position, die Augen konzentriert auf die Matratze gerichtet, und seine Stimme ist ganz leise, um die Mäuse nicht zu verscheuchen, aber aus jedem Wort tropft das Gift:

»Ich hab an jede Tür geklopft und gebeten, ob ich das Dach reparieren kann oder Holz hacken oder sogar Wasser holen, obwohl das eigentlich Frauenarbeit ist. Und nachdem mir jede Beleidigung an den Kopf geworfen wurde, von Tagedieb bis Galgenstrick, hat dieser Trottel von Netzmacher zu mir gesagt, er würde mich nicht für Geld in seine Wohnung lassen, weil ich sie nur mit meinem Gestank verpesten würde, und hat einen Topf Wasser über mich ausgegossen. Also ja, dann hab ich ihn mit Blut und Zähnen bezahlen lassen. Hab ihn verdroschen, bis er schlimmer gewimmert hat als Annie. Sein verächtliches Grinsen wird jetzt nicht mehr so hübsch aussehen.«

»Ist er tot?«, frage ich. Die Worte bleiben mir fast in der Kehle stecken, und in meinem Kopf überschlagen sich die Bilder von dem, was passieren wird, wenn das wahr ist.

John schnaubt verächtlich. »Schön wär's, aber nein. Der lebt weiter, um mich an einem anderen Tag wieder zu verspotten.«

Ich denke an die Demütigungen, die John im Dorf erleidet, in dem Wissen, dass ihn jede Beleidigung bis ins Mark trifft. Wie stark er sich verpflichtet fühlt, Vater zu ersetzen, und wie stark er sein Versagen empfindet. Ich erinnere mich an John, nicht lange nachdem Mam mir eröffnet hatte, was mein Mal zu bedeuten hatte, und ihren Heilpflanzenunterricht mit mir begann. Sein dünner, ausgestreckter Arm, mit dem er auf den Boden wies. »Mein Schutzgeist ist ein Dachs, und der wird jeden, der mir schadet, mit Zähnen und Klauen bestrafen.«

Mam ging mit einem Armvoll Mohnblüten an ihm vorbei, aus denen sie die Samen entnehmen wollte. »Da ist nichts, John. Das hab ich dir doch schon gesagt.«

Er schaute mich an, und Tränen rannen ihm übers Gesicht.

»Warum bin ich nicht erwählt?«, fragte er.

Ich schlucke mein Mitleid herunter, denn ich kann es mir nicht leisten, Johns Schmerz mitzuempfinden. Es würde mich nur schwächen. Ich brauche meinen Ärger, um die nötige Kraft zu haben.

Mam steht auf, wischt sich die Hände vorne an ihrem Rock ab. »Hast du sie mitgebracht?«

»Wen?«, fragt John.

»Die Zähne.«

»Du fragst mich, ob ich, nachdem ich ihm die Zähne aus dem Kiefer geschlagen hatte und er brüllend in einer Blutpfütze auf dem Boden lag und ich danebenstand und mir sein Blut von den Fäusten tropfte ... ob ich mich in dem Moment gebückt und seine Zähne aufgesammelt habe?«

»Ja.«

»Nein, hab ich nicht.«

»Wozu bist du eigentlich nütze? Kommst mit leeren Händen zurück in dieses Haus, wo du ganz genau weißt, dass ich einen Zahn für eine Verwünschung brauchen könnte oder einfach zum Verkaufen.«

Es gibt ein Knacken, als das Brett herabsaust, ein Knirschen, als die Maus ihren Tod findet.

»Und du, Mädel? Was hast du mir gebracht?«

Ich muss an den Altweiberstein denken, den ich dem Bauernjungen geschenkt habe, obwohl sie ihn hätte verkaufen können. »Wasser.«

Sie verschränkt die Arme und reckt das Kinn in die Höhe. »Das reicht für einen Tag, höchstens zwei. Und Essen bringt es auch nicht auf den Tisch.«

»Ich wollte eigentlich Nesseln mitbringen, aber ...«

»›Wollte eigentlich‹ nützt mir gar nichts. Zähne, die auf dem Boden liegen bleiben – ganz schlecht. Nichts kommt durch diese Tür, das keinen Nutzen bringt. So leben wir. Und hier sitzt ihr nun, ihr zwei, und habt nichts anzubieten.«

John hat die zerquetschte, blutige Maus an ihrem Schwanz gefasst und lässt sie hin und her baumeln. »Hier, für deinen Topf, wenn du magst.«

»Noch ein Wort, und ich reiß dir deine schlaue Zunge aus dem Mund. Dein Witz bringt uns kein Essen auf den Tisch.«

»Ich geh Nesseln holen«, sage ich.

»Wir brauchen mehr als Nesseln von dir. Du hast mich gebeten, dass ich dir beibringe, wie du dein Schicksal erfüllen kannst. Es wird Zeit, dass du die Gabe nutzt, die dir geschenkt wurde.«

Ihre Worte treffen mich wie Steine. Ihr Gewicht hält mich ganz still.

Mam sieht mich unverwandt an. Ihre Stimme ist sanft, aber es liegt auch eine Spur von Kälte darin. »Nein? Dann musst du eben nützen, was du kannst. Die Dorfbewohner sind beschäftigt mit Feiern und Trinken, du kannst die Zähne holen, die mir entgangen sind.«

Man kann einfach nicht mit ihr streiten. Und ich würde eher diese Strafe auf mich nehmen, als mich dem zu stellen, was sie von mir verlangt. Aber ich tue es nicht freiwillig.

»Was ist mit John?«

»Es ist der erste Mai, die Leute werden nicht so aufmerksam sein. John kann dann ja sehen, was es sonst noch so mitzunehmen gibt.« Sie fängt meinen Blick auf und hält ihn fest, fordert mich heraus, ihr zu widersprechen. »Zum Beispiel ein Lamm, das allein herumstreunt.«

Ich muss mich beherrschen, dass ich sie nicht anspringe, ihr anklagende Worte entgegenschreie, dass sie uns zu dem macht, was sie über uns sagen, dass das, wovon sie da spricht, Diebstahl ist, nichts Besseres, und wir alle um die Strafe wissen, die John riskiert. Sie weiß um meine Einwände. Sie auszusprechen würde jetzt auch nichts mehr nützen.

»Dann such jetzt Nesseln, und wenn der Abend kommt, gehst

du ins Dorf und bringst mir, was ich brauche«, sagt sie. »Aber pass auf, dass dich niemand sieht.«

Ich kenne das Haus des Netzmachers sehr gut, aber ich hasse es, im Dorf zu sein. Mir wäre es lieber, sie hätte mich in den Hecken nach Nahrung suchen lassen oder an der Küste. Ich bin böse über ihre waghalsigen Pläne für John, ärgere mich aber gleichzeitig, dass ich nichts dagegen sage. Mam hat Glück, dass ich meine Macht noch nicht voll entwickelt habe, die mich jetzt nicht mit Bildern der Versöhnung lockt, sondern mit Bildern von den Menschen, die ich verachte, die sich meinem Willen beugen und vor Angst zittern. Jedes Kind, das einmal einen Stein geworfen oder ein grausames Wort ausgesprochen hat, jeder Mensch, der sich von Annie abgewandt hat, wenn sie um Essen bettelte, wird vor mir knien und weinen und betteln, während ich die passenden Strafen für sie austeile. Und nur für einen klitzekleinen Moment stelle ich mir vor, dass auch Mam unter ihnen ist.

Zusammenrotten und verfolgen

Daniel stand in einer Ecke und unterhielt sich mit Bett, während er die Tänzer beobachtete, die sich zur Musik der Fiedel drehten. Sie leerte ihren Wein und lehnte sich schwankend an ihn, wobei sie die Hand nach ihrem Ehemann ausstreckte, um das Gleichgewicht nicht zu verlieren.

»Komm, Herzchen«, sagte Nathaniel. »Lass den armen Jungen in Ruhe und tanz mit mir.«

Sie runzelte die Stirn und schaute zu ihm hoch. »Er mag meine Gesellschaft.«

Daniel lachte. »Stimmt.«

»Das tun wir alle, mein Schatz. Aber es gibt andere Mädels, die er heute Abend unterhalten sollte.« Er deutete mit einer nickenden Kopfbewegung auf die Tänzer.

»Ja, und eine ganz besonders«, sagte Bett über ihre Schulter, während Nathaniel sie mit sanfter Gewalt wegzog.

Daniel blickte genau in dem Augenblick hinüber, in dem auch Molly in seine Richtung schaute. Gelbe Locken rahmten ihre geröteten Wangen. Er leerte seinen Becher. Ihre Apfelaugen konnten ihn nicht so festhalten wie die stechenden Augen des Hexenmädchens. Aber sie war hübsch, und alle Jungs wollten ihr gerne den

Hof machen. Vielleicht hatte Bett ja recht. Ein Tanz konnte nicht schaden.

Als er einen Schritt auf Molly zu machte, da schnitt ein unverkennbar weibliches Heulen und Jammern durch das fröhliche Chaos, und die Musik kam stotternd zum Stehen, während die Tänzer stolperten und sich der Lärmquelle zuwandten. Daniel spürte es wie eine Faust im Magen. Er musste wieder an den Blick des Hexenmädchens denken. Vielleicht war sie von Gabriel hergeschleift worden, in seiner Überzeugung, dass sie ihn mit einem Fluch belegt und das Lamm gestohlen hatte, damit er sie vor den Augen des ganzen Dorfes bestrafen konnte.

Der Biergeschmack auf seinen Lippen wurde sauer. Er schob und drängelte sich durch die zusammenlaufende Menschenmenge, vorbei am Baum, der mit Maibändern geschmückt war, zum Rand der Wiese, wo das Geheule herkam. Verständnislos blieb er stehen, als er sah, wer so geschrien hatte.

Es war nicht sie, sondern Nelly Finch, die Frau des Netzmachers, die schrie und schluchzte. Die Vorderseite ihres besten Kleids war blutverschmiert, obwohl Daniel keine Verletzung an ihr entdecken konnte. Es war nicht Sarah. Erleichterung durchflutete ihn, obwohl er nicht hätte sagen können, warum ihm das so wichtig war. Er begann, sich zu entfernen. Es waren jede Menge andere Menschen da, die Nelly zu Hilfe eilten, darunter auch Vater und Gabriel. Sie hatte sich inzwischen so weit beruhigt, dass sie Worte hervorbringen konnte.

»Kommt schnell und helft, mein Samuel ist verletzt«, sagte sie und umklammerte den Ärmel des Pastors. »Dieser Teufel. Einer von diesen Teufeln vom Hügel hat ihn halb umgebracht.«

Ihre Worte setzten die Welt in Bewegung. Daniel zwang sich, einen klaren Kopf zu behalten. Er hatte das Feuer in Sarahs Augen aufflammen sehen, wenn sie sich bedroht fühlte. Vielleicht hatte Sam sie gehänselt, oder schlimmer, und sie hatte ihn dann angegriffen. Das Dorf würde das nicht hinnehmen. Sie würden ihr wehtun. Das war genau die Chance, auf die Gabriel gewartet hatte.

Die Menge kam in Bewegung, rührte sich mit der jähen Aktivität eines aufgestörten Bienennests und klang auch so: ein verärgertes Murren, dass so ein niederes Geschöpf es wagen sollte, einen der Ihren zu verletzen! Sie riefen etwas von Rache, die sie üben wollten, dem Abfackeln des Hauses und Prügel, Zahn um Zahn. Sie liefen davon, um Fackeln zu holen. Jeder Mann rief lauter als sein Nachbar heraus, wie mutig er war, wenn ihm solch feige Bösartigkeit unterkam, und nachdem sie ihre Frauen ermahnt hatten, zurückzubleiben, marschierten sie in einer unregelmäßigen Reihe los. Sie gingen auf die Jagd. Sarah brauchte ihn jetzt. Er musste den Mut aufbringen, denn sie hatte keinen anderen Beschützer. Der Hof lag zwischen der Weide und dem Fuß des verfluchten Hügels. Er würde unterwegs daran vorbeikommen.

Die Stute war noch nie geritten worden und musste im Dämmerlicht auf einem unbekannten Weg laufen. Es war ein Risiko, das er niemals eingehen würde. Und seine einzige Chance.

Die Stute war nicht gleich bereit, sich seinem Willen zu unterwerfen. Sie stieg und schlug aus, warf ihn fast ab. Er vergrub seine Finger in ihre schweißfeuchte Mähne und zwang sich, mit ruhiger, sanfter Stimme zu sprechen. Sie beruhigte sich ein wenig, rannte zwar immer noch auf und ab, aber jetzt langsamer, wobei sie in die kühler werdende Luft schnaubte. Sein Plan war fast mit Sicherheit zum Scheitern verurteilt – das Pferd war immer noch wild, und er war eine Stimme gegen so viele. Aber er musste es versuchen.

Ihm fiel wieder ein, dass das Dorf sich schon einmal so zusammengerottet hatte, um einen Hausierer zu verfolgen, der die Frau eines anderen verführt hatte. Daniel war damals noch ein Kind gewesen, und er erinnerte sich nur vage an Bilder von großen, lauten Männern, die in die Nacht riefen, Gesichter, die von Fackelschein und Zorn leuchteten, den Geruch nach Rauch und Schweiß. Vater war auch unter ihnen. Er hatte sich den Schrecken des Mannes ausgemalt, der von so einer Menge verfolgt wurde, doch er war zu klein gewesen, um ihm beizustehen. Aber jetzt nicht mehr.

Ihre Fackeln flackerten jetzt zwischen den Bäumen und zeigten, wie weit die Dorfbewohner schon den Hügel hinaufgegangen waren. Er konnte nicht denselben Weg nehmen. Wenn sie vor ihm ankämen, wäre sie schon eine blutige Masse unter ihren Fäusten. Oder schlimmer. Daniel zog an der Mähne der Stute und drückte ihr die Unterschenkel in die Flanken. Sie zuckte zusammen und schlug aus, warf ihren Kopf hin und her, leistete seinem Versuch, ihr seinen Willen aufzuzwingen, hartnäckig Widerstand. In seiner Verzweiflung schrie er und grub ihr die Fersen in die Seite, bis sie endlich nachgab. Jetzt war keine Zeit mehr für Sanftheit. Er wusste genau, was er zu tun hatte: Er würde den Weg durch den Wald nehmen.

Die Stute bäumte sich auf und rollte mit den Augen, als ein Fuchs über den Weg huschte, als die Zweige unter ihren Hufen knackten, als eine Fledermaus über ihren Kopf dahinflog. Daniel beugte sich vor und trieb sie weiter. Der Kriegsgesang der Menge dröhnte durch die Nacht. Sie waren ihm voraus. Die Hufe der Stute hämmerten auf den Boden, und Daniel klammerte sich an ihrer Mähne fest. Die ganze Zeit stellte er sich Sarah vor, wie sie den von Wut und Bier aufgerührten Dorfbewohnern in die Hände fiel. Ein Blick, und er war ihr verfallen, Narr, der er war. Er schoss dahin auf seiner tückischen Mission, die ihn gut und gerne das Leben kosten konnte und mit der er sicher die Missgunst der Dorfbewohner auf sich ziehen würde. Dennoch dachte er gar nicht daran, stehen zu bleiben.

Er hielt sich am Rand des Dickichts, versteckt, aber nah genug, um die Flammen vor sich zu sehen. Zu seiner Rechten ein Gewirr aus krumm gewachsenen Baumstämmen und Unterholz, die sich in Schatten auflösten, zu seiner Linken der leere Weg. Er hatte sie nicht einholen können, und er konnte sie nicht überholen. Gleich würden sie sich auf sie stürzen.

Jeder Huftritt, jedes Heben und Fallen von Zweigen vor ihm, jedes Aufblitzen des Weges durch die Baumstämme führte ihn näher heran. Ein Geruch nach wildem Knoblauch und Farnkraut unter dem galoppierenden Pferd.

Zu guter Letzt Lichter auf dem Weg. Durch das schwarze Netz von Zweigen konnte er Gesichter erkennen, als er vorbeiritt, zusammenhangslos: eine Wange mit Bart, ein wippender Hut. Im Flackern von Feuer und Schatten sah er Mienen, deren Blutdurst ihn zusammenzucken ließ. Daniel duckte sich auf den Hals seiner Stute. Jetzt mussten sie ihn doch sehen. Jetzt mussten sie ihn doch hören.

Ein Geräusch zu seiner Rechten, kaum mehr als ein schwaches Wimmern, und als er sich umdrehte, sah er den weichen weißen Rücken von Magistrat Thompson und seinen blumengeschmückten Hut, und vor ihm, gegen einen Baum gedrückt, das blasse Gesicht der kleinen Phyllis Ross. Es war nicht ungewöhnlich, dass man am ersten Mai auf Pärchen im Wald stieß, aber er wusste sofort, dass sie nicht freiwillig hier war. Ihre Augen trafen kurz seinen Blick. Tränen. Ein Junges in Not, und er wusste, er sollte anhalten, in jedem anderen Augenblick hätte er gar nicht gezögert, aber er musste sich entscheiden, und in dem kurzen Moment, den er hatte, entschied er sich für Sarah. Phyllis musste sich heute Abend einen anderen Retter suchen.

Ein Zweig schnalzte ihm auf die Augenbraue, und der Schmerz war so stechend, dass er ihm den Atem raubte und seinen Kopf zurückfahren ließ, sein Hut segelte zu Boden. Er ritt am letzten Dorfbewohner vorbei, endlich war er vor ihnen. Daniel galoppierte weiter, bis er das Ruinendorf erreichte, und hielt Ausschau nach dem Haus, das ihres sein könnte. Während er sich Blut aus dem Auge blinzelte, schaute er suchend in die Dunkelheit.

Er hatte das Haus noch nie aus der Nähe gesehen. Es gab nur eines, bei dem das Dach noch intakt war, es kauerte sich an den Hügel, ein heruntergekommener Schuppen, der schief im Boden lehnte, umgeben von ungefähr zehn bröckelnden Ruinen anderer Häuser. Keine Tiere. Nichts, was es bewohnt aussehen lassen würde. Der Hügel unter ihm war voller Lichter. Er setzte sich über seine Angst vor den Geistern hinweg, die sicher über die verlassenen Schwellen schwebten, stieg ab und rannte übers Gestrüpp, hämmerte an die Tür und betete innerlich, dass er richtig geraten hatte. Die Tür ging auf und enthüllte Sarahs Mutter. Ihre zischende, knarrende Stimme überraschte ihn.

»Das haben wir auch nicht so oft – ein Gentleman auf einem Pferd. Ein feines Geschöpf, Sir. Seid Ihr verliebt? Ich habe einen Zaubertrank, der jedes Mädchen in ein honigtriefendes Wesen verwandelt.« Sie musterte ihn von Kopf bis Fuß. »Oder Jungen.« Sie hielt ihm eine Schüssel mit grauer Paste unter die Nase, die bittersüß duftete und sich langsam bewegte.

»Wo ist Sarah?«

Sie trat aus der Tür, und Daniel starrte in dieselben stürmischen Augen, die er von Sarah kannte. »Ich geb Euch keinen Zaubertrank für meine Sarah.«

»Ich … nein. Sie sind auf dem Weg hierhin.«

»Warum auf dem Weg? Wer?«

»Die Leute. Sie sind wütend, weil sie Sam Finch angegriffen hat. Seht.«

Er drehte sich um und deutete auf die Lichter, die sich langsam den Hügel hochschlängelten, aber sie hatte sie schon gesehen.

»Dummer Junge, hinter John sind sie her, nicht hinter Sarah«, sagte sie, ließ die Schüssel fallen und warf die windschiefe Tür ins Schloss.

Daniel begriff nicht recht, was sie ihm gerade gesagt hatte. War Sarah in Sicherheit? »Wo ist sie?«

Die Mutter lief bereits auf den Wald zu. Rauchgeruch wurde von der Meeresbrise herangetragen.

»Im Dorf, aber jetzt hältst du erst mal diese Männer und ihre Fackeln von meiner Haustür weg.«

»Was, wenn sie zurückkommt?«

»Das ist egal. Weil du das Pack bis dahin vertrieben haben wirst.« Sie keuchte auf und rannte auf die Bäume zu. »Oh … Annie!«

Die Menge hatte inzwischen Boden gewonnen, er konnte ihr Geschrei und das Getrampel ihrer Füße jetzt ganz deutlich hören. Fast jeder Mann aus dem Dorf war dabei, alle, die ihn je verspottet oder missachtet hatten. Er konnte noch gehen, jetzt, bevor man ihn sah. Ins Dorf hinunterrennen und Sarah suchen. Und hoffen, dass sie hinterher noch ein Zuhause hatte, in das sie zurückkehren konnte.

Daniel lehnte sein Gesicht an den warmen, feuchten Hals seiner Stute, stieg auf ein kleines Stück Mauer, von dem er vermutete, dass es früher einmal das Schwein einer Familie beherbergt hatte, und kletterte wieder auf ihren Rücken. Er wagte nicht, sich umzusehen, er bildete sich ein, in seinem Rücken das Starren der Geister zu spüren, auf deren Haus er gerade getreten war. Dann ritt er langsam auf den Mob zu.

• • •

Der Gestank von brennendem Fett und Qualm überlagerte die salzige Meeresluft. Als sie vor der johlenden Menge und den tanzenden Lichtern stand, schnaubte die Stute und stieg, wodurch sie Daniel fast abgeworfen hätte. Er hielt sich auf ihrem Rücken und redete beruhigend auf sie ein. Die Meute duckte sich und stolperte zurück, um sich vor den wild schlagenden Vorderhufen in Sicherheit zu bringen. Wenigstens hatte er jetzt ihre Aufmerksamkeit.

Daniel richtete sich auf. Öffnete den Mund. Betete, dass ihm die Worte über die Lippen kommen würden. »Das Haus ist leer.« In seiner Stimme, die lauter und tiefer war als erwartet, lag eine ungewohnte Autorität.

»Was? So ein Milchbubi wie du ist zum Hexenhaus hochgeritten?«, fragte Gabriel.

Daniel schaute auf ihn herunter, stark durch die Wahrheit, die er aussprach. »Das bin ich. Und es ist leer.«

Gabriel zog ein finsteres Gesicht. Knistern und Zischen von Flammen, missmutiges Gemurmel. Das war nicht die Abrechnung, die sie sich erhofft hatten. Sein Vater in der Menge. Sein Gesicht veränderte sich von Sekunde zu Sekunde wie ein Weizenfeld im Wind, so schnell wechselte seine Miene.

»Glaubt ihm nicht«, rief Gabriel. »Wir werden es selbst durchsuchen.«

»Ihr verschwendet eure Zeit. Warum sollte ich lügen?«

Gemurmelte Einwände. Es kostete Daniel all seine Kraft, aufrecht auf dem Pferd zu sitzen, sich an der Stute festzuhalten und seine Angst zu verbergen, dass sie jederzeit in Panik geraten und ihn abwerfen könnte. Nur das Wissen, dass es Sarahs Haus war, das er beschützte, hielt sein Zittern zurück.

»Hier muss Gerechtigkeit geübt werden«, rief eine Stimme. »Der arme Sam könnte tot sein.«

»Er wäre fast ermordet worden.«

Stimmen erhoben sich in wild-betrunkenem Missklang. Er hielt sich an der Stute fest, als sie die Ohren zurücklegte und fast ausglitt.

»Gerechtigkeit«, rief er. In Wirklichkeit war er verzweifelt, denn er hatte keine Ahnung, was er tun wollte. Er war überrascht, als sie tatsächlich still wurden, um ihm Gehör zu schenken. »Der

Mann, der Gerechtigkeit üben sollte, ist Magistrat Thompson. Er wird eine angemessene Bestrafung finden.«

»Die angemessene Bestrafung für Prügel sind Prügel«, sagte Gabriel.

Daniels Herz schlug ihm wild im Brustkorb. Mit ihnen war nicht zu reden. Sie begannen, vorzurücken.

»Wartet.«

Eine Stimme von hinten, nicht allzu laut, aber voller Autorität. Über die Köpfe der Menge erkannte Daniel Pastor Walsh.

»Master Taylor hat recht. Gerechtigkeit des Gerichts ist der Weg der Rechtschaffenen, nicht Gerechtigkeit durch Schläge.«

Gabriel war der Einzige, der ihm zu widersprechen wagte. »Auge um Auge, ist das nicht das, was Gott selbst gesagt hat?«

»Meinst du, du wärst eine höhere Autorität als der Magistrat?«, fragte der Pastor zurück.

Gabriel machte schon den Mund auf, doch Daniel fiel ihm ins Wort. »Ich weiß, wo er ist. Ich bin vor nicht allzu langer Zeit im Wald an ihm vorbeigeritten.«

Köpfe hoben sich interessiert, als läge der Geruch von Skandal in der Luft. Es gab nur einen Grund, um am ersten Mai in den Wald zu gehen. Eine Tradition, die normalerweise eher von der Jugend hochgehalten wurde, während der Magistrat vor knapp zwei Monaten in denkwürdiger Form seinen sechzigsten Geburtstag gefeiert hatte. Daniel betete innerlich, dass sie losziehen und ihn suchen, Phyllis retten würden, bevor Schaden geschehen konnte. Noch mehr Schaden geschehen konnte.

Pastor Walsh fing seinen Blick auf. »Dann hat die Vernunft gewonnen. Führt uns den Weg, junger Mann.«

Sein fester werdender Griff an der Stute ließ sie in engen Kreisen tänzeln. Das kam ihm gut zupass. »Ich muss das Pferd zurückbringen, Pastor. Aber wenn Ihr hier in den Wald geht und dann grob den Weg zum Dorf einschlagt, werdet Ihr ihn finden.«

Der Pastor tippte sich an den Hut und führte die Menge in den Wald. Daniel grub die Schenkel in die Flanken der Stute, sie galoppierte den Hügel hinunter. Der Wind war so stark, dass es ihm den Atem raubte und seine Haut auskühlte, obwohl er sich so stark festklammerte, dass ihm Finger und Arme brannten. Das Haus war gerettet. Er würde Sarah finden, bevor die Dorfbewohner zurück waren. Wenn er diesen Ritt überleben sollte. Und den Zorn des Dorfes, wenn sie dahinterkamen, dass er die Bewohner des Hauses am Hügel gewarnt hatte, um dann ihren Zorn und ihre Fackeln gegen ihn zu richten.

Weiche Haut, weiches Herz

Ich weiß, dass sie in diesem Moment alle auf der Wiese trinken und tanzen, aber trotzdem beschleunige ich meine Schritte. Ich verfluche John mitsamt seinen lockeren Fäusten.

Die verlassene Straße ist still bis auf die Möwenschreie. Das Meer vor mir ist ein riesiger, schwarzer Block, weiße Wellen glänzen im Mondlicht, Boote liegen ruhig im Hafen und knarzen in der leichten Brise.

Das Blut ist schon schwarz und geronnen. Die Zähne sind weg. Ich habe nachgeschaut, jetzt kann ich gehen.

Ein klapperndes Geräusch dringt durch die Nacht, Pferdehufe auf dem Pfad. Ich drehe mich um und erkenne Daniel Taylor und seine Stute. Ein wildes Paar, sein Gesicht ist mit Blut und Schmutz verschmiert, sie rollt mit den Augen und hat Schaum am Maul. Ich werde nicht schlau aus ihrem Anblick.

Er bringt das Pferd neben mir zum Stehen, so nah, dass ich sehen und riechen kann, dass der Schweiß ihr Fell verdunkelt hat. Er reicht mir die Hand. Seine Finger sind mit Erde beschmutzt, ein Zeichen von Feldarbeit, die kein Schrubben mehr entfernen kann.

Ich weiß nicht, warum er hier ist, und ich weiß auch nicht, was ihn dazu veranlasst, mir die Hand zu reichen. Ein Mann mit weicher Haut und weichem Herzen, der nur ein einfaches Leben mit

Arbeit und Essen und Schlafen kennt, in einem Bett mit Baumwollbezügen.

Der einzige Mensch, der meinen Namen kennt und ihn nicht verrät.

Ich ergreife seine Hand, und sie ist unerwartet stark, als sie sich um meine schließt. Er zieht, und halb gleite ich, halb klettere ich an der Flanke des Pferdes hoch, bis ich vor ihm sitze. Mein Rock bauscht sich unter mir, seinen Arm hat er fest um mich gelegt. Eine feste, warme Berührung, wie ich sie noch nie erlebt habe.

»Halt dich fest«, sagt er, und ich tue es ihm nach und greife nach der Pferdemähne. Er presst dem Pferd die Fersen in die Flanken, und wir setzen uns in Bewegung. Ich habe Angst, dass ich abgeworfen werde und sterbe. Schon bereue ich, dass ich seinem Willen gefolgt bin.

Ich habe Angst, allerdings nicht so viel, wie ich eigentlich haben sollte. Wir wenden uns vom Dorf Richtung Fluss, und ich überlege, was er dort wohl mit mir machen will. Wenn er Hand an mich legt, werde ich ihn mit einem schlimmeren Fluch belegen als bloß Kuhpocken.

Am Ufer, wo der Fluss dunkel glänzend neben uns herplätschert, steigt er ab und reicht mir die Hand. Ich schlage sie weg, weil es mich ärgert, dass er denkt, ich bräuchte Hilfe. Aber dann merke ich, dass ich doch nicht allein absteigen kann. Er bietet mir wieder seine Hand an, ich lehne wieder ab, dann springe ich einfach auf den Boden und falle gegen ihn. Die Nacht wird kühl, und er ist warm. Ich mache mich los und glätte mit energischen Bewegungen meinen zerknitterten Rock.

»Was glaubst du eigentlich, was du hier machst?«, frage ich.

»Ich … dich retten.«

Ich höre ihm zu, als er beschreibt, wie er mit Mam gesprochen und die Dorfbewohner von unserer Tür weggehalten hat. Noch nie hat irgendjemand, der nicht zu meiner Familie gehörte, sich so sehr um mich gesorgt. Ich traue seiner Nettigkeit nicht.

»Aber du bist ja unversehrt«, sagt er. »Dann ist doch alles gut.«

»Was kümmert dich das?« Angst und Ärger durchfahren mich, wenn ich an diese neuerliche Wendung in unserem Verhältnis zu den Dorfbewohnern denke. Er hat sich auf unsere Seite gestellt und sie damit überlistet. Ich verstehe nicht, warum er das getan hat.

»Ich halte es nicht aus, Schmerz zu sehen«, sagt er.

»Ich nehme an, du sprichst vom Schmerz jedes Lebewesens. Weicher als das Schlammufer nach einer Woche Regen.«

Er bleibt ungerührt. »Ja, ich meine den Schmerz jedes Lebewesens.«

Meine Wut erlischt. Es ist mein Weg, nicht seiner. Ich kann gehen, wohin ich gehen will, und jedem Hindernis so begegnen, wie es mir passend vorkommt – und das sind, weiß Gott, mehr Hindernisse, als er sich träumen lassen könnte.

»Aber deinen besonders«, sagt er.

Und damit bringt er mich zum Schweigen. Er hat eine Ruhe an sich, in der ich mich verlieren könnte, das spüre ich. Er wartet.

»Tja«, sage ich. »Das ist …«

»Was?«

»Sinnlos.« Ich recke mein Kinn hoch, kann ihm nicht recht in die Augen schauen, und mein Herz schlägt immer schneller und schneller.

Eine Brise bewegt das Gras zu unseren Füßen, hebt sein Haar an. Er trägt keinen Hut, ich weiß nicht, warum. »Für mich nicht«, sagt er.

»Du sorgst dich doch nicht mehr um mich als um jedes verletzte Fohlen.«

Er runzelt die Stirn. »Du bist … verletzt. Aber das ist es nicht.

Du gibst mir ein anderes Gefühl, als wäre ich … wirklich. Wirklicher. Ich … ich weiß auch nicht.«

In seinem Gesicht steht die Verzweiflung geschrieben. Auf diese Unterhaltung bin ich nicht vorbereitet. Ich bin gekränkt, weil er meine Verwundbarkeit erkennt, ich dachte, ich hätte sie versteckt, indem ich Wut vor meine Angst stelle. Gekränkt, weil er, der auf seine Art auch so unübersehbar gebrochen ist, es auszusprechen wagt. Er hat Angst vor jedem, der eine schlechte Meinung von ihm hat, und trotzdem stellt er sich gegen das Dorf, um meine Familie zu schützen. Er fürchtet meine Familie, ist aber todesmutig gegenüber einem wilden Pferd. Ich mache einen Schritt von ihm weg, und er will nach mir greifen, zieht dann aber seine Hand zurück. Schweiß glänzt auf seiner Stirn.

»Ich weiß nicht, ob … hast du diese Gefühle in mir heraufbeschworen?«, fragt er. »Ist es … welchen Zweck sollte das haben, wenn du sie gar nicht teilst?«

Irgendetwas in seinen Augen hält mich davon ab, ihn einfach stehen zu lassen. Ein Kampf von Angst und Ärger und Hoffnung, den anzusehen ich kaum ertragen kann. »Du hast es selbst heraufbeschworen, ein Bild von einem Mädchen, das ich nicht bin und niemals sein kann. Du darfst nicht so freundlich sein. Das bin ich nicht gewöhnt.«

»Du hast Freundlichkeit verdient.«

»Ich habe verdient, was ich bekomme. Dazu bin ich geboren worden.«

Die Wolken türmen sich über uns und enthüllen einen hellen Mond, der im schwarzen Wasser des Flusses glänzt.

»Wie – dazu geboren?«

»Auserwählt.«

Er schüttelt den Kopf. »Von … Gott?«

Das Lachen, das aus mir herauskommt, ist bitter. »Du verstehst gar nichts.« Ich bin versucht, die Hand auszustrecken und den dicken Stoff seines Oberteils zu berühren, das dralle Fleisch seiner Wange. »Wie könntest du auch? Lass mich mein Leben leben und sei dankbar für die Bequemlichkeiten deines eigenen.«

»Aber du bist nicht in meinem Leben.«

Seine Stimme zittert ein wenig. Seine Worte haben mich getroffen, mehr als jeder Schlag, der gegen mich geführt wurde.

»Du willst mich nicht in deinem Leben.«

»Und wenn doch?«

»Dann helfe dir Gott.«

Ich habe das Gefühl, dass wir beobachtet werden. In den Bäumen bewegt sich etwas, und ich fahre herum, um Ohren und einen Schwanz weiß aufblitzen zu sehen. Die Stute bewegt sich, und Daniel streckt die Hand nach ihr aus, wobei er beruhigend auf sie einspricht. Ich starre auf den Fleck, wo eben noch der Hase war, denn das war ganz sicher das Wesen, das ich gesehen habe, aber jetzt ist nichts mehr da. Er schaut auf den Boden und scharrt mit seinem Stiefel übers Gras. »Darf ich dich fragen … was fühlst du eigentlich?«

Eine große Frage. Er ist mir nicht mehr aus dem Sinn gegangen seit dem Tag, an dem wir Annies Haare im Fluss gewaschen haben. Der Nachhall seiner Berührung wärmt meine Hand in der Nacht. Der Gedanke an sein sommersprossiges Gesicht lässt mich nicht mehr los. Ich kann nicht beschreiben, was ich fühle. Ich werde es nicht beschreiben.

»Kälte«, sage ich. Ich wende ihm den Rücken zu und schicke mich an, davonzugehen.

»Warte«, sagt er. »Deine Familie ist in Sicherheit. Willst du nicht noch eine Weile bleiben?«

Sein Gesichtsausdruck ist ganz offen. Ich kann keine Boshaftigkeit darin erkennen, und jetzt schäme ich mich für meine Übellaunigkeit, nachdem er uns gerettet hat. Mams Stimme klingt in meinem Kopf. Ich muss gehen. Doch ich rühre mich nicht vom Fleck.

Wir bleiben einen Moment schweigend stehen. Das Pferd geht zu ihm und stupst ihn gegen die Schulter. Er verliert fast das Gleichgewicht, wird rot und räuspert sich. »Eifersüchtig«, sagt er.

Sie ist schön, wie sie so glänzend im Mondlicht steht, die Mähne leicht vom Wind bewegt. Ich streichle ihren Hals, und sie drückt sich an mich und wiehert leise.

Meine Zunge klebt mir im Mund, mir will kein Wort über die Lippen kommen, und ich suche verzweifelt nach irgendetwas, was ich sagen könnte, was ihm gefallen könnte. »Sie ist wirklich hübsch«, sage ich. Nicht besonders beeindruckend, aber alles, was ich im Moment zustande bringe.

Er lehnt seinen Kopf gegen ihren. »Ja, das ist sie.«

Sie hebt den Kopf und schnaubt. Daniel muss lachen. »Und sie weiß es ganz genau. Aber ohne sie hätte ich dein Haus nicht mehr rechtzeitig erreicht, also müssen wir ihr wohl dankbar sein.«

Ich schaue zu, wie er sie streichelt. »Ich bin ihr dankbar«, sage ich.

»Wollen wir … wollen wir sie Bonny nennen? Einverstanden?«

»Das ist … ja. Das ist gut.« Es ist mir noch nie so schwergefallen, eine Unterhaltung am Laufen zu halten. Wir lächeln, zu viel und ohne Grund, jeder spiegelt den anderen.

Die Brise peitscht das Gras gegen unsere Füße, hebt Sandklumpen, die uns an den Beinen scheuern, bringt den Geruch von Matsch und Kühle vom Fluss. Ich erschaudere, und er runzelt die Stirn.

»Wir könnten ein Feuer machen, wenn ich einen Feuerstein dabeihätte«, sagt er. »Nächstes Mal denk ich dran.«

Nächstes Mal? Ich werfe ihm einen raschen Blick zu, und als er es bemerkt, wird er rot.

»Und du bringst ein Schultertuch mit, damit du dich warm halten kannst«, sagt er.

»Mir ist warm genug.« Dann, ohne zu wissen, was mich dazu treibt, ihm diese demütigende Wahrheit zu enthüllen, füge ich hinzu: »Ich hab kein Schultertuch.«

Ich starre ihn an, will ihn herausfordern, dass er entweder Mitleid oder Verlegenheit zeigt. Nichts. Ein kleines Nicken, mehr nicht.

Diese Unterhaltung führt nirgendwohin. Es kann kein nächstes Mal geben. Mam würde mich an den Haaren fortschleifen, wenn sie wüsste, dass ich hier bin, und ich weiß sehr wohl, aus welchen Gründen ich ihn nicht wiedersehen kann, nicht mal, wenn ich es wollte.

»Ich ...« Er schiebt die Hand in die Hosentasche und holt den Stein heraus, den ich ihm geschenkt hatte. »Ich ... wir könnten uns hier treffen. Am ... in der Nacht. Ich leg den Stein hier hin, ich binde ihn an diesen Stamm, siehst du?« Er zeigt auf eine Erle am Rande des Hains. »Wenn ich in der Nacht kommen kann, binde ich ihn dort fest.«

Er hat den Verstand verloren. Wir wissen beide, dass das unmöglich ist.

»Und du, du kommst und schaust nach, und wenn du mich treffen kannst, nimmst du den Stein an dich. Dann weiß ich Bescheid. Und ich werde auf dich warten.«

»Ich werde nicht kommen.«

»Ich werde warten.«

Ich träume ganz kurz davon, wie ich den Stein finde und ihn im Dämmerlicht treffe. Ich träume von einem Feuer. Von einem anderen Leben. Wieder raschelt es hinter mir, wieder habe ich das Gefühl, beobachtet zu werden. »Ich kann nicht kommen«, sage ich.

Ich renne durch die Tür, um meine Familie zu sehen. In Sicherheit.

Das Haus ist verraucht und liegt im Dämmerlicht, abgesehen vom Kaminfeuer, vor dem sie alle sitzen, dicht an dicht auf dem Boden.

»Schau«, sagt Annie. Sie hüpft zu mir herüber und schwenkt irgendetwas in der Hand.

Ich lache, schließe ihre knochige Wärme in meine Arme und vergrabe meine Nase in ihrem zotteligen Haar, in dem noch kleine Zweige stecken. »Dann musst du es aber auch ruhig halten, sonst seh ich ja gar nichts.«

»Ich hab's selber gemacht. John hat mir geholfen.« Sie hält einen Holzblock hin, der grob zurechtgehauen ist in eine uneindeutige Form.

John, der gerade sein Messer schärft, schaut von seinem Platz auf. »Ein Eichhörnchen für dich«, sagt er, und Annie hopst wieder zu ihm. Er legt ihr einen dünnen Arm um die Schultern, gibt ihr das Messer und führt ihre Hand, während sie das Holz abschabt. Ihr Gesicht ist ganz ernst vor lauter Konzentration, sie schiebt die Zungenspitze zwischen den Lippen hervor. Jetzt wünschte ich, ich hätte Daniel eingeladen, damit er John als den Jungen sieht, der er ist, nicht der Dämon, vor dem alle Angst haben.

»Wo sind die Zähne?« Mam sitzt im Schneidersitz auf dem Boden und knetet einen Tonklumpen, ihre bloßen Füße hinterlassen Abdrücke in der verschütteten Asche. Ich halte Ausschau nach irgendwelchen Anzeichen von Tau-Springer, aber ich finde keine, und ich frage mich wieder, was für einen Hasen ich da vorhin gesehen habe.

Meine Fröhlichkeit welkt dahin. »Sie waren nicht mehr da.«

Sie dreht sich um, das Licht flackert über ihre herabsackenden Kiefer und zusammengekniffenen Augen. »Dann musst du mir ein paar von seinen Haaren holen, oder zumindest ein Stück Stoff von seinem Oberteil.« Sie wendet sich wieder der Figur zu, die sie herstellt. »Er muss leiden. Er hat meiner Familie Leid gebracht. Dafür wird er bezahlen.«

Auf einmal fallen mir die Lücken zwischen den Holzbrettern der Tür ins Auge, die Löcher, durch die der Regen durch unser Dach tropft. Dieses Haus fühlt sich doch nicht so beständig an wie in dem Moment, als ich hereinkam, und Schutz bietet es so gut wie gar keinen.

Ich knie mich vor Mam, ergreife ihre Hände und zwinge sie zum Stillhalten. »Tu es nicht«, sage ich. »Bitte. Lass sie in Ruhe. Wir wollen nicht noch mehr Ärger.«

Sie schüttelt mich ab. »Wenn sie keinen Ärger wollen, dann sollten sie meiner Familie kein Leid antun«, sagt sie und knetet weiter den Tonklumpen.

»Das hab ich nicht gesagt.«

Ich nehme eine Handvoll Asche und verstreue sie rund um unsere Matratze. Klingle mit dem Glöckchen in alle Ecken, während Annie meine Hand hält. Ich gebe mein Bestes, um sie zu schützen. Ich wünschte, ich wüsste auch einen Zauberspruch, um sie vor den Dorfbewohnern zu beschützen.

Aus einem Sack geschüttelte Mäuse

Erschöpft und mitgenommen von den Ereignissen der Nacht trat Daniel durch die Tür. Es kam nicht oft vor, dass er so spät heimkam. Die Küche war still und sauber, die Pfannen poliert und an der Wand aufgehängt, das Feuer glühte hinter dem Rost. Der Geruch vom Brot, das Bett heute gebacken hatte, hing immer noch in der Luft. Vater, der mit einer Flasche Bier am Tisch saß, blickte auf, als er die Tür aufmachte, und sie zögerten beide.

»Sohn«, sagte er und nickte, um Daniel zu zeigen, dass er seine Gegenwart zur Kenntnis genommen hatte. »Willst du ein Bier?«

Es war spät, und Daniel musste im Morgengrauen aufstehen zum Melken. Das Letzte, was er jetzt brauchen konnte, war ein verlegenes Gespräch bis spät in die Nacht. »Bitte«, sagte er und zog sich einen Stuhl heraus.

Vater schenkte ihm einen Humpen ein, und Daniel nahm einen großen Schluck, dann noch einen. Er war ganz ausgetrocknet, wie ihm jetzt bewusst wurde, im Grunde kam ihm das Bier doch ganz gelegen.

»Na«, begann Vater, »die Stute macht sich ja prächtig.« Daniel wusste, dass Vater ganz bewusst nicht auf die Rolle einging, die sie noch vor ein paar Stunden gespielt hatte.

»Ja.«

Vater hielt seinen Humpen schräg und musterte den Inhalt.

Daniel hob das Bier an die Lippen und versuchte, ganz beiläufig zu sprechen. »Habt ihr den Magistrat gefunden?«

Vater zuckte mit den Schultern. »Bin nicht mitgegangen. Ich hab sie dann alleine weiterziehen lassen.«

Daniel brannte darauf, zu erfahren, was aus Phyllis geworden war, und klammerte sich an die Hoffnung, dass er ihr geholfen hatte, indem er die Dorfbewohner zu ihr schickte. Sarahs Haus hatte immer noch gestanden, als er sie dort verließ, das wusste er, aber würden die Dorfbewohner sich an ihr Vorhaben erinnern und in einer anderen Nacht wiederkommen?

In seinem Kopf überschlugen sich die Fragen, die er nicht stellen konnte, genauso wie Vater nicht fragte, warum er vor dem Haus derer gewesen war, die sie als Gauner betrachteten, oder schlimmer. Und auch nicht, warum er die Menge fortgeschickt hatte. Das Schweigen dehnte sich ins Unendliche, nur durchbrochen vom schwachen Muhen der Ochsen.

»Immer genug Arbeit«, sagte Vater. »Weißt du ja.«

Daniel nickte. Die Luft zwischen ihnen knisterte förmlich.

Beim Klang schwerer Schritte draußen auf dem Hof schauten sie beide zur Tür, bevor Gabriel hereinkam, mit geröteten Wangen, leuchtenden Augen und einer fiebrigen Fröhlichkeit, die Daniels Haut vor Unbehagen prickeln ließ. Gabriel blieb stehen, und seine Miene fiel in sich zusammen bei dem ungewohnten Anblick von Vater und Sohn, die zusammen am Tisch saßen und Bier tranken. Er schaute zu Daniel und pfiff durch die Zähne.

»Da hast du ja ganz schön was angerichtet«, sagte er. »Unser kleiner Kümmerling findet endlich sein Rückgrat und macht prompt eine größere Schweinerei als meine kleine Schwester, wenn sie im Rinnstein im Wasser panscht.«

»Ich möchte doch meinen, dass du jetzt nach Hause fahren

willst, nicht wahr, Gabriel? Du kümmerst dich doch so rührend um deine arme Mutter, sie will bestimmt …«, begann Vater.

»Was für eine Schweinerei?« Daniels Stimme war so schneidend, dass er seinen Vater übertönte.

Gabriel griff sich einen Stuhl, schleifte ihn über den Boden und setzte sich dann rittlings darauf. »Der Magistrat. Hat nur heiße Eier gespielt mit seinem Hausmädchen.«

Vater bewegte sich, lehnte sich auf seinem Stuhl zurück, streckte ein Bein aus und zog es wieder an. »Das kann nicht stimmen – sie ist doch noch ein kleines Mädchen, oder?«

»Aber ein hübsches kleines Mädchen«, sagte Gabriel. »Habt Ihr sie gesehen? Ich würde auch nicht …«

Vater schlug mit einer Faust auf den Tisch. Seine Stimme war gefährlich ruhig, als er sprach, und Blut begann ihm aus der Nase zu sickern. »Genug! Du wirst hier nicht an meinem Tisch sitzen und so über ein kleines Mädchen sprechen. Verstanden?«

Gabriel wurde rot und nickte, und wagte erst wieder ein höhnisches Grinsen, als Vater seinen Humpen an die Lippen hob.

»Ist … ist alles in Ordnung mit dem Mädchen?«, fragte Daniel. Er hätte anhalten und sie in Sicherheit bringen müssen.

»Erst mal ja, aber wir werden es erst sicher wissen, wenn wir sehen, ob sie im Winter ein Baby bekommt oder nicht.«

»Er muss sie heiraten, wenn sie eines bekommt«, sagte Vater. »Ist das einzig Richtige. Und ich hoffe, ihr Jungs bringt nie ein Mädel in Schwierigkeiten. Ich erwarte, dass ihr euch eurer Verantwortung als Männer stellen würdet.« Er warf Daniel und Gabriel einen vielsagenden Blick zu.

Daniel stützte den Kopf in die Hände und streifte dabei mit den Fingern den Kratzer über seinem Auge, woraufhin ihn ein jäher Schmerz durchfuhr. Gut. Das hatte er verdient. Phyllis war vierzehn und würde Schimpf und Schande erleiden, wenn sie mit dem Kind des Magistrats schwanger war. Ihr tränennasser Blick verfolgte Daniel noch nächtelang, und genau das hatte er auch verdient.

Er irrte sich. Daniel wusste, dass seine Träume nicht mit Phyllis' Augen durchsetzt waren, sondern mit dem intensiven Leuchten von Sarahs. Gegen seinen Willen hatten die Erinnerung daran, wie ihr Körper sich gegen seinen drückte, als sie zusammen auf Bonny saßen, die spitzen Bemerkungen und die spätere Abmilderung ihrer Worte ihn wach gehalten und noch andere sündhafte Triebe geweckt, denen er nur schwer widerstehen konnte.

Daniel stand auf und zog sich an, er war zu unruhig, um abzuwarten, bis die Sonne seinen Schlummer beendete. In der Luft lag um diese Uhrzeit immer noch eine gewisse Kühle, aber der wolkenlose Himmel verriet ihm, dass es ein warmer Tag werden würde. Als er auf dem Weg zum Erbsenfeld war, die Luft geschwängert mit Rauch vom schwelenden Gestrüpp und Farnwurzeln, griff ihn Gabriel von hinten und schob ihn mit dem Rücken gegen die Hauswand. Daniel schaute an Gabriels Schulter vorbei und war erleichtert, dass zumindest niemand in der Nähe war, der Zeuge seiner Demütigung gewesen wäre. Er war zu erschöpft, um ein sinnloses Gerangel anzufangen.

»Glaub nicht, ich hätte vergessen, dass du mich um die Gelegenheit gebracht hast, Gerechtigkeit gegen diese Teufel auf dem Hügel zu üben.« Gabriels Gesicht war so dicht vor seinem, dass sein Speichel auf Daniels Wange sprühte. »Glaub nicht, dass mein Moment der Vergeltung nicht noch kommen wird. Diese Hure wird bezahlen.«

Er ging weg, und Daniel lehnte sich an die Wand und versuchte, wieder zu Atem zu kommen. Die Haworths wurden von einigen im Dorf gefürchtet, wenn nicht sogar gehasst, aber dass Gabriel auch etwas gegen sie hatte, war ihm neu.

Er zog seine Kleidung zurecht, räusperte sich und ging mit betont lässigem Gang zum Feld hinüber. Er hatte keine Ahnung, wie es ihm gelungen war, die Meute von Sarahs Haus zurückzuhalten, und er konnte sich nicht vorstellen, dass er noch einmal dazu in der Lage wäre. Er hatte weder die Kraft noch das Ansehen.

Daniel arbeitete den ganzen Tag, rechte die Überreste des Wurzelfeuers zusammen und verteilte sie als Vorbereitung für die Aussaat. Seine Augen brannten und tränten, seine Kehle war trocken und schmeckte nach Asche, der Rücken schmerzte, die Hände waren voller Blasen. Die Anstrengung hätte ihn überwältigen, die körperliche Arbeit erschöpfen müssen. Doch während er arbeitete, während er sich wusch und aß und sich schlafen legte, hatte er ständig Sarah vor Augen, und das war ihm durchaus recht so. Es war, als würde sie den ganzen Tag neben ihm stehen.

Das Klopfen an der Tür kam unerwartet. Daniel, Vater und Gabriel hatten ihre morgendlichen Pflichten abgearbeitet und waren bereit zum Aufbrechen. Sie tauschten einen verblüfften Blick – sie bekamen selten Besuch, und ganz bestimmt nicht an einem Sonntagmorgen.

Bett, die sowieso gerade nach draußen wollte, machte die Tür auf.

»Hast du vergessen, dass heute Sonntag ist?«, hörten sie Bett fragen. »Ich werd heute kein Brot für euch backen.«

»Wegen dir bin ich auch nicht da«, antwortete eine Stimme.

Bett schaute zu Daniel, deutete mit einer Kopfbewegung auf die Tür und ging hinaus. Er schaute zu seinem Vater, der nur in stummer Frage die Augenbrauen hob, zuckte mit den Achseln und ging hinüber.

Da stand Molly und knetete sich die behandschuhten Hände. Ihm kam ein unangenehmer Gedanke, warum sie hergekommen sein könnte. Er blieb einfach stehen, während Vater und Gabriel sich hinter ihm drängten und angestrengt hinausspähten.

»Ich wollte dich sehen«, sagte sie.

Weder eine Überraschung, noch war sie willkommen. Daniel bedeutete ihr, dass sie kurz mit ihm vor die Tür kommen solle – das hier war kein Gespräch, das er unbedingt vor Zeugen führen wollte. Sie gingen über das Feld, während der niedrige Streifen Sonnenlicht sich in den Himmel ergoss wie Blut. Endlich war der Frühling richtig gekommen, wärmte die Luft und federte die harte Arbeit ab, die seine Tage füllte.

»Geht es dir gut?«, fragte er. Jetzt, wo sie nicht mehr auf dem Maifest waren, war er verlegen.

»Ach komm, Daniel, jetzt führ mich doch nicht an der Nase herum. Du musst doch wissen, warum ich hier bin.«

Er blieb stehen, schaute sie an und zog ganz leicht die Schultern hoch.

»Du kennst die Tradition.« Sie senkte ihren Kopf, sodass der Strohhut ihre Augen versteckte. »Die Maikönigin erwählt sich einen Jungen.«

»Gestern.«

»Was?«

»Am Tag nach dem Maifeiertag sucht sich die Maikönigin jemand aus, der ihr den Hof machen soll, aber das war gestern.«

»Ich war gestern auch schon hier, aber ich konnte dich nicht finden. Ist das wirklich alles, was du dazu zu sagen hast?«, fragte sie.

Ihre Augen waren groß, sie biss sich durch den Handschuh auf den Daumennagel, und Daniel konnte nicht anders, er war gerührt von ihrer Unsicherheit. Hinter ihr im Obstgarten waren die Bäume gesprenkelt mit weißen Blüten.

»Nein, natürlich nicht«, sagte er. »Ich hätte bloß nicht gedacht, dass du mich aussuchen würdest.«

»Tu ich aber.« Sie blickte zu ihm auf. »Du bist doch froh drüber, oder?«

»Ich bin … dankbar für das Kompliment, aber ich glaube wirklich, du solltest deine Wahl noch einmal überdenken. Jemand besseren, jemand … anderen.«

Sie lachte, stellte sich auf die Zehenspitzen und küsste ihn auf die Wange. »Und genau deswegen bist du die richtige Wahl«, sagte sie. »Ich muss jetzt gehen, ich muss in die Kirche, und du auch. Ich werd's meinem Vater hinterher sagen.«

Und dann war sie weg, rannte mit einer Hand am Rock und der anderen am Hut. Im Laufen drehte sie sich noch einmal um und lächelte ihn an. Daniel stand immer noch da, als der Häher anfing zu singen. Seine Welt hatte sich auf den Kopf gestellt, und er hatte keinen Schimmer, wie es dazu gekommen war.

Vater und Gabriel eilten aus dem Bauernhaus, sowie Molly gegangen war – so enthusiastisch waren sie noch nie zum Gottesdienst gegangen.

»Na«, begann Gabriel. Er musste rufen, um die Entfernung zwischen ihnen zu überbrücken. »Was wollte die Maikönigin denn von dir?«

Der neckende Ton seiner Stimme stand im Widerspruch zu dem Misstrauen in seinen halb zugekniffenen Augen. Vater hingegen musste sich bemühen, ein süffisantes Grinsen zu verbergen.

»Ach, die … äh … sie wollte mich nur fragen, ob … ob …«

Doch die Röte, die sich über Daniels Gesicht ergoss, war Antwort genug.

Gabriel schnaubte. »Dann hat sie ein Auge auf den Hof geworfen. Warum sonst würde dieses hübsche Ding dich zu ihrem Verehrer erwählen?«

Daniel schüttelte den Kopf. »Ich hab keine Ahnung.«

Vater räusperte sich. »Musst du nicht los, um dich um deine Mutter zu kümmern, Gabriel?«

»Schon passiert.«

»Du bist ein guter Sohn.«

Daniel fiel wieder ein, wie Gabriel als Junge auf den Hof gekommen war, nachfragte, ob man hier nicht irgendeine Arbeit für ihn hätte, und sie waren gemeinsam aufgewachsen, fast wie Brüder, wenn auch unversöhnlich. Vater hatte ihn einen Sommer lang aufgenommen, damit er bei der Heuernte half, und war beeindruckt von seiner Kraft und Entschlossenheit, sich Geld zu verdienen, das er mit nach Hause nehmen konnte. Er behauptete, dass dieser Zwölfjährige die Arbeit von zwei erwachsenen Männern machen konnte und ihm so Lohnkosten ersparte, und stellte ihn deswegen dauerhaft an. Daniel wusste allerdings, dass er die Entscheidung erst getroffen hatte, nachdem er von der Not der Familie gehört hatte.

Gabriel zuckte mit den Achseln. »Ist ja sonst keiner da, der's machen könnte.«

Vater nickte. Schweigend gingen sie Richtung Kirche.

Vater lauschte den Worten der King-James-Bibel, bestaunte ihre Schönheit und Klarheit, aber Daniel hatte nie einen anderen Text gekannt, und heute trug ihn der Pastor mit besonders monotoner Stimme vor. Es war unmöglich, sich zu konzentrieren. Er hatte Phyllis Ross beim Hereinkommen einen Blick zugeworfen. Sie ließ den Kopf hängen, während die anderen Gemeindemitglieder sich anstupsten und wisperten. Nur Bett und Nathaniel waren stehen geblieben, um ein paar Worte mit ihr zu wechseln. Sam Finch kam hereingehumpelt, gestützt von seiner Frau, er litt immer noch unter den Verletzungen, die ihm Sarahs Bruder erst vor ein paar Tagen zugefügt hatte. Und dann war da natürlich noch Molly, die mit ihren Eltern auf der anderen Seite des Ganges saß.

Sein Geist war aufgewühlt, und zwar nicht durch reine Gedanken, wie sie für die Kirche passend waren. Der moschusartige Geruch von Feuchtigkeit und Kerzenwachs, das Licht, das von den Fenstern in Regenbögen aufgesplittert wurde, beschämte ihn, statt ihn zu beruhigen. Daniel konnte sich mit Gedanken an Mollys Weißbrothaut ablenken, die sich gegen ihn drückte, natürlich. Aber jedes Mal, wenn er das tat, kehrte dieses Bewusstsein von Sarahs Anwesenheit zurück, und mit ihm das Gefühl, dass etwas in ihm war, was nur sie erkannte.

Sie war ein Mädchen wie kein anderes. Ihre Augen leuchteten hell, und die Haare tanzten ihr grundsätzlich ungezähmt ums Gesicht, während die anderen sie züchtig unter einer Haube oder einem Kopftuch versteckten. Eine, die er nicht begehren sollte, das wusste er. Ein Mädchen, das seine Schwester mit der Wildheit einer Fuchsmutter liebte. Die in ihm einen Mann sah, der die Fähigkeit hatte, wilde Geschöpfe zu zähmen, und mit dem Mut, seinen eigenen Weg zu gehen.

Es war ein einfaches Leben, das ihm Molly anbot, aber das reichte ihm nicht. Er brauchte den Sturm. Einen Weg, der nicht nur schwierig war. Sondern unmöglich. Er hätte seinem Vater genauso gut eröffnen können, dass er seiner Stute den Hof machen wollte. Doch er brauchte die Augen, die ihn wirklich und wahrhaftig sahen.

Eine Entschlossenheit kam über Daniel, komplett und ganz unveränderlich, eine Kühnheit, die ihm früher Angst gemacht hätte, aber ihm heute Kraft verlieh. Die Predigt, die Lieder und Gebete waren ein sinnloses Summen, sie waren nicht mehr für ihn bestimmt. Er würde dem Lauf der Dinge Einhalt gebieten. Er musste jetzt sofort mit Molly sprechen.

Als die Gemeinde die Kirche verließ, ergoss sie sich über den Kirchhof wie aus einem Sack geschüttelte Mäuse. Gerade als Daniel Molly erspäht hatte, rief Pastor Walsh sie zurück.

»Ich habe etwas zu verkünden, ein Anliegen, mit dem ich Gottes Haus nicht besudeln wollte.«

Obwohl seine Stimme immer noch trug, lag eine gewisse Müdigkeit in seinem Ton. Daniel hielt den Atem an. Jetzt würde die Neuigkeit bekannt gemacht werden von dem Nachspiel des Marsches auf die Haworths, und von Phyllis' Schicksal.

»Ich bin sicher, ihr alle wisst, dass Magistrat Thompson vor zwei Nächten entdeckt wurde, wie er sich auf eine Art benahm, die unpassend für seine Stellung war, tatsächlich unpassend für jedes von Gottes Kindern.« Er musterte die Anwesenden gründlich. Verwirrte Blicke und Geflüster gingen hin und her. »In meiner bescheidenen Rolle habe ich mich persönlich an die Obrigkeit gewandt und für seine sofortige Versetzung gesorgt.«

Bei diesen Worten wurde das Gemurmel lauter, denn Magistrat Thompson hatte in der Vergangenheit häufig ein Auge zugedrückt. Der Pastor hatte das nie infrage gestellt und ergriff nun seine Gelegenheit, den Magistrat von Grund auf zu verurteilen, ihn zu beschämen, indem er so offen die Wahrheit sagte. Jeder andere Gottesmann hätte sich irgendeine dünne Geschichte aus den Fingern gesogen, um das jähe Verschwinden des Magistrats zu erklären, eine plötzliche Erkrankung etwa. Daniel war auch angewidert, aber vor allem, weil dies Phyllis' Leiden bestätigte und sein Versagen, der Sache rechtzeitig Einhalt zu gebieten.

»Der neue Mann«, fuhr Pastor Walsh mit angestrengter Stimme fort, »ist gerade auf dem Weg hierher und soll in weniger als einem Tag eintreffen, so Gott will. Er ist bekannt für seinen tugendhaften Charakter und strenge Einhaltung der Gesetze. Neuigkeiten, die euch alle zweifellos sehr trösten werden.«

Seine Miene verriet, dass er sich sehr wohl der Furcht bewusst war, die seine Worte auslösten. Scheinbar erschöpft von seiner Rede ging er zurück in die Kirche und ignorierte die Fragen, die man ihm hinterherrief. Erst in diesem Moment fiel Daniel wieder die Dringlichkeit seiner eigenen Sache ein, doch als er sich umsah, merkte er, dass Molly schon gegangen war.

Anderssein

Jeden Morgen sage ich mir, dass ich nicht zum Fluss gehen werde. Jeden Nachmittag stehle ich mich davon und halte Ausschau nach dem Altweiberstein. »Gut«, sage ich mir, wenn er nicht da ist. Das Stechen in meinen Augen kommt nur vom Wind, weiter nichts.

Endlich sehe ich ihn, wie er an einem dünnen Stoffstreifen, der durch das Loch gefädelt wurde, zwischen den Weidenkätzchen baumelt.

»Ich werde nicht kommen«, sage ich. Mitnehmen tue ich ihn trotzdem.

Er wartet am Flussufer auf mich, er schaut übers Wasser, sodass ich Gelegenheit habe, ihn zu beobachten. Die spitzen Grashalme unter meinen Füßen werden weich und sumpfig. Wenn ich jetzt hineingehen würde, das Mal von meiner Haut waschen und auf der anderen Seite wieder rauskommen würde, wer wäre ich dann? Eine reinere, bessere Ausgabe meiner selbst. Das ist die Wiedergeburt, nach der ich mich sehne.

Es kann nichts werden aus dieser Geschichte. Es wird nichts dabei herauskommen. Ein Abend wird nicht das zerbrechliche Gleichgewicht zerstören, das Mam zwischen uns und dem Dorf aufgebaut hat. Ich schiebe die Gedanken an sie beiseite. Das ist kein Verrat.

Er dreht sich um und schaut mich an, obwohl ich kein Geräusch gemacht habe. Er winkt, dann fährt er sich mit der Hand durchs Haar. Auf einmal bin ich verlegen und bereue meine Entscheidung, herzukommen. Ich gehe näher zu ihm heran. Ich verstehe nicht, warum er sich für mich interessiert, wir gehören nicht zur gleichen Art von Mensch, unsere Lebenswege hätten sich niemals kreuzen dürfen.

Sein Lächeln, als ich ihn erreiche und ihm den Stein gebe, ist so aufrichtig, dass es mich noch weiter verwirrt. Wir schweigen einen Moment, dann sprechen wir beide gleichzeitig los.

»Ich hab dir eine Medizin mitgebracht.«

»Ich bin so froh, dass du gekommen bist.«

Ich halte ihm den Tiegel mit der Salbe hin, mein Arm bewegt sich steif und unnatürlich. »Für dein …« Die Worte verlieren sich im Nichts. Ich deute auf meine eigene Stirn.

Er nimmt den Tiegel entgegen. »Danke schön.« Er schnuppert daran und tunkt einen Finger hinein.

»Kamille und Thymian«, erläutere ich.

Er versucht, die Salbe aufzutragen, schmiert sie sich über die Augenbraue und verfehlt den Großteil seiner Wunde. »Komm, lass mich mal.« Ohne zu überlegen, verteile ich die Lotion über seine Wunde, wie ich es auch bei Annie tun würde, rasch und sanft. »Bitte schön«, sage ich.

»Danke. Hast du … wer hat die Salbe gemacht?«, fragt er.

»Mam.«

Er nickt. »Wie funktioniert das mit den Kräutern … also, was macht sie?«

Ich versuche, seine Worte zu interpretieren, lausche nach den Verdächtigungen darin. Denke wieder an die Angst, die er hatte, als er mir zum ersten Mal begegnete. Ich denke an einen Strick, der auf meiner Haut brennt. Vielleicht ist das alles nur ein Trick, der mich dazu bringen soll, unsere Schuld zuzugeben. Das würde sein Interesse erklären, aber wenn ich hier mit ihm stehe, habe ich nicht das Gefühl, dass das stimmt. Ich spüre Vertrauen. Ich weiß nicht, warum. Er beugt sich vor, begierig, meine Antwort zu hören.

»Sie heilt«, sage ich. Manchmal. Aber öfter, so viel öfter – verflucht sie jemand, wenn du dafür bezahlen kannst, oder wenn du sie verletzt hast. Ein Liebeszauber, wenn der oder die Auserwählte nicht das fühlt, was er sollte. Ein Gebräu aus Mohnsamen, das der Seele Leichtigkeit verleiht und dem Geist Bilder vorgaukelt, wie sie nur Hexerei heraufbeschwören kann.

»Das ist eine tolle Gabe«, meint er.

Ja. Eine, die auch mir geschenkt wurde. Ein Schauder von Sehnsucht und Vorahnung durchläuft mich. »Ihre Großmutter hat es sie gelehrt.«

»Diesmal bin ich vorbereitet«, sagt er. »Komm, ich zeig dir was.« Er nimmt meine Hand und führt mich das Ufer hoch zu den Bäumen. Wir achten sorgsam darauf, uns ja nicht anzuschauen. Wir achten sorgsam darauf, uns vorzumachen, dass er meine Hand nur hält, um mich zu führen.

Unter einer Erle, geschützt durch ihre Zweige, liegen seine Stiefel und sein Hut, ein gefaltetes Stück grauer Stoff, ein in Tuch eingeschlagenes Paket sowie ein Feuerstein und Stahl. Er deutet auf den säuberlichen Stapel, als wäre es ein Haufen Gold.

»Da. Heute Nacht können wir ein Feuer und ein Festmahl machen.«

»Ein Festmahl?« Mir läuft das Wasser im Mund zusammen, und ich überlege, was er wohl mitgebracht hat. Alles, was ich heute zu essen hatte, war eine Schale wässrigen Eintopfs, dem nur Muscheln und Nesseln ein wenig Aroma verliehen.

»Ich habe ein paar Happen mitgebracht, aber die sind für später. Lass uns erst mal mit dem Feuer anfangen.«

Als ich mich umschaue und nur frisches, grünes Gras sehe, habe ich meine Zweifel, ob er in der Lage sein wird, damit Feuer zu machen. Ich interessiere mich zwar mehr für das Essen, aber das will ich nicht zugeben.

»Dieses Gras wird nicht brennen«, prophezeie ich.

Er zieht eine Handvoll Stroh aus dem Haufen seiner Habseligkeiten. »Ich hab doch gesagt, diesmal bin ich vorbereitet gekommen.« Er ist so zufrieden mit sich selbst, dass ich mir Mühe geben muss, unbeeindruckt zu wirken, aber es will mir nicht gelingen. Der Abend ist abgekühlt, der leichte Wind lässt meine Arme kalt werden, und ein Feuer wäre jetzt mehr als willkommen. »Aber Holz brauchen wir noch«, sagt er.

»Natürlich.« Glaubt er wirklich, ich hätte noch nie Feuer gemacht? »Ich werde doppelt so viel finden wie du, und das doppelt so schnell.«

»Ach, tatsächlich? Meinst du?«

»Natürlich.«

Er rennt mit einer derartigen Geschwindigkeit ins Unterholz, dass ich auf einmal ganz allein dastehe, und schon habe ich ihm einen Vorsprung gegeben. Ich schreie auf, raffe meinen Rock zusammen und folge ihm.

Es ist nicht die geeignete Jahreszeit, um gute Zweige zum Feuermachen zu finden, sie sind alle zu weich und zu grün. Trotzdem, ich habe ein geübtes Auge. Zweige findet man schnell, und wenn sie dünn genug sind, brennen sie immer. Und weiter drinnen, wo die Zweige über unseren Köpfen sich verdichten, um ein Dach zu bilden, das uns vor Sonne und Regen schützt, werde ich noch ein bisschen altes Holz vom Winter finden. Ich weiß es.

Atemlos renne ich hin und her, lache und bin zugleich todernst in meinem Versuch, zu beweisen, dass ich es besser kann als er. Daniel rennt durchs Unterholz, schießt zwischen den Bäumen hin und her, mit leuchtenden Augen.

Es dauert nicht lange, dann habe ich einen ganzen Armvoll Stöcke. Als ich nichts mehr tragen kann und jedes Mal, wenn ich mich bücke, um einen aufzuheben, mir einer wieder runterfällt, mache ich mich auf den Weg zum Flussufer, wo er mit einem Haufen Holz neben sich wartet. Ich werfe einen abschätzenden Blick darauf. Er hat sich wacker geschlagen, aber ich habe gesiegt.

»Wir liegen gleich auf«, sagt er.

Ich bin empört. »Nein. Ich hab mehr. Komm, wir zählen.«

Ich lasse meinen Stapel neben seinen fallen, aber er lacht und hebt die Hände zu einer beschwichtigenden Geste. »Nein, ich bin sicher, du hast recht. Du hast gewonnen.«

Er pflückt mir ein Blatt aus den Haaren, und irgendwie verdirbt es mir ein bisschen den Sieg, dass er so schnell nachgegeben hat. Er geht in die Hocke und baut aus den dünneren Zweigen einen Rahmen, und ich muss mir widerstrebend eingestehen, dass er das wirklich fachmännisch macht. Ich muss den Drang niederkämpfen, ihn beiseitezuschieben und es selbst zu machen, nur damit er sieht, dass ich das auch kann. Er schlägt den Stahl gegen den Feuerstein, Funken treffen auf das Stroh, aus denen er eine Flamme hervorlockt, um das Ganze dann unter die Zweige zu legen. Das entstehende Licht beleuchtet die Kanten seines Gesichts.

Er schaut auf. »Du bist ja so ernst«, stellt er fest.

»Hast du nicht gesagt, du hättest Essen dabei?«, frage ich. Ich kann einfach nicht mehr warten.

Er rappelt sich hoch, rennt zu den Bäumen und kommt mit dem Paket zurück, mit aufrechten Schultern und stolzem Blick. Er hat Brot mitgebracht, von der besten Sorte, mit einer sauberen Oberfläche, nicht die schwarz verkrustete Sorte vom Backofenboden. Es hat eine geschmeidig-goldene Farbe, wie ich sie noch nie zuvor gesehen habe. Und dazu Butter, einen Luxus, den ich nicht mehr gehabt habe, seit wir aus dem Dorf fortgezogen sind, obwohl der erinnerte Geschmack sofort meinen Mund ausfüllt. Käse, kalter Braten und Radieschen. Ich mache es mir an einem Felsen gemütlich und schaue ins Feuer.

Ich kann gerade noch widerstehen, mir ein Stück von jedem zu schnappen und es mir gierig in den Mund zu stopfen. Ich wische mir die Lippen ab.

»Hast du das alles von zu Hause mitgebracht?«

»Ja.«

»Und das stört die anderen nicht?«

Er lächelt. »Das wird ihnen gar nicht auffallen.«

Ich kann es mir gar nicht vorstellen. So viel zu haben, dass man ganze Brocken von Brot und Käse und Braten einfach unbemerkt mitnehmen kann.

»Hier«, sagt er, reißt ein Stück Brot ab, taucht es in die Butter und reicht es mir.

Ich halte es einen Augenblick in der Hand, bevor ich es koste, versuche, es hinauszuzögern, versuche, meinen Hunger nicht zu zeigen, meine Unwissenheit im Umgang mit solchen Lebensmitteln. Ich schaue zu, wie er abbeißt, und ahme dann sein langsames, beiläufiges Kauen nach.

Dieser Geschmack! Dieses Gefühl in meinem Mund! Die knusprige Kruste, die Weichheit der Krume mit dem tiefen, erdigen Geschmack von Roggen und dem salzigen Nachhall der Butter. Er bietet mir Scheiben vom Braten an, Stücke von hartem Käse, scharfe Radieschen. Ich koste alles und genieße es, wie sich der Geschmack über meine Zunge ausbreitet. Hie und da wische ich mir Krümel von den Lippen.

»Lecker«, sage ich und bedecke meinen Mund mit der Hand, um mein Kauen zu verstecken.

»Ich hab das Beste für den Schluss aufgehoben.«

Was könnte das alles noch übertreffen? Ich bin nicht überzeugt. Er geht zurück zum Baum und kommt mit einem kleineren Päckchen zurück, halb ausgewickelt, und setzt sich neben mich. Er hält mir eine Art Kuchen hin. Ich erkenne den Teig, aber nicht die cremige Füllung. Es sind zwei Stücke, und er reicht mir eines. »Flan«, sagt er.

Jetzt bin ich auch nicht schlauer.

Ich schnuppere am Kuchen und sehe, wie er mich mit einer Miene milden Amüsements beobachtet. Ich beiße hinein, um mein unbehagliches Gefühl zu verbergen.

Der Geschmack übertrifft alles, was ich bis jetzt gekostet habe. Süß mit einem schwachen Rosenaroma, und ich schließe die Augen und warte, bis es verfliegt. Ich stelle mir vor, wie es sein muss, ein so bequemes Leben zu haben, mit einem warmen Bett und genug Kleidern zum Anziehen und einem gefüllten Magen. Mit Aromen wie diesen. Wenn ich nicht für ein anderes Leben erwählt worden wäre.

»Schmeckt es dir?«, fragt Daniel.

Ich bringe nur einen anerkennenden Summton hervor, denn mein Mund ist von dem zweiten Bissen zu voll zum Sprechen.

»Ich hab dir noch was mitgebracht«, sagt er. »Wenn … du hast vorhin so gefroren, deswegen …«

Er geht zu den Bäumen und hält mir ein viereckiges graues Tuch hin. Ich sitze da, halte es in den Händen und weiß nicht, was ich damit anfangen soll.

»Warum gibst du mir das?«, frage ich.

»Das ist das Schultertuch meiner Mutter«, sagt er, mit so leiser Stimme, dass ich ihn kaum hören kann. »Wir haben keine Verwendung mehr dafür.«

Der Abend wird dunkler, und die Flammen zischen und spucken in die Nacht. Überall im Dorf werden die Menschen gleich ihre Kerzen ausblasen und zu Bett gehen. Niemand soll diesen Frieden stören.

»Sie muss dir fehlen«, sage ich.

Er starrt ins Feuer, Licht und Schatten spielen auf seinem Gesicht, und ich weiß, dass er gerade ein Leben vor sich sieht, in dem seine Mutter noch lebt. »Ich hab sie nie gekannt«, sagt er.

Das ist nicht wirklich eine Antwort, aber ich bohre nicht weiter. »Sie ist also gestorben, als du noch ganz klein warst?«

»Sie ist bei meiner Geburt gestorben.«

Es ist ein Wunder, dass sein Vater keine neue Frau gefunden hat, er ist wohlhabend, und es hätte sicher eine große Zahl an Kandidatinnen gegeben.

»Ich kann mich noch an meinen Vater erinnern.« Ich bin selbst überrascht, dass ich ihn erwähne. Er reagiert, als hätte ich von nichts Wichtigerem gesprochen als dem Wetter.

»Wie war er?«

»Er war so groß. Oder zumindest schien er mir so groß, aber ich war damals ja noch ganz klein, also war er's vielleicht gar nicht.«

Daniel lässt einen Zweig ins Feuer fallen. Ich fühle auf meinem Gesicht, wie er von den Flammen verzehrt wird.

»Er roch nach Meer. Seine Stiefel waren immer nass und hatten Salzränder, er hat sie immer an der Tür ausgezogen. Ich glaube, ich kann mich besser an seine Stiefel erinnern als an sein Gesicht.«

»Er war also Fischer?«

Ich nicke. »Wir haben mit den anderen an der Küste gewohnt. Heute kann ich mich kaum mehr dran erinnern.«

»Das wusste ich gar nicht.«

Die Luft an meinem Rücken ist kühl, während das Feuer vor mir mein Gesicht fast versengt. Ich zucke mit den Schultern. »Eines Tages ging er hinaus und kam nicht mehr zurück. Und Mam, na ja, sie hat halt getan, was sie konnte.« Die Erinnerungen ersticken mich jetzt, als wäre ich wieder dort, die Männer und die Geräusche, die sie machten, die Münzen, die man uns auf den Tisch legte. Mam, wie sie im Meer kauerte und Wäsche wusch, mit einem Gesicht verschlossen wie eine Faust. Die verschwitzte Hand auf meiner nackten Haut.

Zu Anfang verstand ich es nicht ganz. Sie erzählte mir verschiedene Versionen, was es war: ein spezieller Zaubertrank, der sie herumspringen und schreien ließ wie tollwütige Hunde, oder ein entfesseltes Tanzen, das sie so erschöpfte, dass sie zu Boden fielen. Es war aber immer etwas, was Kinder nie sehen durften. Erst später, als sie mich vor Männern warnte und vor dem, was sie von den Frauen wollten, wurde es mir klar.

Ihm erzähle ich nichts davon.

Seine sanfte Berührung an meinem Arm lässt mich hochfahren, und ich merke, dass ich die ganze Zeit mit geschlossenen Augen dagesessen bin, während ich das Schultertuch fest umklammerte, und mit meinen Erinnerungen gerungen habe. Diese werde ich niemals mit irgendjemand teilen. Ich reiße mich los von der Vergangenheit, zurück ans Flussufer, in die Wärme und zu ihm.

»Zieh das Schultertuch doch mal an«, schlägt er vor.

Es war nett von ihm, es mir mitzubringen, aber ich habe noch nie eines besessen und bin nicht sicher, wie man es trägt. Ich kann mich noch an das von Mam erinnern, vor Jahren, das sie perfekt gefaltet über ihrem Hemdkleid trug, aber mir will einfach nicht einfallen, wie ich diesen Stoff so drapieren könnte. Widerstrebend stehe ich auf, schüttle ihn aus und versuche, ihn so um meine Schultern zu legen, dass es meiner Vorstellung vom richtigen Sitz entspricht. Verzweifelt versuche ich, meine Unwissenheit zu verbergen. Es fühlt sich nicht richtig an, zu viel auf meinem Rücken und zu ungeschickt gebauscht vorne.

Daniel steht auf und lacht, was mir die Schamesröte auf die Wangen treibt. »Was machst du denn da?«, fragt er.

Noch nie habe ich mein Anderssein deutlicher empfunden als jetzt.

Er nimmt mir das Tuch aus der Hand, faltet es und legt es mir ordentlich über die Schultern. Sein Arm streift meine brennende Wange. Der Stoff ist weich und riecht ein wenig nach Schimmel, aber es sitzt so weich an mir wie kein anderes Kleidungsstück, das ich besitze.

»Bitte schön«, sagt er.

Was muss er von mir denken? So dumm, dass ich nicht mal weiß, wie man es tragen muss. Heiße Wuttränen laufen mir übers Gesicht, und ich schäme mich noch mehr.

Ich reiße mir das Tuch von den Schultern, werfe es ihm vor die Füße und renne davon.

»Warte«, höre ich ihn hinter mir rufen. »Warte, bitte, ich wollte … was hab ich denn gemacht?« In seiner Stimme liegt Verzweiflung, aber er läuft mir nicht nach, und darüber bin ich auch froh.

Flans und Schultertücher und Bauernjungen sind nichts für mich, wie Mam mich immer gewarnt hat, und ich war eine Närrin, dass ich überhaupt zu diesem Treffen gekommen bin. Ich presche über das mit Buschwerk überwachsene Gelände und durch die Bäume auf den Hügel zu. Ich stolpere, aber ich bleibe nicht stehen, ich renne so schnell, dass mein Brustkorb anfängt zu brennen, und entferne mich so weit wie möglich von Daniel. Ich muss jetzt wieder zu meinesgleichen.

Frostbrand

Der Markttag unten am Hafen war das übliche Summen aus Rufen und Grußworten, dem Geruch von Pökellake und dem salzigen Stechen von Luft, die vom Meer durchgepeitscht worden war. Daniel beobachtete, wie Bett mit gespielter Ungläubigkeit über den Preis eines Bündels Heringe verhandelte, und versuchte, jeden Gedanken an Sarah beiseitezuschieben. Er hatte nicht gewagt, den Stein in den letzten paar Tagen wieder auszulegen, denn er wusste, dass sie nicht gekommen wäre. Er hatte sie blamiert und schämte sich für seine Taktlosigkeit.

»Glaubst du, ich bin nicht ganz bei Trost, Hannah?«, fragte Bett. Daniel brachte seine Gedanken rasch zurück zum Geschehen, das sich vor ihm abspielte. »Das kann ich nicht bezahlen, mein junger Herr steht neben mir, der denkt doch, ich hab meinen Verstand verloren, und dann hab ich keine Arbeit mehr. Ist doch so, nicht wahr, Sir?«

Sie hatte eine vergnügte Miene aufgesetzt. Dieses Spiel genossen sie beide. Die Fischersfrau beäugte ihn verächtlich, denn was war das für ein Herr, der auf den Markt ging, an einen Ort, der nur Frauen vorbehalten war? Er runzelte die Stirn und räusperte sich, um noch die letzte Spur von Lachlust aus seiner Kehle hinauszubefördern. »Der Preis kommt mir auch unverschämt hoch vor. Müsste ich dir dann vom Lohn abziehen.«

Bett zuckte mit den Schultern, ohne die Fischersfrau aus den Augen zu lassen, und die legte seufzend noch zwei Fische dazu. Sie starrte an ihnen vorbei, schnappte nach Luft und ließ das silbrige Paket in den Einkaufskorb fallen, um sich die Hand vor den Mund zu schlagen. Als Daniel sich umdrehte, entdeckte er eine Gruppe, die sich um einen Mann versammelte, der einen schluchzenden Jungen am Kragen seines Oberteils festhielt. Er erkannte das Kind wieder, ein Junge, dessen Vater vor Kurzem auf dem Meer geblieben war, mit blassem Gesicht und weit aufgerissenem Mund hing er von der Faust eines Mannes, den Daniel noch nie gesehen hatte. Die Angst des Kindes trieb ihn zum Einschreiten, und die Worte waren ihm aus dem Mund geschlüpft, bevor er einen Gedanken an die Folgen verschwendet hatte.

»Lassen Sie den Jungen los.«

Der Mann musterte Daniel von oben bis unten. »Er ist ein Dieb.«

»Das ist er nicht.« Die Familie des Jungen lebte jetzt bei der Schwester der Mutter und deren Ehemann. Ein kleines Gehalt und so viele hungrige Mäuler. »Er sollte für mich was besorgen, ich hab nur vergessen, ihm die Münzen mitzugeben.«

Eine Behauptung, die nicht belegt wurde durch den Umstand, dass das Kind bereits die meisten der Radieschen gegessen hatte und sein Mund und seine Hände verschmiert waren mit Saft und Schlamm. Trotzdem gab Daniel dem Verkäufer eine Münze. Er ging vor dem Jungen in die Hocke und zog ihn behutsam aus dem Griff des Mannes. Der Junge weinte und schluchzte.

»Wer seid Ihr? Sein Vater?«

»Ein Freund der Familie. Und wer seid Ihr, Fremder?«

Ein kaltes Licht flammte in seinen Augen auf. »Ich bin der neue Magistrat, junger Mann. Ich bin gekommen, um mich im Dorf vorzustellen. Keine Sekunde zu spät, wie ich feststellen muss. Diebe muss man bestrafen, nicht nachsichtig behandeln.«

Der Junge wand sich aus seinem Griff und schoss davon. Die Umstehenden tuschelten und drängelten. Er hatte ihnen noch mehr zu reden gegeben als gewöhnlich.

»Er ist kein Dieb«, wiederholte Daniel. »Er hat mir bei meinen Erledigungen geholfen.«

Der Magistrat ließ seinen kühlen Blick über die Menge schweifen. »Ich habe genug beobachtet, um zu wissen, dass hier viel Arbeit auf mich wartet. Euer Verhalten ist liederlich und verwerflich. Glaubt ja nicht, dass ich nicht sehe, wie es hier zugeht. Hört zu: Ich werde all dem ein Ende setzen. Diejenigen, die die Gesetze übertreten haben, werden bestraft werden, und ich werde dafür sorgen, dass ich alles erfahre, was es über diesen schändlichen und verdorbenen Ort zu wissen gibt. Ja, schaut ruhig ängstlich. Das Blatt hat sich hiermit gewendet, und das war weiß Gott überfällig.«

Daniel löste sich aus der Menge und spazierte davon. Der Magistrat blieb, wo er stand, seine Wut wie Frostbrand an Daniels Rücken.

»Seid gewarnt, junger Mann«, rief er ihm nach. Daniel blieb nicht stehen. »Eure Unverfrorenheit soll nicht vergessen werden.«

Maden

Annie und ich sitzen in der Menschenmenge unten am Hafen und betrachten die Fische, Krabben und Miesmuscheln, die es dort zu bewundern gibt. Ein paar Leute verkaufen auch Radieschen und kleine Pastinaken, obwohl die meisten Dorfbewohner Gemüse in ihren eigenen, windumtosten Gärten anbauen und sie nicht kaufen müssen. Heute ist das Meer ruhig und grau, scheinbar friedlich, aber ich weiß, dass man ihm nicht trauen kann. Jeden Moment kann es umschlagen und sein nächstes Opfer fordern.

Ich fange ein, zwei Blicke auf, auf der Suche nach einem Menschen mit weichem Herzen. Bei Frauen ist es wahrscheinlicher, dass sie einem was geben, und weniger wahrscheinlich, dass sie kontrollieren, wohin ihre Münzen gehen. So ein Markttag, an dem nur wenige Männer da sind, kann gut für uns sein. Heute allerdings nicht. Alle gehen sie uns aus dem Weg, werfen angewiderte Blicke auf Annie und rümpfen die Nase über mich.

Das sind wir gewohnt. Aber jetzt hat ihre Grausamkeit eine Kühnheit erlangt, die neu ist.

»Geht weg da«, schreit ein Verkäufer. Er kommt zu der Stelle gerannt, an der wir stehen, und schiebt sein Gesicht ganz dicht vor meins. Ich ziehe Annie hinter mich. Er schüttelt eine Faust, und ich gebe mein Bestes, um nicht zurückzuzucken, mich nicht meiner

Wut zu überlassen und damit alles zu bestätigen, was sie von mir denken. »Weg hier, kusch. Wir wollen hier keine wie euch, mit eurem Schmutz und euren Zaubersprüchen.«

In seinem Rücken versammeln sich weitere Leute, sie treten hinter ihren Ständen hervor, mustern uns von oben bis unten, flüstern, kräuseln die Lippen. Ärgerliche Gesichter, wohin ich auch blicke. Ich halte Annie ganz fest.

Eine Frau schubst mich, sodass ich Annie fast umwerfe. »Wir hätten unser Vorhaben zu Ende bringen sollen, nachdem dein Bruder sich an Sam Finch vergriffen hatte«, sagt sie und dreht sich um, um sich im zustimmenden Nicken und Johlen der anderen zu sonnen. »Wir hätten diesen dreckigen Pestschuppen in jener Nacht einfach abfackeln sollen, und euch alle mit.«

Ich finde keine Stimme und merke zu meinem Entsetzen, dass mir Tränen in die Augen steigen.

»Es kommen ja noch andere Nächte«, sagt der Mann.

Ich schlucke, straffe den Rücken und zwinge meine Tränen zurück. Die Dorfbewohner haben uns früher auch schon gekränkt. Man hat uns weggeschickt. Aber niemals hat man mir so viel Angst eingejagt wie heute. Niemals habe ich so sehr ein wohlgesonnenes Gesicht gesucht, eine freundliche Hand, die uns Schutz bietet.

Ich drehe mich um. Nicht weit von mir sehe ich die Magd vom Taylor'schen Hof, Bett, wie sie sich über einen Haufen Fisch beugt und mit der Verkäuferin streitet. Neben ihr steht Daniel.

Der Letzte, den ich jetzt treffen will. Er muss nicht noch mehr von meinen Demütigungen mitbekommen.

Ich trete zurück. »Komm, Annie«, sage ich. Ich spüre, wie er, der mich erwählt hat, näher an mich herantritt, wie er den Hass in mir zürnt – mich zum Handeln bringen will. Ich muss mich selbst von dem Drang losreißen, seiner Aufforderung nachzukommen. »Wir gehen.«

Die Menge steht einfach still da und beobachtet uns. Ich ziehe Annie fort, wobei ich wieder dorthin schaue, wo eben noch Daniel stand. Er ist nicht mehr da. Wir müssen jetzt weg hier, bevor es noch schlimmeren Ärger gibt, doch Annie tippt eine Frau auf den Rücken und bittet sie um eine Münze.

Die Frau schlägt nach ihr, und im nächsten Moment liegt Annie auf dem Boden.

»Das war wirklich übertrieben«, rutscht es mir heraus. Ich helfe meiner Schwester auf und klopfe ihr den Staub aus den Kleidern. Sie schaut die Frau finster an. Es ist die Frau des Schmieds, gemeinsam mit ihrer Tochter. Die beiden tragen bunte Röcke und starren uns mit verschränkten Armen an, als wären wir Maden.

»Weg hier«, schnauzt sie uns an. »Hier ist kein Platz für euresgleichen. Hier sind nur Leute, die ihr ehrlich verdientes Geld ausgeben wollen.« Wieder schubst sie Annie. »Kusch.«

Annie stampft mit dem Fuß auf, und ich kann mich gerade noch zurückhalten, es ihr gleichzutun. Ich komme wieder zu Atem und beruhige mich selbst.

Die Tochter grinst höhnisch. »Fass sie nicht an, Mutter«, sagt sie hinter vorgehaltener Hand, aber laut genug, dass ich es hören kann. »Die sind doch voller Läuse, und das ist noch das Geringste. Schau sie dir doch an.«

Eine grausame Freude lässt ihre Augen leuchten. »Ist das nicht der neue Magistrat?«, fragt sie. Ihr Kopf ist zu ihrer Mutter gewandt, aber ihr Blick ruht noch in meinem. Annie windet sich unter meinem festen Griff. »Komm, wir rufen ihn rüber, er wird so etwas nicht dulden, oder? Hören wir uns doch mal seine Ansichten zum Betteln an. Vielleicht erkundigt er sich mal nach denen, die nie in die Kirche gehen.«

Wir sind nicht mehr als eine vorübergehende Belustigung für sie. Ich weiß nicht, wie es möglich ist, dass sie Annie anschaut und irgendetwas anderes sieht als ein hungriges Kind. Ich weiß nicht, wie sie so frei von jedem Mitgefühl sein kann.

Aber sie wenden sich jetzt beide urplötzlich einem aufsehenerregenden Ereignis auf der anderen Seite des Marktplatzes zu. Sie eilen hinüber zum nächsten Spektakel. An die Stelle, an der sie gestanden haben, tritt im nächsten Moment die Magd des Bauern, die eifrig unsere Hände ergreift und uns beide wegführt.

»Geht weg von hier«, flüstert sie.

»Aber wir haben kein …«

»Nehmt das.« Sie beugt sich zu Annie herunter und gibt ihr eine Münze. »Und jetzt weg. Heute scheint euch niemand mit sonderlichem Wohlwollen zu sehen.«

Annie starrt auf die Münze, dann wieder auf die Magd und erinnert sich an ihre frühere Freundlichkeit. »Danke«, sagt sie. Sie blinzelt. »Der Kuchen war wirklich sehr lecker. Gibt es noch was davon?«

»Sei still«, sage ich.

Die Frau lacht. »Ein andermal.« Sie schaut mich an, wedelt mit den Armen, als wäre ich eine Krähe, die ihre Saat stehlen will, und dreht sich um.

Ich ziehe Annie wieder den Pfad hoch, der an der Weide und dem Taylor'schen Hof vorbeiführt. Ich wage es nicht, beim Fluss stehen zu bleiben und nach dem Altweiberstein zu suchen. Erst als wir den Fuß des Hügels erreichen, wo unser Haus sich an die verfallenden Reste des Fischerdorfs schmiegt, kann ich wieder frei atmen.

Annie gibt Mam die Münze und bekommt frei zum Spielen. Sie flitzt hinaus, heute nicht in die Wälder, sondern durch den leeren Türstock eines nah gelegenen Schuppens. Das Gewicht von Gras und Efeu, die sich darüber ranken, hat das Dach auf der einen Seite eingedrückt, und bunte Flecken von Vergissmeinnicht und Wetterkraut sind zwischen herabgefallenen Steinen aufgeplatzt. Das ist ihr Lieblingsplatz, wenn sie Vater-Mutter-Kind spielt und aus dem Schlamm Essen kocht, das sie dann auf Teller aus Blättern legt. Manchmal höre ich sie mit ihren eingebildeten Freunden reden, mit denen sie diese Mahlzeiten einnimmt, und ich versuche, nicht daran zu denken, was für Geister Annie in ihrer kindlichen Unschuld sehen könnte.

Mam fährt mit dem Daumen über die Münze, und ihr Gesicht wird ein bisschen weicher. Es gibt kein schöneres Gefühl, als mit einer Gabe zu ihr zurückzukommen, und eine Münze ist die beste Gabe überhaupt, obwohl sie immer sagt, sie erwartet nicht weniger.

»Von wem ist die?«, fragt sie, als ich gerade mit John am Tisch sitze.

»Von dieser Magd vom Bauernhof, kennst du die?«

»Ja«, sagt Mam. »Gute Seele.«

John bläst Staub von dem Holz, das er gerade bearbeitet. »Weißt du noch, wie sie Annie einmal diesen Honigkuchen geschenkt hat? Annie wäre ausgezogen und zu ihr gegangen, wenn sie die Gelegenheit gehabt hätte.«

»Würde ich auch tun für einen Honigkuchen«, sage ich. »Mam, weißt du irgendwas von einem neuen Magistrat, der heute im Dorf angekommen ist?«

Ihr Kopf fährt zu mir herum, und sie legt sich die Hand auf die Brust.

»Nein«, sagt sie, nicht als Antwort auf meine Frage, sondern ein Nichtwahrhabenwollen, ein Grauen angesichts der Tatsache, dass das wirklich so sein könnte.

Sie reißt einen Stuhl hervor und sackt darauf zusammen. Jede Farbe ist aus ihrem Gesicht gewichen.

John blickt auf. »Ja. Der alte Fettsack Henry Thompson ist am ersten Mai mit seiner Magd im Wald erwischt worden, noch ein blutjunges Mädchen. Dann ist der neue Mann also schon hier? Du hast doch immer gewusst, dass er ein lüsterner alter Bock war, oder, Mam? Hast du doch immer gesagt.«

»Weg?«, fragt Mam und springt so schnell wieder auf, dass ihr Stuhl auf den Boden kracht. »Nein! Nein! Er hat uns geschützt, aus der Ferne. Er konnte uns nie beschuldigen, weil ich Bescheid wusste, weil ich alles wusste, was er war, und ich hielt meinen Mund. Ich hab mich um die Mädchen gekümmert, hab ihnen ihr Gebräu umsonst gegeben, und auf die Art war er sicher, und wir auch.« Sie murmelt die Worte, schnell und leise, sodass ich kaum ihre Bedeutung erfassen kann. Mir wird ganz schwindlig. Was hat sie die ganze Zeit getan? Diesem Vieh zugearbeitet, damit wir in Sicherheit sind? Und was wird jetzt aus uns werden, nachdem er weg ist? Ihre Schritte werden schneller, und ihr Atem wird ganz abgehackt, als sie nervös hin und her geht.

John fängt meinen Blick auf, seine Miene ist eine Mischung aus Verwirrung und Besorgnis. »Pscht, Mam«, sagt er mit sanfter Stimme. »Vielleicht kommen wir ja trotzdem zurecht, so wie jetzt auch. Es sind doch die gleichen Gesetze, nur ein neuer Mann, mehr nicht.«

Er begreift es nicht. Ich schon. Ich schließe meine Augen, aber ich kann die Erinnerung nicht zurückhalten, die immer in mir ist.

Ich bin elf Jahre alt und sollte eigentlich aus dem Haus sein, weil Mam mit den Männern zusammen war, aber es nieselte, und ich war zurückgekommen. Ich stand draußen, nass bis auf die Haut und zitternd und nahm meinen ganzen Mut zusammen, um mich ihr zu widersetzen und einzutreten. Ich kann heute noch sehen, wie meine Hand sich ausstreckt und die Tür aufstößt. Kann heute noch dieses sichere, ekelerregende Wissen spüren, dass das, was dahinterlag, sich in den Schatten der Schande verstecken musste. Sie war mit einem Mann zugange, die Decke hing im Türrahmen, und ich konnte die Geräusche hören, also blieb ich im anderen Zimmer.

Er wartete. Helle, kleine Augen starrten mich aus faltigem Fleisch an, sein Schweiß glitzerte, dann bildete er Perlen, und zum Schluss rann er ihm die zitternden Hängebacken hinunter. Er hievte sich hoch und streckte die Hand aus, und da ich nicht wusste, was er vorhatte, blieb ich stehen.

Dann wie aus weiter Entfernung das Geräusch von zerreißendem Stoff, sein stinkender Atem in meinem Gesicht. Seine heiße, feuchte Handfläche auf meiner Haut. Ich kann es heute noch fühlen, zucke angewidert zurück.

Mam hinter ihm, sie hat ihm einen Arm um den Hals gelegt, die Messerspitze bohrt sich in die teigigen Röllchen unter seinem Kinn. Das war das einzige Mal, dass ich sie je zu richtiger Gewalt getrieben sah. Ein rotes Rinnsal, das auf den Boden sickerte. Nasses Glänzen auf seinen Lippen, als er plapperte und bettelte, Mam alles Mögliche bot, wenn sie ihn nur gehen ließ. Jetzt begreife ich, dass das meine erste Begegnung mit Magistrat Thompson war. Dass wir nur deshalb in Ruhe gelassen wurden.

Erst heute ist mir klar, dass meine Begegnung mit ihm uns tatsächlich geschützt hat. Und mit seinem Weggang ist unsere Sicherheit nicht beständiger als eine Sandburg, die den Attacken des Meeres ausgesetzt ist und jeden Augenblick von einer Welle zerstört werden kann. Wir sind nackt.

Ohne Schutz vor einem Gesetz, das uns fürchtet und auszulöschen versucht, ohne Schutz vor der Gewalt und dem Hass, der sich im Dorf zusammenbraut. Zum ersten Mal habe ich ein unmittelbares Gefühl von Verderben. Morgen. Heute Abend.

Ich stütze meinen Kopf in die Hände. Fühle mich, als würde ich fallen und fallen und endlos fallen.

»John«, sagt Mam und kniet sich neben seine Füße. »Erzähl mir alles, überleg in Ruhe und erzähl es ganz langsam, alles, was du von diesem neuen Mann weißt.«

John wirft mir einen Blick zu. Ich nicke. Wir müssen uns jetzt dem Schlimmsten stellen.

»Er kommt aus einer anderen Gegend, heißt es, und hält sich genauestens an jeden Buchstaben des Gesetzes. Er ist ein großer Kirchgänger, und angeblich soll er eine Frau zum Strang verurteilt haben, weil sie … gottlos gehandelt hat.« Er rutscht auf seinem Stuhl herum, schaut wieder mich an, mit einer Miene, die verrät, wie unwohl ihm zumute ist. Ich drücke meine Hand auf die Brust, wo mein Herz galoppiert.

Mam senkt den Kopf und atmet tief durch. Als sie wieder aufblickt, hat sie das Zittern in ihrer Stimme schon fast wieder im Griff. »Gottloses Handeln? Wie das von uns Heilkundigen?«

»Nein, nur … Hexerei angeblich. Zaubersprüche und …« Johns Stimme verliert sich. »Nicht das, was wir machen, Mam, sie haben … was anderes gemeint.«

Mam steht steif auf, mit geradem Rücken und hoch erhobenem Kopf. Sie ist so blass, wie ich sie noch nie gesehen habe.

Eingemischt

Bett verdrehte die Augen, als Daniel gegen den Türrahmen rannte, während er ihr half, den Tisch hinauszutragen. Heute war Frühjahrsgroßputz, und er war dankbar, dass seine Hände beschäftigt waren und sein Geist nur so weit belastet, wie gerade nötig, um Betts Anweisungen zu folgen.

Sie war das lebendige Herz des Bauernhofs, ihre solide Erscheinung ersetzte die der sauertöpfischen Amme, die Daniel großgezogen hatte, bis er neun war und Bett dreizehn. Bett hinterließ eine Schneise glänzender Böden und geschrubbter Arbeitsflächen, wo immer sie auftauchte, und sie erfüllte die Flure mit dem Duft von frisch gebackenem Brot und schmorendem Fleisch.

Sie hatte Ordnung in das Chaos gebracht, das ihrer aller Leben beherrscht hatte, und doch blieb der Haushalt immer ein bisschen unkonventionell, und das nicht nur, weil sie kein Milchmädchen hatten. Vater knurrte oft, dass die anderen Familien im Dorf Hausmädchen hatten und die Dienerschaft ihren Platz kannte, schweigend arbeitete und ihren Herrn mit nicht mehr als einem Knicks grüßte. Er hatte zielsicher die Einzige gefunden, die Anweisungen mit Ratschlägen verwechselte und nie Angst hatte, ihrer Meinung Ausdruck zu verleihen.

»Jetzt reiß dich doch mal zusammen, hm?«, mahnte sie. »Hast den Kopf heute wieder irgendwo in den Wolken.«

Vielleicht nicht irgendwo in den Wolken, aber fast. Bis zum verfluchten Hügel. Er war am Morgen früh aufgestanden und hatte den Stein an den Fluss gelegt, in der Hoffnung, dass Sarah ihm verziehen hatte und kommen würde.

Er stellte den Tisch im Hof ab und warf an Bett vorbei einen Blick zu seinem Vater, der auf einer von Gabriel festgehaltenen Leiter stand und gerade dabei war, ein Seil mit einem Stechpalmenzweig daran den Schornstein hinunterzulassen. Daniel wurde nicht gebraucht.

»Hast du … was hältst du eigentlich von diesem neuen Magistrat?«, fragte er.

Bett hielt inne und rieb sich den Rücken. »Ich bin schon froh, dass der alte endlich geht.« Eine unselige Formulierung, die in Daniel wieder die lebhafte Erinnerung daran wachrief, was er in jener Nacht im Wald beobachtet hatte. Sie schüttelte den Kopf. »Dieses arme Kind.«

Sie ging ihm voraus in den Flur und begann, die Stühle hinauszutragen. »Aber was da am Marktplatz passiert ist …«

Sie nahm in jede Hand einen Stuhl, Daniel tat es ihr nach und folgte ihr wieder in den hellen Hof. »Gott sei Dank warst du da und hattest das Rückgrat, einzuschreiten.«

»Na komm, Kleiner«, sagte Gabriel, als Bett seinen Platz einnahm und die Leiter hielt, während Vater wieder herunterstieg. »Komm, mach mal eine Weile bei den Männern mit.«

Er versetzte ihm einen so derben Schlag auf den Rücken, dass Daniel seine liebe Mühe hatte, stehen zu bleiben. Dann gingen sie gemeinsam in den Flur und knieten sich vor den Kamin. Ihre Aufgabe war es, am Seil zu ziehen, bis der Zweig durch den Kamin kam und den Ruß eines ganzen Jahres ausfegte. Daniel zog mit aller Kraft, mit zwei Händen, wo Gabriel nur eine benutzte, weil er sich mit der anderen gerade die Reste seines Ausschlags kratzen musste, und trotzdem waren sie gleich stark. Endlich kam der Stechpalmenzweig durch und mit ihm eine grobkörnige Rußwolke.

»Seid doch vorsichtig, Jungs, das ganze Haus wird dreckig«, schimpfte Vater. Der Frühjahrsgroßputz versetzte ihn in miese Stimmung. »Deine Mutter hat das früher so reibungslos gemacht. Und war dabei immer gut gelaunt.«

Sie schwiegen und schauten Vater an. Blut sickerte ihm aus der Nase, er wischte es mit dem Handrücken ab und starrte dann auf den Fleck. Daniel versuchte, sich sein Mitgefühl nicht anmerken zu lassen, weil er wusste, dass Vater das nicht leiden konnte.

Vater starrte zurück. »Und hör auf zu kratzen, Gabriel. Bist du den schwachen Fluch von diesem Mädel jetzt losgeworden oder nicht?«

Gabriel nahm die Hand vom Kopf und wurde rot. »Doch, den bin ich los. Diesmal ist's was anderes, was mich juckt.«

Vater schnaubte. Gabriels rotes Gesicht nahm eine noch dunklere Färbung an.

»Aber es ärgert mich, denn vielleicht sucht sie sich nächstes Mal ein schwächeres Opfer.«

Daniel bewegte sich. Er hatte jetzt Angst vor der Richtung, die Gabriels Gedanken einschlugen. Er hatte Angst, dass tatsächlich etwas Wahres an seinen Worten sein könnte.

»Und dieser Sohn der Familie Haworth, der ist sowieso mehr Dämon als Junge. Und hat immer noch keine Strafe gekriegt für das, was er Sam angetan hat, und das bloß, weil du dich eingemischt hast.« Er drehte sich um und brachte sein wütendes Gesicht so nah vor Daniels, dass der zurückzuckte.

Ganz bewusst kehrte Bett den Rußhaufen neben Vaters Füßen zusammen.

»Pass nur auf, Weib«, sagte Vater.

Der Besen schlug noch heftiger auf den Boden, und der Ruß stieg in Wölkchen auf.

»Ich hätte gute Lust, heute Abend in der Schenke ein paar Leute zusammenzutrommeln«, fuhr Gabriel fort. »Damit wir das zu Ende bringen können, wovon du uns letztes Mal abgehalten hast.«

Daniels rußige Kehle trocknete noch mehr aus. Er konnte nicht sprechen, aber er musste. Er musste einen Weg finden, wie er Gabriel und seinen Rachefeldzug gegen Sarah und ihre Familie aufhalten konnte. Er machte den Mund auf. Nichts.

»Mach bloß keinen Unfug, du Narr«, sagte Vater. »Es ist gerade keine gute Zeit, um sich Ärger einzuhandeln, jetzt, wo wir einen neuen Magistrat haben, der darauf erpicht ist, ein Zeichen zu setzen.«

Erleichterung durchfuhr Daniel. Das war ein Argument, auf das Gabriel hören würde.

»Und kümmere dich mal lieber um dich selbst. Diese ganzen Schlägereien könnten Blicke auf sich ziehen. Dann darfst du wieder an die Haworths denken, hm?« Vater tippte sich an die Nase. »Könnte sein, dass du sie dann brauchst, denn wenn du erst mal die Aufmerksamkeit auf dich gezogen hast, kannst du ja behaupten, du wärst verflucht worden und könntest gar nicht anders. Der neue Magistrat wird dann sicher mehr rausfinden wollen über ihr Treiben, und dabei deines ganz aus den Augen verlieren, hm?«

Gabriel legte den Kopf zurück und lächelte. Daniel schaute vom einen zum andern, unfähig, zu glauben, was er gerade gehört hatte, so sehr graute ihm vor diesem Plan. So stark war seine Wut. Trotz Vaters Jähzorn hatte Daniel ihn immer für einen auf seine Art ehrenhaften Mann gehalten. Aber das hier. Das hier war …

»Widerlich«, sagte er, bevor ihm klar wurde, dass er gerade laut gesprochen hatte. Drei Köpfe fuhren jäh zu ihm herum. Das Kratzen des Besens verstummte.

»Was?«, fragte Vater. Die Ruhe in seiner Stimme verriet mehr Verärgerung als sein vorheriges Geschrei.

Daniel machte den Mund auf, um sich zu entschuldigen. Aber dann dachte er wieder an die Menschenmengen, die mit ihren Fackeln zu Sarahs Haus zogen.

»Widerlich.« Diesmal sagte er es deutlicher. »Die eigenen Sünden verwischen, indem man jemand anders die Schuld dafür in die Schuhe schiebt? Sich selbst schützen, indem man schutzlose Menschen opfert? Listig und hinterrücks?«

»Die schützen sich doch mit ihrem eigenen Hexentreiben«, meinte Gabriel.

Daniel beobachtete, wie sein Vater leichenblass wurde und die Kiefer zusammenbiss, und befahl sich selbst, sich zu beherrschen. »Du solltest lieber versuchen, dich zu bessern, statt anderen Leuten die Schuld zuzuschieben.«

Es war sicher Zufall, dass sein Blick Vaters Blick kreuzte, als diese letzten Worte seine Lippen verließen. Vater stand der Mund weit offen, er hatte die Fäuste geballt, und in seinen Augen hatten sich Tränen gesammelt vor lauter Blinzeln, da war sich Daniel ganz sicher. Hinter ihm starrte Bett ganz unverhohlen, sie machte gar keinen Versuch mehr, Arbeit vorzutäuschen.

Bevor ihn irgendjemand zurückhalten konnte, schoss er an Vater vorbei ins Tageslicht, wobei er sich bewusst war, dass bei seiner Rückkehr eine Strafe auf ihn warten würde. Aber jetzt musste er einfach hier raus.

Er hielt auf den Fluss zu, rannte, so schnell er nur konnte. Der Stein hing immer noch am Baum.

Er wartete trotzdem. Sie kam nicht.

Als er endlich zurückkehrte, traf ihn die Faust aufs Kinn, dass er zurücktaumelte und die Türkante seine Wange aufplatzen ließ. Noch als er zu Boden ging, schwindlig und mit einem Anflug von

Übelkeit, verfluchte sich Daniel. Er hätte damit rechnen müssen. Seine Gedanken hingen nur bei Sarah, und er hatte ganz vergessen, dass zu Hause noch eine ungelöste Auseinandersetzung seiner harrte.

Vaters Atem war sauer vom Alkohol. »Hast wohl gedacht, du kommst damit durch, was?«

Daniel drückte seinen Kopf gegen die kühle Wand und kniff die Augen zu, bis der Raum aufgehört hatte, zu schwanken. Mögliche Antworten schossen ihm durch den Kopf. Eine Entschuldigung wäre die richtige.

»Womit?«, fragte er. Er wischte sich das Blut ab, das in seinem Mundwinkel Blasen schlug, und richtete sich kerzengerade auf.

»Dass du mich vor Gabriel und Bett hast auflaufen lassen, mich beleidigt hast und dann einfach weggelaufen bist. Hast dich wohl für besonders schlau gehalten, was? Hast dir gedacht, du kommst damit durch, weil sie da waren?«

Als Vater eine Faust ballte und sich zurücklehnte, um Schwung zu holen, richtete sich Daniel auf. Sie standen sich jetzt Auge in Auge gegenüber.

»Du erhebst deine Hand nicht gegen mich«, sagte er mit klarer, fester Stimme und war von dem Zorn, der in ihm aufstieg, genauso überrascht wie sein Vater.

Der Augenblick des Schocks und der Zweifel, der dadurch in seinem Vater ausgelöst wurde, reichte Daniel, um einen Schritt vorwärts zu machen und die Faust beiseitezustoßen. Daniel lehnte sich vor, bis er die gelbliche Schicht auf Vaters Augen sehen konnte. »Nie wieder.«

Als die Tür hinter ihm zufiel, stand sein Vater immer noch da, mit schlaff herabhängenden Armen und gesenktem Kopf.

Eine Spur in der Nacht

Ich bin schließlich doch noch zum Fluss gegangen, ich konnte einfach nicht wegbleiben. Ich muss wissen, ob der Altweiberstein wohl im Baum hängt. Ich versprach mir aber selbst, auf keinen Fall zu bleiben.

Er hängt da, und ich frage mich, wann Daniel ihn wohl hingebracht hat, ob er mich immer noch treffen will, nachdem ich ihn habe stehen lassen. Ich halte den Stein jetzt in der Hand, spüre, wie er sich aufwärmt, während ich übers Wasser blicke.

Hinter mir höre ich Schritte, zu schnell und zu leicht, als dass sie von Daniel sein könnten. Ich wirble herum, bereit zur Flucht. Die kleine Gestalt rennt auf mich zu, kichernd, mit fliegenden Haaren.

»Annie, was machst du denn hier?«

»Ich bin dir gefolgt.«

Ich blicke mich um. Kein Zeichen von Daniel. »Du darfst nicht hier sein. Geh wieder heim.«

Ihr Mund sackt herab, und sie lässt den Kopf hängen. »Ich will aber bei dir sein.«

Ich seufze. Er wird wahrscheinlich sowieso nicht kommen. »Komm, wir gehen zusammen nach Hause. Aber folge mir nicht noch …«

»Oh«, sagt Daniel, als er aus dem Schatten der Bäume tritt. »Ihr seid beide hier.« Auf seinem Gesicht sehe ich einen blauen Fleck. Ich kann ihn vor Annie schlecht fragen, was passiert ist. Er hat wieder das Schultertuch dabei. Kühn.

»Ich … sie ist mir einfach …« Ich zucke mit den Schultern. Verflucht sei Annie und ihr Nachspionieren.

»Macht doch nichts«, sagt er.

»Können wir einen Mondfisch suchen?«, fragt Annie.

Ich stecke Daniel den Stein zu. »Nein«, sage ich.

»Eine Flüstermuschel? Ach, bitte?« In dem sicheren Wissen, dass es bei mir zwecklos ist, rennt sie zu Daniel, zupft an seinen Hosen und bearbeitet ihn wegen der Muschel. So hab ich sie bis jetzt nur mit John gesehen.

»Scheint, als hätte sie dich zu ihrem neuen Bruder auserkoren«, sage ich, bevor mir klar wird, was er da hineininterpretieren könnte. Sein Lächeln erstirbt, er wirft mir einen Blick zu, den ich nicht deuten kann, dann wendet er sich an Annie.

»Weißt du, ich hab da einen Fehler gemacht«, sagt er und blickt am Ufer entlang, während sie sein Oberteil in ihren Fäusten hält und sich daran hin- und herschwingt. Den Fehler, hierherzukommen, wahrscheinlich. Mein Magen sackt ein Stück hinunter. Ich will Annie gerade von ihm wegreißen und sie mit nach Hause nehmen, da sagt er: »Hier werden wir keine Flüstermuscheln finden, dazu müssen wir ans Meer gehen.«

Ich entspanne mich. Annie hört auf, hin- und herzuschaukeln, beißt sich auf die Unterlippe und runzelt die Stirn. »Ich mag das Meer nicht.«

»Dann werd ich dir eine holen und sie dir ein andermal geben.«

Ich beobachte, wie er ihr durch die Haare fährt und sie nach oben starrt, als wäre er ein Engel.

»Ich mag den Wald«, sagt sie. »Weil ich da gewachst bin.«

Er wirft mir einen Blick zu. »Gewachsen?«

Die Geschichte, wie Annie auf diese Welt kam, ist so sehr ein Teil von dem Tuch, aus dem unsere Familie gewoben ist, wie auch die Geschichte davon, wie uns unser Vater genommen wurde. Sie ist uns Hunderte von Malen aus den Mündern gequollen, und trotzdem, als ich Daniels fragenden Blick sehe, will mir kein Wort über die Lippen kommen.

Annie sind solche Hemmungen fremd. Sie wiederholt die Geschichte, wie sie sie gehört hat, aus dem Gedächtnis und ein bisschen zu schnell. »Mammy spazierte eines Abends durch den Wald und sammelte Stöcke fürs Feuer, und sie hörte ein Geräusch wie einen singenden Vogel, aber sie wusste, dass das nicht sein konnte, weil es schließlich Nacht war, also ging sie dem Geräusch nach, und sie hatte keine Angst, denn es war das schönste Geräusch, das sie jemals gehören hatte, und dann sah sie ein Baby, und das war ich. Und ich lag auf dem Boden mit den Farnen unter mir wie eine Matratze, und Moos bedeckte mich wie eine weiche grüne Decke, und die Wurzeln der dicksten Esche waren um mich geschlungen wie die Arme einer Mammy.«

Die Erzählung von Annies Geschichte an diesem Ort, weit entfernt vom Schutz unseres Hauses, unserer Familie, die sie so annimmt, erweckt etwas in mir. Eine Erinnerung, die gegen die Wand meiner Gedanken drückt. Ich schaue, wie Daniel reagiert, aber er kauert vor Annie und hat ihr sein Gesicht zugewandt, voll ernster Aufmerksamkeit.

Wir sind jetzt bei ihrer Lieblingsstelle, und sie erzählt sie genau so, wie ich weiß, dass sie es tun wird, wie ich es sie so oft habe erzählen hören. Sie schlägt sich die Hand auf den Mund und prustet vor Lachen durch ihre Finger. »Und ich war ganz nackt, nicht das kleinste Stück Stoff hatte ich an.«

Daniel reagiert so, wie er weiß, dass es von ihm erwartet wird: mit einem Grinsen und einem Weiten seiner Augen an dieser gewagtesten Stelle ihrer Geschichte.

»Also fragte Mammy die Esche, ob sie mich haben darf, und die Wurzeln, die mich halteten, glitten beiseite, also wusste sie, dass sie mich nehmen durfte, und als sie mich hochnahm, war überall Erde in meinem Mund und in meinen Ohren, wo ich aus dem Boden gewachst war wie ein Baum.«

Die Geschichte ist zu Ende. Annie strahlt und breitet ihre Hände aus, als hätte sie ihm ein großartiges Geschenk gebastelt und übergeben.

»Das ist aber ein besonderer Ursprung«, sagt Daniel mit weicher Stimme.

Annies Miene ist bedrückt. »Ich weiß. Aber es wäre noch besser gewesen, wenn ich als Junge herangewachst wäre.«

Ich kämpfe Gedanken nieder, die ich nicht will, Erinnerungen, die ich lieber vergessen sollte, und ich bringe keine Antwort über die Lippen. Daniel lacht. »Ich glaube, du bist genau perfekt gewachsen, so wie du bist.«

»Sagt Sarah auch immer.«

»Annie, wir müssen jetzt gehen«, sage ich.

Daniel steht auf und schaut mich schnell an. Eine Düsternis kommt über mich, sie kriecht vom Rande meines Blickfelds heran und legt ihr großes, kaltes Gewicht auf mich. Ich überlege, ob sich Vater wohl auch so gefühlt hat, als er ertrunken ist.

»Hier«, sagt er und hält mir das Schultertuch hin. »Man faltet es so, siehst du?« Er zeigt es mir, dann legt er mir das Tuch über die Schultern, um es vorne fest zusammenzuziehen. Ich spüre die Wärme des Tuches, aber andere Gedanken lasten so schwer auf mir, dass ich kein Wort des Protests hervorbringe.

»Ich will aber hierbleiben«, quengelt Annie.

Die Erinnerungen werden stärker, und ich will nicht darüber nachdenken, was sie bedeuten. Ein blutiger Fußabdruck. Schreie wie eine Spur in der Nacht. Ich wünschte, Annie hätte die Geschichte nicht erzählt. »Wir müssen gehen«, wiederhole ich.

Annie macht ein böses Gesicht. »Ich will aber nicht. Und du klingst komisch.«

In meinem Kopf höre ich Mam, die Worte, die sie in jener Nacht aussprach, als würde sie jetzt hier bei uns stehen, und ihre Stimme ist so scharf wie die Klinge von Johns Messer.

Daniel beobachtet mich. Ich will lächeln, aber es gelingt mir nicht. Er tritt einen Schritt zurück. Hält sich mit einer Standhaftigkeit, hinter der er seine Angst versteckt. Er wartet darauf, zu sehen, wer ich bin, das Mädchen, das Holz gesammelt und mit ihm gegessen hat, oder die Hexe, die die Macht hat, Flüche auszusprechen. In diesem Augenblick weiß ich es selbst nicht.

»Ich muss jetzt gehen«, sagt er. Annie lässt die Schultern herabsacken und schaut ihn mit großen braunen Augen an. »Aber nächstes Mal bring ich dir eine Muschel mit. Und jetzt geh mit Sarah nach Hause.«

Sie trottet zu mir, ich nehme ihre Hand und ziehe sie weg. »Und erzähl niemand hiervon«, zische ich. »Du hättest nicht kommen dürfen. Böses Mädchen.«

Ich höre kaum, wie sie bei meinen harten Worten heult und schluchzt. Alles, was ich höre, ist Mam, vor all diesen Jahren. Leg dich wieder schlafen, sagte sie.

Aber ich tat es nicht.

Elend

Daniel musste warten, bis er am Sonntag freihatte, um seinen Entschluss wahr zu machen. Er ging schnell, angetrieben durch eine angenehme Empfindung von Kraft. In ihm tobte ein Sturm, Sarahs Sturm, der durch ihre Augen gekommen und irgendwie in ihn hineingefahren war, was seine ganze Haltung änderte. Und ihm zeigte, dass er den Lauf der Ereignisse durchaus so beeinflussen konnte, wie er wollte, wenn er nur genug Mut hatte.

Er marschierte die Straße zwischen Wiese und Küste entlang zum Schmied. Seine Faust auf der Tür war fest. Mollys Mutter machte ihm auf, eine Frau mit denselben weichen Locken, wenn auch ergraut, die sich unter ihrer Haube hervorstahlen und ein molliges, rosa Gesicht einrahmten. Ihr Blick entgleiste ihr nur ganz kurz, als sie sein zerschundenes Gesicht sah.

»Master Taylor. Wie schön, Euch zu sehen, kommt doch herein«, sagte sie und trat einen Schritt zur Seite. Der Respekt, den sie ihm erwies, galt nur seiner Stellung, nicht ihm, das wusste er.

Daniel zwang sich zu einem leichten Ton. »Danke, aber das ist nicht nötig, Mrs Matthews. Könnte ich wohl bitte mit Molly sprechen?«

Sie war schon an der Tür und drängte ihre Mutter mit dem Ellbogen aus dem Weg. »Daniel, ich hab mich schon gefragt, wann du mich mal besuchen kommst«, sagte sie kichernd. Sie trat hinaus und zwang Mrs Matthews, ins Haus zurückzugehen, indem sie einfach die Tür hinter sich zumachte. »Auf Wiedersehen, Mutter.«

In ihrer Miene spiegelte sich ihre Erwartung, und Daniel musste seine ganze Entschlossenheit zusammennehmen, um den Wall aus Stärke aufrechtzuerhalten, der ihm erlaubte, sie so zu kränken.

»Was ist denn mit deinem Gesicht passiert?«, fragte sie.

»Mein Vater hat mich geschlagen.«

Sie blinzelte zweimal. »Wo gehen wir hin?«

So weit war er in seinen Überlegungen gar nicht gediehen. Normalerweise wäre er mit ihr zum Fluss gegangen, aber er konnte Molly nicht an den Ort bringen, den er schon mit Sarah geteilt hatte. Das gehörte zu einem anderen Leben.

»Die Weide?«

Sie ging neben ihm her. »Mein Vater hat sich gefreut, obwohl er natürlich der Meinung ist, dass nicht ich dir den Hof machen sollte, er findet das ungehörig. Aber so ist nun mal die Tradition, nicht wahr? Ich kann ja nichts dafür, wenn sie mich zur Maikönigin wählen, oder?«

Molly blieb stehen und schaute zu ihm auf, doch Daniel warf ihr nur einen Seitenblick zu und marschierte weiter, wobei er mit einem Nicken den Pastor grüßte, der an ihnen vorbeiging. Sie rannte ein paar Schritte, um ihn wieder einzuholen, und hakte sich bei Daniel unter.

»Hallo, Herr Pastor«, sagte sie. Er lüftete seinen Hut und ging weiter.

»Natürlich«, sagte Molly, »es war ja kein Wunder, dass der Magistrat mich ausgewählt hat, sieht ja ganz so aus, als hätte er eine Schwäche für hübsche Mädchen. Gott sei Dank war ich nicht allein, sonst wäre am Ende ich in den Wald geführt worden.« Sie schauderte, obwohl ihr Gesicht vor Begeisterung glühte. »Immerhin wird Magistrat Wright so etwas nicht zulassen.«

Wieder blieb sie stehen und wickelte sich eine ungebärdige Locke um den Finger. Sie hatten inzwischen die Weide erreicht, und Daniel ging ihr voraus zum entgegengesetzten Ende, weit weg vom Brunnen, und setzte sich ins Gras. Er spürte die neugierigen Blicke der Frauen, die hier Wasser holten. Ein flüchtiger Blick auf sein zukünftiges Leben mit Molly, von dem er sich demnächst losmachen wollte – sie hatte zwar nur eine geringe Mitgift, aber jeder junge Mann im Dorf hätte ihn beneidet. Molly hätte ihm eine Brücke zum Dorf gebaut, durch sie hätte er seinen Ruf korrigiert. Sie hob ihre Röcke und setzte sich neben ihn.

»Wenn erst einmal alle Bescheid wissen, dass du um mich wirbst, muss ich mir nie wieder Sorgen machen wegen alten Böcken wie Magistrat Thompson.«

Sie streckte die Hand aus und schob sie unter seine. Dann erspähte sie auf der gegenüberliegenden Seite der Weide eine Gruppe von Freundinnen.

»Hallo«, rief Molly. Die Mädchen, die sie bereits beobachteten, winkten und kicherten.

Daniel sah das alles, aber gestattete sich nicht, es auf sich wirken zu lassen. Er musste es tun, ohne die Folgen abschätzen zu können. Jetzt.

»Molly.«

»Ja, Liebster?«, sagte sie errötend.

»Ich will dir nicht wehtun.«

Ein Schatten zog über ihr Gesicht, aber ihr Lächeln blieb fest. »Dann tu mir eben nicht weh.«

»Das hier kann nichts werden.«

»Kann es wohl. Es ist schon was geworden.«

Wolken zogen sich zusammen und rollten über den Himmel.

»Du hast doch jede Menge anderer Männer, von denen du dir einen aussuchen kannst.«

Sie drückte ihm die Hand. »Ich hab aber dich ausgesucht.«

»Aber ich hab dich ... nicht ausgesucht.«

»Warum hast du dich dann überhaupt bereit erklärt?«, fragte sie und zog ihre Hand zurück.

»Hab ich doch gar nicht, Molly. Ich hab versucht, es dir zu sagen, aber du hast einfach ...«

»Aber warum denn nicht? Was stimmt denn nicht mit mir?« Ihre Stimme war dünn und hell, wie die eines Kindes, Tränen begannen, aus ihren hübschen Augen zu kullern, und seine Entschlossenheit kam ins Wanken.

»Nichts, du bist wirklich nett. Es ist einfach nur ...«

Es gab einen Grund, aber den konnte er ihr unmöglich verraten. Denn noch in seinem Elend, jemand anderem Leid zuzufügen, malte er sich ein neues, anderes Leben für sich aus.

»Hast du mich deswegen hierhergebracht, um mich vorzuführen?«, fragte Molly. »Damit alle Zeugen meiner Demütigung werden?«

»Nein, natürlich nicht.« Daniel schaute zu der Gruppe Mädchen hinüber, die am Rand der Wiese flüsternd die Köpfe zusammengesteckt hatten. »Es tut mir leid, ich habe nicht dran gedacht.«

Mollys Tränen flossen so schnell, dass sie mit dem Abwischen gar nicht mehr nachkam, doch als sie sich zu ihm wandte, lag eine Härte in ihren Augen, die ihm für einen Moment den Atem stocken ließ. »Ich hätte was Besseres von dir erwartet. Warum hattest du nicht den Mut, mir das zu sagen, als wir allein waren? Bevor ich es den anderen erzählt habe?«

Daniel schüttelte den Kopf. »Tut mir leid. Mut ist nicht meine Stärke.«

»Da sind wir uns ja einig. Ich könnte meinem Vater sagen, dass er dich zu Brei schlagen soll!«

Er beobachtete einen Marienkäfer, der über die leuchtend gelben Blütenblätter einer Butterblume krabbelte, und beneidete ihn um die Einfachheit seines Lebens. »Dann kann er sich mit meinem zusammentun.«

Molly wischte sich ein letztes Mal das Gesicht ab und straffte die Schultern. »Nimm meinen Arm und bring mich nach Hause. Und bleib auf Abstand zu den anderen.« Sie deutete mit einer nickenden Kopfbewegung auf ihre Freundinnen. »Und ich werde allen erzählen, dass ich es mir doch anders überlegt habe, und niemand wird jemals etwas anderes glauben.«

»In Ordnung.«

»Weißt du, es gibt viele, die nur darauf warten, mir den Hof machen zu dürfen, und obwohl von denen vielleicht keiner einen Hof erbt, werden sie alle mehr Mann sein als du.«

Daniel holte tief Luft, um die Schärfe ihrer Worte auszublenden, denn er wusste, dass sie schwer gekränkt war. Und es war nichts, was er nicht schon vorher zu hören bekommen hätte.

Als er dahinging mit ihrem untergehakten, weichen Arm und der Geruch von Bügeleisen von ihr aufstieg, wurde ihm klar, dass es so einfach gewesen wäre, Molly den Hof zu machen. Er hätte sie zu Hause besucht, ihr mit Bändern zusammengebundene Blumen mitgebracht und sie zum Brachfeld geführt. Mit Sarah zusammen zu sein, war, als müsste man das Vertrauen eines wilden Tieres gewinnen. Jeden Moment konnte sie auf ihn losgehen.

In der Tür zog Molly ihren Arm aus seinem. »Das wird dir noch mal leidtun.«

»Es tut mir immer leid, wenn ich jemand kränke.«

»Das hatte ich nicht gemeint.«

Sie war fort, und mit ihr jedes bisschen Kraft, das er mühsam zusammengenommen hatte. Daniel ging blind weiter und stand plötzlich am Fluss.

So fühlte es sich also an, einem anderen Menschen einen Korb zu geben. In was für einen neuen Mann verwandelte er sich gerade? Er war seinem eigenen Vater entgegengetreten. Er hatte Molly abgewiesen. Und das alles, weil ein Mädchen mit ungebändigten Haaren und Meeresaugen Stärke in ihm gesehen und dafür gesorgt hatte, dass er selbst daran glaubte.

Sogar dieses ungewohnte, mutigere Selbst hatte einen Funken von Angst verspürt, als sie bei ihrem letzten Treffen von ihrem Bruder, diesem Fleisch gewordenen Teufel, gesprochen hatte, als sich ihre Stimmung umwölkte, bevor sie davonlief. Sie war unberechenbar, ein ständiger Wechsel zwischen Schatten und Süße. Trotzdem fühlte er sich zu ihr hingezogen.

Sie waren eine Familie wie keine andere. Man erzählte sich Geschichten von den dämonischen Kräften ihres Bruders, der in allen möglichen Gestalten umging und Flüche rechts und links verteilte. Ihre Schwester auf magische Art der Erde entsprossen, und er konnte sich fast vorstellen, dass ein Geist wie sie auf so eine Art in die Welt kommen würde. Es war jedoch eine gutartige Magie, wenn es denn überhaupt Magie war, und nicht nur eine hübsche Geschichte, die man sich ausgedacht hatte, um einen Findling zu trösten.

Und Sarah selbst. In ihr lag ein Versprechen von ungeahnter Stärke. Er wusste, dass er sich besser von ihr fernhalten sollte.

Er hängte den Stein in den Baum und ging.

Eine Schlange, schwarz und glänzend

Ich erkenne am Geruch von Bilsenkraut, der uns auf dem Weg entgegenschlägt, dass Seth bei uns sein muss.

»Warte hier«, sage ich zu Annie. »Ich hol dir was zu essen, was du mit in den Wald nehmen kannst.«

Sie verschränkt die Arme vor der Brust. »Ich weiß, dass Seth da drin ist. Ich will, dass er mich schaukelt.«

»Später.« Ich möchte nicht, dass sie die Dünste einatmet, die er braucht, um seine Laune aufzuhellen, wenn ihn die Melancholie überkommt. Die sich in meiner Kehle ablagern, sich in mein Ich hineinbohren und eine Spur des Wahnsinns in mich legen. Ich lasse Annie auf dem Weg stehen und gehe ins verrauchte Haus.

Mam sitzt mit Seth auf dem Boden, eingeklemmt zwischen Tischbeinen und der Wand, zwischen ihnen eine Pfanne mit glühender Asche und Blättern. Sein entblößter Kopf ist darüber gebeugt, und ich höre sein tiefes, langsames Atmen, während er seinen Trost inhaliert. Mam redet mit leiser Stimme, beruhigend, lobend, wie mit einem Kind. Ich werde glauben, dass alles so ist, wie es scheint, dass die Geschichten, die sie uns erzählt hat, alle wahr sind, und die Erinnerungen, die ich ausblende, allesamt Hirngespinste meines unsteten Geistes sind.

Auf dem Tisch liegen die Dinge, die Seth mitgebracht hat: eine

Schale getrocknete Feldbohnen und angebrannte Brotreste. Die schwarzen Klumpen, die er von der Unterseite eines Brotlaibs abgeschabt hat, sind vielleicht nicht das leckerste Geschenk, das er mitbringt, aber Annie ist trotzdem halbwegs glücklich, wenn sie darauf herumkaut. Ich wünschte, ich könnte sie ihr dick mit der Butter bestreichen, die mir Daniel gegeben hat. Ich schütte die Feldbohnen in die Schale mit dem Eintopf, der rauchend in der heißen Asche steht und bis jetzt nichts außer Wasser und Kohl enthält, und greife nach den verbrannten Brotkanten. Im Türrahmen bleibe ich noch einmal stehen und schaue zurück zu Mam.

»Ist Bilsenkraut nicht gegen Schmerzen?«, frage ich. Ich habe schon oft gesehen, wie Seth diese Dämpfe einatmet, obwohl er eigentlich nie über Zahnschmerzen oder Gelenkreißen geklagt hat.

Der Blick, den Mam mir über seinen Kopf zuwirft, ist eine Warnung. »Das hier ist auch Schmerz, nur in der Seele statt im Körper.«

Ich will einen Streit mit ihr anfangen. Sollte Seth je ein Wort darüber verlieren, was sie da tut, kann niemand vorhersagen, was aus uns werden wird, jetzt wo der neue Magistrat da ist. Der wird beim kleinsten Anzeichen von Hexerei zur Tat schreiten, wenn wahr ist, was man sich über ihn erzählt.

Seth hat jetzt genug, er stößt ein langes, lautes Stöhnen aus und lässt sich nach hinten sinken, mit geschlossenen Augen und ausgebreiteten Armen. Sein Seufzer spricht von Zufriedenheit, und ich sehe, dass er sich schneller erholt. Er ist jetzt über seinen schlimmsten Kummer hinweg. Sie nimmt die Pfanne, hält ihren eigenen Kopf in die Dämpfe und atmet ihren heimtückischen Geruch ein. Ich gehe hinaus und ziehe die Tür hinter mir ins Schloss, denn die Wirkung der Dämpfe geht mir auf die Nerven, und ich versuche nach Möglichkeit zu vermeiden, mich davon benebeln zu lassen.

Der Rauch wirkt jetzt schon auf mich, ich merke, wie er den Himmel ein bisschen dunkler malt und das quietschende Gelächter, das von Annie kommt, zu einem hallenden Jagdschrei verzerrt. Sie reitet auf Johns Schultern, während er mit ihr über die Wiese hin- und hergaloppiert. Als er mich sieht, lässt er Annie auf den Boden gleiten, und sie kommt auf mich zugerannt, um mir die angebrannten Brotkrusten aus der ausgestreckten Hand zu nehmen. Ich könnte schwören, dass sich eine schwarze, glänzende Schlange in Johns Mund ringelt, als er lächelt. Der Rauch entfaltet seine Wirkung.

»Dich such ich gerade schon«, sagt er, und es liegt eine Härte in seinen Augen, die mich warnen sollte. Er hat einiges an Enttäuschungen einstecken müssen, so manche Grausamkeit, und jetzt richtet er sie gegen mich. Die Schlange liegt in seinem Mund statt der Zunge, deswegen weiß ich, dass Gift heraustropfen wird, dem ich aus dem Weg gehen sollte. Ich beobachte Annie, wie sie auf die Bäume zuschießt, und wünschte, ich könnte ihr folgen, aber ich bin wie angewurzelt an der Stelle, wo ich stehe.

»Du wirst sicher hören wollen, was ich heute im Dorf an Klatsch über dich aufgeschnappt habe. Obwohl ich mir denke, vielleicht sollte ich's dir gar nicht erzählen.«

»Aufgeschnappt, während du hinter einer Hecke gekauert bist, damit du den vorübergehenden Mädchen aus der Nähe nachschauen kannst?«

Aber er lässt sich nicht ablenken, er wartet, und die Schlange lauert wie ein Schatten hinter seinen Zähnen. Der Anblick fasziniert mich so, dass ich kaum merke, wie Seth an uns vorbeistolpert. Er kämpft gerade mit seinem Hut, den er sich wieder aufsetzen will.

»Heute haben sie alle über deinen Bauernjungen getratscht.«

Die Erwähnung von Daniel sorgt dafür, dass ich meinen Blick von Johns Mund losreißen kann und ihm in die Augen sehe, und an dem Triumph, der in seinen Augen liegt, erkenne ich, dass ich mich verraten habe. Er schaukelt auf den Fersen nach hinten, die

Hände auf dem Rücken und das Kinn erhoben, während er mich auf die Folter spannt.

»Was ist mit ihm?«, frage ich, weil ich Johns Schweigen unmöglich länger ertragen kann. »Und woher weißt du …«

»Annie hat mir alles von dem Mondfisch und den Flüstermuscheln erzählt. Und von dir und dem Bauernjungen.« Er wartet, und jeder Moment, den er schweigt, ist die reine Folter für mich. »Nur dass er der hübschen kleinen Tochter des Schmieds den Hof macht.«

Es sind keine Worte, sondern Gifttropfen, die ihm von den Lippen fallen, bis ich nichts mehr sehe außer Daniel und der Tochter des Schmieds. Sie haben ihre Hände ineinander verschränkt, die Köpfe zusammengesteckt, und ihre Lippen berühren sich. Ich strecke haltsuchend den Arm aus nach einer Wand, doch es ist keine da. Wie kann das wahr sein, wo er doch gerade noch den Altweiberstein hinterlegt hat, damit wir uns treffen können, und er Annie so aufmerksam zugehört hat?

John grinst höhnisch. »Tja, ich dachte mir, das willst du vielleicht wissen«, sagt er. »Es gibt nur eines, was er von einer wie dir wollen könnte. Du hast dir doch nicht etwa eingebildet, dass da noch mehr dahinter wäre, oder?«

Der Rauch hat mich so benebelt, dass ich mich gar nicht über mich selbst ärgere, als mir die Tränen in die Augen steigen. Ich schaue John ins Gesicht. Die Schlange ist weg, sein Blick ist klar und verwirrt, er bereut seine Worte schon wieder.

»Na ja«, meint er. »Es ist wahrscheinlich nicht … ich wollte dich nicht …« Seine Stimme bricht ab, und er beobachtet mich, während sich seine Wangen röten. Er beißt sich auf einen Fingernagel, dann senkt er den Kopf und geht schnell ins Haus.

Als ich Daniels Nähe verliere, wird mir ganz kalt. Der Verlust setzt mir zu. Deswegen hätte ich nie zulassen dürfen, dass unsere

Wege sich kreuzen, denn das ist jetzt alles weg. Ich hätte es gleich wissen müssen.

Ich habe keinen Anspruch auf ihn, das habe ich immer gewusst. Während ich mir die Tränen abwische, die zu vergießen ich gar kein Recht habe, folge ich John ins Haus, denn obwohl er es genossen hat, mir diesen Schmerz zuzufügen, und obwohl Mam das Ganze auch nicht gutheißen wird, brauche ich jetzt meine Familie. Sie sind alles, was ich habe. Ich bin die Tochter der Heilkundigen, zu einem Schicksal in Einsamkeit und dunkler Macht geboren. Die Freundlichkeit eines Bauernjungen und alles andere, was ich mir von ihm erhofft hatte, steht mir nicht zu und hat mir auch nie zugestanden.

Es ist jetzt an der Zeit, dass ich meiner Berufung folge, mit meinem ganzen Wesen, und ihn und seinesgleichen hinter mir lasse, mitsamt ihrem Leben in Bequemlichkeit und diesem Werben, das ich niemals kennenlernen werde. Irgendetwas rührt sich in mir, eine Art Klarheit, die mir gestattet, die Befehle meines Meisters klarer zu hören denn je zuvor, und diesmal wende ich mich nicht davon ab. Denn was für ein anderes Leben könnte es für mich schon geben?

Mam hat Wasser über die Pfanne geschüttet, und der Rauch hängt in den Ecken des Daches wie eine Geistererscheinung. Ich kann ihn immer noch schmecken. Ihre Augen sind schwarz und hell, ihre Bewegungen schwer und flüssig, wie immer, wenn sie diese Dämpfe eingeatmet hat.

Sie lächelt John an, ein heiteres, glückseliges Strahlen, das sie hübscher und weicher macht. »Oh, mein Sohn. Das hast du wirklich gut gemacht.« Ihre Worte kommen langsam und belegt. Sie nimmt sein Gesicht in beide Hände. »Genau das, was ich gebraucht habe. Er kriegt die Strafe, die er verdient.« Mit Zeigefinger und Daumen nimmt sie etwas aus der Hand, die John ihr hingehalten hat.

»Was ist das?«, frage ich.

»Haare«, sagt John.

»Haare von wem?« Ich weiß es, aber ich will das Wissen nicht zulassen, bis ich es aus ihrem eigenen Mund gehört habe.

»Vom Netzmacher«, sagt John und hebt trotzig das Kinn. Er erwartet, dass ich mich mit ihnen anlege.

Mam trägt die Strähnen zu der Figur hinüber, die neben dem Feuer auf dem Boden liegt. Sie spuckt auf den Ton, um ihn weicher zu machen, knetet ihn mit dem Daumen und macht zum Schluss ein Stück von oben ab. Dann schaut sie neben sich auf den Boden und flüstert: »Wir werden dich schon arbeiten lassen, hm?«

»War ganz einfach, sich da reinzuschleichen und ein paar Strähnen aus ihrem Bett zu klauben«, sagt John.

Mam kauert sich über die Figur, murmelt etwas vor sich hin, als sie die Haare auf den weichen Ton drückt und das abgetrennte Tonstückchen wieder aufdrückt, um sie zu befestigen. Das Ergebnis ist ein groteskes Abbild eines Menschen, und es ist nicht das erste, das ich in ihren Händen sehe.

Gestern hätte ich sie noch durchgeschüttelt dafür, hätte sie getadelt, weil sie John damit in Gefahr bringt, weil sie die Aufmerksamkeit des Dorfes auf uns lenkt, das noch vor ein paar Nächten Jagd auf uns gemacht hat. Heute bin ich ganz bei ihr und bei allem, was damit einhergeht. Was soll es schon bringen, die Dorfbewohner zu beschwichtigen? Sie werden uns sowieso verbrennen. Ich bin nicht in der Stimmung, mich zu fügen.

Ich werde mich dem stellen, was ich bin, die Macht annehmen, die im Herzen dieser Familie liegt. Irgendwie wird es mir gelingen, Annie davor zu bewahren. Sie frei vom Mal zu halten. Fern vom Magistrat und vom Strick. Aber ich werde zu Mam stehen, mir selbst treu bleiben und verbrennen, wenn ich denn muss. Ich nehme ihre Hand.

»Ich will die Hexensalbe ausprobieren.«

Wir stehen oben auf dem Hügel, der Himmel wirbelt, Regentropfen rieseln durch die Luft, und ich kann das Salz im Wind schmecken. Mam hält die Schüssel in beiden Händen. Die Hexensalbe darin ist dick und trübe und verströmt einen sauren Geruch. Ich schaue sie an, und mein Herz rast.

»Du musst das nicht«, sagt Mam.

»Ich bin bereit.«

»Es ist nicht leicht. Du wirst danach verändert sein.« Sie schüttelt den Kopf. »Es ist alles, was ich dir bieten kann.«

»Was muss ich tun?«

»Greif hinein und verteile sie auf deiner Haut.«

Ich halte die Hand über die Schüssel, zögere aber, sie richtig einzutauchen.

Mam berührt meine Finger. »Dünn«, sagt sie.

Ich nehme eine Handvoll heraus. Kalt und schlammig. Die letzte Gelegenheit, davonzugehen und gegen mein Schicksal anzukämpfen. »Mam?«

»Ja?«

»Du bleibst doch bei mir, oder?«

Sie küsst mich auf die Wange, ihr Mund ist weich, wo früher Zähne waren. Ich verreibe mir die Salbe auf dem Arm.

Mein Herz ist ungezähmt, ohne Geschwindigkeit, ohne Rhythmus. Der Atem bleibt mein eigener. Ein. Aus. Langsam. Langsam. Ich spüre, wie die Luft in mich fließt, durch mich hindurchfließt, bis in die Haarspitzen und Haut und Fingernägel. Sie breitet sich aus. Sie erreicht die Ränder meines Körpers und hebt mich hoch. Ich bin leicht, ohne Gewicht, ohne Dunkelheit.

Der Himmel fängt an zu verlaufen, dann fließt er mir durch die Finger. Meine Hände heben sich ganz von selbst nach oben. Ich blicke auf und sehe Regentropfen, die so groß sind wie meine Faust. Sie gleiten herunter, fallen wie Schnee, weich und langsam.

Ich fange einen auf, und er ruht einen Augenblick in meiner Handfläche, glatt und kühl und glänzend, dann zerspringt er und zersplittert in glitzernde Tröpfchen. Aus meinem Inneren strömt Gelächter.

Ich drehe mich um, um es Mam zu zeigen. Sie ist ganz nah bei mir, aber ich kann sie nicht berühren. Ich sehe, wie sie etwas sagt, aber ich kann die Worte nicht hören. Der Raum zwischen uns ist klein, und ich strecke mich in ihre Richtung, beobachte, wie meine Finger ihr Gesicht berühren, aber ich kann sie nicht spüren. Sie ist nicht wirklich da. Nichts, was ich sehe, ist wirklich da.

Der Boden unter meinen Füßen plätschert und schwillt, rollt und dreht sich, zunächst nach und nach, dann immer schneller und schneller, bis das Gras und der Himmel und die Bäume sich zu schnell drehen, als dass ich sie noch unterscheiden könnte, und zu guter Letzt wirft mich die Erde ab, schleudert mich in den Himmel, und ich brause durch die Luft. Dicke Wolken werfen mich hin und her, von der einen zur anderen, dicke, runde Regentropfen balancieren und zerspringen auf meinen ausgestreckten Armen.

Dahinter, hinter der Wolke und dem Regen und der Sonne, während meine Haare hinter mir herflattern und die Luft mich mächtig durchströmt, erreiche ich die Nacht. Der Klang meines eigenen Atems, das Schlagen meiner Wimpern, das Wummern und Rumsen meines Herzens. Außerhalb von mir ist das Nichts.

Dann Sterne. Helle, scharf umrissene Flecken, die aufflammen und mir durch die Finger zischen, hart und spitz, brennend wie Glut, die vom Kaminrost gefallen ist. Ich mache den Mund auf, um aufzuschreien, und die ganzen sengenden Sterne werden in mich eingesaugt, bis ich von innen leuchte und um mich herum nur noch Schwärze ist.

In der Dunkelheit sehe ich ihn. Endlich. Meinen neuen Herrn. Seine Augen flammend, sein Mund ein leerer Abgrund, in den ich für immer und ewig fallen könnte. Das Feuer in mir lodert und sticht. Ich will das nicht. Ich will ihn nicht. Ich will Licht und Raum und Freiheit. Er macht den Mund auf und atmet einen Orkan aus Feuer und Rauch und Ruß aus, und ich schreie, brülle, flehe um Erlösung, aber ich bin bedeckt von seinem schwarzen Atem, mein Mund und meine Augen füllen sich, bis ich nichts mehr sehe, nichts mehr höre, nicht mal meine pumpenden Atemzüge oder meinen Herzschlag.

Splitter

Tag um Tag ging Daniel zum Fluss, er stand vor Morgengrauen auf oder stahl sich in der Nacht aus dem Haus, wenn alle dachten, dass er schlief. Der Stein hing immer noch dort, wo er ihn gelassen hatte.

Ihm wollte kein Grund für ihr Ausbleiben einfallen. Vielleicht hatte er sie beleidigt, ohne es zu wissen, wie zuvor mit dem Schultertuch, er war einfach so ein schrecklicher Trampel. Oder sie hatte es sich einfach anders überlegt. Die Zeit, die sie miteinander verbracht hatten, bedeutete ihr nicht so viel wie ihm.

Sein Appetit verließ ihn, und er konnte nicht mehr schlafen. Die kleinen Freuden, die ihn früher aufrecht gehalten hatten – die Spatzenjungen, die jetzt aus ihren Nestern sprangen, das verspielte Herumtollen der Lämmchen –, konnten ihn jetzt nicht mehr rühren.

Er half Vater beim Düngerausbringen und ging mit dem Rechen hinter ihm her, während der mit dem Ochsengespann das Feld pflügte. Er spannte Bonny vor die Egge und ging mit ihr das Feld auf und ab, während ihm die Maihitze durch sein Oberteil kroch. Das Grünen des Landes und der Ruf der Singdrossel hätten zu dieser Zeit normalerweise seinen Geist beruhigt. Doch jetzt lag ein Fieber auf ihm, eine ungewöhnliche Rastlosigkeit, seine Pflichten möglichst schnell hinter sich zu bringen und unten am Fluss zu sein. Jeden Tag glaubte er, sie würde kommen. Jeden Abend kam sie nicht.

Jetzt saß Daniel mit Vater und Gabriel im Schatten der größten Eiche, aß Brot und aufgeschnittenen kalten Braten und trank Bier dazu. Er lauschte den Geschichten, die Gabriel vom Dorf erzählte, wie aufgestört alle waren. Wie sich alle argwöhnisch umschauten, denn jeder Mann hatte einen Freund oder einen Nachbarn, der eine Geschichte über ihn erzählen konnte, die den neuen Magistrat sicherlich interessieren würde.

»Es heißt, er sagt vorm Schlafengehen keine Gebete auf, sondern die Gesetzbücher«, erzählte Gabriel. »Der trägt das Traktat des Königs mit sich herum, als wäre es eine Bibel. Es wird jetzt wieder öffentliche Auspeitschungen geben und Schlimmeres.«

»Aber es muss doch … es gibt doch sicher auch Menschen, die recht leben und nichts zu fürchten haben, oder?«, fragte Daniel.

Gabriel zuckte mit den Schultern. Schnipste eine Spinne fort, die ihm übers Bein kroch.

»Zumindest hast du deinen Jähzorn in Schach gehalten, Junge, und bist außer Gefahr«, sagte Vater.

»Ja.« Gabriel schluckte den letzten Mundvoll. »Ich hab sowieso keine Angst vor diesem Wright, ganz egal, was die Leute sich für Geschichten von ihm erzählen. Sollte ich wirklich Ärger kriegen, hab ich ja jemand bei der Hand, dem ich die Schuld in die Schuhe schieben kann, wie Ihr gesagt habt. Oder?«

Er sprach zu Vater, schaute jedoch Daniel an. Die Worte blieben Daniel in der Kehle stecken, und er verschluckte sich an seinem Essen. Gabriel grinste süffisant.

Vater blickte von Gabriel zu Daniel und wieder zurück. »Das reicht jetzt, Gabriel. Wenn ihr Brüder wärt, ihr hättet nicht mehr streiten können. Das ist das letzte Mal, dass du hier Ärger machst, Junge.« Seine Stimme war leise, aber hatte einen drohenden Ton.

»Nicht ein einziges Mal. Oder du fliegst raus und bist aufgeschmissen mit deinen traurigen Geschichten von deiner armen Mam, die dich braucht.«

Gabriel stand auf. Er war einen ganzen Kopf größer als Daniel und anderthalbmal so breit. »Wenn wir Brüder wären, würde all das hier eines Tages mir gehören. Ich würde einen viel würdigeren Erben abgeben«, sagte er.

Gabriel kickte seine halb aufgegessene Brotrinde unter den Baum und ging zum Hof. Daniel folgte ihm. Aber Gabriels Worte saßen ihm wie ein Splitter unterm Fingernagel.

Er würde das nicht mehr hinnehmen. Weder würde er noch einen einzigen Schlag von seinem Vater einstecken noch sich andauernd von Gabriel lächerlich machen lassen. Er brauchte nicht in Angst vor dem Geflüster und Gekicher der Dorfbewohner zu leben. Erst jetzt begriff er, dass sein Leben nicht vorherbestimmt war, sondern dass er es nach seinem eigenen Willen gestalten konnte.

Er würde noch ein bisschen länger auf Sarah warten in der Hoffnung, dass sie kommen würde. Aber wenn sie demnächst nicht erschien, würde er sie eben selbst aufsuchen.

Was aus mir geworden ist

Der Körper, in dem ich zu mir komme, zittert. Jemand hat mir Sand in die Augen gerieben, ihn mir die Kehle hinuntergetrieben. Schmerz presst meinen Kopf zusammen.

Eine kühle Berührung an meiner Stirn. Ich greife nach der Hand, die dort liegt.

»Alles in Ordnung, Mädchen. Keine Sorge. Du bist bald wieder auf den Beinen.«

Ich brauche mehr Willenskraft, als ich zu besitzen glaube, um meine Augen aufzuschlagen. Nichts als Schatten und Formen.

»Sterbe ich?«

»Nein. Du bist wiedergeboren.«

Es ergibt keinen Sinn. Ich kann es nicht hinterfragen. Alles in mir ist aufgebraucht und steht still. Jede Bewegung verursacht einen Strom von Schmerz, einen Anfall von Übelkeit. Ich lasse mich von der Dunkelheit schlucken.

Heiße Finger tasten in meinem Haar, ein weicher Mund an meinem Ohr. Flüstern, nass und warm. »Bitte werd wieder gesund.«

Ich verändere meine Lage, versuche, die Augen aufzumachen. Ich kann nicht.

Eine klebrige Hand streicht mir das Haar zurück, tätschelt meine Wange.

»Wach auf. Ich hab dir was mitgebringt.«

Ich versuche, meine Hand zu heben und sie zu berühren. Nichts.

»Holunderblütentee. Ich hab ihn selbst aufgebraut. Mach den Mund auf.«

Der Löffel stößt grob gegen meine Lippen, süße Flüssigkeit sickert hinein, körnig von Staub und Brei. Sickert mir übers Gesicht und bildet eine kleine Pfütze an meinem Hals. Die Hand tätschelt meinen Kopf.

»Gutes Mädchen«, sagt sie.

Ich werde aus dem Schlaf gerissen, weil mein Herz schneller schlägt, immer schneller. Ich zittere. Meine Haut ist pitschnass, mein Mund ganz trocken. Plötzlich stehe ich auf den Füßen und stolpere hin und her, weil das Zimmer so schwankt.

Mam macht einen Schritt vorwärts und fängt mich auf. »Lass das, Mädel, leg dich wieder hin.«

Ich versuche, sie abzuwehren, aber ihr Griff wird noch fester. Meine Handfläche landet klatschend auf ihrer Wange. Sie schreit auf, und ich stürme vorwärts, auf einmal frei. Ich schnappe nach Luft, renne gegen den Tisch und stolpere über Johns Matratze, bis ich aus der Tür falle. Die Meeresbrise hebt das Haar von meinem feuchten Nacken. Das Gras fühlt sich an meinen nackten Knien rau an, es steckt einzelne Halme zwischen meinen Fingern durch, und ich habe Erde unter meinen Nägeln.

John geht an mir vorbei, er trägt ein Bündel Holz unterm Arm und kaut einen Brocken Brot, der zu weich ist, als dass er wirklich für ihn gewesen sein könnte.

»Geht's dir also wieder besser«, sagt er und wartet ein bisschen verlegen. »Das ist … das freut mich.«

»Mich auch.«

Er bietet mir das letzte Stück Brot an, als er hineingeht. Ich stoße es weg. Mam kommt und kniet sich vor mich hin, verscheucht Tau-Springer und nimmt mein Gesicht in ihre raue Hand. Rote Fingerabdrücke auf ihrer Wange. Mir fällt wieder ein, wie meine Handfläche daraufgeklatscht ist.

»Oh Mammy.« Ich schlage die Hand vor den Mund. »Ich hab dich geschlagen.« Tränen in der Kehle. »Ich hab dir wehgetan.«

Sie schüttelt den Kopf und zieht mich auf die Füße.

Ich halte mich einen Augenblick an ihr fest. »Es tut mir leid.«

»Schon gut, mein Mädchen. Du hast es ja nicht so gemeint. Komm rein.«

Mam hilft mir zum Tisch, setzt mich hin und schenkt mir eine Tasse Wasser ein. »Es wird garantiert nicht mehr lang dauern, bis Seth mit Buttermilch kommt«, sagt sie. »Das wird deine Kräfte aufbauen.«

Mein Magen dreht sich um beim bloßen Gedanken an Buttermilch. Aber das Wasser trinke ich in gierigen Schlucken, ohne einmal abzusetzen.

Sie irrt sich. Ich hatte wirklich vor, sie zu schlagen. Natürlich wünschte ich, ich hätte es nicht getan. Ich war nicht ich selbst. Nicht mein altes Selbst jedenfalls. Ich war das, was auch immer aus mir geworden ist. Die Dunkelheit, der ich mich geöffnet habe, als ich die Hexensalbe benutzte, strömte aus mir heraus und hat ihr wehgetan. Ich wünschte, ich hätte mich nicht von meinem Ärger dazu treiben lassen, sie hereinzulassen.

Da fliegt die Tür auf, und Annie landet auf meinem Schoß. Sie riecht nach frischer Luft und Schlamm. Die Farbe ihrer Wangen und das Leuchten in ihren Augen machen mir klar, wie weit ich von einem gesunden Zustand entfernt bin. Ich drücke mein Gesicht in das weiche Fleisch ihres Halses. Sie hält beide Hände so, dass ich sie nicht sehen kann.

»Du bist auf, es geht dir besser, oder?« Sie mustert mein Gesicht, und eine kleine Falte bildet sich über ihren Brauen. »Ich kann sehen, dass es dir besser geht«, sagt sie, aber es klingt unsicher.

Ich setze mich so aufrecht hin, wie ich kann. »Alles ist besser. Muss wohl deine Medizin gewesen sein. Danke.«

»Braust du jetzt auch Stärkungstränke, kleine Motte?«, sagt John. »Alle schließen sich dem Familiengeschäft an.« Seine Stimme verrät ihn durch ihre gekünstelte Leichtigkeit.

Ich versuche aufzustehen. »Wir müssen dich absuchen.«

»Das hat Mam schon gemacht«, sagt Annie. »Und John hat den Kreis gemacht und hat mir geholfen, die Glocke zu läuten.«

Ich werfe John einen Blick zu. Er zuckt mit den Achseln und schaut weg. »Dauert ja nicht lange. Und hat ihrem Gejaule ein Ende gemacht.«

»Ich hab dir was mitgebringt, schau«, sagt Annie. Sie hält mir ihre Hände hin: Eine umklammert einen schlammigen, ausgebleichten Metallgegenstand, die andere einen Strauß Löwenzahn, knallig und leuchtend gelb, und mir steigt der bittere Geruch in die Nase, als sie ihn mir ins Gesicht drückt.

»Das ist ein gutes Stück«, sagt sie, während sie Schlammklumpen vom Metall abbürstet. Unter ihren Fingernägeln hat sich Erde gesammelt. »Was ist das?«

John nimmt ihn ihr aus der Hand und fühlt das Gewicht in seiner Hand. Er wendet sich zu Mam.

»Kerzenständer«, sagt sie.

John mustert ihn gründlich, fährt mit dem Finger um die Schale am unteren Ende. Annie strahlt ihn an. »Ein echter Schatz, Motte«, sagt er. »Und nicht mal kaputt.«

Er gibt ihn ihr zurück. Sie nimmt den Kerzenständer in die Arme und schaukelt ihn wie ein Baby. Ich frage mich, wem der wohl mal gehört hat. Der Gegenstand ist zu fein für uns. Kerzen sind ein Luxus, an den ich mich kaum erinnern kann, und einer, den Annie überhaupt nie gekannt hat. Sie wird nicht verstehen, was sie da gefunden hat. Aber irgendwann einmal hat dieser Gegenstand für jemand die Abende beleuchtet, hat Licht über seinem Tisch ausgebreitet und hat ihn zu Bett gebracht. Ein Leben voller Bequemlichkeit, dem ein jähes, schmerzliches Ende gesetzt wurde.

Ich zittere. Wende mich dem Löwenzahn zu.

»So hübsch«, sage ich. Es sind Blumen ohne jede Zartheit, aber sie bringen einen angenehmen Farbklecks in unser Haus. Und ich würde sowieso jedes Geschenk von Annie in Ehren halten. »Danke schön.«

Sie rutscht von meinem Schoß und greift nach einer Tasse, um den Strauß hineinzustellen. Als sie sie mit Wasser vollschöpft, schnappt Mam ihr die Blumen aus der Hand.

»Gib sie mir wieder«, verlangt Annie.

Mam dreht sie in ihrer Hand um, hält sie kopfüber und schlitzt die Stängel auf. »Sehr gut«, sagt sie. »Gutes Mädchen. Die geben genug Saft für eine Tinktur. Heilt die eine oder andere Warze.« Sie schaut zur Tür. »Los, Tau-Springer, such jemand, der uns braucht.«

Ich muss ein Lächeln unterdrücken, als ich den zornigen Blick auf Annies Gesicht sehe.

Sie verschränkt die Hände vor der Brust und schaut Mam wütend an. »Die sind nicht für Warzen. Die sind für zum Hübsch-Aussehen. Für Sarah.«

»Unfug, Kind. Wir haben keine Zeit für hübsch in diesem Haus. Alles, was durch diese Tür kommt, muss zu irgendetwas nütze sein. Das Essen, das ich mit der Münze kaufen kann, die ich fürs Warzenkurieren bekomme, wird Sarah mehr Gutes tun, als diese schmuddeligen Dinger hier anzugucken.«

Annie stellt sich auf Zehenspitzen, stützt ihre Fäuste in die Hüfte und fletscht knurrend die Zähne. Ihre Laune stürzt noch weiter ab, als Mam, John und ich sie auslachen.

»Vorsicht, Mam, jetzt ist sie richtig sauer«, sagt John.

»Na gut.« Mam streichelt Annie übers Haar und gibt ihr eine einzelne Blume. »Behalt eine für deine Schwester.«

Sie nimmt sie, aber ihre Schultern hängen deprimiert herab, als sie sie mir hinhält. Ich ziehe sie in meine Arme.

»Sie ist wunderschön«, sage ich. »Du bist wunderschön. Danke.«

Sie seufzt und kratzt sich mit beiden Händen am Hinterkopf. »Ich glaube, ich hab wieder diese Spinnen im Kopf.«

Ich lehne mich ganz leicht zurück.

Jeden Tag kann ich ein bisschen länger stehen, ein paar Schritte mehr gehen, ein paar Bissen mehr essen. Heute jedoch bin ich wie festgewachsen an meiner Matratze, unfähig, mich zu bewegen.

Die Schwärze nimmt Gestalt an. Schatten am Rand meines Blickfelds. Schwellend, pulsierend. Ein Bild, das ich fast wiedererkenne, das aber wieder verschwimmt. Ich drehe meinen Kopf, damit ich es fangen kann. Nichts.

Mam spürt es ebenfalls. Sie fragt mich nicht, aber ich merke, wie sie mich beobachtet, wartet, dass ich es endlich enthülle, dass mein Schutzgeist auch Gestalt annimmt. Ich schaue zu, wie die Flecken aneinander vorbeigleiten und Spiralen beschreiben, während durchs Dach das spärliche Licht hereinfällt, ich wende mich ab von dem Schatten, den ich werfe. Ich habe Angst vor dem, wozu ich mich selbst habe werden lassen.

Annie zieht mich am Arm. »Sitz nicht so im Dunkeln. Komm mit mir in den Wald.«

»Ich bin das Dunkle.«

John lacht, irgendwo, wo ich ihn nicht sehen kann. »Zumindest sollte man dich im Moment lieber im Dunkeln anschauen.«

Mam runzelt die Stirn. »Annie hat recht, es reicht jetzt. Du bist wieder gesund, und es gibt Arbeit für uns.«

Die Gestalt in meinem Auge nimmt eine drohende Haltung

ein. Wenn ich einfach geradeaus starre und so tue, als würde ich gar nicht hinschauen, wird sie deutlicher.

»Sarah.« Sie stellt sich vor mich hin, die Hände auf die Hüften gestützt und so zu mir heruntergebückt, dass unsere Gesichter auf gleicher Höhe sind. »Arbeit. Wir brauchen Essen.«

Ich schaue nach vorne, auf die goldenen Sprenkel, die zwischen uns herabrieseln und hinter denen ihr Gesicht nur verschwommen zu sehen ist. Annie rüttelt mich an der Schulter. Im Schatten sind Flecken aus Licht – kein gutes Licht, mehr ein Aufflammen, eine Feuersbrunst. Augen.

Mam schnipst mit den Fingern.

Da ist noch mehr. Jetzt ist der Schatten schwer und tief. Sengende Augen. Stacheln. Und …

»Was ist los?«, fragt Mam. »Was kannst du sehen?«

Der Atem stockt mir in der Kehle, mit Mühe und Not kann ich das Wort hervorknirschen: »Zähne.«

»Wo?«, fragt Annie. »Wessen Zähne?«

Mam geht vor mir in die Hocke, sie quetscht sich zwischen die Wand und meine Matratze und legt mir eine Hand aufs Knie. »Hab keine Angst. Das ist dein Schutzgeist.«

Ich habe so lange gestarrt, dass mir das Wasser jetzt bis oben steht und überfließt, ich sehe nichts vor mir außer Farben, und doch ist da immer noch diese Schwärze am Rand, sie dreht sich, wird klarer mit jeder Sekunde. Sie nimmt Gestalt an, wächst, breitet sich aus, und ich kann sie nicht zurückhalten. Die Zähne strecken sich, das Maul geht auf, und ich rieche den sauren, aschigen Atem, fühle das Stechen dieser Augen. Und höre es. Den tiefen, leisen Ton, der mich von innen schüttelt.

»Es ist hier.«

»Lass es frei«, sagt Mam.

Doch ich kann nicht. Noch nicht. Tau-Springer ist sanft und harmlos. Zumindest zu uns. Aber ich habe ein hässliches und

Furcht einflößendes Geschöpf heraufbeschworen. Was passiert, wenn es mich ganz vereinnahmt und mein Wesen verzerrt? »Kannst du es hören?«, frage ich, und meine Stimme ist so dünn wie Nieselregen.

Der Ton schwillt an, ich kann ihn in mir fühlen, ihn um mich herum hören.

»Kannst du das Knurren hören?«, frage ich.

Ich höre Mams Stimme wie aus weiter Ferne. »Das kannst nur du allein.«

Die Spirale aus Sonnenlicht ist wie ein Nebel, versteckt hinter den Tränen, die aus meinen Augen strömen. Ich habe Angst zu blinzeln, dieses Licht zu verlieren. Mein Atem geht schnell und flach, er ist weg, bevor ich ihn wiederhabe. Ich kralle meine Finger in die Decke, halte mich fest, damit ich nicht weggeschleudert werde.

Jetzt halte ich es nicht mehr aus. Ich blinzle.

In dem Moment von Schwärze steht sein Gesicht deutlich vor mir, ein großer, geifernder Hund mit gefletschten Zähnen und brennenden Augen. Feuergeruch. Und dieser Ton. Um mich herum, in mir, er schüttelt meine Knochen durch.

Ich schlage die Augen auf und sehe Mam. Sehe alles, was sie jemals gewesen ist, klar wie nie zuvor, ich weiß, dass meine Erinnerungen der Wahrheit entsprechen. Ich winke sie heran, und sie beugt sich vor.

»Ich kenne dich«, flüstere ich.

Sie lacht. »Natürlich. Ich bin deine …«

»Ich weiß, was du getan hast«, sage ich. »Ich weiß, wo du mit ihnen geschlafen hast. Mit jedem von ihnen.«

Das Aufklatschen ihrer Handfläche auf mein Gesicht verursacht einen so scharfen Schmerz, dass ich Sternchen sehe. Aber ich zucke nicht zurück. Der Hund ist jetzt bei mir, und seine Kraft wird auch meine eigene sein.

Ausgebreitet

Daniel hielt einen Moment inne, um wieder zu Atem zu kommen und Mut zu sammeln. Überall um ihn herum standen still und schweigend die schattenhaften Umrisse der verfallenden Hütten, wo früher einmal Bewegung und Stimmen gewesen waren. Pflanzen sprossen aus Ritzen wie Würmer aus Augenhöhlen. Wer weiß, was für herumirrende Geister hier noch lauerten? Er kämpfte gegen das Gefühl an, dass er hier nicht willkommen war. Dieser Ort war nicht für die Lebenden. Er warf einen Blick zum sternübersäten Himmel und drückte den Stein, den sie ihm gegeben hatte, in seine Handfläche.

Durch die Lücken in Wand und Dach der Hütte der Haworths fielen keine verirrten Lichtstrahlen, und ihm kam der Gedanke, dass sie vielleicht schon schliefen. Zu Hause würden Kerzen brennen, und Vater würde biertrinkend am Tisch sitzen und davon ausgehen, dass Daniel ebenfalls schlafend in seinem Bett lag.

Sarah hatte kein Schultertuch besessen. Also hatten sie wohl auch keine Kerzen.

Er verlor fast den Mut, aber klopfte trotzdem leicht an die Tür.

Zuerst kam keine Antwort, und er stellte sich vor, wie er wieder ging und in die Wärme der Bauernhofküche zurückkehrte. Aber er wusste, wenn er jetzt umkehrte, dann würde er nie zurückkommen. Er durfte sich jetzt nicht abschrecken lassen. Er schlug noch einmal gegen die Tür, und das mit solcher Kraft, dass er fast ins Haus und in die wenig einladenden Arme von Sarahs Bruder gefallen wäre, als die Tür aufging.

Daniel straffte sich, und ein Angstschauder durchlief ihn, als er dem schwarzen Lächeln des Jungen von Angesicht zu Angesicht gegenüberstand. Eine Miene, die eher einschüchternd als freundlich wirkte. Der Junge trat zurück, musterte Daniel von oben bis unten und bohrte sich mit dem Messer in den Zähnen herum, das er auch benutzt hatte, um dem Lamm die Kehle durchzuschneiden. Daniel spürte, wie es ihn für einen Augenblick in den ängstlichen, gelähmten Zustand jenes Tages zurückwarf. Er kämpfte dagegen an, und er gewann.

»Was willst du?«, fragte der Junge.

»Sarah«, sagte Daniel. Es gefiel ihm, dass er mit seiner neuen, selbstsicheren Stimme sprach. Er räusperte sich und erklärte: »Das heißt, ich würde sie gern sprechen.«

Der Bruder versuchte, den Raum mit seiner spindeldürren Gestalt zu füllen, mit gespreizten Beinen und in den Türrahmen gestemmten Armen. »Überrascht mich, das zu hören. Was willste denn von ihr?«

Daniel blieb fest. »Ich will mit ihr sprechen.«

Der Junge warf einen Blick nach hinten ins Haus, dann trat er beiseite und machte haargenau so viel Platz, dass sich Daniel unangenehm nah an ihm vorbeidrücken konnte. Er war sich bewusst, dass der Bruder ihn nicht aus den Augen ließ und sich die ganze Zeit weiter mit der Klinge über die Zähne kratzte.

Eine verrauchte, nach Asche riechende Düsternis im Inneren verriet nur Umrisse von Gegenständen; ein Feuer, nicht mehr als eine Grube auf dem Boden. Eine Strohmatratze, drei Stühle und ein grob zurechtgehauener Holztisch füllten das erste Zimmer. Die Möbel waren kleiner und viel schlichter als seine eigenen, aber er hätte nicht gedacht, dass sie überhaupt so viel besaßen. Er nahm an, dass sie einfach in das Haus eingezogen waren und alles in Besitz genommen hatten, was sie darin fanden. Die vorherigen Besitzer waren lange fort. Die Wände waren rußgeschwärzt, und durch die Lücken im Dach und in der Tür strömte die kalte Nachtluft.

Auf der Schwelle zu einem anderen Zimmer stand Sarah, sie hatte sich eine Decke umgelegt und drängte sich mit Annie und ihrer Mutter zusammen. Sie hatten etwas Vorsichtiges an sich. Zum ersten Mal kam Daniel der Gedanke, dass seine unerwartete Ankunft bedrohlich erscheinen könnte, und er schämte sich, weil er vorher nicht darauf gekommen war.

»Es tut mir leid«, sagte er, nahm seine Mütze ab und umklammerte sie mit beiden Händen. »Ich muss euch erschreckt haben, als ich zu dieser späten Abendzeit an eure Tür geklopft habe, vor allem nach …« Er blickte über seine Schulter zum Bruder, der an der Wand lehnte und die Szene beobachtete. Wollte er eigentlich nie mit diesem höllischen Gestocher aufhören? »Es tut mir leid«, wiederholte Daniel. Niemand antwortete.

Annie gähnte und steckte ihren Daumen in den Mund, während sie mit der anderen Hand in ihren zerzausten Haaren herumfummelte. Sie ließ sich gegen ihre Mutter sacken, aber ließ Daniel nicht aus den Augen. »Hast du mir meine Muschel mitgebracht?«, fragte sie.

Er hob seine Hände in einer entschuldigenden Geste. »Ich bring sie dir nächstes Mal mit.«

»Das hast du letztes Mal auch schon gesagt«, wandte sie ein. Ihre Stimme war ganz belegt vom Schlafen.

»Ich weiß.«

»Ich kannte deine Mutter. Sie war eine sanfte Seele«, sagte die Mutter, hob Annie hoch und trug sie in den Schatten des anderen Zimmers.

Er schaute Sarah an und wartete. Sie zog die Decke enger um sich. Sie sah schwach aus. War sie am Ende krank? »Was willst du?«

»Ich ...« Hier war einfach zu viel Publikum. »Könnten wir vielleicht ein Stück spazieren gehen?«

Sie raffte die Decke zusammen und machte einen Schritt auf ihn zu, doch ihr Bruder verstellte ihr den Weg.

»Du wirst mit meiner Schwester nicht nach Einbruch der Dunkelheit spazieren gehen.«

»Mach dich nicht lächerlich, John«, erwiderte Sarah.

»Aber ...« Er warf einen Blick auf Daniel, senkte den Kopf und sagte dann leise: »Es geht dir nicht gut.«

»Es geht mir schon besser. Und jetzt geh mir aus dem Weg.«

Er gehorchte, und Daniel fragte sich, wer in diesem Hause mehr zu sagen hatte. Draußen war eine sternenklare, mondhelle Nacht. Er setzte seine Mütze wieder auf, und sie gingen auf den Wald zu, Sarah schweigend an seiner Seite. Sie bewegte sich langsam, als hätte sie Angst zu stolpern, und hielt den Kopf die ganze Zeit gesenkt, um auf den Boden zu schauen.

Sie gingen nur eine kurze Strecke zwischen den Bäumen und blieben dann unter den weit ausgebreiteten Ästen einer Esche stehen. Zum ersten Mal bemerkte er die Spuren auf ihrer Wange.

»Was ist da passiert?«, fragte er.

»Das war Mam.«

Mit dieser Antwort hatte er nicht gerechnet. Vielleicht war das der Grund für ihr Schweigen. Immerhin hatte sie niemand aus dem Dorf angefasst. Er würde ihren Schmerz gerne hundertfach auf sich nehmen, um sie davor zu schützen, und er merkte, wie neue Wut in ihm aufstieg gegen die Person, die sie geschlagen hatte. Er streckte die Hand aus und fuhr den Rand des Abdrucks sanft mit dem Daumen nach. Sie drehte ihr Gesicht ruckartig beiseite.

»Warum bist du gekommen?«, fragte sie.

»Ich hab den Stein aufgehängt. Ich hab auf dich gewartet.«

»Warum?« Dieselbe Härte, die er auch in Mollys Augen gesehen hatte. Nur dass er diesmal nicht wusste, womit er das verdient hatte.

»Weil ich dich treffen wollte. Ich dachte, du würdest … ich dachte, wir wären …«

Sie schüttelte den Kopf. »Ich verstehe nicht, was du von mir willst.«

»Ich mag dich.«

Sie lachte, ein Ton, der mit Bitterkeit durchsetzt war. »Was könntest du an mir schon mögen? Ich habe nichts, Daniel, ich bin nichts. Du siehst doch, wie ich hier lebe. Du solltest nicht mit mir zusammen sein wollen, und ich kann nicht mit dir zusammen sein. Mein Leben und dein Leben sollten nichts miteinander zu tun haben.«

»Aber das hat es doch schon.« Der Abstand zwischen ihnen war größer denn je zuvor, und ihm wollte nicht in den Kopf, warum.

»Geh einfach zurück auf deinen Bauernhof, heirate die Tochter des Schmieds und lass mich mein eigenes Leben führen.«

Ihre Worte waren wie ein Sonnenstrahl, der Licht auf die Schatten seiner Verwirrung warf.

»Was?« Er lachte leise. Offensichtlich hatte Molly es nicht besonders eilig gehabt, zu verbreiten, dass aus ihr und Daniel nichts werden würde.

»Nein«, sagte er. »Das ist nicht …« Er machte einen Schritt nach vorn, jetzt ganz ernst, nahm eine von Sarahs Händen, löste die Finger, die die Decke umklammerten, um seine eigenen dazwischenschieben zu können. Sie ließ es fast nicht zu.

»Molly ist zu mir gekommen, sie hat mich ausgewählt, nachdem sie zur Maikönigin gewählt wurde, aber ich … ich hab Nein gesagt.«

Sarah betrachtete ihn mit unbeweglicher Miene. Das Lächeln, mit dem er darauf antwortete, war zu breit, zu glücklich, das wusste er, aber er konnte es einfach nicht unterdrücken.

»Und Sarah, ich habe noch nie in meinem ganzen Leben zu irgendwas Nein gesagt, was man von mir verlangt hat, aber diesmal hab ich's getan. Wegen dir.«

Er trat näher an sie heran, nahm ihre beiden Hände in seine, schüttelte sie, um die Wichtigkeit der Angelegenheit zu unterstreichen. Die Freude über das, was er ihr erzählen wollte. Ihr Gesicht war immer noch steinern.

»Und als Vater mich letztes Mal geschlagen hat, ich weiß selbst nicht, wie das kam, aber auf einmal bin ich aufgestanden und hab ihm gesagt, dass er das lassen soll, und er hat sich tatsächlich danach gerichtet. Das ist noch nie zuvor passiert. All die Jahre hatte ich solche Angst, und jetzt bist du hier, und du hast mir gezeigt, wie man stark ist und dass ich ich selbst sein muss, aber ein Ich, das ich vorher nie hätte sein können. Und genau das will ich. Das hier. Das passiert, wenn wir zwei zusammen sind. Und du … macht das überhaupt Sinn, was ich erzähle?«

Er hielt inne und suchte in ihrem Gesicht verzweifelt nach einem Anzeichen, dass sie ihn verstand.

»Du gehst also nicht mit der Tochter des Schmieds aus?«, fragte sie.

Er lachte. »Nein.«

Ihre Miene blieb unverändert. Er musste sich schon mehr anstrengen. »Ich … wie könnte ich? Da wäre gar kein Platz mehr.«

Sie runzelte die Stirn. »Platz? Wofür?«

»Für irgendetwas anderes als dich.«

Ihr Lächeln breitete sich langsam aus. »In Ordnung.«

»War das der Grund, warum du nicht gekommen bist? Molly?«

»Ja. Und weil du und ich zu verschiedenen Welten gehören. Und – wegen daheim.«

Wieder stieg der Zorn in ihm hoch. »Schlägt sie dich oft?«

»Nie. Das hier war das erste Mal.«

»Warum? Doch nicht wegen unseren Treffen?« Er könnte es nicht ertragen, die Ursache ihres Leidens zu sein.

»Nein. Weil ich anfange, mich zu erinnern.«

Er verstand nicht und hatte das Gefühl, nicht fragen zu dürfen. Er hatte das Recht auf Familiengeheimnisse noch nicht verdient. Stattdessen hielt er ihre Hände noch fester. »Bitte lass sie das nicht noch einmal machen.«

»Warum nicht?«, fragte sie, aber diesmal spielte ein leichtes Lächeln um ihre Lippen. »Weil es dir was ausmacht, wenn man mir wehtut?«

»Ja. Es macht mir was aus, wenn man dir wehtut. Und es ist mir wichtig, dass du glücklich bist.« Sie standen so nah beieinander, dass er ein winziges Zittern in seiner Stimme nicht verbergen konnte. Ihre Hände hielten sie immer noch umklammert. »Du bedeutest mir was.« Diese Worte hatte er noch nie zu einem Mädchen gesagt, und seine Lippen wollten sie kaum formen. Aber sie klangen wahrer als alle anderen Worte, die er jemals gesprochen hatte. »Und – darf ich fragen? Bedeute ich dir auch etwas?«

Er spürte den Schauder in ihrem Atem, sah, wie sich ihre Augen verdunkelten. Er fürchtete kurz, dass er sie so sehr überrascht hatte, dass sie davonlaufen würde. Er trat zurück und ließ seine Arme von ihrer Taille fallen. Er hatte sich also doch getäuscht.

Sie streckte die Hand aus und umklammerte sein Wams, zog ihn an sich, bis ihre Lippen sich fast berührten. Dann Stille, nur ihr Einatmen, die Wärme ihrer Hand auf seinem Arm, das Blau ihrer Augen. Zu nah, um es sehen zu können.

Im Sternenlicht erdacht

Als die Sonne aufgeht, renne ich weg, stolpere über den unebenen Boden, falle fast über Wurzeln. Meine Beine sind immer noch schwach von der Hexensalbe und zittern unter mir, aber ich zwinge mich zur Eile. Die Freude, die ich in mir trage, wird unser ganzes Haus erfüllen, wird unserem täglichen Überlebenskampf und unseren Ängsten vor dem neuen Magistrat ein Ende setzen. Ich spüre nur noch ein Flüstern von dem Hund, den ich heraufbeschworen habe, zumindest vorerst. Es ist kein Schatten mehr in mir, in dem er sich verstecken könnte, denn ich kann nur noch an Daniel denken und an das, was er gesagt hat.

»Wir werden unser eigenes Leben führen«, hat er gesagt. »Ohne Fäuste.«

Er zog mich an sich, nahm mich in seine Arme und erzählte eine Geschichte, eine schöne Szene, im Sternenlicht erdacht und deren Substanz entsprechend ausfiel, aber es gefiel mir, ihr zu lauschen. Ich habe mir verboten, an den unvermeidlichen Kampf mit meiner Familie zu denken, die Verachtung von seiner Familie. Oder noch schlimmer, das Gefühl, einen allgegenwärtigen Meister zu haben, dem ich mich gerade geweiht habe, der mich beobachtet und erwartet, dass ich seine Befehle ausführe. Die vielen Warnungen, die Mam ausgesprochen hat, was mit denen passiert, die ihm

Widerstand leisten, was aus denen wird, die wir lieben. Wie er dem Meer befahl, meinen Vater zu schlucken.

Nur für diesen Moment erlaubte ich mir, seine Geschichten zu glauben.

»Und du wirst Bauer sein«, sagte ich.

»Ja, und du bist meine Frau, und du melkst die Kühe und backst das Brot fürs ganze Dorf in unserem Ofen.«

»Und am ersten Mai tanzen wir miteinander. Und essen Flan.«

Er sagte kein Wort, sondern küsste mich auf den Scheitel.

So blieben wir, bis die Vögel ihren Schlummer beendeten und sich rosa Sonnenlicht über den Himmel ergoss.

Jetzt reiße ich die Tür auf, ertaste den Weg zu Annies Matratze mehr, als dass ich ihn sehe, schüttle den weichen Hügel Bettzeug, der meine Schwester versteckt.

»Aufstehen«, sage ich. »Aufstehen, komm, wach auf.«

Sie heult als Antwort und vergräbt sich wie eine Maus im Heu. Ich lache und küsse ihre Wange.

»Müde«, sagt sie.

»Na komm. Wir müssen dich absuchen.«

Grummelnd steht Annie auf, mit geballten Fäusten zu beiden Seiten, und mit entblößten Zähnen versucht sie, zu knurren, aber ich lache, und dann muss sie selbst auch lachen.

»Hör auf damit, du kleiner Welpe. Du machst mir keine Angst.« Ich suche sie ab wie immer, spähe in ihre Ohren, hebe ihr Haar hoch und untersuche die leuchtend weiße Haut darunter. Sie ist nicht gezeichnet. Natürlich nicht. Ein Licht ist in unser Leben getreten, das alles verändern wird. Sie wird auch da sein, an dem Kaminfeuer, das Daniel und ich teilen werden.

Ich ziehe ihren warmen, knochigen Körper an mich, atme den Wald aus ihren Haaren ein und gebe ihr einen Kuss auf die schmutzverkrustete Wange.

»Warum lächelst du die ganze Zeit so?«, fragt sie.

Vom ersten Tageslicht

Der Tag hatte mit Sarah in seinen Armen begonnen und geflüsterten Worten, mit denen sie sich ein gemeinsames Leben ausmalten. Daniel bekam den ganzen Tag das Grinsen nicht vom Gesicht, er war einfach nicht in der Lage, sich davon frei zu machen. Unterdessen sammelte sich eine drückende Hitze unter dem grauen Himmel, und Erschöpfung heftete sich an seine Schritte, verlangsamte ihn bei der Ausübung seiner täglichen Pflichten.

Seine Finger rutschten ihm vom Pflug ab, was ihm prompt Flüche und höhnische Bemerkungen von Gabriel eintrug. Daniel war es egal. Seine Füße glitten unter ihm weg, als er die Pferde hinausließ, und Bett war nicht begeistert von den Grasflecken auf seiner Hose.

»Du weißt doch, wie ich diesen Gestank hasse, wenn ich das Leinen einweichen muss«, sagte sie.

»Du bist das Herz dieser Familie«, erwiderte er, nahm sie in die Arme und tanzte mit ihr durch die Küche, bis sie quietschte und lachte. »Wir sind nichts ohne dich, Bett.«

»Sieh zu, dass du weiterkommst«, sagte sie, befreite sich aus seinem Griff und richtete ihre Röcke. »Schnell, bevor mir wieder diese Flecken einfallen.« Sie schüttelte den Kopf. »Viel zu fröhlich, viel zu fröhlich.«

»Nathaniel ist ein glücklicher Mann«, rief er und wich dem Stück Stoff aus, mit dem sie nach ihm schlug.

Eine ungewohnte, aufgedrehte Lebendigkeit durchflutete ihn. Er war todmüde, aber er hätte nicht schlafen können, denn er musste die ganze Zeit an die Nacht zuvor denken. Jede wunderschöne Einzelheit der Welt erschien ihm um ein Vielfaches vergrößert: die Süße des Vogelgesangs, die Sanftheit in den Augen des Kalbes. Frische Blätter vor den wuchtigen Wolken am Himmel. Alles war gut, vom ersten Tageslicht bis zum Abendessen.

Am Abendbrottisch nahm Daniel seinen Mut zusammen und teilte seinem Vater mit, dass er Molly abgewiesen hatte.

»Kann nicht sagen, dass ich das nicht gut finde«, sagte Vater. »Sie ist ein hübsches Mädchen, zweifellos, aber der Tochter eines Schmieds den Hof machen?« Er lachte. »Du, mein einziger Sohn, und sie? Sie würden einen ganzen Bauernhof gewinnen, und was würden wir dafür bekommen? Jede Woche ein neues Hufeisen? Häh?« Er lachte noch lauter, sein ganzes Unbehagen brach sich Bahn, er zog die Augenbrauen hoch und deutete auf Daniel. Er amüsierte sich prächtig über diesen Witz, den Daniel nicht teilen konnte. »Ein Hufeisen, häh? Für diesen ganzen Bauernhof?«

Vater wischte sich die Lachtränen aus den Augen, musste aber immer noch in sich hineinlachen. »Ich hätte es verbieten müssen. Du hast ganz recht gehandelt, mein Sohn.«

Daniel legte seinen Löffel auf den Tisch. Er hatte seine Schüssel mit dem üppigen Heringseintopf noch nicht angerührt. Die Familie eines Schmieds wäre also nicht gut genug gewesen. Wie standen dann seine Chancen, wenn er seinem Vater die zerzauste Tochter einer Heilkundigen vorstellen wollte? Die Tochter einer Frau, die bei seiner Geburt und dem Tod seiner Mutter zugegen gewesen war und der Vater seither die Schuld daran gab.

Bienen

Mam hat uns zum Hafen hinuntergeschickt, um an Türen zu klopfen und unsere Waren zu verkaufen. Eine Aufgabe, die ich nicht besonders gern mache, aber ich war nicht in der Stimmung zum Streiten, meine Laune wurde immer noch durch Daniels Worte versüßt.

»Haut ab«, sagt die Frau, als sie uns die Tür schon vor der Nase zumacht. Das Haus hinter ihr ist klein und dunkel, es riecht nach Fisch und Holzrauch. »Ich brauche keine verwunschenen Blumen von euch.«

»Nein, das ist … Schuppenheide«, sage ich. »Die bringt ganz von alleine Glück.«

Annie hält den Strauß getrocknete Blumen hoch.

»Leg sie auf die Treppe, damit sie deinen Mann beschützt, solange er auf See ist«, sage ich. »Oder zu den Netzen, damit der Fang reich ausfällt.«

»Wir sind geschützt in diesem Haus.« Sie deutet auf ein in die Wand gekratztes Muster, kreisförmig angeordnete Blütenblätter. Ein Hexenzeichen. Das erste, das ich nach vielen Jahren zu sehen bekomme. Mein Bauch krampft sich zusammen. »Ich brauche deine Zaubersprüche nicht. Deine Familie bringt nichts als Schaden über die Menschen, Gabriel hat mir alles erzählt, was du ihm an den Hals gewünscht hast.«

Ich kann mich gerade noch zurückhalten, Annie die Ohren zuzuhalten. Etwas huscht über den Rand meines Blickfelds. Ich blinzle es fort. Jetzt ist es wichtiger denn je, dass wir nicht angeklagt werden. Sie schaut neugierig zu mir hoch.

»Es ist bloß eine Glücksblume«, sage ich. »Wir haben nichts damit …«

Ganz kurz öffnet die Frau ihre Tür ein bisschen weiter, um ihren Kopf rausstrecken zu können. »Der neue Magistrat wird uns gottesfürchtige Leute beschützen, und euresgleichen wird verjagt werden. Ich weiß, was du mit diesen armen Babys von den Bartons gemacht hast, du Dienerin des Teufels, und wenn du meine Treppe noch einmal verdunkelst, werde ich Magistrat Wright jede Geschichte erzählen, die ich jemals über dich gehört habe, verstanden? Und jetzt mach, dass du wegkommst.«

Die Tür knallt zu, und Annie wendet sich zu mir. Sie umklammert immer noch die Blumen, aber jetzt ist ihre Stirn gerunzelt. »Was meint sie denn? Was für einen Schaden haben wir denn gemacht?«

Ich denke an die rauen Flecken auf der Kopfhaut des Knechts, die ich mit meiner Wut verursacht habe. Die Prügel, die John Sam Finch verpasst hat, und die Lehmpuppe, die Mam nach seinem Vorbild geformt hat. Die Flüche, mit denen sie die Fischzüge, Ernten und Kinder derer belegt hat, die sie verärgert haben. »Gar keinen«, sage ich.

Ich schließe die Augen: ein bitterer Winter, der Boden stechend kalt und hart unter meinen Füßen. Annie kaum größer als ein Baby, spindeldürr und teilnahmslos. Ich war die ganze Nacht wach gelegen mit Kopfweh und Bauchschmerzen, die von meinem Hunger herrührten, und lauschte ihrem Gejammer. Benebelt und flau ging ich hinaus, entschlossen, einen Apfel oder eine Pastinake vom letzten Herbst zu erbetteln, die wir kochen und ihr geben können.

Das Haus der Bartons war das nächstgelegene, und meine Kraft hätte auch nicht mehr für einen weiteren Weg gereicht. Ich stand da, in die Decke gewickelt, die ich von meiner Matratze mitgenommen hatte, und bettelte den Mann um eine Münze an oder das kleinste bisschen Essen für meine jüngere Schwester, und ich schaute an ihm vorbei in eine Küche, die die Wärme des Feuers hielt und nach Trockenfisch roch. Ein Mädchen, das nicht viel jünger war als ich, saß am Tisch und schaukelte ein dickes, kleines Kind in Annies Alter auf dem Schoß, bei dem sich die Fettröllchen unter dem Kinn stapelten.

Er jagte mich von seinem Land und schwenkte dabei eine Mistgabel über dem Kopf. Ich war damals vierzehn.

Wenn ich jetzt daran denke, steigt wieder die Wut in mir hoch, ein Flackern, das durch mich hindurchjagen wird wie das Rauschen des Meeres und meine Gedanken mit Glutaugen füllen wird, wenn ich es zulasse. Ich atme tief durch, halte Annie fest und kämpfe mit diesem Zorn, denn er darf mich nicht überkommen.

Das Dorf verlor viele Einwohner in jenem Winter, hauptsächlich Kinder und alte Leute. Darunter auch die Barton-Kinder. Annie wurde verschont, obwohl sie ganz sicher nicht ihm dafür zu danken hatte. Sie verließen nicht lange danach das Dorf.

Was immer sie getroffen hat, ich hatte nichts damit zu tun.

Ich bin nicht schuldiger als die sogenannten Gottesfürchtigen, nach den ganzen Geschichten, die uns John erzählt: von Männern, die mit den Frauen von anderen schlafen, ihre Kinder schlagen und Kiesel statt Münzen in den Klingelbeutel werfen. Trotzdem verurteilen sie uns. Wenn das die Kirche sein soll, möchte ich lieber davon ausgeschlossen sein.

Ein tiefes, leises Knurren rollt durch mich. Ich könnte einen Fluch über diese Frau aussprechen und ihr die Kosten ihrer Grausamkeit zu spüren geben, ihr die Pest ins Haus schicken und ihren Mann auf den Meeresgrund sinken lassen. Die Wörter liegen mir auf der Zunge, bis jetzt ungekannt und gefährlich, sie locken mich. Eine Probe meiner Kräfte wird ihre Verachtung in Furcht verwandeln.

Ich balanciere am Abgrund, hin- und hergerissen zwischen zwei Leben. Ich kann mich der Tatsache öffnen, dass er mich auserwählt hat, die Gaben nutzen, mit denen er mich beschenkt hat, und in vollem Maße die Tochter meiner Mutter werden. Ich habe die Hexensalbe benutzt. Die Kraft ist in mir. Aber die Geschichten, die Daniel durch die Nacht spann, schimmern in meinem Hinterkopf, ein Leben im Licht, das keinen Platz lässt für solche Düsternis. Das knurrende Geräusch mischt sich mit den Wellenbewegungen des Meeres, und ich hänge einen Moment in der Schwebe, bevor ich mich für eine Welt entscheide.

Mit dem Aschegeschmack kommt der Geruch nach Rauch, und ich erinnere mich an ein Feuer am Flussufer, mit süßem Kuchen und der Wärme eines Schultertuchs. Ich schließe die Augen. Trete einen Schritt zurück. Ich weiß nicht, ob ich jemals einen Platz in dieser Welt des Lichts finden werde, in der die anderen leben. Aber man hat mir ein Stück davon angeboten, und ich werde es nehmen.

»Kann ich eine haben?«, fragt eine weiche Stimme hinter uns. Als ich mich umdrehe, sehe ich ein Mädchen mit rotgeränderten Augen und einem kränklichen Teint. Ich erkenne sie als eine, der Mam vertraut.

Sie geht in die Hocke, nimmt Annie die Blumen aus der Hand und vergräbt ihre Nase darin. »Obwohl ich befürchte, dass mich mein Glück bereits verlassen hat«, sagt sie, als sie mir ihre Münze gibt.

Annie zieht mich am Rock, und ich nehme ihre Hand. Wir rennen aus dem Dorf, glücklich über unseren Erfolg, obwohl ich mich einer gewissen Unruhe nicht erwehren kann. Das Mädchen Phyllis ist nett und hat uns früher auch schon Waren abgekauft. Ich fürchte, dass ihr irgendetwas auf der Seele liegt.

Ich spaziere den steilen Pfad zur Küste hinunter. Annie rennt mir voraus, leicht und flink, wie eine kleine graue Wolke, die über den Himmel jagt. Sie kennt keine Angst. Wir kommen nicht oft ans Meer, und wenn doch, müssen wir uns einen Platz suchen, den die anderen meiden, steinig und schroff.

Als ich das Wasser erreiche, kommt Annie schon wieder zurück, mit nassen Beinen und mit sand-gesprenkelten Füßen. Sie hat einen Haufen Miesmuscheln und Tang in ihrem tropfenden Rock gesammelt, den sie umklammert wie eine behelfsmäßige Tasche. Sie fürchtet sich vorm Wasser, vor allem vorm Meer. Wir haben es zurückweichen sehen und sich wieder zu Wellen auftürmen, die höher sind als Häuser, haben es brüllen hören wie eine wahnsinnige Bestie, haben es zu den schärfsten Zähnen gefroren gesehen. Alle paar Monate erhebt es sich und verschlingt ein paar Dorfbewohner. Mein Vater ist nur einer von vielen. Ich weiß, dass selbst unter seiner heute so täuschend sanften Oberfläche eine große, launenhafte Macht lauert.

Ihre Ängste sind allerdings weniger geworden, seit Daniel uns zum Fluss mitgenommen hat, und sie sucht jetzt gerne die Küste ab, wie ich es ihr gezeigt habe. Manchmal merke ich, wie sie direkt vor meinen Augen wächst, mit jedem Tag, der vergeht, mehr sie selbst wird. Sie lässt ihre Gaben zu meinen Füßen auf einen Haufen fallen und setzt sich mit einem Plumps neben mich. Das Essen wird jetzt voller Sand sein und muss im Brunnen gründlich abgespült werden, wenn wir zurückkommen. An jedem anderen Tag hätte ich deswegen geschimpft, heute nehme ich kaum Notiz davon.

Sie beobachtet die kreischenden und streitenden Möwen. »Ich wünschte, ich wäre eine von ihnen«, sagt sie. »Dann könnte ich einfach meinen Kopf unter Wasser halten und mir Futter suchen, wie ich grade will, und ich könnte ganz hoch fliegen und alles, alles sehen.«

»Ein Vogel willst du nicht sein, die haben keine Seele.« Aber wenn sie ohne Seele geboren werden, kann man sie auch nicht stehlen, so wie meine gestohlen wurde. »Du hast dich gut geschlagen, Kleine. Und du bist auch im Wasser gewesen, du tapferes Mädchen.« Ich nehme sie in die Arme und drücke sie. Ich muss lachen, als sich ihr salzverkrustetes Haar in meinem Mund verheddert.

Sie windet sich unter meinem Griff. »Du tust mir weh, warum quetschst du mich so?«

»Weil du so ein braves Mädchen bist«, sage ich. Ich lasse sie los, nehme aber ihr Gesicht in meine Hände.

Sie lehnt sich zurück, runzelt die Stirn und beäugt mich, als hätte ich einen wilden Freudentanz auf dem Tisch hingelegt. »Ist das … bist du meine andere Schwester?«, fragt sie.

Ich lache. »Welche andere Schwester?«, frage ich.

»Die sieht aus wie Sarah, ist es aber nicht.«

Ich zause ihr das verfilzte Haar und muss dem Drang widerstehen, sie gleich wieder an mich zu drücken. »Natürlich nicht, Unsinn. Das bin einfach nur ich, wie ich immer bin.«

Ich ziehe sie auf meinen Schoß und lege die Arme um sie, und dann schauen wir gemeinsam aufs Meer. Ihre Worte waren zwar in kindlicher Unschuld ausgesprochen, da bin ich ganz sicher, aber sie beunruhigen mich. Ich fühle mich leicht und leer. Mein Kopf tut weh. Im Grunde ist mir das alles wohlbekannt und ist nichts weiter als eine Folge des Hungers, aber ich überlege trotzdem. Bin ich ein anderes Wesen geworden, und Annie bemerkt die Veränderung? Ich schaffe es jetzt nicht, mir Daniels Gesicht ganz vor Augen zu rufen oder das Gefühl seiner Berührung oder die Worte, die er gesprochen hat. Vielleicht war ich gar nicht dabei, und das alles hat eine andere erlebt. Eine andere Sarah.

»Wir werden bald ein anderes Leben haben, Annie.«

Sie dreht sich zu mir, nimmt sich einen Altweiberstein und schaut durch das Loch in der Mitte. »Wie – ein anderes Leben?«

»Mit einem warmen Feuer jeden Abend und einem ganzen Tisch voll Essen. Mit Daniel.« Im nächsten Moment bereue ich meine Worte. Aber was kann Annie schon für einen Schaden anrichten? Wenn sie davon spricht, werden sie denken, dass sie wieder eine ihrer Geschichten erzählt.

»Ich kann die Feen nicht sehen«, sagt sie enttäuscht. »Ich hab die noch nie gesehn, und das ist nicht fair. Immerhin haben sie mich im Wald gewachst und dir und Mammy und John gegeben.«

»Nicht wir entscheiden, ob wir sie sehen, sondern sie.«

Sie wirft den Altweiberstein auf den Boden.

»Na, wirf ihn doch nicht weg«, sage ich. »Bring ihn Mam mit, damit sie ihn verkaufen kann.«

Sie wühlt in den Kieseln, um ihn wiederzufinden.

»Na, komm.« Ich küsse sie auf die Wange und stelle mir vor, wie sie sich anfühlen wird, wenn sie zugenommen hat in einem Leben im Wohlstand. »Sprich nicht darüber, und erwähn auch Daniel nicht, gegenüber niemandem. Verstanden?«

Sie runzelt die Stirn, nickt, dann sammelt sie die Miesmuscheln und den Tang wieder in ihren Rock. »Ich freue mich schon, wenn meine richtige Schwester zurückkommt«, sagt sie.

Wir machen uns auf den Heimweg, in der sicheren Gewissheit, dass das, was wir heute von der Arbeit mitbringen, Mam Freude machen wird. Als wir auf dem Pfad entlanggehen, der an den Feldern der Taylors vorbeiführt, schlägt mein Herz schneller, und ich kann nicht anders, ich muss einfach kurz den Hals recken und über die Hecke spähen. Aber da stehen nur Lämmer, jetzt fülliger als damals, und sie hüpfen und spielen gänzlich unbeschwert vom

Wissen um ihr Schicksal. Ich hebe Annie hoch, damit sie auch einen Blick auf die Tiere werfen kann.

Als ich sie wieder runtersetze, höre ich hinter mir jemand rufen, und dann greifen mich Hände bei den Schultern, ziemlich fest, und schütteln sie. Zwischen Angst und Hoffnung fahre ich herum.

Es ist John. Er lacht so laut, dass sich kleine Speicheltröpfchen in seinen Mundwinkeln sammeln.

»Du Trottel!«, schreie ich. Ich bin vor allem deswegen wütend auf ihn, weil er nicht Daniel ist.

»Da bist du ja«, sagt Annie, als hätten wir ihn die ganze Zeit gesucht. Sie schlingt ihm die Arme um die Hüften, und er strubbelt ihr zärtlich durch die Haare.

»Hallo, kleine Motte.«

»Das ist unsere andere Schwester. Sie sieht aus wie Sarah, ist es aber nicht.«

»Tatsächlich? Was hast du denn getrieben, andere Schwester, die ganze Nacht allein im Wald mit dem Bauernjungen?«

»Nicht die ganze Nacht, ich bin nur spät heimgekommen. Du hast geschlafen, als ich wiederkam. Ihr alle habt geschlafen.«

Die Röte auf meinem Gesicht verrät meine Lüge und Johns höhnisches Grinsen seine Ungläubigkeit.

»Na, erzähl deine hübschen Lügen doch mal Mam. Die wird dir bestimmt glauben.«

Er rennt davon Richtung Dorf, und ich werde bei dem Gedanken daran, was er dort tut, so nervös, dass ich ganz vergesse, die Miesmuscheln auszuspülen.

»Was ist denn mit denen passiert?«, fragt Mam und rümpft die Nase, als sie sie eine nach der anderen durchsieht. Sie hält den Stein gegen das Licht, nimmt die Münze entgegen und nickt.

»Wir wollten sie eigentlich ausspülen«, sage ich.

»Wollten eigentlich. Nützt mir gar nichts.« Sie schaufelt sie hoch, lässt sie in eine Schüssel fallen und drückt sie Annie in die

Hand, wobei sie sich die sandigen Hände an ihrem Rock abwischt. »Geh und wasch sie am Brunnen. Und komm nicht wieder, bevor sie wirklich sauber sind.«

Ich strecke meine Hände aus, bevor Mams Worte sich in mir setzen können. Annies Augen werden rund wie Vollmonde. »Nur ich?«, fragt sie. »Ganz allein?«

»Ja, du bist inzwischen alt genug. Los jetzt, Mädchen, mach dich nützlich.«

Annie nimmt die Schüssel, als hätte man ihr eine Schatulle mit Gold überreicht, und hopst aus dem Haus in die Abenddämmerung. Mam und ich stehen da, lauschen dem Rasseln der Miesmuscheln und Annies sich entfernendem Gesang. Zwischen uns steht der Tisch, wir lehnen beide an der Wand. Sie wirft mir einen Blick zu, der mir Angst macht vor dem Gespräch, das jetzt kommen wird, und ich habe den Verdacht, sie hat Annie aus einem Grund weggeschickt. Doch dann rennt sie zur Tür und reißt sie auf.

»Komm zurück«, ruft sie. »Komm.«

Das Rasseln kehrt wieder.

»Du gehst nur zum Brunnen, wenn die Wiese leer ist. Wenn dort Dorfbewohner stehen, auch wenn du die hier schon gesehen hast, kehrst du um und kommst gleich wieder nach Hause. Sprich mit niemand. Verstanden?«

Mam tritt wieder ins Haus und schließt die Tür. Sie drückt sich eine Hand an die Stirn. »Sie ist noch so arglos, sie ahnt nichts von diesem ganzen Hass. Ich will nicht, dass man sie mit einem Stein bewirft oder ein böses Wort sagt und ihr das nimmt.«

Ich denke an die Unfreundlichkeit, die uns im Dorf entgegenschlägt, seit der neue Magistrat gekommen ist, die bösartigen Anschuldigungen von heute Morgen. Der Knecht. Aber ich kann nicht antworten, denn Mam macht mir Angst. Es liegt etwas Sprödes in ihren Bewegungen und der Art, wie sie meinem Blick ausweicht. Ich warte und schlucke meine Unruhe hinunter. Sie führt irgendwas im Schilde.

Sie nimmt die Tonfigur neben der Feuerstelle in die Hand, dreht sich zu mir um und streichelt sie, hebt sie hoch und mustert sie. »Trocken«, sagt sie. »Was sollen wir jetzt damit tun, was meinst du?«

»Ich finde, wir sollten die Sache auf sich beruhen lassen.«

»Der Netzmacher soll ungestraft davonkommen?«

Ich fahre mit der Hand über den Tisch und fege Krümel auf den Boden. »Er hat ein paar Zähne eingebüßt und hat sich ein blaues Auge eingefangen.«

Sie stellt die Figur auf den Tisch und schaut mich an, bis ich gezwungen bin, meine Aufmerksamkeit von den Krümeln abzuziehen und mich ihrem Blick zu stellen. »Glaubst du vielleicht, du hast jetzt einen anderen Weg?«

Ihr Gesicht ist ausdruckslos, ihre Stimme sanft. Ich glaube nicht, dass sie sich über mich lustig macht, aber ich bin nicht sicher. Ich kann nicht antworten.

»Er hat dir Versprechungen gemacht, oder? Dir Geschichten von einem besseren Leben aufgetischt, stimmt's?«

Ich schweige, aber ich weiß, dass sie die Antwort an meinem Gesicht ablesen kann. Ihre Worte sind bedrohlich, und ich spüre, wie mein zerbrechliches Glück belagert wird.

»Ich glaube wirklich, dass er Gefühle für dich hat«, sagt sie. Die Hoffnung, die ich aus ihren Worten schöpfen will, wird gleich wieder zunichtegemacht vom Mitleid in ihren Augen. »Dass ein Junge wie er hierherkommt, um uns vor den Dorfbewohnern zu warnen, und noch mal wiederkommt, einfach, um dich zu treffen – du hast schon recht, wenn du meinst, dass das etwas zu bedeuten hat. Die Gefühle sind echt. Seine Versprechungen nicht.«

»Aber wenn seine Gefühle echt sind, warum kann es der Rest dann nicht auch sein? Wir werden schon einen Weg finden.« In diesem Moment geht mir auf, dass ich das mit jeder Faser glauben will. Wenn zwei Menschen so empfinden wie wir, so rein und ohne jeden Zweifel, können sie es doch möglich machen. Wir werden es möglich machen.

»Ach, meine Große.« Sie kommt um den Tisch herum und hebt die Hand, um mir übers Haar zu streichen, aber dann hält sie auf einmal inne. »Ich wünschte, ich könnte dir sagen, dass das so ist.«

Sie schlingt die Arme um ihre eigene Taille, und ich überlege, wann sie zum letzten Mal von einem Menschen umarmt wurde, der nicht zu ihrer Familie gehörte. Sie hat auch einmal die Liebe gekannt. Aber das ist so lange her, dass sie sich nicht mehr erinnern kann, wie es sich anfühlt.

Ich ergreife ihre Hände und reibe sie, als könnte ich die Aufrichtigkeit meiner Gefühle in sie einmassieren. »Es ist so, Mam. Es war so für dich und Vater. Und jetzt ist es so für mich.«

»Dein Vater war nicht der einzige Sohn eines Bauern. Und ich war keine …«

Mein Griff wird fester. Ich will ihr nicht wehtun. »Keine was? Was bin ich?«

Was auch immer ich bin, das mir weniger Gelegenheiten zum Glücklichsein zugestehen will als ihr – immerhin hat sie mich selbst auf die Welt gebracht. Ich kann mich gerade noch zurückhalten, es auszusprechen, denn selbst jetzt ist mir klar, dass sie sich unser Schicksal nicht selbst ausgesucht hat.

»Du bist arm, Mädel. Wir haben nichts anzubieten. Und Gott weiß, ich wünschte, es wäre anders.«

»Gott weiß, dass ich genauso viel Recht auf Glück habe wie du.«

»Gott weiß, dass du von einem anderen erwählt wurdest, und an den musst du dich wenden, wenn du leben willst.«

Ich lasse jäh ihre Hände los, als hätte ihr Fleisch mich so verbrannt wie ihre Worte. Ich drücke mir die Fäuste auf die Augen, damit ich ihr nicht die Befriedigung gebe, meine Tränen zu sehen. Das Flackern in meinen Augen und das Knurren in meinen Knochen verursacht ein Gefühl von derart unkontrollierbarer Wildheit, dass es mir Angst macht. Ich fürchte mich davor, was es aus mir macht, wenn es mich ganz im Griff hat. Es hat ja jetzt schon dafür gesorgt, dass ich Mam in jeder möglichen Hinsicht wehgetan habe. Und ich habe mich dafür entschieden, genau in dem Moment, in dem Daniel sich anschickte, mir ein anderes Leben anzubieten. Ein friedliches Leben.

»Du willst etwas, was nicht sein kann. Es schmerzt mich, dir das so zu sagen, aber so ist es nun mal. Wenn du versuchen solltest, einen anderen Weg zu gehen, mit einem, der nicht wie wir ist, wirst du ihm nicht entkommen. Er wird denjenigen zerstören, den du liebst, damit er dich zurückfordern kann.«

Ich schlage mit den Fäusten so heftig auf den Tisch, dass die Tonfigur scheppert. Ich werde mir ihre Worte nicht mehr anhören. Ich habe meiner Macht widerstanden, habe den Hund in einen Käfig gesperrt. Er wird uns nicht finden. Ich werde meine Geschicke selbst lenken, ich werde mein Leben selbst in die Hand nehmen, wie sie es nie getan hat.

»Du kannst dich nicht erinnern, wie sich das anfühlt, es ist einfach schon so viel Zeit vergangen seitdem.«

Ein Lächeln verändert ihr Gesicht und überrascht mich. »Ich weiß noch, wie ich dieselben Dinge zu meiner Mutter gesagt habe. So lang ist das auch noch nicht her, mein Mädchen. Obwohl es sich manchmal wirklich anfühlt, als wäre das alles in einem anderen Leben gewesen.«

Seufzend reibt sie sich das Kreuz und hebt ihr Gesicht zum löchrigen Dach. »Ich will dich doch nur beschützen. Du setzt dich nur unnötigen Schmerzen aus.«

Sie kann es nicht verstehen. Die Zeit, in der sie mich beschützen konnte, ist vorbei.

»Es ist besser, du nimmst an, was in deinem Inneren liegt, als dass du dein Glück in einem anderen Menschen suchst«, sagt sie. »Fürchte dich nicht, wenn du deine eigene Macht entdeckst.«

»Du hältst mich wohl für verrückt, wenn du meinst, dass ich dir jetzt verrate …« Um ein Haar hätte ich den Hund erwähnt, die Wörter tanzen mir im Mund herum wie Bienen.

Sie macht einen Schritt auf mich zu. »Es ist schon in Ordnung. Mir kannst du es sagen. Teile deine Last mit mir. Sag mir, was du heraufbeschworen hast. Es ist hier, um dich zu beschützen, während du in deine Kräfte hineinwächst. Du brauchst keine Angst zu haben.«

Ihre Augen sind klar und zärtlich, wie ich sie aus meiner Kindheit in Erinnerung habe, jedes Mal, wenn ich zu ihr rannte, um mich trösten zu lassen, und mein Gesicht in den einladenden Falten ihres Rockes vergrub. Als sie mir die Tränen abwischte und meine Kratzer auswusch. Wenn ich jetzt spreche, wird der Hund getrennt von mir laufen, so wie Tau-Springer, und seinen eigenen Willen haben, der nicht mehr von meinem Willen kontrolliert werden kann.

Aber es zermürbt mich, ihn die ganze Zeit zu verstecken. Wenn ich es ihr verrate, kann sie mir vielleicht beibringen, wie man seinen freilaufenden Schutzgeist unter Kontrolle hält und ihm Befehle geben kann.

Als ich den Mund aufmache, um die Bienen herauszulassen, höre ich Annie lachen und die Miesmuscheln rasseln und dann das Schlagen der Tür und das laute Geräusch ihrer Füße auf dem Boden. Und es sind nicht nur die Füße von Annie, sondern auch die von Seth.

»Tut mir leid, Mammy, ich weiß, du hast gesagt, dass ich mit niemand reden soll, aber es war doch nur Seth, und der hatte mich eh schon geseht, stimmt's? Deswegen hab ich gedacht …«

»Ja, schon in Ordnung«, sagt Mam. »Jetzt hör auf zu schnattern.«

Sie nimmt die Schüssel mit den gesäuberten Miesmuscheln und stellt sie vor die Tonfigur, sodass Seth sie nicht sehen kann. Und ich bin davor gerettet worden, das Flackern in meinen Augenwinkeln zu enthüllen. Erschöpft ziehe ich mir einen Stuhl heraus, setze mich hin und lege den Kopf auf den Tisch.

Seth steht in der Tür und strahlt. Er umklammert einen Eimer, zweifellos wieder ein Geschenk, obwohl er heute sichtlich keinen Zaubertrank braucht. Er schaut von Mam zu mir.

»Na«, sagt er, »was macht ihr hier so?«

Verhext

Als der Tag schließlich vorbei war, stand Daniel in seinem Zimmer, rieb einen Lappen mit Seife ein, tauchte ihn in die Schüssel Wasser, die bereitstand, damit er sich den Schmutz vom Körper waschen konnte. Er hielt inne, um eine ertrinkende Spinne zu retten, er fing sie und ging in die Hocke, um sie sanft in einer Zimmerecke abzusetzen und dann zu beobachten, wie sie zu einem Loch in der Wand huschte. Seine Haut prickelte, als er mit dem Waschen fertig war, aber der aschige Geruch der Seife hatte ihn erfrischt, und er kroch unter seine Decken und war froh, seine müden Knochen ausruhen zu können.

Aber dann wollte der Schlaf sich einfach nicht einstellen. Sein Geist wollte seinen Körper nicht zur Ruhe kommen lassen, sondern spielte noch einmal die Vorfälle vom Abendbrottisch durch. Er hörte wieder und wieder Vaters Worte, bis ihm der Schädel pochte. Ihm wollte nichts einfallen, wie sich diese Zwickmühle umgehen ließ.

Ihr Gespräch über Molly war unterbrochen worden, als Pastor Walsh vorbeikam, um die Buttermilch abzuholen, die sie für die Armen spendeten. Zum ersten Mal, als Daniel seinen Beteuerungen zuhörte, dass die Familie die Spende in höchstem Maße verdiente, war ihm klar geworden, dass er von den Haworths sprach. Er hatte nie wirklich das Ausmaß von Sarahs Armut erfasst.

Er drehte sich um und strampelte seine Decken weg.

Wenn Vater eine mögliche Eheschließung mit Molly schon so verächtlich abtat, dann würde er vor Wut platzen, wenn man ihm die Tochter der Frau vorstellte, die er derart hasste. Sie würden durchbrennen müssen. Ohne Bett, die sie versorgte, und ohne Vaters Rat. Er und Sarah würden vertrieben werden, allein in der Welt würden sie für sich sorgen müssen, sich ein Heim aufbauen. Er sah keinen Weg, der sie nicht geradewegs in eine armselige Hütte führen würde, wo sie sich dann von Buttermilch ernähren konnten. Er war nicht kühn, war es nie gewesen, und er hatte sich noch nie vorgestellt, dass er so eine törichte Entscheidung treffen müsste.

Er war nur einen Schritt von der Sicherheit entfernt.

Morgen konnte er sie aufsuchen und ihr sagen, dass es nicht ging. Den Schaden wiedergutmachen, den er angerichtet hatte, diesen einen Schritt tun in das Leben, das man von ihm erwartete. Sein Herz hämmerte, sein Atem kam ins Stocken. Die einzige Art, wie er sich beruhigen konnte, wäre, sein Gesicht an Sarahs Hals zu vergraben und den Salzgeruch ihrer Haut einzuatmen, in das turbulente Blau ihrer Augen zu blicken und dabei ihre Stimme zu hören. Sie war zugleich sein Chaos und sein Trost. Und er fragte sich jetzt, ob sie ihn verhext hatte, dass er sich derart nach ihr sehnte, dass er so rücksichtslos handeln würde.

Seine Haare wurden heiß und feucht. Doch selbst in seiner Angst wusste er, dass er für ein friedliches Leben ohne sie nicht geschaffen war. Er wollte das, wovon sie gesprochen hatten, er wollte das kleine Haus mit ihr teilen und am ersten Mai mit ihr tanzen. Er musste dieses Leben haben, und er würde alles tun, was nötig war, um es Wirklichkeit werden zu lassen. Egal, wie viel Angst er hatte, egal, wie sehr ihn seine Fähigkeit überraschte, über das Gewöhnliche hinauszudenken.

Daniel drehte sich um und vergrub das Gesicht in seinem nassgeschwitzten Kissen.

»Wenn ich verhext bin, dann soll es so sein«, flüsterte er. »Wenn ich verhext bin, dann soll es so sein.«

Und mit diesem Kehrvers kam endlich auch der Schlaf zu ihm.

Durchströmt von Licht

»Seth hat uns Buttermilch gebracht«, verkündet Annie.

Mam nimmt sie ihm aus der Hand, stellt den Eimer mit der weißen, wässrig-schwappenden Flüssigkeit auf den Tisch. Ihr saurer Geruch breitet sich langsam, aber sicher im Zimmer aus. »Danke«, sagt sie. Um diese Jahreszeit können wir mit einer regelmäßigen Belieferung rechnen, und obwohl Buttermilch nicht besonders süß schmeckt, füllt sie einem doch den Magen.

»Ich habe sie umsonst bekommen, von denen, die haben, für die, die Not leiden. Wortwörtlich die Milch der menschlichen Freundlichkeit.« Er gluckst über seinen guten Witz und schaut sich Beifall heischend um. Bekommt aber keinen. »Aber Moment – warum denn so ernste Gesichter an so einem schönen Tag?«

»Unsere echte Sarah ist weggegangen, und diese hier hat ein neues Leben mit Daniel«, sagt Annie kopfschüttelnd.

»Pscht, Annie. Ich hab dir doch gesagt, dass das unser Geheimnis sein soll.«

Sie wischt sich die Nase ab und zuckt mit den Schultern. »Ich hab bloß mit meiner echten Schwester Geheimnisse.«

»Moment, was soll das heißen?«, fragt Seth. »Was soll das alles heißen? Aufblühende Frühlingsliebe?«

Sein Lächeln ist breit, wie bei einem Kind, das ein Geschenk bekommen hat, und ich kann nicht ernst bleiben, wenn ich so viel Freude sehe. Er wird die Aufrichtigkeit unserer Gefühle erkennen. Mein Erröten ist Antwort genug.

»Na, das sind doch wunderbare Neuigkeiten. Glückliche Neuigkeiten.« Er strahlt die steinernen Gesichter von Mam und Annie an. »Das feiern wir doch, oder, Ruth?«

»Feiern können wir schon, aber für zwei andere Leute. Wer zu viel greift, lässt am Ende alles fallen.«

»Ein junger Mann aus dem Dorf?«, fragt Seth.

»Ja, und sie hat ihre Hoffnungen auf den höchsten gesetzt. Seine Familie wird dieser Verbindung niemals zustimmen.« Mam stellt die zwei Schüsseln auf dem Tisch zurecht. Dann nimmt sie heimlich die Tonfigur und lässt sie auf den Stuhl gleiten, der am weitesten von Seth entfernt ist. »Obwohl ich durchaus glaube, dass ihre Gefühle rein sind«, sagt sie leise mit abgewandtem Gesicht.

»Na, dann«, meint Seth. »Dann ist es doch nicht hoffnungslos, wenn die Gefühle sind, wie ihr sagt. Wer ist der junge Mann?«

»Daniel Taylor.« Sein Name auf meinen Lippen. Noch süßer als Flan.

»Ah.« Seth hebt sein Gesicht zum Dach und überlegt. Betet vielleicht. Ich warte ungeduldig auf seinen Kommentar zu Daniel. »Tja, ich verstehe dein Dilemma.« Er kichert. »Oh je, da hast du dir wirklich eine wohlhabende Familie ausgeguckt. Der einzige Bauernhof im Dorf.«

Sein Lächeln erstirbt, als er meine Miene sieht. Er räuspert sich. »Na ja, aber wie deine Mutter gesagt hat, Liebe ist ja wohl da. Oder?«

»Ja.«

»Ich werde niemals keinen Mann lieben«, sagt Annie, während sie in die Buttermilch schaut und den Finger hineintaucht.

»Braves Mädchen«, lobt Mam.

»Wenn ich mal groß gewachst bin«, sagt Annie und schlürft

sich geräuschvoll die Buttermilch vom Finger, »dann würde ich jedenfalls lieber ein Mann sein, als einen lieben.«

Seth lacht. »Das wird mehr erfordern als ein Gebet, Kleine.«

Sie schöpft sich eine ganze Handvoll Buttermilch aus dem Eimer. Sie hat gesagt, was sie sagen wollte, und jetzt ist sie nicht mehr interessiert an dieser Unterhaltung.

»Du verstehst also meine Einwände?«, fragt Mam. Ihre Augen folgen einer Bewegung auf dem Boden, und ich weiß, dass sie Tau-Springer beobachtet, aber sie wird nicht mit ihm sprechen, solange Seth da ist.

»Es ist sicherlich schwierig. Der Vater gehört nicht zu den Leuten, die in Sachen Geld großzügig denken.«

Sie sind alle gegen uns. Sogar Seth, der all die Jahre unser Verbündeter gewesen ist, indem er den Leuten behutsam ausredete, uns im Namen Gottes anzugreifen.

»Doch du hast klug gewählt, meine Liebe.«

Mam schnaubt. »Eine wohlhabende Familie?«

»Aber die mitleidigste, die allerfreundlichste und gutherzigste. Von all den jungen Männern im Dorf hast du den Sonnenstrahl gewählt. Es gibt Hoffnung.«

Er kommt federnd zu mir herüber, bückt sich, bis unsere Gesichter auf gleicher Höhe sind, und ergreift meine Hände. Seine Handflächen sind warm und nass, seine Augen, die so ernst in meine schauen, zittern. Es gibt Zeiten, da übermannt ihn die Melancholie, aber es gibt auch Zeiten, da sieht er nur Freude, ganz egal, was vor ihm liegt. Doch seine Worte erwecken meine Träume zum Leben, und ich beschließe, dass ich nur noch diese Gedanken wahrnehmen werde.

Er stürzt hinüber zu Mam, mit fliegendem Gewand, das sich prompt an der Ecke des Tisches verfängt. »Ich kann helfen. Ich werde es richten. Wenn die beiden so voller Leidenschaft und Treue sind, dann kann ich auch den Vater überzeugen. Er ist ein

Mann, der sich ständig seines Platzes im Himmel vergewissern will, denn seine liebe Frau erwartet ihn dort. Und angesichts der Rolle, die mir hier zuteilwird, habe ich die Macht, ihn zu überzeugen, dass das der richtige Weg ist.«

Es entsteht eine Pause, in der Annie rülpst und das Gesicht verzieht, und einen Augenblick glaube ich, dass sie jetzt gleich über den Tisch speien wird. Buttermilch sieht immer gleich aus, egal, ob sie in den Magen hineingeht oder aus dem Magen herauskommt.

Mam weicht einen Schritt vor Seth zurück, der sie fast berührt. »Deine Gedanken sind heute nicht klarer als ihre«, stellt sie fest. »Manchmal siehst du die Welt schöner, als sie in Wirklichkeit ist. Erinnere dich. Du kennst dich doch.«

Seufzend hebt er sein Gesicht wieder. »Ich sehe die Welt, wie Gott sie geschaffen hat, berührt von Seiner Hand und durchströmt von Licht. Und von Liebe.«

Annie klettert von ihrem Hocker und kommt zu mir geschlichen, leicht vornübergebeugt und mit einer Hand auf dem Magen.

»Das ist Sein Werk, ich spüre die Wahrheit darin.« Seth spricht vor Aufregung so schnell, dass seine Worte gegeneinanderstoßen. »Die sanftesten Seelen des Dorfes zusammenzubringen und dadurch eine ausgestoßene Familie zurück zur Herde zu führen. Und ich bin sein Werkzeug. Ich bin auserwählt.«

Er schaut in die Runde, seine Brust hebt und senkt sich, seine Augen leuchten vor Verwunderung über seine große Offenbarung. In diesem Moment nehme ich ihm jedes Wort ab, das aus seinem Mund kommt. Wie kann Mam sich uns entgegenstellen, wenn sogar Gott entschieden hat, dass wir zusammen sein sollen?

»Du lässt dich mitreißen, Seth«, sagt Mam.

Er droht ihr mit dem Finger. »Nein, nein, nein. Neuerdings fällt mir ins Auge, welche Güte, welche Göttlichkeit ich an den bescheidenen Dorfbewohnern beobachten kann, welche Aufrichtigkeit und Redlichkeit.«

Mam schaut mir in die Augen, und ich wende schnell den Blick ab, weil ich nicht zugeben will, dass wir wissen, wie erlogen das ist.

»Dieser neue Magistrat löst eine Welle von Tugendhaftigkeit aus, und ich bin zuversichtlich, dass das alles ist, was wir im Dorf brauchen, um euch mit Wärme und ohne Vorurteile zu begrüßen.« Seth presst die Hände gegeneinander und lächelt uns alle an. »Der junge Gabriel, der auf Master Taylors Hof arbeitet, hat gerade erst neulich nachgefragt, ob wir euch vielleicht mal in der Kirche sehen könnten. Er scheint sich besonders für dich zu interessieren, Sarah, und vielleicht können wir ihn ja bitten, deine Sache mit dem Vater zu besprechen.«

Was für eine Ignoranz. »Oh nein, nicht ausgerechnet ...« Annie zupft mich am Arm und wendet mir ein mitleiderregendes Gesicht zu. Ich seufze. »Na, warst du mal wieder zu gierig, Kleine?«

»Sie hat eben Hunger, das arme Ding«, meint Seth.

»Sorg dafür, dass sie jetzt mal still sitzt, ich will nicht noch einen Tisch voll mit ihrem Erbrochenen«, sagt Mam.

Annie schlurft zu einem Hocker wie eine alte Frau, nimmt die Tonfigur von der Sitzfläche und stellt sie nachdrücklich auf den Tisch, bevor sie sich hinsetzt. Und enthüllt damit das wahre Ausmaß von Mams Handwerk. Ich überlege, ob Seth jetzt immer noch so sicher ist, dass das Ganze Gottes Wille ist. Er schaut die Figur an und blickt verdutzt drein.

»Das ist ja ein komisches Spielzeug. Ist das deines, meine Kleine?«

Annie sackt nach vorne zusammen, stützt das Kinn auf den Tisch, und ihre Zähne klackern aufeinander, als sie antwortet: »Nein, die gehört Mammy, damit sie sie verbrennen und Nadeln reinstechen kann, um den Netzmacher zu bestrafen.«

Schweigen. Seth schluckt und schaut vom Tisch zu Mam. Ich beuge mich vor. Auf einmal ist die Luft zwischen uns voller Spannung. Ich weiß, dass er jetzt sein Angebot, einzugreifen, zurückziehen wird.

»Es wird sicher ein Vorteil für euch alle sein, wenn diese zwei ein Paar werden«, sagt er. »Um wieder im Dorf angenommen zu werden. In besseren Umständen zu leben. Ihr werdet beschützt werden.«

Mam antwortet nichts, obwohl ich genauso gut wie sie weiß, dass es für uns im Dorf keinen Schutz mehr gibt.

Annie beginnt zu wimmern und zu schlucken. Ich nehme sie schnell hoch und renne zur Tür und schaffe es gerade noch, bevor die Buttermilch ihren zweiten Auftritt hat.

Der weiße Fluss

Vater setzte sich ächzend hin und wartete, dass Bett ihm einen Krug Bier und Brot in den Korb packte, den sie aufs Feld mitnehmen sollten. »Zuerst pflügen, Jungs, bevor die Hitze zu groß wird.«

Daniel gähnte und nickte.

»Spät geworden gestern, was?«, fragte Bett.

Vater zog eine Augenbraue hoch. »Wieder bis nach Sonnenuntergang unterwegs gewesen.«

Daniel versuchte, sein Grinsen zu unterdrücken. Der Rhythmus seiner Tage war jetzt ein anderer, nun waren Tageslicht und der Hof nur ein Zwischenspiel, bis er wieder mit ihr zusammen sein konnte. Der Geruch ihrer Haut, das Gefühl, wenn ihre Haare sein Gesicht streiften, der Geschmack ihrer Lippen. Abende mit Lagerfeuer und Sternenlicht. Geflüster von einem gemeinsamen Leben.

Bett schnaubte und schob sich eine Haarsträhne zurück unter ihre Haube. »Mai ist genau der richtige Monat für so was.«

Vater räusperte sich. »Und schau nach diesem Ochsen, der gestern gelahmt hat, und gebe Gott, dass er sich erholt hat. Ich kann mir die Kosten für ein krankes Tier nicht leisten.«

»Wird gemacht«, erwiderte Daniel, reichte Bett das Tuch, auf das sie gedeutet hatte, und war froh, dass das Gespräch jetzt wieder auf den Hof gekommen war. Es passte ihm perfekt, wenn sie dachten, dass er nur mit einem Mädel aus dem Ort herumschäkerte, das er bald satthaben würde. Am nächsten war er dem Kern der Sache gekommen bei der tastenden Einführung in die süßen Vergnügungen des Fleisches, in die Bett ihn vor vielen Jahren eingeweiht hatte, doch sie war ihrer fummelnden Begegnungen bald überdrüssig geworden.

Bei Sarah hingegen spürte er, dass ihre Wesen begonnen hatten, zu einem zu verschmelzen. Sie zu verlassen, wäre so gewesen, als müsste er ein Stück aus sich selbst herausreißen. Und sie hatten ja noch nicht mal angefangen, die Landschaften zu erforschen, die Bett so bereitwillig mit ihm geteilt hatte.

Daniel nahm den Korb, bedankte sich bei Bett und ging davon, bevor sie sich nach Einzelheiten seiner nächtlichen Abenteuer erkundigen konnten.

Er führte die Ochsen zum Feld und musste warten, als die sturen Viecher seinen Willen durchkreuzten, an der Hecke anhielten und zu fressen begannen. Immerhin hatte er kein Lahmen feststellen können und war erleichtert, gute Nachrichten für Vater zu haben. Es eilte ja nicht. Ein Duft von Blüten, Heu und Dung hing in der Luft, und ein eigensinniger Mond glänzte am klaren Himmel, noch nicht bereit, sich zurückzuziehen. Die Verzögerung erlaubte ihm, sich einen Moment lang vorzustellen, wie er den weißen Fluss von Sarahs Haut erforschte, die sie vor den Augen der anderen verbarg.

»Sie ist ein wunderschönes Mädchen, stimmt's?«, sprach ihm eine Stimme ins Ohr. Pastor Walsh.

»Ich … wer ist wunderschön?«

»Die junge Dame, der dein Herz gehört.«

Daniel befürchtete für einen Augenblick, dass der Pastor tatsächlich eine göttliche Kraft hatte und seine Gedanken lesen konnte. Oder vielleicht hatte er wirklich die Selbstbeherrschung verloren und hatte seine Gedanken laut verkündet. Sprachlos starrte er auf die Ochsen, die jetzt ungeduldig mit den Beinen stampften.

Pastor Walsh kam näher und legte Daniel eine Hand auf die Schulter. Zu nah, und Daniel musste gegen seinen inneren Drang ankämpfen, zurückzuweichen.

»Das liebe Kind hat sich mir anvertraut, und ich habe dich aufgesucht, um dir mitzuteilen, dass ich euer Helfer sein will, indem ich das Licht und die Liebe Gottes verbreite, weil Er es so will. Ich ... ich habe auf dem Weg hier auf dich gewartet.«

Die Worte kamen zu schnell für Daniel, als dass er sie wirklich verarbeiten konnte. Sarah hatte sich dem Pastor anvertraut, dabei konnte er sich nicht einmal vorstellen, dass die beiden bekannt waren, geschweige denn, dass sie ihm ihre Herzensgeheimnisse anvertrauen würde. Sarah hatte seinen Namen nie erwähnt. Sie hatten in der wirklichen Welt noch nicht von ihrer Liebe gesprochen und auch ihren Familien gegenüber nichts verraten. Er war davon ausgegangen, dass sie niemandem etwas erzählt hatte.

»Das ist ein anspruchsvoller Weg, den ihr euch ausgesucht habt, mein Sohn, aber ich werde mich für euch stark machen und in der Tat auch für unseren lieben Herrn und Seinen Plan, diejenigen zusammenzubringen, die reinen Herzens sind, und damit eine Familie wieder in die Gemeinde aufzunehmen, die so weit ausgestoßen war.«

Daniel blinzelte den Pastor an, dessen Gesicht im Gegenlicht lag, und versuchte, sich einen Reim auf seine Worte zu machen. Seine Unruhe übertrug sich auf die Ochsen. Die Viecher wurden nervös, und zu guter Letzt trat der Pastor einen Schritt zurück.

»Ich ...« Daniel schaute sich um. Niemand, der sie hören konnte. Trotzdem senkte er die Stimme, als er sagte: »Sarah hat sich Euch also anvertraut?«

Pastor Walsh nickte enthusiastisch. »In der Tat, und ich habe ihr gesagt, dass sie eine Verbindung gewählt hat, die so hervorragende Eigenschaften von Freundlichkeit und Reinheit hat, wie man es sich nur wünschen kann.« Ein joviales Lächeln breitete sich auf seinem Gesicht aus, verschwand aber genauso schnell wieder. »Aber es gibt Schwierigkeiten, auf die ich gerade Bezug genommen habe und die dir sicher auch bewusst sind. Ich werde mit deinem Vater sprechen, und wir werden …«

»Mit meinem Vater?« Daniel machte einen Schritt nach vorn und streckte die Hand aus, als könnte er den Pastor körperlich zurückhalten. Er stellte sich Vaters Zorn vor, und wie er Daniel und Sarah verstoßen würde. Wo sollten sie dann hingehen, wenn nicht zur armseligen Hütte der Familie Haworth? Und mit ihrem Teufelsbruder von Buttermilch leben. Daniel musste seine aufsteigende Übelkeit hinunterschlucken. »Nein, bitte, tut das nicht.«

Pastor Walsh schüttelte den Kopf, während seine Miene seine Verwirrung verriet. »Aber wie sollen wir ihn denn sonst davon überzeugen, wie wünschenswert diese Verbindung wäre?«

»Ich … ich glaube nicht, dass uns das gelingen wird.«

Abgesehen vom verdrossenen Muhen der Ochsen war es ganz still. Einer von ihnen ließ seinen Mist unmittelbar neben den Fuß des Pastors fallen, aber der reagierte gar nicht.

»Dann machst du also nur zum Spaß mit dem Mädchen herum? Benutzt sie für deine nächtlichen Vergnügungen, um sie am Ende sitzen zu lassen? Ich hätte mehr von dir …«

»Nein, nein. Ich … wir haben schon vor, zusammen zu leben. Aber ich … ich weiß noch nicht, wie das gehen soll. Wir haben noch nicht so viel darüber gesprochen.«

»Machst du dir Sorgen, dass dein Vater die Verbindung nicht gutheißen wird?«, fragte der Pastor.

Eine fette, langsame Hummel summte zwischen den beiden und ließ sich dann auf dem Säckchen einer Taubnessel nieder.

»Mehr als nur Sorge. Ich bin sicher. Mein … er wird es nicht erlauben.«

»Aber jetzt habt ihr doch mich. Ich kann für euch eingreifen. Ich kann überreden. Ich bin zu dieser Aufgabe auserwählt worden, deswegen ist es unmöglich, dass ich scheitern könnte.«

So verdutzt er auch war, Daniel wusste, dass er diesem Plan jetzt Einhalt gebieten musste. »Ihr seid sehr freundlich, dass Ihr Euch unserer Sache annehmen wollt, und ich kann meine Dankbarkeit gar nicht in Worte fassen. Ich hätte nie damit gerechnet, dass wir einen Verbündeten haben«, sagte er, und das meinte er auch so. »Aber wenn … wenn ich Euch bitten dürfte, noch ein wenig zu warten, bevor Ihr meinen Vater darauf ansprecht? Zusammen finden wir bestimmt den besten Weg, da bin ich ganz sicher.«

»Selbstverständlich. Vielleicht ist meine Begeisterung mal wieder mit mir durchgegangen. Man hat mir schon mal gesagt, dass das ab und zu vorkommt.« Er legte Daniel eine Hand auf die Schulter. »Ich lass dich jetzt deinen täglichen Pflichten nachgehen. Komm zu mir, wenn du Hilfe brauchst. Und wenn es Zeit ist, dass wir deinen Vater ansprechen.«

Als er davonging, trat Pastor Walsh direkt in den Kuhfladen, doch es sah so aus, als hätte er es gar nicht bemerkt, denn er marschierte ohne Zögern geradeaus weiter. Daniel schaute ihm noch so lange nach, wie er konnte, während er versuchte, die Einzelheiten zusammenzusetzen und zu verstehen, worüber sie gerade gesprochen hatten. Aber er musste sich ja auch noch um die Bedürfnisse seiner Tiere kümmern.

Nachdem er die Ochsen auf die Weide geführt hatte, eilte Daniel mit dem Tier, das zum Eggen gebraucht wurde, zu Gabriel hinüber. Als er eintraf, hatte er ein heißes Gesicht und schnaufte vor Anstrengung. Zweifellos musste er jetzt wieder ein paar Sticheleien einstecken.

»Immer mit der Ruhe, überschlag dich nicht«, sagte Gabriel.

»Tut mir leid. Bin aufgehalten worden.«

»Ja, passt schon. Spann ihn an.«

Daniel arbeitete, so rasch er konnte, und war dankbar für Gabriels gute Laune.

»Spät zu Bett gegangen gestern, hm?«, fragte Gabriel augenzwinkernd.

»Oh, nein, es war …«

»Zu viel im Bett und nicht genug Schlaf, stimmt's?«

Daniel war entsetzt über Gabriels Grobheit. »Nein, nein, das ist nicht …«

Gabriel nahm seinen Platz auf der anderen Seite des Ochsen ein und schlug Daniel auf den Rücken, als er vorbeiging. »Kein Grund zum Rotwerden, so ist eben der natürliche Lauf der Dinge. Wir sind beide Männer, und unser Blut wird schnell heiß.« Er grinste über den Rücken des Ochsen. »Wer ist denn dieses Mädel, das dich so gerne ranlässt? Molly jedenfalls nicht, ich hab gehört, dass sie es sich anders überlegt hat. Hab ich mir gleich gedacht.«

Daniel zerrte am Ochsen, bis der sich in Bewegung setzte. Er wollte verzweifelt fort von dieser Befragung. Hier war jemand eindeutig zu interessiert an seinen Unternehmungen. Ihm wurde klar, dass er dem Fluss jetzt ein paar Nächte fernbleiben musste, und ihm wurde ganz schwer ums Herz vor Enttäuschung. Sie gingen weiter im ungleichmäßigen Tempo des Ochsen, aber Gabriel ließ nicht locker.

»Unsere Betty auch nicht mehr, würd ich sagen, denn die hat jetzt ja einen eigenen Ehemann, um den sie sich kümmern muss, stimmt's?« Er reckte den Hals über den Rücken des Ochsen, aber Daniel starrte stur geradeaus. Er war in der Hölle. Gott bestrafte ihn zu guter Letzt doch für diese sündhaften, außerehelichen Berührungen, die er einst mit Bett geteilt hatte.

Bewohner

Die letzten zwei Nächte habe ich nach dem Stein Ausschau gehalten und nichts gefunden. Heute habe ich so lang gewartet, wie ich es wagen konnte, in der Hoffnung, dass Daniel trotzdem kommen würde, aber er tauchte nicht auf, und obwohl ich weiß, dass seine Gefühle aufrichtig sind, fange ich langsam doch an, mich zu fragen, ob etwas passiert ist, was ihn fernhält. Vielleicht verlässt ihn der Mut. Vielleicht sind wir entdeckt worden.

Normalerweise achte ich darauf, auf dem Heimweg die Schenke zu meiden, denn die Bierbäuche, die da rauskommen, bringen alle Arten von Schwierigkeiten mit sich, aber heute Abend bin ich abgelenkt und komme dem Gasthaus zu nahe. Ich halte mich in den Schatten und gehe ganz am Rand des Weges, in der Hoffnung, dass die Gestalt, die gerade aus der Tür herausgestolpert kommt, mich nicht sieht.

»He, du!«

Der Ruf lässt mich einhalten und jagt mir kalte Schauder über die Haut. Ich drehe mich um und stehe vor dem Knecht, Gabriel. Ich blicke suchend über seine Schulter, aber da ist gerade kein freundliches Gesicht in der Nähe, das mir beispringen könnte. Der einzige Freund wäre Seth, und bei dem ist es wohl eher unwahrscheinlich, dass man ihn vor einer Schenke antreffen würde. Ich spüre, wie Angst und Schrecken ihre Spuren auf meinen Gesichtszügen hinterlassen. Ich verachte mich selbst dafür, dass ich es zeige.

»Was machst 'n du hier, häh?«, fragt er. »Rumhängen, damit du mir noch mal einen anderen, stärkeren Fluch anhängen kannst, was? Pass bloß auf, deine dreckige Hexerei kann nicht mehr wirken, denn ich habe deine Zauberei abgeschüttelt, und keine andere von deiner Hand wird bei mir verfangen.«

Er schlendert auf mich zu. Ich widerstehe dem Drang, zurückzuweichen, und bleibe ganz ruhig stehen. Ich werde nicht weichen und nicht wanken.

Aus dem Augenwinkel sehe ich eine Gestalt auf uns zurennen. Klein und schlank, aber schnell. Stark genug, um mir Schaden zuzufügen, zweifellos. Ich überlege, ob sie beide betrunken genug sind, dass ich ihnen davonrennen kann.

Der Knecht beugt sich vor. Er kommt mir so nah, dass ich das Bier in seinem Atem riechen kann. »Glaubst wohl, du kannst dich vor mir verstecken? Glaubst wohl, dein Zuhause wird dich beschützen? Wage es, deine Augen in der Nacht zuzumachen, dann siehst du schon, was auf dich zukommt. Wir zwei sind noch nicht fertig miteinander.«

Die Gestalt hat mich jetzt erreicht, stößt mich beiseite und stellt sich zwischen mich und den Knecht. Erst jetzt merke ich, dass es John ist. Sein Brustkorb hebt und senkt sich, die Beine hat er leicht gespreizt und die Schultern gestrafft, ein nutzloser Versuch, bedrohlicher zu wirken. Sie stehen sich gegenüber. John, wesentlich kleiner und halb so breit. Ich sehe seine Angst in der Art, wie er die Kiefer zusammenpresst, rieche sie in seinem Schweiß. Trotzdem hebt er das Kinn und schaut den Raufbold an.

»Lass meine Schwester in Frieden«, sagt er. Seine Stimme klingt dünn im Vergleich zu der des Knechts, aber sie ist fest.

»Glaubst du, ich hab Angst vor dir?« Gabriel versucht ein hämisches Grinsen, doch seine jähe Blässe und die Art, wie sich seine Augen bei Johns Anblick weiten, sprechen Bände.

John spricht ganz langsam, lässt Platz zwischen seinen Worten. »Lass. Meine. Schwester. In. Frieden.«

Ich schaue zu. Ich habe Angst um John, denn wenn das jetzt in eine Prügelei ausartet, wird er schnell den Kürzeren ziehen. Gleichzeitig bin ich aber auch gerührt von seiner Angst und seinem Mut. Dankbar für seinen Schutz. Wütend auf mich selbst, weil ich Schutz brauche.

Der Knecht schaut einen Augenblick zurück. Er mustert John von oben bis unten, und ich weiß, dass er sich überlegt, ob er ihn angreifen soll. John hält stand. Mir bleibt fast der Atem weg.

Gabriel lacht, aber es klingt wenig überzeugend. »Ihr habt heute alle einen Glückstag, weil ich nämlich dringend für meine Arbeiten gebraucht werde und deswegen nicht hier rumtändeln kann, um mit euch fertigzuwerden.« Als ob wir nicht wüssten, dass er um diese Zeit gar keine Arbeiten mehr hat. Er schickt sich zum Gehen an, nimmt seine Augen jedoch keine Sekunde von Johns Gesicht. Er wagt es nicht, ihm den Rücken zuzuwenden. »Aber aufgeschoben ist nicht aufgehoben. Ich werde wiederkommen, also glaubt bloß nicht, dass ihr mir entwischt wärt.«

Zu guter Letzt rennt er davon, wobei er in seiner Hast fast stolpert und hinfällt. Wir sehen ihm nach.

Im Dorf erzählen sie sich Geschichten über John. Von erschreckenden Kräften und einem bösartigen Geist. Von seiner Fähigkeit, Dämonen zu beschwören, die dann seinen Willen ausführen müssen. Ihn fürchten sie am allermeisten. Dabei hat er gar keine magischen Fähigkeiten. Ich habe ihn immer um die Einfachheit seines Lebens beneidet, und er mich um den Sinn meines Lebens.

Nun wende ich mich zu ihm. Wir beide atmen schnell.

»John … ich …«

Er nickt nur und tätschelt mir einmal die Schulter. Gemeinsam gehen wir heim.

Wir schleichen uns so leise ins Haus, wie wir können. Das Haus pulsiert zum Rhythmus von Mams Schnarchen und Annies schnüffelnder Schlafatmung. Es ist warm hier drin, die Luft ein Nebel aus feuchtem Atem und dem vertrauten Geruch ihrer warmen Körper. Mein Zuhause, nicht die bröckelnden Wände und das windschiefe Dach dieses Hauses, sondern die beständige Anwesenheit seiner Bewohner. Wenn ich in einem neuen Haus wohne, werde ich mein Zuhause mitnehmen.

Geräuschlos treten wir ein. John geht zu seiner Matratze und rollt sich unter der Decke zusammen. Ich überlege, ob er genauso viel Angst hat und genauso erschüttert ist wie ich. Als ich mich zu meinem Bett drehe, falle ich fast hintenüber vor Überraschung, als ich die kleine Gestalt auf der Schwelle sehe.

»Was hast du mitgebringt?«, fragt Annie. Sie muss gähnen, deswegen klingen ihre Worte verzerrt. Sie erwartet, dass ich bei Daniel gewesen bin und ein Essenspaket mitgebracht habe. Wie ich wünschte, dass es so gewesen wäre.

Ich lege meinen Finger auf die Lippen. Von unserem letzten Treffen ist noch ein wenig übrig, und ich hole das Tuch aus seiner Ecke und breite es aus. Sie rennt und springt dabei über John, ihre nackten Füße verfehlen seinen Kopf um Haaresbreite. Sie krabbelt auf einen Hocker und stützt die Ellbogen auf, um das Essen zu inspizieren.

Ihre Augen sind ganz groß und leuchten, als sie die Reste von Brot und Käse betrachtet. Nicht mehr rotgerändert und eingesunken wie früher. Meine Hände stoßen nicht mehr an ihre Knochen, wenn ich morgens ihre Haut absuche. Sie sieht langsam so aus wie jedes andere Dorfkind ihres Alters. Allerdings dreckiger. Und doch gehört sie nicht zu ihnen, und jetzt, nach unserer Begegnung mit dem Knecht, verstehe ich, warum Mam uns gesagt hat, dass wir uns von den Dorfbewohnern fernhalten sollen. Ich verstehe, warum sie sagt, dass ich nie die Ehefrau eines Bauern sein kann und dass Annie auch nie in die Dorfgemeinschaft aufgenommen werden wird. Ich spüre, wie er, der Anspruch auf uns erhebt, uns nachschleicht.

Annie pflückt das Essen mit ihren ungepflegten, schwarzen Fingern auseinander und sammelt sich einen kleinen Haufen zusammen. Mit aufgestütztem Ellbogen, Kinn auf der Hand und baumelnden Beinen kaut sie sich durch, macht nur ab und zu mal eine Pause, um zu gähnen und ihre schlafverzottelten Haare zurückzuschieben, die ihr immer wieder ins Gesicht fallen.

Ich gieße ihr eine Tasse Wasser ein und setze mich ihr gegenüber hin. »Immer mit der Ruhe, Kleines«, sage ich. »Es läuft dir nichts weg, und wir wollen doch nicht, dass es denselben Weg nimmt wie die Buttermilch, oder?«

Sie wirft mir einen Blick zu, der mir zeigt, dass sie mein Einwand nicht berührt, aber ihr Mund ist zu sehr mit Kauen beschäftigt, als dass er auch noch zum Sprechen dienen könnte. Ich lehne mich auf meinem Stuhl zurück und versuche, den Anblick zu genießen, wie sie sich satt isst. Versuche, nicht die ganze Zeit zu überlegen, was Daniel ferngehalten hat.

Zu nah an der Sonne

Daniel hatte seine Aufgaben schnellstmöglich erledigt, weil er es nicht erwarten konnte, fertig zu werden. Nach mehreren Tagen ohne Sarah war ihm jetzt ein Weg eingefallen, wie sie zusammen sein konnten, und er konnte es gar nicht abwarten, seinen Plan in die Tat umzusetzen.

Als er sich hinter die Hecke duckte, die sich am Weg zum Hof entlangzog, fühlte er die Wärme der Sonne im Nacken, während die Luft übersüß war vom Pollenduft. Er wartete, bis er sie sah. Bett ging normalerweise allein, aber heute Abend unterhielt sie sich mit Gabriel. Daniel schlich sich so nah wie irgend möglich an sie heran.

»… von mir wollen?«, fragte Gabriel. »Ich hab noch mehr zu tun, bevor ich essen gehen kann, und mir hängt jetzt schon der Magen in den Kniekehlen.«

Bett drehte Daniel den Rücken zu, und er konnte nicht alles verstehen, was sie sagte. Er spähte durch die Blätter und Heckenrosen.

»… von einem Streit in der Wirtschaft«, sagte sie.

»Gut, dann hat sich Nathaniel eben geirrt, es war ein anderer, denn ich war nicht mal …«

»Ich weiß.« Betts Stimme wurde etwas lauter. »… Magistrat

Wright wurde geholt, und jetzt sollen sie öffentlich in den Stock …« Durch eine Lücke im unteren Teil der Hecke beobachtete Daniel, wie sich ein Wurm auf dem staubigen Weg wand, und dieses Unbehagen lenkte ihn kurz ab. » … wollte dich nur warnen, das ist alles. Du musst dich und deinen Jähzorn jetzt wirklich zügeln, der neue Magistrat ist nicht so wie der alte. Der wird nicht mehr wegschauen.«

Daniel änderte leise seine Lage. Er blinzelte und sah, wie Gabriels finstere Miene sich zu einem höhnischen Grinsen verzog. »Ich wusste ja gar nicht, dass du mich so gernhast.«

Bett trat einen Schritt zurück. »Es gibt noch andere Menschen, die sich auf dich verlassen, Gabriel. Wie sollen deine arme Mam und Schwester zurechtkommen, wenn du dir Ärger einhandelst?«

»Keine Angst, Mädchen, ich kann mich schon selbst um meine Angelegenheiten kümmern. Ich brauch keine Frauen, die sich da einmischen.«

Bett begann, auf die Stelle zuzugehen, an der sich Daniel versteckte, und ließ Gabriel mit seinen Aufgaben allein. »Meine Pflicht hab ich getan«, sagte sie und zog ihr Schultertuch enger um sich.

Daniel griff durch die Hecke und hob den Wurm auf den weicheren Boden des Feldes, dann stand er auf. Er pfiff, als Bett vorüberging, um sie nicht aufzuschrecken. Sie wandte sich ihm mit verächtlicher Miene und verschränkten Armen zu.

»Bin ich ein Hund? Sprich, aber befiehl mir nicht, bei Fuß zu gehen.«

Er kletterte über die Hecke auf den Weg wie ein geschimpfter Junge. »Tut mir leid.«

»Was hat das zu bedeuten, dass du mich auf dem Heimweg anspringst?« Sie rückte sich seufzend den Rockbund zurecht. »Es geht um dieses Mädchen, stimmt's? Du willst mit ihr durchbrennen und sie heiraten?«

Er war so verdattert, dass er sofort protestierte. »Nein, das ist nicht … nicht so, wir wüssten ja nicht mal, wie … nein, nein. Nicht so.«

Sie verengte die Augen. »Ich hätt's dir durchaus zugetraut, das ist genau die Sorte von trotteligem Einfall, die dir in den Sinn kommen würde. Es geht also nicht um das Mädchen?«

»Oh, tja … nein … doch, es geht um das Mädchen. Nur nicht so.«

Ihr Gesichtsausdruck wurde etwas wärmer, und einen Moment lang erinnerte er sich an den Duft ihres Haars im Sonnenlicht, an den Anblick von Haut, die Stück für Stück freigelegt wurde, als sie ihre Strümpfe herunterrollte. Bett legte ihm eine Hand auf die Schulter, trat näher heran und senkte die Stimme. »Du hast sie geschwängert, was? Da gibt es Mittel und Wege. Ich hab von einem Trank gehört. Ich weiß, dass du die Heilkundigen nicht magst, aber sie …«

Daniel schüttelte ihre Hand ab. »Nein, Betts. Das auch nicht, wir haben nicht …«

»Oh. Also wahre Liebe.« Jetzt hatte sie wieder ihren gewohnten Gesichtsausdruck aufgesetzt, den einer vielbeschäftigten Person, die von einem Idioten mit Bagatellen belästigt wird. »Was dann? Beeil dich, ich hab auch ein Zuhause, wo ich heute noch hinwill.«

»Sie … sie braucht eine Arbeit und …«

»Ich bin kaum in der Position, jemand einzustellen.«

»Nein, weiß ich doch. Sie braucht auch was zum Anziehen.«

Bett musterte ihn skeptisch. »Hat sie nichts zum Anziehen?«

Hinter ihr kehrte Gabriel gerade auf den Hof zurück. Er zog den Pflug hinter sich her und stampfte sich den Schlamm von den Stiefeln. Daniel kam kurz ins Stocken, als er in ihre Richtung blickte. »Sie hat … nicht die richtigen Kleider zum Anziehen.«

Die unausgesprochene Frage lag zwischen ihnen in der Luft. »Armes Mädel«, sagte sie.

»Ja.«

»Ich schau heute Abend mal in meinen Kleiderschrank.«

»Danke.« Er wusste, dass er sie nicht um Diskretion bitten musste. »Ich bin sicher, du hast genug angehäuft, nachdem Vater dir Jahr um Jahr die Kleider von meiner Mutter geschenkt hat und du bei uns arbeitest, seit du ein Mädchen warst, und jetzt eine Frau von …«

Sie unterbrach ihn scharf. »Eine was? Wir sind immerhin gleich alt.«

Er lachte. »Na ja, nicht so wirklich. Du bist ein paar Jahre älter und jetzt eine Frau von …« Warum konnte er nicht einfach den Mund halten?

Sie schüttelte den Kopf. »Derselbe Tölpel wie mit zehn.«

»Entschuldige«, sagte er. »Ich wollte dich nicht … Betts, ich wollte wirklich nicht …«

Aber sie war schon weg, mit einem genervten Abwinken, das ihn zum Schweigen brachte.

Daniel wachte früh auf, noch vor Sonnenaufgang. Er hatte die Aufgaben verteilt und fragte sich jetzt, ob seine Pläne nicht doch zu tollkühn waren. Er hatte den Pastor gebeten, Sarah auszurichten, dass sie ihn bei der Schafweide treffen sollte, und er eilte dorthin und hoffte, dass sie erscheinen würde. Ein Blick auf sie nach der tagelangen Trennung, das Lächeln, das ihr Gesicht erhellte, als sich ihre Augen trafen, reichte ihm, um sich wieder sicher zu sein, dass seine Pläne tatsächlich die richtigen waren.

Er führte sie den von Bäumen gesäumten Weg hinunter, wo die Vögel ihr Morgenlied anstimmten, und über den Hof. So nahe am schlummernden Haus.

»Es war gut, dass du Seth gebeten hast, deine Botschaft zu überbringen«, flüsterte sie. »Er ist unser Verbündeter.«

Daniel warf einen Blick über die Schulter. Niemand zu sehen. »Er hilft eurer Familie?«

»Ja, bringt immer Buttermilch und so. Manchmal kommt er zu Mam, weil er ohne ihre Medizin entweder in die Finsternis abrutscht oder zu nah an der Sonne segelt. Wenn er in düsterer Stimmung ist, dann hat er das Gefühl, dass er gar nichts machen kann, aber wenn ihm leicht zumute ist, glaubt er, dass er alles ändern kann. Zum Besseren.«

Er führte sie in die Scheune, die erfüllt war mit dem Geruch von Heu und Mist. »Und, kann er das?«

»Vielleicht.« Sarah blieb stehen. »Oh, das ist ja Bonny«, flüsterte sie. Sie streckte eine Hand nach der Stute aus und streichelte ihr die Seite. »Hast du mich hergebracht, damit ich sie sehen kann?«

»Nein.« Er führte sie weiter in den Teil des Stalles, in dem die Kühe und Ochsen schläfrig ihr Heu kauten. »Ich hab dich zum Arbeiten hergebracht.«

Pippin begann bereits, zu muhen, damit man sie vom Gewicht ihrer Milch befreite. Sarah trat so jäh einen Schritt zurück, dass Daniels Arm fast ausgerenkt wurde.

»Warum brüllt er?«

»Warum … was? Sie muss einfach … gemolken werden, das ist alles.«

»Der ist viel größer aus der Nähe.«

»Sie«, verbesserte Daniel. »Und sie ist weich wie Butter. Pippin ist viel netter als Bonny, und vor der hast du doch auch keine Angst. Na komm. Ich bin doch neben dir.«

»Beißt sie?«

Daniel lachte. »Beißen? Das ist eine Kuh. Also beißt sie dich auch nicht, außer wenn du ein Bündel Gras wärst. So, jetzt nimm diesen Eimer und stell ihn unter sie, und dann hol diesen Schemel.«

»Warum?«, fragte Sarah, während sie den Eimer von der Wand zog und unter die Kuh bugsierte. Sie stellte ihn so schnell hin, dass er umkippte.

»Du musst doch wissen, wie man auf einem Bauernhof arbeitet. Oder?« Er konnte ihr nicht den ganzen Plan enthüllen, bevor Bett nicht ihren Teil dazu beigetragen hatte.

Sie blickte zu ihm auf. »Doch.«

»Also. Noch mal. Ruhig bleiben.«

»In Ordnung«, sagte sie. »Jawohl.« Sie atmete langsam ein, schob sich ganz langsam auf Pippin zu und richtete den Eimer wieder auf. Als sie sich zu ihm umdrehte, stand in ihren Augen der Triumph geschrieben.

»Gut«, lobte er. »Hervorragend. Und jetzt setz dich hin.«

Er kauerte sich hinter sie, nahm ihre Hände in seine und zeigte ihr, wie sie die Milch unten aus den Zitzen herausziehen konnte.

• • •

Daniel war mit der Arbeit für diesen Tag fertig und eilte zurück, damit er rechtzeitig mit Vater essen konnte. Bett bedachte ihn mit einem leichten Nicken, als er eintrat, und rasch, bevor ihm das Selbstvertrauen schwand, bevor er noch einmal über die Gefahren nachdenken konnte, die in seinem Plan lagen, setzte er sich an den Tisch und räusperte sich.

»Ich muss uns ein Milchmädchen suchen«, sagte er. Er versenkte sein Messer in seine Portion gebratenes Fleisch mit Eiern und steckte sich eine Gabel voll in den Mund, ohne auf die Reaktion seines Vaters zu achten. Bett füllte die entstehende Pause, als sie sich bis zum nächsten Tag verabschiedete.

»Milchmädchen kosten Geld«, sagte Vater schließlich. Eine vorhersehbare Antwort, und eine, auf die Daniel sich vorbereitet hatte. Es war nicht so, dass sein Vater nicht das Geld gehabt hätte, ein Milchmädchen zu bezahlen. Er war nur nicht bereit, das Geld auszugeben.

»Ich bin ein Mann. Dein einziger Sohn. Es gibt wirklich bessere Arbeit für mich.«

Vater kaute, schluckte und wischte sich dann mit dem Handrücken den Mund ab. »Und wo willst du die finden?«

»Auf der Bauernmesse. Bis dahin sind es aber noch ein paar Wochen.«

»Ich komm schon zurecht bis dahin.«

Vater ächzte und sprach den ganzen Abend kein Wort mehr.

Daniel aß sich satt und lehnte sich dann zufrieden zurück. Ein Milchmädchen würde noch weniger Mitgift mitbringen als die Tochter eines Schmieds. Das würde Vater nicht gefallen.

Aber es war durchaus schon vorgekommen, dass sich zwischen dem Sohn eines Bauern und einem Milchmädchen zarte Bande entspannen. Und sollte Vater jemals etwas zu Ohren kommen, sollte er glauben, dass er Sarah irgendwie in Schwierigkeiten gebracht hätte, dann würde er darauf bestehen, dass sie heirateten, auch wenn die Verbindung eine Enttäuschung für ihn wäre. Solange er nur nicht herausfand, wer sie in Wirklichkeit war.

Meer und Leder und Fisch

Betts Haus ist so, wie unseres sein würde, wenn es nicht jahrelang leer gestanden wäre, wenn wir die Mittel und die Zeit gehabt hätten, es genauso zu pflegen. Zwei Zimmer, das erste mit Tisch und Stühlen, mit einem Feuer, das über einem Rost glüht, einem Wassereimer in der Ecke, Pfannen an der Wand, Netzen, die über Balken hängen. Es riecht nach heißem Wasser und Holzrauch, und darunter, ganz schwach, nach Fisch. Sie trägt eine Kerze zum Feuer, zündet sie an und beschirmt sie mit ihrer Hand, als sie sie zu uns hinüberträgt.

Ein ungewohnter und nicht gerade angenehmer Geruch von brennendem Talg erfüllt den Raum, und ein langsam flackerndes, warmes Licht, wie ich es noch nie zuvor gesehen habe, beleuchtet ein kleines Viereck über dem Tisch. Das Haus ist zwar nicht besonders groß, aber sehr sauber, die leere Tischplatte glänzt, und der Boden ist ebenfalls blitzeblank gekehrt. Keine verschüttete Asche an der Feuerstelle, kein Schimmel an den Wänden, keine Zugluft, die flüsternd durchs Dach dringt.

Ich bin immer noch ein bisschen verunsichert. Daniel hatte mir nicht erzählt, dass das Hausmädchen da sein würde, als wir uns an diesem Abend trafen. Ich trat einen Schritt zurück, und mein Bauch krampfte sich zusammen, als ich sie sah. Sie schien aber nicht unfreundlich, eine mollig-rundliche Frau, mit Apfelbäckchen und umfangreichem Bauch, die mir ein Bündel Stoff hinhielt.

Dann musterte sie mich von Kopf bis Fuß und wandte sich mit verärgerter Miene zu Daniel. »Nicht hier. Ich kann ihr die Kleider nicht einfach so in die Hand drücken, oder würdest du ohne Hilfe wissen, wie man eine Haube anlegt?«

»Tja, was dann?«, fragte er.

Diese Unterhaltung über mich, als wäre ich ein krankes Stück Vieh auf dem Hof, war neu und unangenehm. »Sagt mir mal, was los ist«, sagte ich laut, und die beiden drehten sich gleichzeitig zu mir. »Ihr sollt nicht hinter meinem Rücken über mich reden und Pläne schmieden, ich bin keines von euren Pferden. Ich werde in meinem eigenen Leben auch ein bisschen was zu sagen haben. Warum brauche ich überhaupt eine Haube? Was habt ihr beschlossen, was mit mir passieren soll?« Ich funkelte die beiden an und fügte dann hinzu: »Und Mam hat solche Dinger auch getragen, wir waren noch nicht immer so, wie ihr uns jetzt seht.«

Bett zog die Augenbrauen hoch. »Da hast du dir ja eine ganz Temperamentvolle ausgesucht.«

»Tut mir leid«, sagte Daniel. »Ich … ich bin so ein Dummkopf.«

»Da wären wir uns schon mal einig«, sagte ich und merkte, dass Bett ein Lächeln unterdrücken musste.

»Unser Bauernhof braucht ein Milchmädchen, und ich dachte mir, du hast eine natürliche Hand für Tiere und ich kann dir die nötigen Fähigkeiten beibringen. Dann stell ich dich meinem Vater vor, und du lernst die Aufgaben einer Bauersfrau.« Er warf einen Blick auf Bett, die sich scharf zu ihm gewandt hatte, und wurde rot.

»Aber … wird dein Vater mich denn einstellen?« Ich schaute ihm in die Augen und forderte ihn heraus, die Wahrheit zu sagen. Jetzt war keine Zeit für Geschichten.

Er enttäuschte mich nicht. »Wenn du gekleidet bist wie jedes andere Mädchen und wenn ich behaupte, dass ich dich auf der Bauernmesse gefunden habe, dann schon. Er wird nicht so neugierig sein, dass er Fragen stellt. Da bin ich ganz sicher. Ja.«

»In Ordnung«, sagte ich. Ich musste meine Aufregung verbergen, weil ich nicht wollte, dass er sich einbildete, auf der ganzen Linie triumphiert zu haben. Denn es ärgerte mich, dass er das ohne mich geplant hatte.

Ich stand so aufrecht, wie ich konnte, und versuchte, diesem Hausmädchen zu zeigen, dass ich mehr war, als mein zerlumptes Äußeres vermuten ließ. »Dann bedanke ich mich für diese Kleider«, sagte ich und deutete auf das Bündel. »Da ich ja demnächst Geld verdienen werde, werde ich meine Schuld begleichen, sobald ich kann.«

»Wie du willst«, sagte sie, um meine Würde nicht zu verletzen.

Daniel wandte sich zu mir. Er war höchst zufrieden mit sich selbst, und ich konnte nicht anders, ich musste ihm einfach das Lächeln schenken, nach dem er sich so sehnte. Bett hustete und wandte den Blick ab. Irgendetwas bewegte sich unter der Hecke, und ich erhaschte einen kurzen Blick auf einen fliehenden Hasen, diesmal ganz ohne Zweifel, und ich fragte mich, ob es Tau-Springer war, der nach Hause rannte, um Mam alles zu berichten.

»Also, dieser Narr – so weit sind wir uns alle drei einig – hat mich auch nicht von seinen Plänen in Kenntnis gesetzt, sondern mir einfach aufgetragen, dass ich die hier mitbringen soll«, sagte sie. Zwischen den beiden wurde ein Blick ausgetauscht, den ich nicht verstand, aber ich hatte das Gefühl, dass sie Daniel gerade getadelt hatte. »Ich weiß, dass deine Mam sich auskennt, aber ich habe gerade auch Zeit. Was würdest du sagen, wenn wir zu mir ins Haus gehen und die Kleider anprobieren? Dann kann ich dir auch neue raussuchen, wenn diese hier nicht passen sollten.«

Und nun stehe ich also in Betts sauberem kleinen Haus und schaue ihr zu, wie sie ihr Schultertuch und ihren Hut abnimmt und beides an einen Nagel auf der Türrückseite hängt. Ordnung, wo ich Chaos gewöhnt bin. Ihr Haar ist hell, ein paar widerspenstige Löckchen haben sich unter ihrer Haube gelöst.

»Gut, dann wollen wir mal.« Sie wischt sich die Hände an ihrer Schürze ab. Dann dreht sie sich zum Feuer, wirft zwei Holzscheite von dem ordentlichen Haufen in der Ecke drauf und rüttelt mit dem Schürhaken am Rost. Ich stehe linkisch herum, weil ich nicht weiß, was ich tun soll. Sie schaut mich über die Schulter an und winkt mich zum Tisch.

»Setz dich«, sagt sie, und ich folge ihrer Aufforderung.

»Hast du dir nie überlegt, den Bauernhof zu verlassen, als du geheiratet hast?«, frage ich.

Sie schnaubt. »Wie hätte ich das machen können? Keine andere hätte in diesem Chaos Ordnung halten können.« Ihr Ton wird weicher. »Und außerdem ist es auch so eine Art Familie für mich. Ich werde bleiben, bis ich meine eigene habe.« Sie blickt zum Himmel und drückt schnell die Hände zusammen. »Wenn Gott es so will, natürlich.«

Das Meer drischt auf den Strand, der Wind schüttelt die Haustür in ihren Angeln. Wir haben auch einmal in einem dieser Häuschen gewohnt, und ich kann mich jetzt besser denn je an den Anblick der salzverkrusteten Stiefel meines Vaters erinnern, von seinen Füßen geformt, die zum Trocknen neben der Tür stehen. Der Geruch von Meer und Leder und Fisch, der immer um ihn war.

»Mein Vater war auch ein Fischer«, sage ich. Ich weiß auch nicht, warum.

Bett setzt sich mir gegenüber an den Tisch. »Tatsächlich?«

»Früher mal. Wir haben auch hier unten gewohnt.«

Sie nickt.

»Das ist jetzt schon lange her.« Ich weiß nicht, warum ich dieses Gespräch begonnen habe, weiß nicht, was ich von dieser Fremden erwarte. Ungerührt fängt sie an, in dem Kleiderbündel zu wühlen, das sie auf den Tisch gelegt hat. Sie schüttelt die einzelnen Teile aus und hält einen Rock in die Höhe, während sie mit halb zugekniffenen Augen zwischen ihm und mir hin- und herschaut.

Sie schnieft. »Du bist ja eine ganz Dünne. Das hier ist der kleinste, den ich finden konnte. Aber wir können ihn sicher eng genug schnüren.«

Sie steht auf, zündet eine Binse an und reicht mir das Licht und das Bündel. Ich weiß nicht, was sie jetzt von mir erwartet.

»Na, geh schon«, sagt sie und macht eine ungeduldige Handbewegung Richtung Nebenzimmer. »Probier sie an, dann kommst du wieder raus, und ich helf dir mit der Haube.«

Ich nehme die Kleider entgegen. »Gut. In Ordnung. Danke schön.«

Sie schaut mich an, als wäre ich der Dorftrottel, und ich gehe rasch ins Nebenzimmer. Im Dämmerlicht höre ich ein Trappeln und Huschen von kleinen Tierchen, die schnell wegrennen, als ich eintrete. Eine Matratze nimmt fast den ganzen Raum ein, eine Decke ist säuberlich darauf ausgebreitet. An der Wand hat noch eine Truhe Platz finden müssen, auf die ich die Binse lege, und dann breite ich die Sachen auf der Matratze aus.

Der Rock unterscheidet sich nicht allzu sehr von meinem, obwohl dieser dick und warm ist, weich an den Rändern und keine dünnen Flicken zu sehen sind. So einen Stoff bin ich nicht gewöhnt, er fühlt sich fast ein bisschen kratzig an.

Ich staple meine eigenen Lumpen in einem verschämten Haufen auf dem Boden, setze mich auf die Matratze und ziehe die Strümpfe an, wackle mit den Zehen, die jetzt von Stoff umschlossen sind, spüre Kratzen direkt auf der Haut meiner Beine. Ich stelle mir mich als Bauersfrau vor und dass es sich für mich nicht bemerkenswerter anfühlt als für jede andere Frau im Dorf, solche Kleider zu tragen. Ich ziehe das viel zu weite Hemdkleid an, dessen Manschetten mir fast bis an die Finger gehen. Dann das mit Rohr versteifte Mieder. Eine Erinnerung, von der ich gar nicht wusste, dass ich sie hatte, kommt mir wieder in den Sinn: Ich muss Mam früher dabei zugeschaut haben, wie sie ihr Mieder anlegte, also gelingt mir die Schnürung halbwegs. Ich greife nach dem Rock, wobei mich das Mieder zwingt, mich ungeschickt zu bücken. Und schon fühle ich mich mehr wie eine Frau aus dem Dorf, einfach aufgrund meiner Haltung. Warm und dicker, als ich es gewöhnt bin, fällt der Rock bis zu meinen Knöcheln. In der Taille ist er mir zu weit, aber das ist egal, ich kann ihn ja zusammennehmen und den Gürtel eng schnallen. Als Nächstes kommen Weste und Schürze. So viele Sachen. Mehr als Mam und ich zusammen besitzen. Ich bin froh, dass ich Bett die Kleider bald bezahlen kann.

Ich fühle mich nicht mehr wie ich selbst. In aufrechte Haltung gezwungen durch die Miederstäbe und durch die Schichten, die jeden Teil meines Körpers bedecken, kann ich mir nicht mehr vorstellen, am Flussufer entlangzurennen oder mich zu bücken, um Annie auf den Arm zu nehmen wie früher. Und ich werde auch nie wieder den Seewind bis auf die Haut fühlen können. Diese Stoffe verbergen mich, und ich überlege, ob die Verkleidung reicht, um denjenigen zu blenden, der mich erwählt hat. Trotzdem zögere ich, mich zu präsentieren. Ich sitze auf der Matratze im Licht der Binse, lausche den Kaugeräuschen der Mäuse und frage mich, was Annie, Mam und John wohl gerade tun, was sie sich für einen Reim darauf machen würden, wenn sie mich so sehen könnten. Ich will das Leben, das zu diesen Kleidern passt, aber ich befürchte, dass es mich von ihnen trennen wird.

Ein Klopfen lässt mich zusammenfahren. »Na komm, zeig dich«, sagt Bett.

Ich mache die Tür auf und trete über die Schwelle, bevor ich Zeit zum Zweifeln habe. Sie hält die Kerze hoch, bewegt sie, sodass das Licht von meinem Hals zu den Knöcheln fällt.

»Gut, ja, du siehst aus wie eine anständige kleine Dame. Na ja, davon abgesehen.« Sie deutet auf meine Haare. »Setz dich.«

Ich setze mich an ihren Tisch, und Bett kämmt mir die Haare. Sie arbeitet schweigend und sanfter, als ich erwartet hätte – sie hält jedes Büschel ganz oben fest und kämmt es unten aus. Der Kamm ist aus Holz, und sie benutzt die Seite, auf der die Zinken weiter auseinanderstehen, damit er nicht hängen bleibt. Ich finde es auf eine seltsame Art tröstlich, so umsorgt zu werden. Sie zieht mir die Haare aus dem Gesicht zurück, wickelt sie auf und steckt sie mir im Nacken fest. Dann tritt sie zurück und stemmt die Hände in die Hüften.

»Fast«, sagt sie. Sie gießt Wasser in eine Schüssel und bringt einen Lappen, tunkt ihn ein und wischt damit über mein Gesicht und meinen Nacken. Das Wasser ist kalt und der Lappen rau, aber ich schließe die Augen und gebe keinen Laut von mir. Danach nimmt sie sich meine Hände vor, wäscht mir erst die Handrücken, dann dreht sie sie um und wäscht mir die Handflächen, und zum Schluss drückt sie den Lappen unter meine Fingernägel und schrubbt.

»Und jetzt«, sagt sie, »das Geheimnis einer Frau.«

Sie nimmt ein kleines Döschen rosa Puder vom Regal, taucht einen Finger ein und tupft mir ein bisschen auf jede Wange. Er riecht nach Rosen.

Dann legt sie die Haube auf den Tisch. Schlichtes Leinen, geformt, um die Stirn und Ohren zu bedecken. So eine, wie sie sie trägt, so eine, wie sie jede Frau im Dorf trägt. Als ich sie hier sehe, flackert eine Erinnerung an Mam auf, die eine solche Haube abgenommen und genau so auf den Tisch gelegt hat.

»Bitte schön«, sagt Bett.

Ich lege sie an. Lachend schüttelt sie den Kopf, zieht sie hinten fester runter, fester über meiner Stirn und schiebt alle losen Haarsträhnen darunter. Sie macht einen Schritt zurück und mustert mich mit verschränkten Armen.

»So, jetzt haben wir's«, sagt sie. »Nein, Moment noch. Schuhe.«

Sie nimmt die Kerze mit ins Nebenzimmer und lässt mich am Tisch stehen. Das Zimmer ist beleuchtet vom prasselnden Feuer. Man hört nur das Geräusch von leise knackendem Holz und die Brandung in der Ferne, mehr nicht. Friedlich.

Als sie zurückkommt, wischt sie den Staub von einem Paar brauner Lederschuhe. »Die sind schon ziemlich alt«, sagt sie. »Tut mir leid.«

Ich hatte als Kind Schuhe, ich weiß noch, wie ich hinunterschaute auf die glänzende Zehenpartie. Heute kann ich mich nicht mehr an das Gefühl an meinen Füßen erinnern.

Sie kniet sich hin, stellt sie vor mich hin, und ich schiebe meine Füße hinein. Sie sind mir zu groß, aber nachdem Bett sie festgeschnürt hat, sitzen sie ein bisschen besser. Zumindest gut genug, um an meinen Füßen zu bleiben.

Bett lehnt sich zurück. »Geh mal ein paar Schritte«, sagt sie.

Ich bleibe stehen. Die Schwere bringt mich aus dem Gleichgewicht. Ich hebe den Fuß, zu hoch. Ich mache einen Schritt, zu groß.

Bett lacht. »Geh weiter. Du brauchst nur ein bisschen Übung.«

Ich gehe im Zimmer auf und ab, mache zu große Schritte, zu langsame, als würde ich durch Wasser waten.

»Du siehst aus wie eine Ente«, sagt sie.

»Ich kann das nicht«, sage ich. Mir ist nach Weinen, aber stattdessen muss ich lachen.

Sie wischt sich über die Augen, schluckt ihre Erheiterung herunter und lächelt ermutigend. »Doch, das kannst du. Mach weiter.«

Eine Runde nach der anderen drehe ich, vorbei am Feuer, am

Schlafzimmer, an der Haustür, an den Pfannen an der Wand. Schließlich werden meine Schritte kleiner und flinker.

»Na, siehst du«, meint sie. »Perfekt.«

Ich bleibe einen Augenblick stehen, mir ist ganz schwindlig von den ganzen Runden im Zimmer, von dieser Wendung der Ereignisse, die mich in das Haus dieser Fremden geführt hat und mich auf einmal ihre Kleider tragen lässt. Sie beginnt mit den Vorbereitungen fürs Essen, und ich hole meine eigenen Sachen aus dem Schlafzimmer. Ich trödle, weil ich nicht sicher bin, ob ich sie wieder anziehen soll.

Bett wischt sich die Hände an ihrer Schürze ab und streicht eine Strähne aus dem Gesicht, die sich unter ihrer Haube hervorgestohlen hat. »Lass sie an«, sagt sie. »Zeig sie ihm auch.«

An der Tür drehe ich mich zu ihr um, zu dieser Frau, die ich gar nicht kenne, die mich gekleidet und gewaschen und mit mir gesprochen hat, als wäre ich wie sie. »Ich weiß nicht, wie ich …«

Sie fällt mir ins Wort. »Nicht nötig. Du kaufst mir bloß ein paar Kleider ab, das ist alles.«

Ich nicke, ebenso dankbar für ihre Worte wie für die Kleider.

»Deine Mam hat uns einmal geholfen«, sagt sie. »Als wir jung verheiratet waren und Nathaniels Netze ständig leer waren. Da hat sie einen Talisman am Boot angebracht und hat uns verraten, welche Gegenden auf dem Meer reicher an Fischen sind. Wir haben seitdem keinen Tag mehr hungern müssen.«

Als ich davongehe und meine Schuhe über den Boden schlurfen und scharren, höre ich, wie sie mir etwas nachruft.

»Gehen. Nicht watscheln.«

Einen Traum verkauft

Die Frau stand am Flussufer und schaute übers Wasser auf den Sonnenuntergang, und er wusste, dass es Sarah war. Die Art, wie sie ihr Kinn hielt, ihr kerzengerader Rücken. Das Schultertuch seiner Mutter um die Schultern gewickelt. Er wusste es, aber er fühlte es nicht.

Er nahm ihre Hand und drehte sie so, dass sie ihm gegenüberstand. Immer noch dieselben schmalen Finger in seinen eigenen, immer noch dieselben turbulenten Augen, die ihn unter der Haube hervor ansahen. Sie schienen jetzt größer, ihre Haut blasser und klarer, nachdem sie sich die Haare zusammengesteckt hatte. Ihr Nacken war jetzt entblößt, ein Hauch von dunklem Haar streifte die Haut dort. Er wusste, wie es sich anfühlte, und es war eigentlich ihm vorbehalten. Es ging ihm gegen den Strich, dass die anderen jetzt auch diesen Teil von ihr betrachten konnten.

Sie war immer noch Sarah, immer noch seine, aber so, wie sie gewesen wäre: die Sarah eines anderen Lebens. Ganz kurz sehnte er sich danach, sie wieder in Lumpen zu sehen, mit ihrem wilden Haar, das im Wind flatterte. Und diesem mutigen, heimtückischen Plan ein Ende zu setzen.

Er lächelte, nahm ihre Hände und breitete ihre Arme weit aus, dann musterte er sie von oben bis unten.

»Schön«, sagte er. »Ja. Sie werden alle bezaubert sein.«

»Werden sie wissen, dass ich es bin?«

»Nein. Nur ich.«

Während sie sprachen, den Fluss entlangliefen und dick mit Butter bestrichenes Brot aßen, wurde sie wieder mehr sie selbst für ihn. Sie schien sich an das Kostüm gewöhnt zu haben, und er erkannte sie darunter. Jetzt sah sie aus wie jedes andere Mädchen aus dem Dorf. Aber sie würde es niemals sein.

»Hast du dich schon deiner Familie vorgeführt?«, fragte er. Er griff unter die Kante der Haube, um ihr die Wange zu streicheln.

»Noch nicht.«

»Es wird ihnen gefallen«, meinte er. Und dann fügte er unsicher hinzu: »Glaubst du, dass es ihnen gefallen wird?«

Sie schaute an ihm vorbei in die Ferne, auf den vorüberfließenden Fluss. »Ich glaube schon. Ich weiß es nicht. Nein, wahrscheinlich nicht.«

»Wollen sie denn nicht, dass du glücklich bist?«

»Doch. Aber vielleicht denken sie, dass ich … eine andere Sarah bin.«

»Aber das bist du doch gar nicht.« Er griff unter das Leinen, das ihr Gesicht einrahmte, und suchte ihre Lippen. »Du bist dieselbe Sarah.«

»Ja«, sagte sie, doch sie klang, als wäre sie nicht ganz sicher. »Das hier wird … es wird sie ja auch beschützen. Oder? Ich beginne nicht einfach ein neues Leben und lasse sie zurück.«

»Natürlich nicht.«

»Denn … denn ich bekomme doch Lohn? Dann kann ich zwar ihre Mägen füllen, aber wie sollen sie jemals sicher sein? Vor den Dorfbewohnern, vor dem neuen …?«

Um der Wahrheit die Ehre zu geben, hatte er nicht viel weiter gedacht als bis zu der Stelle, an der er Sarah zu sich nach Hause führte. Aber er sprach so sicher, wie er konnte. »Mit unserem Lohn werden sie keine Talismane mehr verkaufen müssen oder irgendetwas anderes, was sie in Schwierigkeiten bringen könnte.« Er streckte die Hand aus und strich ihr mit dem Daumen über die Wange. »Du kannst ihnen immer noch Essen mitbringen. Sogar mehr als früher. Sie werden in Sicherheit sein.«

»Ja«, sagte sie. Aber sie hatte immer noch die Stirn gerunzelt und biss sich auf die Lippe.

• • •

Als Bett am nächsten Morgen den Essenskorb vorbereitete, schaute sie Daniel an, als würde sie ihn am liebsten am Spieß braten.

»Ich geb ihn dem jungen Herrn mit. Dann könnt ihr schon auf die Felder«, sagte sie. Derart abkommandiert, machten sich Vater und Gabriel an die Arbeit.

»Du … es sieht aus, als wolltest du mich gleich in Scheiben schneiden und an die Schweine verfüttern«, meinte Daniel. Er versuchte ein Lachen, aber es klang zu dünn, und er bereute es sofort.

Sie schrubbte den Tisch so kräftig, dass ihre Arme wackelten.

»Magst du Sarah nicht?«, fragte er. Er hatte einfach geraten, denn sie gab ihm keinerlei Hinweise, wie er sie gekränkt haben könnte.

»Ich mag sie ganz gern.« Sie wrang den Putzlappen aus, tauchte ihn wieder in den Eimer und wischte weiter auf dem bereits glänzend sauberen Tisch herum. »Ich wusste nicht, dass es um sie ging, als ich mich bereit erklärt habe, ihr Kleider zu geben.«

»Hättest du uns dann nicht geholfen?«

Sie drehte sich zu ihm um und verschränkte die nassen Arme vor der Brust. »Ich bin nicht sicher, ob dir noch zu helfen ist.«

Er trat unmerklich von einem Fuß auf den anderen und schluckte. »Nicht … nicht so. Ich habe mit Vater gesprochen, er erwartet ein Milchmädchen. Sarah hat von Natur aus eine Hand für Tiere. Den Rest bring ich ihr schon bei. Und jetzt hat sie ja auch die richtigen Kleider zum Anziehen. Danke noch mal dafür.«

»Sie ist kein Haustier, das du zähmen und in die Scheune stellen kannst.«

»Das ist mir schon klar.« Er atmete jetzt schnell und heftig. Hiermit hatte er überhaupt nicht gerechnet.

Bett ließ den Lappen in den Eimer fallen, griff nach dem Besen und riss die Stühle vom Tisch weg, um besser an den Boden zu kommen. »Und wenn du sie nicht retten kannst …«

»Das kann ich.«

»Was soll aus ihr werden? Eine Bauersfrau? Du weißt doch, dass daraus nie etwas werden wird. Wie kannst du überhaupt daran denken, sie hierherzubringen, nachdem du genau weißt, wie dein Vater zu ihrer Familie steht? Ausgerechnet die, die Gabriel mit einem Fluch belegt hat.«

»Ich dachte, du glaubst nicht an so was.«

Sie schob ihn unsanft beiseite, als sie den Boden neben der Tür in Angriff nahm, und zuckte mit den Schultern. »Ich … wer weiß, ob sie ihn nicht doch verflucht hat, selbst wenn es nicht mehr war als die Rinderpocken? Wenn ich die Fähigkeit hätte, würde ich es auch machen. Außerdem glaubt Gabriel daran, und dein Vater ebenso. Du kannst von Glück reden, wenn einer von euch Ende des Jahres noch unter diesem Dach lebt. Du hast ihr einen Traum verkauft, den du nicht erfüllen kannst, und nachdem sie ihn auch schon geträumt hat, wird es ihr ohne ihn schlechter gehen. Armes Mädchen. Es wäre besser gewesen, du hättest sie in Ruhe gelassen.«

»Ich konnte nicht«, sagte er. Seine Stimme war brüchiger, als er dachte. »Ich konnte sie nicht in Ruhe lassen.«

Sie seufzte, kratzte sich unter ihrer Haube und schüttelte den Kopf. »Dann bist du ein noch größerer Narr, als wir alle dachten.«

Daniel arbeitete wie ein Wilder, schuftete, bis ihm alle Glieder wehtaten, bis sein Atem in der Brust kratzte und ein Hammer aus Schmerz seinen Schädel traf. Narr, das mochte schon sein. Vielleicht auch verhext. Aber er würde nicht aufgeben.

Vater erwartete ein Milchmädchen. Sarah hatte ein Händchen dafür. Er würde ihr den Rest beibringen.

Einen anderen Gedanken ließ er nicht zu.

Schauder durch die Adern

Der Pfiff ist laut und schrill. Nervenaufreibend schneidet der Laut durch die Nacht. Diese Art Pfiff habe ich schon mal gehört von den Dorfjungen, manchmal auch von den Männern, wenn sie einer Frau zeigen wollten, dass sie nicht unbemerkt entkommen kann.

Eine Gestalt kommt mir entgegen, den Hügel hinunter, ein fester Schatten vor dem sternenübersäten Himmel. Ich kann das Gesicht nicht erkennen, aber das ist egal, denn ich erkenne an seinem Gang, dem Schwingen seiner Schultern und dem Federn seiner Schritte, dass es John ist. Angst verwandelt sich in Gereiztheit.

»Na, schau dich mal an«, sagt er im Näherkommen. »Als was hast du dich denn verkleidet?«

Ich hebe mein Kinn. »Ich habe neue Kleider.«

Da bin ich nicht die Einzige. Er trägt ein Oberteil, das ich nicht kenne, es ist ihm zu groß, geht ihm bis zu den Knien, und unten ist ein Stück abgerissen. Eine Spende von Seth, hoffe ich.

»Ich werde nicht fragen, was du getan hast, um sie dir zu verdienen«, sagt er.

»Ich werde Arbeit haben. Und werde sie bezahlen.«

Er lacht. »Niemand im Dorf wird dir Arbeit geben. Egal, wie dein Verehrer dich herausputzt.«

Er schickt sich zum Gehen an, aber ich erwische ihn noch am

Arm und drehe ihn um. Seine Miene ist so wütend, dass mir der Atem stockt. »Was?«, fragt er grob.

»Die Dinge werden besser werden, John. Es wird Arbeit für uns geben. Für dich.«

Er schüttelt mich ab. »Ja, und wir werden morgens aufwachen und Brot von einem Zauberbaum im Garten pflücken, und die hübschen Dorfmädchen werden Schlange stehen, um mit mir ausgehen zu dürfen.« Er wirft mir einen Blick zu, in dem sich Sehnsucht und Schmerz mischen. Dann schaut er auf den Boden und scharrt mit dem Fuß. »Tja. Bis dann.« Er winkt und rennt dann den Hügel hinunter.

»Wo willst du denn hin?«, rufe ich ihm nach.

Er dreht sich um, rennt rückwärts, während er sich mir zuwendet, und zuckt mit den Schultern. »Du hast deine nächtlichen Vergnügungen«, ruft er. »Ich hab meine.«

Er rennt weiter und lässt mich nachdenklich zurück. Ich zieh mir die Haube vom Kopf, schüttle mein Haar aus und trotte zurück ins Haus.

Der Morgen kommt, und eine verschlafene und verstrubbelte Annie stochert in den Essensresten, bohrt ihre dreckigen Finger in die Butter und leckt sie ab. Ihre Haut trägt noch nicht das Mal, und ihr Bauch ist gefüllt, also kann ich mich zurücklehnen. Sie baumelt mit den Beinen, spielt mit der Netzmacher-Tonfigur, lässt sie über den Tisch spazieren, streichelt ihr über die Haarsträhnen und flüstert ihr etwas zu. Sie hat jetzt einen Stofffetzen an, aber ich mag mir gar nicht ausmalen, wie der da hingekommen ist. Grotesk. Das ist im Grunde ihr einziges Spielzeug.

»Ich vermisse die richtige Sarah, wann kommt die wieder zurück?«, fragt sie. »Du lächelst zu viel. Und du singst, das tut sie nie.«

»Ich bin dieselbe Sarah. Das sind bloß neue Kleider.« Ich greife mir die Haube, die immer noch auf dem Tisch liegt, und setze sie ihr auf den Kopf. Sie ist zu groß, sie rutscht ihr fast bis auf die Nase. Sie wirft ihr Kinn zurück und schaut mich an. »Siehst du?«, sage ich. »Du bist immer noch du, auch wenn du die Haube trägst.«

Trotzdem läuft mir bei ihrem Anblick ein Schauder durch die Adern. Wenn sie die Haube aufhat, kann ich sehen, wie sie als Mädchen aus dem Dorf aussehen würde. Als eine andere Annie. Ich ziehe sie ihr wieder vom Kopf.

Mam kommt zurück. Sie hatte Wasser auf den Aschehaufen gekippt, jetzt schüttelt sie sich den Staub aus dem Rock und bürstet sich den Matsch von den Füßen. Sie hat noch immer keine Bemerkung zu meinem Aufzug gemacht, aber ihr Blick gleitet zu der Haube, als sie daran vorbeigeht. Sie stochert im Feuer.

»Wo ist John?«, frage ich. Seine Matratze auf dem Boden ist immer noch leer.

Mam ist damit beschäftigt, Holz in die Glut zu legen. »Der kommt bald zurück.«

Annie stellt leise den Tonmann auf den Tisch zurück, klettert von ihrem Stuhl und steht da wie versteinert, die Augen auf Mams Rücken gerichtet.

»Erledigt er was für dich?«, frage ich.

»Er vergnügt sich. Er hat genauso ein Recht darauf wie du.«

Nicht beruhigender als das, was John selbst zu mir gesagt hat. Annie schleicht auf Zehenspitzen zur Tür, hebt die Füße ganz hoch und hält ihre gespreizten Finger vor sich. Ich muss mir den Mund zuhalten, um mein Lachen zurückzuhalten.

»Was meinst du, wohin du gehst, kleines Mädchen?«, fragt Mam, ohne sich vom Feuer wegzubewegen oder uns anzuschauen.

Annie bleibt stehen, sackt in sich zusammen und seufzt. Ihr Gesicht ein Sinnbild von Tragödie. »In den Wald.« Ihre Stimme klingt schwunglos nach dieser Niederlage. »Da ist so ein winziges

Fuchsbaby, das ist nicht gewachsen wie die anderen, es ist zu klein. Ich will es füttern.«

Mam dreht sich um, mit den Händen auf den Hüften. »Womit willst du es füttern? Wir haben nichts für Füchse über, egal wie klein sie sind.«

Annie greift in ihren Ärmel und holt eine vertrocknete Spitzmaus heraus. Wir schauen sie an, wie sie an ihrem Schwanz hin- und herbaumelt, und Mam muss ein Lächeln unterdrücken.

»Na gut«, meint sie. »Das können wir deinem Fuchs schon lassen. Aber später müssen wir alle etwas arbeiten.«

Ich kann nicht anders, ich muss protestieren. »Aber Mam, wir haben doch Essen. Lass uns noch eine Weile vom Dorf wegbleiben. Die schauen uns jetzt doch alle nur gehässig an, und es ist nicht sicher, wenn wir …«

»Wir können nicht von den Krümeln leben, die vom Tisch deines Schätzchens abfallen, und wir dürfen uns nicht daran gewöhnen, dass wir davon abhängig werden, denn wer weiß, wann diese Quelle versiegt. Annie und du könnt losgehen und ein, zwei Münzen erbetteln, denn, wie gesagt, ohne die schützende Hand des alten Magistrats können wir keine Heilmittel und Flüche verkaufen. Oder?«

Sie macht eine Pause, und wir schütteln die Köpfe.

»Jetzt zieh deine eigenen Sachen an. Wo hast du diesen Aufzug überhaupt her?«, fragt sie.

Endlich gibt sie zu verstehen, dass sie von meinen neuen Kleidern Kenntnis genommen hat, darauf habe ich schon die ganze Zeit gewartet. »Von einer Freundin im Dorf.«

Mam schnaubt. »Wir haben keine Freunde im Dorf.«

»Die sind für meine andere Schwester«, wirft Annie ein.

Mams Haut wird blass und dünn wie eine Muschelschale. Sie schaut sich ängstlich im Zimmer um. »Was?«, fragt sie. Sie rennt zu Annie, geht vor ihr in die Hocke, packt sie bei den Armen und schüttelt sie. »Von welcher anderen Schwester redest du? Was siehst du?«

Annie wischt sich über die Nase und wirft mir einen verwirrten Blick zu.

»Sie meint mich«, beruhige ich Mam. »Sie findet, dass ich mich verändert habe.«

»Sie sieht aus wie Sarah, aber sie ist es nicht«, erklärt Annie. »Siehst du das, Mammy?«

Mam sackt mit gesenktem Kopf auf die Knie, und Annie bückt sich zu ihr hinunter, streicht ihr übers Haar und mustert sie aus besorgten, kleinen Augen.

»Was hast du gedacht?«, frage ich. Meine Stimme kaum mehr als ein Hauch. »Dass sie die Geister ihrer toten Schwestern sieht? Dass längst vergangene Taten in diese Zimmer als Geister zurückkehren, die nur Annie sehen kann?«

Mam vergräbt ihr Gesicht in den Händen, und ihre Schultern beginnen zu zittern. Ihr Kummer ist stumm um Annies willen, vielleicht auch meinetwegen, und ich wünschte, ich könnte meine Worte aus der Luft schnappen und wieder hinunterschlucken.

»Bist du krank, Mammy?«, flüstert Annie. »Hattest du auch so eine Gier auf Buttermilch?«

Ich sammle meine eigenen Sachen zusammen und gehe auf den anderen Raum zu. Als ich an Mam vorbeigehe, schießt plötzlich ihre Hand hervor und packt meinen Knöchel. Angst lodert in mir auf.

»Mein einziger Wunsch«, sagt sie und schaut zu mir empor durch die ungleich geschnittenen Haare, die in ihrem nassen Gesicht kleben, »ist der, dass du nie so leiden musst, bis du verstehst, was eine Frau zwingt, so zu handeln wie ich.«

Es klopft laut und gleichmäßig an der Tür, drei Mal ganz langsam. Auf der anderen Seite der Tür räuspert sich ein Mann. Es ist keine Stimme, die ich wiedererkennen würde. Mam richtet sich auf, legt einen Finger auf die Lippen und blickt uns warnend aus halb geschlossenen Augen an. Sie macht Annie und mir ein Zeichen, dass wir gehen sollen.

Ich führe Annie in die Schatten unseres Schlafzimmers. Dann nehme ich doch noch schnell die Tonfigur vom Tisch und verstecke sie in meinem Rock. Annie schaut zu mir hoch und macht den Mund auf, aber ich bringe sie mit einer Handbewegung zum Schweigen.

Es klopft wieder, lauter, schneller dieses Mal. Mam wirft einen Blick über die Schulter, um sich zu vergewissern, dass wir nicht mehr zu sehen sind, dann glättet sie sich die Haare, so gut es eben geht, und macht die Tür auf.

Ich zeige auf die Matratze, doch Annie schüttelt den Kopf. Sie bleibt stehen und umklammert meine Taille, drängt sich an die Wand und späht durch die Tür. Von hier kann ich nur Mams Rücken und den oberen Teil eines Hutes und die Spitze eines polierten Schuhs erkennen, der jetzt mit Staub besprenkelt ist. Ein Schub frische Luft drängt sich durch die offene Tür herein und weht mir ins Gesicht. Annie vergräbt ihren Kopf in meinen Kleidern.

Der Hut bewegt sich, als unser Besucher Mam von Kopf bis Fuß mustert. Ich höre seine Stimme, abgehackt und kurz, als wäre jedes Wort ein Stein, der hingelegt wird, ohne den nächsten zu berühren. Mam versucht, die Tür zu schließen, doch eine behandschuhte Hand stößt sie ganz auf, und die glänzenden Stiefel kommen herein. Er schreitet durchs Zimmer, mit schräg gehaltenem Hut, um nicht an die pockennarbigen Balken und das verfaulende Dach zu stoßen.

Annie verstärkt ihren Klammergriff um meinen Rock und hebt ihr Gesicht, um mich anzusehen. Ein heller Fleck im Dunkeln. Wieder deute ich auf die Matratze, und dieses Mal kriecht sie hinüber, klettert ins Bett und zieht sich die Decken über den Kopf.

Er hebt die Haube hoch, die ich auf den Tisch gelegt habe, und hat sie in der Hand, als er sich an Mam wendet: »Wem gehört dieses Haus?«, fragt er.

Mam zögert kurz. »Das ist … in so einem Haus hier will einfach keiner wohnen«, sagt sie.

»Aber es ist nicht ohne Besitzer.«

»Wir hatten vorher ein Haus im Dorf. Mein Mann war Fischer, aber nach seinem Tod sind wir hierhergezogen.« In Mams Stimme liegt ein solches Zittern, dass ich am liebsten weinen würde. Oder meine Zähne in das zweifellos weiche Fleisch vergraben, das dieser Mann unter seiner reichen Kleidung verbirgt.

»Niemand hat Einspruch erhoben«, sagt Mam. »Hier hat die Pest gewütet, sie sagen, es ist verflucht, und niemand wollte …«

»Verflucht?« Er legt die Haube behutsam mit beiden Händen zurück auf den Tisch. »Von wem?«

»Ich … das erzählen sich die Leute eben.«

Langsam geht er durchs Zimmer. Bleibt stehen, um die Schuhe zu inspizieren, die ich an die Wand gestellt habe. »Und wovon lebt ihr?«

»Ich tue, was ich kann. Die Leute kommen zu mir, wenn sie krank sind.«

Als er die Schwelle zu unserem Zimmer erreicht, tritt er ein und schaut sich um. Sagt nichts, als er mich an die Wand gedrängt sitzen sieht, berührt nur kurz seinen Hut. Dann wendet er mir wieder den Rücken zu, geht mit großen Schritten auf die Tür zu und bleibt noch einmal stehen.

»Ihr gehört zu den Heilkundigen, nicht wahr?«, fragt er.

Mam gibt keine Antwort. Er wirft noch einmal einen Blick durchs Zimmer. »Ich sehe keine Zeichen eures Glaubens hier. Geht ihr regelmäßig in die Kirche?«

Mam lässt den Kopf hängen. Nickt. Mein Herz schlägt schneller, und ich versuche, meinen Herzschlag mit Willenskraft zu verlangsamen, weil ich Angst habe, dass er es hören könnte.

»Diese heilkundigen Praktiken, in denen kann ... Böses sein. Stimmt doch, oder?« Sein Blick landet streng auf Mam.

»Es ist nur die Anwendung von Pflanzen. Man muss eben wissen, welche heilsam sind«, sagt sie. »Mehr nicht.«

»Da habe ich aber anderes gehört. Die Grenze zwischen Heilkundigen und Hexen ist fließend. Zwischen Pflanzen und Zaubertränken, zwischen Heilung und Flüchen. Eine Anrufung der dunklen Geister, die überall lauern und die für die eigenen Zwecke benutzt werden.«

»Oh nein, Sir«, beteuert Mam. Ihre Stimme ist ernst und weich. »Ich würde niemals solche ... Praktiken einsetzen, wie Ihr es sagt. Ich kenne mich nur mit Kräutern und Heilkunde aus.«

Sein Arm bleibt ausgestreckt, und er hält die Tür halb offen. Er macht keinerlei Anstalten, das Haus zu verlassen. »Trotzdem – ein gottloses Wissen. Ich bin sicher, dass man auch in so schlichten Gegenden wie diesen schon mal von der Besorgnis des Königs über solche Dinge gehört hat? Was mit solchen passiert, die man erwischt, wenn sie diese Praktiken ausüben?«

Totenstille, als seine Worte fallen. Wir wissen, wovon er spricht.

»So was haben wir hier nicht«, versichert Mam. Ich höre, wie bemüht ihre Stimme klingt. »Ihr habt nichts zu fürchten.«

»In der Tat nicht«, sagt er. »Denn mein Gewissen ist rein.« Wieder berührt er seinen Hut. »Wright mein Name. Ich werde wiederkommen.«

Endlich tritt er hinaus, und die Tür schließt sich mit einem dumpfen Geräusch. Mam sackt auf einen Stuhl. Annie wirft die Decken zurück, springt von der Matratze und rennt zu ihr. Mam hält sie ganz fest, legt aber einen Finger auf die Lippen, damit wir keinen Mucks machen. Wir warten schweigend, bis wir sicher sind, dass er weg ist.

»Er hätte ruhig seinen Hut abnehmen können«, sagt sie.

»Das war wohl kaum das Schlechteste an seinem Benehmen«, meine ich.

»Trotzdem.« Sie streichelt Annie übers Haar und starrt auf den Boden. »Ach, Tau-Springer. Nicht mal du kannst uns vor so etwas beschützen.«

Ich bleibe auf der Schwelle stehen, und meine Kehle ist so voller Fragen, dass sie gar nicht den Weg nach draußen finden. Ich verstecke immer noch die Puppe in meinem Rock und bin jetzt dankbar, dass ich so vorausschauend war, sie einzustecken. Das wäre das Beweisstück gewesen, das er benötigt hätte, um uns vor Gericht zu stellen.

Johns Gesang verrät uns, dass er nach Hause kommt – er singt ein beschwingtes Lied von einer Hexe, die sich in einen Hasen verwandelt, das eigentlich das Herz schmelzen und die Seele berühren sollte, wenn es denn richtig vorgetragen werden würde. Schlecht gewählt. Verstümmelt durch Johns Gejohle, denn seine einst so schöne Stimme bricht und springt von einem tiefen Bass zu einem jähen Quieken.

Er platzt herein, rennt gegen den Tisch und lacht hicksend. Das Haar fällt ihm übers Gesicht, und er bringt einen Biergestank mit, wie ich ihn früher nie an ihm gerochen habe. In den Armen hat er ein Bündel Kleider, mit denen er uns zuwinkt, wie damals mit dem Lamm.

Mam rennt hinaus und lässt ihren Blick über den Hügel schweifen, dann kommt sie zurück, knallt die Tür zu und verriegelt sie. Annie sitzt mit baumelnden Beinen am Tisch, das Kinn in die Hand gestützt, den Daumen im Mund. Sie beobachtet alles, aber scheint unbesorgt. Sie weiß nichts vom Trinken und seiner Wirkung, und ich bin froh über ihre Unschuld.

»Wo hast du die her?«, frage ich, obwohl es darauf nur eine Antwort geben kann.

»Geklaut«, sagt John stolz, als hätte er damit eine Großtat vollbracht. Wieder einmal hat er seinen Hals riskiert, hat uns alle in Gefahr gebracht. Meine Finger jucken geradezu, weil sie ihm ins Gesicht schlagen wollen.

»Ganz leise, hab ich gesagt, Junge. Und unbeobachtet, wenn du es schon tun musst«, sagt Mam. »Nicht vor den Augen des ganzen Dorfes stehlen und im Wirtshaus saufen und dann grölend hier ankommen mit einem Armvoll ihrer Kleider. Ich hab dir doch von dem neuen Magistrat erzählt, dass wir jetzt ganz vorsichtig sein müssen.« Sie bückt sich und hält sich die Seite.

John lässt sich auf einen Stuhl fallen, hätte sich fast danebengesetzt, und strahlt sie an, als hätte sie ihn gerade mit Lob überschüttet.

Annie zieht mit einem leisen Plopp den Daumen aus ihrem Mund und schaut lachend von John zu mir. »Jetzt ist er total verrückt geworden.«

Mam schnappt sich die Sachen, dass die Stiefel zu Boden fliegen, und schüttelt sie vor seinem Gesicht hin und her. Er versucht, sie zu fangen, aber er ist zu langsam. Er kichert nur.

»Was ist das denn alles?«, fragt sie. »Was für einen unausgegorenen Einfall hast du da denn gehabt?«

Er winkt mit dem Arm zu mir, rülpst und blinzelt unter seinem Schopf hervor. »Wenn es gut genug für sie ist, warum dann nicht für mich?«

»Warum? Willst du auch einen Bauern heiraten?«, fragt Mam.

Er droht ihr mit dem Finger und schüttelt den Kopf. »Nein, nein, nein.« Er beugt sich auf dem Stuhl vor, aber er verschätzt sich und muss sich rasch wieder aufrichten. Annie kichert. »Arbeit«, sagt er.

Mam sitzt am Tisch und betastet die Stoffe. »Du hast Arbeit bekommen?«

»Nein, aber ich werde welche bekommen. Ich werde das da …«

Er deutet mit einer flüchtigen Handbewegung auf die Sachen. » … die da anziehen. Und dann geh ich ins Dorf, und man wird mir Arbeit geben, und ich werde sie annehmen, egal welche, was immer sie mir anbieten. Wie Sarah gesagt hat. Es wird auch für mich Arbeit geben.«

Er lehnt sich triumphierend zurück, und Mam wirft mir einen vorwurfsvollen Blick zu.

»Du hast ihm das also in den Kopf gesetzt?«, fragt sie.

»Nein, so hab ich das nicht …«

Sie beugt sich über John und schüttelt die Kleider vor seinem Gesicht. »Und hast du wirklich gedacht, du Narr von einem Jungen, dass du in ihren gestohlenen Sachen vor ihnen stehen könntest und sie dir Arbeit anbieten? Ohne, dass du irgendetwas besonders gut könntest?«

»Was soll ich denn dann werden?«, brüllt er. »Ich habe nichts, bin nichts. Und muss stehlen, weil es niemals Arbeit für mich geben wird, verhungern und zuschauen, wie ihr alle dahinschwindet, wenn ich doch der Mann bin, der euch alle versorgen soll?«

Tränen strömen ihm übers Gesicht, und er drückt sich mit Zeigefinger und Daumen in die Augen. Annie kriecht zu ihm hinüber, jetzt ganz ernst, und klettert auf seinen Schoß. Sie legt ihm die Arme um den Hals, und er klammert sich an ihr fest, als wäre er ein Ertrinkender und sie ein Stück Treibholz. Zitternde Schluchzer entfahren ihm. Sosehr ich auch versuche, an meinem Zorn festzuhalten, er wird verdrängt von Mitleid. Ich schaue ihn an und sehe meinen kleinen, völlig verzweifelten Bruder, sonst nichts.

Ich krieche neben ihn und reibe ihm die zuckende Schulter. »Schon gut, John«, sage ich. »Es wird besser werden. Es wird für uns alle besser werden. Zusammen. Bald.«

Ich glaube es, weil ich es muss. Ich werde leben und als Milchmädchen arbeiten, und mein Lohn wird sie beschützen. Wir werden ein besseres Leben haben. Gemeinsam.

Mam gibt ihm die Sachen, und er drückt sie mit seiner freien Hand ans Gesicht, wie ein Baby es mit einer Decke tut. Sie kniet sich hin, legt die Arme um uns alle und streichelt jeden Kopf, der ihr unter die Hände kommt. Niemand rührt sich.

Diese bittere Saat

Schließlich war der Tag der Bauernmesse gekommen. Eine fette und freigebige Sonne ging auf.

Daniel sammelte zusammen, was er brauchte, und schickte sich zum Gehen an.

»Hast du alles, was du brauchst, mein Sohn?«, fragte Vater und erhob sich von seinem Stuhl. »Weißt du, wonach du schauen musst?«

Daniel riss seine Gedanken los von Gabriel, der am Tisch saß und mit einem schweren Finger eine Spinne an einem Bein festhielt, während er ihr langsam die anderen Beine ausriss. »Was? Ja.« Er nahm den vollen Geldbeutel aus der Tasche und schüttelte ihn.

»Lass dich nicht ablenken von einem hübschen Gesicht oder …« Vater zeichnete mit den Händen die Umrisse eines Frauenkörpers in die Luft. Daniel hustete und wandte den Blick ab. Die Spinne versuchte verzweifelt, zu entkommen, ihre verbliebenen Beine krabbelten und rutschten auf dem Tisch. »Nichts zu sagen gegen ein gutes, stämmiges Milchmädchen. Schau dir doch mal an, wie gut uns unsere Bett geraten ist.«

Bett runzelte die Stirn und schüttelte den Kopf.

»Ich werd dran denken«, versprach er und versuchte, aus der

Tür zu gehen. Er konnte es kaum erwarten, loszukommen, sein neues Leben zu beginnen.

»Und immer schön vorsichtig sein mit dem Bier, du weißt ja, wie das ist auf der Bauernmesse. Pferd und Wagen fahren nicht so gut, wenn du zu viel getrunken hast.«

»Natürlich.« Dabei war er nur einmal als kleiner Junge auf die Bauernmesse mitgegangen und wusste nur wenig davon, abgesehen von den Geschichten, die man sich im Dorf von der Sauferei und von den Prügeleien erzählte.

»Hier«, sagte Bett und reichte ihm ein Tuch, in das sie ihm Essen eingeschlagen hatte. Er winkte zum Dank, aber sie hatte sich schon zu Gabriel gewandt. »Kannst du das arme Viech nicht in Ruhe lassen, du Grobian?«

Gabriel blickte auf, ohne die Spinne loszulassen. »Sie hat keine Gefühle, also ist es doch egal. Oder?«

»Die hat mehr Gefühle als du«, gab Bett zurück, aber sie sagte es ganz leise, mit gesenktem Kopf, weil sie sich gerade darauf konzentrierte, einen Krug Bier in einen Korb zu stellen.

Daniel zögerte auf der Schwelle. Er musste jetzt wirklich gehen, wenn er Sarah nicht warten lassen wollte. Doch Betts Protest hielt ihn fest.

»Kannst du nicht … du musst doch nicht so grausam sein, oder?« Er versuchte, Mitleid in Gabriel zu wecken, aber schon, als er die Worte aussprach, wusste er, dass es ein Fehler gewesen war.

Gabriel warf ihm einen finsteren Blick zu. »Was weißt du denn schon? Du, mit all dem hier?« Er machte eine Geste mit seiner freien Hand. »Und du, mit deinem Ehemann, der dir jeden Abend dein Bett wärmt? Was wisst ihr schon von mir?« Er stand von seinem Stuhl auf, ließ endlich die Spinne los und gestattete ihr eine humpelnde Flucht. »Mam wird krank, obwohl ich alles tue, um für sie zu sorgen. Und die da unten …« Er winkte mit der Hand zur Schwelle. » … die behaupten alle, ich wäre ein Dieb, weil jede

Nacht Sachen wegkommen, und Sam Finch hat gesagt, dass man ihm Sachen gestohlen hat, und ich seh doch, wie sie mich alle anschauen, und dieser neue Magistrat wird jeden Dieb an den Galgen bringen. Ich höre das Geflüster, aber wenn hier Diebstähle begangen wurden, war es nicht ich, und wenn sie vorhaben, es dem Magistrat zu erzählen, werde ich die Schuld auf jemand anderen schieben, wie Ihr gesagt habt, ich werde eine Schar um mich sammeln, und wir werden …«

»Es reicht, Gabriel«, sagte Vater.

Daniel ballte eine Faust und musste sich auf die Zunge beißen, um nicht gegen Gabriel und seine Dummheit zu wüten, oder gegen Vater, der diese bittere Saat in Gabriels Gedanken ausgebracht hatte.

»Hier nennt dich doch niemand einen Dieb. Oder?«, fragte Vater. Er schaute zu Daniel und Bett, die beide die Köpfe schüttelten. Daniel wusste sehr gut, dass Gabriel ein Raufbold und ein Grobian war, aber ein Dieb war er nicht. Er musste jetzt los, bevor die Wut sich in ihm breitmachte.

»Na bitte«, sagte Vater. »Siehst du?«

Gabriel setzte sich wieder hin, starrte auf den Tisch und schnipste Krümel auf den Boden.

»Ich bin dann mal weg«, sagte Daniel. Die einzige Reaktion kam von Bett, die ihm in die Augen schaute und leicht nickte. Er trat hinaus in die Wärme, den Gesang der Amseln und den Geruch von frischem Gras. Besänftigt von der Aussicht auf das, was jetzt kommen würde. Er fing an zu laufen und wechselte den Weg, als er den Pastor wieder mal bei der Schafweide herumlungern sah, wo er zweifellos auf ihn wartete. Heute hatte er keine Zeit für sein Schwadronieren.

Beben und verschwimmen

Es ist eine andere Welt. Eine Welt des Entzückens und der Wonnen, die eigentlich gar nicht für Seelen wie mich gedacht waren. Menschenmengen, wie ich sie mir nie hätte träumen lassen. Herumrennende, lachende Kinder, deren Finger und Gesichter ganz klebrig sind von Naschereien. Ich laufe zwischen ihnen und warte darauf, dass jemand durch diese Verkleidung hindurchschaut, dass er mit dem Finger auf mich zeigt und mich verspottet oder mit einem Stein nach mir wirft.

Gerüche von Bier und gebratenem Fleisch mischen sich mit denen vieler Menschenkörper, die an einem heißen Tag auf so engem Raum beisammen sind. Die Luft hallt wider von den Rufen derer, die ihre Fähigkeiten anpreisen: Mädchen mit Wischmopps und Eimern, Jungs mit Hirtenstäben oder einem Strohwisch.

Daniel ist wieder an meiner Seite, nachdem er eine Münze dafür gezahlt hat, Bonny und die Kutsche für einen Tag einzustellen. Er nimmt noch eine Münze aus seinem Geldbeutel, hält sie mir vor die Nase und grinst.

»Junges Mädchen«, sagt er. »Ich will deine Dienste als Milchmädchen, wofür ich diese symbolische Zahlung leiste, damit du dich gebunden siehst, mit mir zu Taylors Bauernhof zu kommen, und zustimmst, als solches für ein Jahr zu arbeiten. Ist diese Abmachung für dich zufriedenstellend?«

Ich lache, nehme die Münze entgegen und mache einen kleinen Knicks. »Das ist sie.« Ich halte die Münze, die sich in meiner Hand warm und hart anfühlt, unsicher, ob die jetzt tatsächlich mir gehört. »Macht man das wirklich so?«

»Ja«, sagt er. »Die Bezahlung gehört jetzt dir und ist ein Zeichen für unsere beiderseitige Abmachung.«

»Oh. Ja dann, danke.« Ich schaue mich um in der wirbelnden, bunten Menge. »Dann sollten wir jetzt vielleicht zurückgehen?«

»Oh nein«, sagt er. »Wir sind doch gerade erst gekommen. Außerdem muss ich noch genauer suchen. Könnte ja sein, dass ich noch ein besseres Milchmädchen als dich auftreibe. Kann sein, dass ich dich hierlasse und stattdessen ein anderes Mädchen mit nach Hause nehme.«

Ich hüpfe ihm voraus und schwenke die Münze. »Zu spät – die Abmachung ist bereits von beiden Seiten getroffen worden.«

»Stimmt. Und was möchtest du jetzt kaufen? Sollen wir mal durch die Stände bummeln?«

Ich spüre, wie sich meine Augen weiten, und sehe Daniels Lächeln als Antwort.

Er ergreift meine Hand. »Komm«, sagt er. »Bleib bei mir. Und hör auf, so damit rumzuwedeln, hier wimmelt es nur so von Taschendieben.«

Ich verstecke die Münze also in meiner geschlossenen Faust und werfe einen Blick über meine Schulter. Obwohl ich nur zu gut weiß, wie Hunger einen Körper zum Diebstahl verführen kann, aber wir wollen ja auf der Seite der Rechtschaffenen bleiben, und ich würde mir nur ungern mein erstes selbst verdientes Geld wegnehmen lassen.

Stände reihen sich außen um den Marktplatz, und von hier kommen auch die Essensgerüche, die Rufe der Standbetreiber, die ihre Waren anpreisen. Ein kleiner Mann, nicht größer als ich, der Kleider aus bunten Fetzen trägt, mit unbedecktem Kopf und einem auffälligen Hut, der auf dem Gras vor seinen Füßen liegt, jongliert mit farbigen Holzkegeln.

Ich ziehe Daniel zu einem Stand, an dem Schmuck ausgelegt ist – dünne Ringe, die in der Sonne glänzen, Ketten aus polierten Edelsteinen sowie Holzanhänger, die in Blumen- oder Tierform geschnitzt sind. Geldbeutel und Taschen aus Leder. Manchmal tragen die Frauen im Dorf so etwas, aber bei uns zu Hause haben wir solche Dinge nicht. Mam hat früher mal einen dünnen Ehering getragen, aber sie hat ihn an einen fahrenden Händler verhökert, im Austausch für einen gebrauchten Rock für mich und für sie, und dazu noch ein paar Lebensmittel.

Die Frau am Stand beobachtet, wie wir ihre Auslage bewundern. »Ein kleines Schmuckstück für Euer hübsches Mädchen, Sir?«, schlägt sie vor.

»Ich habe mein eigenes Geld«, sage ich. Ehrlich verdient. Zumindest wird es das sein.

»Wofür könntet Ihr Euer Geld besser ausgeben?«, meint sie. »Vielleicht ein Armband, für Euer zartes Handgelenk?«

Irgendetwas an ihrer sanften Beharrlichkeit, den schwieligen und eingerissenen Fingern, die mir die Schmuckstücke hinhalten, erinnert mich an Mam.

Ich suche mir eine polierte Lederscheide aus, die perfekt für Johns Messer passt, und einen Anhänger in Form eines Fuchskopfes. Das Holz fühlt sich ganz weich an unter meinem Finger, ein helles Braun, das fast die richtige Schattierung hat. »Schau mal her«, sage ich und halte es Daniel hin.

»Gefällt dir das?«, fragt er.

»Annie wird es lieben. Die kann den ganzen Tag im Wald rumlaufen und nach Feldspatzen und Füchsen und Eichhörnchen Ausschau halten.«

Er lächelt. »Sonst noch was?«

Ich schaue wieder hin, beuge meinen Kopf über die albernen Gegenstände, die dort liegen, und lasse meine Finger über kühles Metall und harten Stein gleiten. Es gibt noch einen anderen Anhänger, der aussieht wie ein Hase, seine Ohren sind zu groß für ein Kaninchen, und es zieht mich immer wieder zu ihm hin. Ich spüre die Augen der Frau auf mir, spüre, dass sie lesen kann, für wen dieses Geschenk wäre, warum mich der Hase so seltsam anspricht.

»Wunderschön, nicht wahr?«, sagt sie. Ihre Stimme ist weich und zischelnd. Wie die von Mam.

»Ja.« Ich nehme den Anhänger, den sie mir hinhält, und starre so angestrengt auf den kleinen Hasen, dass er in meinen Fingern zu beben und verschwimmen scheint, und ich spüre den Geist von Tau-Springer darin.

»Ein ganz besonderes Tier, dieser Hase. Ihr könntet keine bessere Wahl treffen.«

Durch die Hitze des Tages ist mein Mund ganz ausgetrocknet und mein Nacken verschwitzt. Ich habe das Gefühl, als würde mir der Kopf gleich von den Schultern schweben. In meiner Handfläche zuckt und blinzelt der Hase.

Die Frau lehnt sich zu mir und flüstert mir zu: »Es ist die richtige Wahl für sie. Das perfekte Geschenk.«

Ich blicke so jäh zu ihr auf, dass der Himmel zur Seite rutscht und das Gras zu mir hochgleitet.

»Hoppla«, sagt Daniel und legt mir einen Arm um die Schulter. »Alles in Ordnung mit dir?«

Ich zwinge mich, mich auf sein Gesicht zu konzentrieren. Schüttle ganz leicht den Kopf. Es darf keine geflüsterten, geheimnisvollen Absprachen geben, solange er hier neben mir steht. »Ja. Ich hab bloß das Gleichgewicht verloren.«

»Gut.« Er reibt mir den Arm. »Als Nächstes ist ein Stück Ochsenbraten dran, würde ich sagen. Du musst was essen, oder? Willst du das alles nehmen?«

Ich schaue zur Frau und ihrem zahnlosen Lächeln. Der Fuchs und der Hase sind jetzt ganz still, geschnitzte Holzanhänger, mehr nicht. Und doch kann ich nicht ohne sie gehen. »Ja, bitte«, sage ich. Ich versuche, ganz leicht und obenhin zu sprechen, um ihr zu zeigen, dass dies hier nicht mehr für mich ist als hübsche, kleine Schmuckstücke.

»Ich möchte etwas für sie mit nach Hause bringen«, sage ich zu Daniel. »Etwas, was sie sonst nie haben würden.«

Ich warte in der Kutsche. Meine Haut brennt von der Sonne.

Daniel kommt endlich zurück von irgendeinem Geschäft, um das er sich noch allein kümmern musste. Er sieht sehr zufrieden mit sich aus.

»Hier«, sagt er, als er auf die Kutsche klettert, und drückt mir ein Päckchen in die Hand.

»Was ist das?«

»Etwas, was du sonst nie haben würdest.«

Ich packe es aus und finde ein Armband vom Stand derselben Frau, mit kleinen, glänzenden Steinen in allen Farben, die einen so hell, dass sie fast durchscheinend aussehen, die anderen so dunkel wie Bonnys glänzendes Fell. Unglaublich hübsch. Ich bin hin- und hergerissen zwischen dem Wissen, was ich für das Geld alles für meine Familie kaufen könnte, und dem Wunsch, nur einen Gegenstand für mich selbst zu haben. Die Steine fühlen sich hart und kühl an auf meiner Haut, als er es auf mein Handgelenk streift.

»Für unser neues Leben«, sagt er.

»Danke.«

Ich halte die Geschenke in der hohlen Hand: die glatten Anhänger, die harte Lederscheide. Bonny stampft ungeduldig mit den Hufen, und die Kutsche schaukelt. Daniel wartet. Heute Abend werde ich nicht zum Geräusch von Annies gleichmäßigen Atemzügen einschlafen, morgen werde ich nicht vom Geräusch aufwachen, das Mam macht, wenn sie die Asche vom Rost schüttelt. Und werde nicht über Johns Ausflüge wachen.

Daniel legt seine Hand auf meine. »Würdest du lieber nach Hause fahren? Noch ist Zeit«, sagt er sanft. »Du kannst es dir immer noch anders überlegen. Ich kann Vater einfach sagen, dass ich niemand gefunden habe. Er wird sich freuen über das gesparte Geld.«

Ich schaue auf den Hasen, als ob er mir eine Antwort geben könnte. Aber er bleibt ein Stück Holz. »Wann werde ich sie sehen?«

»Sonntags. Nach dem Melken.«

Heute ist Dienstag. Ich kann mir nicht vorstellen, dass die Sonne vier Mal über Annie aufgehen soll, ohne dass ich ihre Haut nach dem Zeichen absuche.

»Aber ich werde einen Weg finden, wie du noch öfter hingehen kannst«, sagt er.

»In Ordnung«, sage ich.

»Ja? Dann kommst du jetzt also mit?«

»Ja.« Ich blinzle meine Tränen fort. Ich werde ein Milchmädchen sein. Auf dem Bauernhof wohnen, mit Daniel und seinem Vater, werde meinen Lohn verdienen und ihn meiner Familie bringen. Die ich nur sonntags sehen werde.

Daniel lehnt sich zu mir, so nah, dass ich den Strohduft seiner Haut riechen kann. Als seine Lippen mich berühren, sind sie warm und weich. Es gibt nichts anderes mehr auf der Welt als dies hier.

Er bricht den Kuss ab, aber bleibt mir nah, hat seinen Kopf gegen meinen gelehnt.

»Na, fahr schon zu, warum zögerst du?«, sage ich. »Es wird langsam kalt.«

Flackerndes Licht

Bett kam ihnen zur Begrüßung entgegen, angetan mit Hut und Schultertuch, weil es für sie schon Zeit zum Heimgehen war.

»Na«, sagte sie. »Du siehst jetzt wirklich aus, als wärst du für diese Sachen geboren.«

»Kein Watscheln mehr«, meinte Sarah.

In Betts Augen flackerte Belustigung auf. Daniel ging um die Kutsche herum, um Sarah herunterzuheben, aber sie war schon selbst hinuntergesprungen.

Bett trat näher, blickte auf ihn und dann auf Sarah. »Ich hab dir noch einen Rock aufs Bett gelegt. Ist immer gut, wenn man einen zweiten Rock hat.«

»Danke«, sagte Sarah. »Sobald ich kann, werde ich dir …«

Bett schüttelte den Kopf und runzelte ganz leicht die Stirn. »Nein. Das ist ein Willkommensgeschenk. Nichts Besonderes. Hätte dasselbe auch für jedes andere neue Milchmädchen getan.«

Sie wussten alle, dass jedes andere Milchmädchen seine eigenen Tauschröcke mitgebracht hätte. Daniel verspürte kurz den Drang, Bett zu küssen, obwohl ihr das nicht gefallen würde, und dankte Gott, dass Vater es für richtig gehalten hatte, Bett so viele Kleider seiner Mutter zu schenken. Ihre Großzügigkeit würde sie nicht verlassen.

»Na, ich kann nicht den ganzen Abend hier rumtrödeln«, sagte sie. »Rein mit euch.«

Drinnen brannten sowohl das Kaminfeuer als auch Kerzen, es lag ein Geruch von gebratenem Fleisch in der Luft, und die Teller waren abgewaschen und weggeräumt worden. Vater saß mit seinem Bier am Tisch, und Gabriel stand aufbruchsbereit mit seiner Mütze da. Daniel schaute sich um, versuchte sich vorzustellen, wie es wäre, wenn er das alles zum ersten Mal sehen würde. Es war gemütlich, im Vergleich zu anderen neuen Häusern. Sarah stand auf der Schwelle, ihr Gesicht in Schatten gehüllt, sodass er ihre Miene nicht sehen konnte. Daniel schluckte und straffte den Rücken. Jetzt gab es kein Zurück mehr.

»Tritt ein, Mädchen«, sagte Vater in so sanftem Ton, dass Daniel ihn fast nicht wiedererkannte. »Seltsames Gefühl, irgendwo neu anzufangen, ich weiß, aber das ist jetzt dein Zuhause. Sei nicht schüchtern.«

Sarah trat ein und lächelte sie an. »Danke.«

Daniel wartete auf einen Ruf des Wiedererkennens, der Moment schien eine Ewigkeit dauern zu wollen. Er schaute sie unverwandt an und sah nur ein Mädchen, ein Milchmädchen, nicht anders als jedes andere, aber er kannte das Chaos von Licht und Dunkel, das in ihr stürmte, und er war hineingezogen worden. Betts Warnung ging ihm durch den Kopf. Er hatte Sarah ins Haus ihres Feindes geführt und hatte sie in eine schlimmere Situation gebracht als die, in der sie vorher gewesen war. Gleich würden sie sie erkennen, und alles wäre dahin.

Er wartete. Nichts.

Gabriel räusperte sich, lüftete den Hut und drehte ihn in den Händen. »Du bist hier herzlich willkommen«, sagte er mit einem Blick auf Vaters amüsierte Miene und hochgezogene Augenbrauen. »Obwohl es mir eigentlich nicht zusteht, das zu sagen, schließlich ist es nicht mein Haus, in das du einziehst.« Mit gesenktem Kopf schlich er zur Tür. »Schön, dich hier zu haben. Ich meine, du wirst ja auch gebraucht. Von den Kühen.« Er blieb vor Sarah stehen, wurde rot und musterte ihr Gesicht. »Moment mal, haben wir uns nicht schon mal … sind wir uns nicht schon mal begegnet?«

Daniels Herz schlug schneller. Sarah versteifte sich und blickte ihn an. Er lachte, so überzeugend, wie er konnte. »Nein … das ist nicht möglich. Wo sollte das gewesen sein?«

»Los, Gabriel«, kommandierte Vater. »Ab mit dir nach Hause.«

Gabriel schüttelte den Kopf und setzte den Hut wieder auf. »Ja. Blöder Einfall. Ich sag Gute Nacht.« Dann eilte er hinaus in die Nacht.

»Na«, begann Vater. »Du musst hungrig und müde sein. Wir haben Essen beiseitegestellt, und mein Sohn wird dir dein Zimmer zeigen.« Er leerte seinen Krug, stellte ihn auf den Tisch und unterdrückte einen Rülpser. »Ich geh jetzt ins Wirtshaus.«

Nun war er also mit Sarah allein, und sie standen im flackernden Licht des Feuers, hörten, wie es leise knallte, warteten, wie sich das Geräusch von Vaters Schritten entfernte. Sarah legte sich die Hände auf den Mund, unterdrückte ein Lachen und lief zu ihm.

»Oh, und ich dachte, die erkennen mich sofort wieder«, sagte sie.

»Für sie wirst du immer nur ein Milchmädchen aus einem anderen Dorf sein.« Seine Worte klangen selbstsicher, aber sein Geist war noch nicht ganz überzeugt. Trotzdem, er wollte es sich so stark wünschen, von ganzem Herzen, dass es einfach wahr werden musste. Ihre ganzen Pläne hingen davon ab. Er nahm ihr die Haube ab und zog die Nadeln aus dem Haar, bis es ihr auf die Schultern fiel, wie er es schon so oft gesehen hatte. »Aber nicht für mich«, sagte er. »Nicht für mich.«

Vollmondaugen

Ein neues Leben, eine neue Haut. Vielleicht.

Im Kerzenlicht schnüre ich mir das Mieder auf und streife mit zitternden Händen mein Überkleid über den Kopf. Ich wende meine Flanke dem Licht zu, ziehe die Haut so hoch, dass ich sicher sein und es genau untersuchen kann.

Das Mal ist geblieben.

Ich schaue noch einmal, und dann noch einmal. Fahre mir mit den Fingern über die Haut, obwohl sie immer glatt gewesen ist und der Fleck nur für die Augen sichtbar war.

Immer noch gezeichnet, immer noch auserwählt. Ich drücke mir die Fäuste auf die Augen, um die Tränen zurückzuhalten, um das Flackern am Rande meines Blickfelds zu unterdrücken. Erleichterung und Enttäuschung mischen sich. Ich muss meine Kräfte sorgsam dosieren, muss sichergehen, dass der Hund mich nicht überwältigt und mich als Heuchlerin entlarvt.

Ich bin immer noch auserwählt, und ich weiß nicht, wie lange mein Meister mir gestatten wird, mich hier zu verstecken, bevor er mich ganz für sich in Anspruch nimmt, auch gegen meinen Willen. Er kann sich immer noch Annie holen. Ich drücke die Hände auf meine Augen, aber kann das Bild ihres kleinen Arms mit seinem Zeichen nicht verdrängen, das Bild des Magistrats, der seinen kalten Blick darauf richtet und sie vor Gericht schleift. Und danach … Ich schlage mir mit den Fäusten gegen die Stirn, um die Gedanken an den Strick zu verscheuchen.

Ein Knurren lässt mich bis ins Mark erschaudern. Wenn ihnen auch nur der geringste Schaden zustößt, werde ich all die dunkle Macht, die ich aufbringen kann, auf die Verantwortlichen niedergehen lassen. Jeder, der mit Magistrat Wright über meine Familie spricht, soll meinen Zorn zu spüren bekommen.

Das leise Tippen an der Tür kann nur Daniel sein. Ich ziehe mein Überkleid wieder an, schnüre mir das Mieder wieder zu und rufe, dass er jetzt eintreten kann.

»Na«, sagt er leise. »Gefällt es dir?«

Ich schaue mich in dem Zimmer um, das früher einmal Bett gehört hat und jetzt meines ist. Es ist genauso groß wie das Zimmer, in dem Annie, Mam und ich schlafen, mit einer Matratze in der Mitte und einem säuberlich gefalteten Rock, der auf einer dicken Decke liegt. Annie wird heute Nacht frieren, wenn ich sie nicht wärme.

»Es ist wunderschön«, sage ich.

»Es ist klein«, sagt er.

»Für mich ist es groß genug.«

Er durchschaut mich. »Ich glaube … du hast Heimweh, stimmt's?«, fragt er. »Morgen wirst du zu ihnen gehen. Dazu wirst du Zeit haben, dafür werd ich schon sorgen.«

»Danke.«

Er nimmt mich in die Arme. »Ich bin glücklich, dass du hier bist.«

»Ich bin auch glücklich, dass ich hier bin«, sage ich. Und in diesem Moment stimmt es fast.

Das Bett ist ein großer Haufen zusammengebundenes Heu, es ist dicker, als ich gewöhnt bin, und die Decke ist auch wärmer. Ich bin unter dem gleichen Dach wie Daniel. Eigentlich sollte ich schlafen wie ein Murmeltier, aber ich kann nicht.

Zu Hause kommt der Schlaf mit den Geräuschen von Annies gleichmäßigen Atemzügen, nicht mal Johns nächtliches Geschnarche kann mich stören. Hier herrscht Totenstille, und der Schlaf findet keinen Zugang. Ich liege in meinem bequemen Bett und bin erleichtert, als endlich das Sonnenlicht durchs Fenster dringt und ich aufstehen darf, um meine Arbeit zu erledigen.

Hemdkleid, Mieder, Rock, Schuhe. Das Mieder fühlt sich unnatürlich und steif an, der Rock bauscht sich an meiner Taille. Nach drei Anläufen, meine Haare mit Haarnadeln festzustecken, lockert es sich jetzt schon wieder und beginnt, herauszurutschen. Ich ziehe die Haube über und versuche, die Position zu erspüren, in der Bett sie mir aufgesetzt hat.

Auf dem Flur hängt ein runder, polierter Teller. Das Haus ist noch ganz still, und ich gestatte mir, davor stehen zu bleiben. Das Mädchen starrt zurück aus großen, blauen Augen, ihr Gesicht wirkt nackt durch die streng zurückgenommenen Haare. Wie bei jedem anderen Dorfmädchen. Vielleicht ein bisschen ernster. Ich überlege, was sie von mir halten würde, wenn sie in all dies hineingeboren worden wäre.

Daniels Kinn erscheint auf ihrer Schulter, seine Lippen berühren ihre Wange. Sie lächelt, und dann bin es wieder ich.

»Soll ich mit dir kommen?«, bietet er an. »Und dir an deinem ersten Tag helfen?«

»Ich komm schon zurecht. Hast du keine eigenen Aufgaben, du Faulpelz?«

»Ja«, erwidert er lachend. »Aber heute muss ich Gülle ausbringen, und jetzt bereue ich, dass ich dir das Melken übertragen habe.«

»Zu spät. Du musst zu deinem Mist und mich allein lassen. Ich bin sehr beschäftigt mit meiner Arbeit.«

Das Geräusch von Schritten und das Abhusten des nächtlichen Schleims von Mr Taylor kommen näher.

»Ja, Miss«, sagt Daniel zwinkernd. »Dann sehen wir uns heute Abend, wenn wir fertig sind.«

Die Tiere kommen mir größer vor, jetzt, wo ich mit ihnen alleine bin; die Pferde blecken ihre großen Zähne, die Ochsen stoßen mit ihren Hörnern. Sogar die sanfte Pippin, mit ihren klaftertiefen Augen, scheint mir größer und ungeschlachter.

Ich hole tief Luft und glätte meinen Rock. Ich bin Sarah, das Milchmädchen. Ich greife nach Schemel und Eimer, setze mich hin und beginne mit meiner Arbeit. Schon bald ist der Eimer voll und meine erste Aufgabe erledigt, obwohl ich einmal fast vom Schemel gefallen wäre und Pippin einmal so einen Satz gemacht hat, dass sie mir beinahe die Milch ausgeschüttet hätte. Auf dem Weg zur Milchkammer würde ich am liebsten hüpfen, wenn die Ergebnisse meiner Arbeit nicht so schwer wären.

Ich schwinge den Leinenbeutel neben mir und gehe den Hügel hinauf, so schnell ich kann, obwohl diese Schuhe scheuern und die Wärme meiner Kleider mich behindert. Ich brenne darauf, die Neuigkeiten von meinem Tag, meinem neuen Leben zu erzählen, und kann es kaum erwarten.

Ich habe den Zeitpunkt gut abgepasst, denn sie sitzen gerade alle am Tisch, der nur spärlich gedeckt ist. Ich habe heute schon mehr zu essen gehabt als sie zu dritt.

Annie springt auf, kommt zu mir gerannt und wirft mir die Arme um die Taille. Sie vergräbt ihr Gesicht in meinem Rock.

»Na, na, meine Kleine«, sage ich und gehe in die Hocke, sodass ich mit ihr auf Augenhöhe bin. »Was gibt's Neues heute?«

»Seth ist gekommt, er brauchte kein Heilmittel, aber er hat Buttermilch und angebrannte Brotkrusten mitgebracht, und er hat mich rum- und rum- und rumgeschwingt.«

»Bis die Buttermilch und Brotkrusten wieder rausgekommen sind«, sagt John.

»Und die kleinen Spatzenbabys lernen fliegen«, sagt sie, als sie zum Tisch zurückhopst.

Ich folge ihr, lege das Paket auf den Tisch und packe das Essen aus. »Das ist ja nett«, sage ich.

Mam drückt ihren zahnlosen Mund an meine Wange.

»Wie ich sehe, bist du genau recht gekommen, um unser Essen zu essen«, bemerkt John grinsend.

»Ich habe meinen Anteil mitgebracht.«

»Also«, sagt Annie und greift nach einem Stück Brot. »Es ist nett für die Füchse, wenn die Vögel fliegen lernen, weil sie die fressen können, die runtergefallt sind.« Sie nimmt einen riesigen Bissen, schiebt sich ihre Haarmatte aus dem Gesicht und redet weiter, bloß jetzt um das Essen herum, das ihre Backen ausbeult. »Und heute hat einer wie wild mit den Flügeln geschlagen und hat geschrien, als er schon zwischen den Zähnen des Fuchses war.« Sie benutzt zwei Hände, um sich den Rest des Brotes in ihren bereits vollen Mund zu schieben. Dann sagt sie etwas, was ich so verstehe: »Und die Vogelmama ist um ihn herumgeflattert und hat auch geschrien und geschrien.« Aber sicher sein kann ich nicht, denn ihre Worte kommen zu gedämpft aus ihrem übervollen Mund.

Sie kaut weiter und schluckt. Dann pult sie sich in den Zähnen und lässt sich gar nicht stören von unseren Blicken. »Kann ich Käse haben?«, fragt sie, und ich schiebe ihn ihr hin.

Als wir fertig gegessen haben, hole ich die Geschenke aus meiner Tasche. Ich verteile sie zögerlich, weil ich irgendwie das Gefühl habe, mich über sie zu stellen, wenn ich das tue. Annie nimmt ihren Anhänger mit gewölbten Händen entgegen, mit Vollmondaugen und offenem Mund.

»Ist das hübsch«, sagt sie.

»Hier.« Ich hänge ihn ihr um den Hals. »So gehört das.«

Sie senkt den Kopf und hebt den kleinen Fuchs hoch, um ihn anzuschauen. »Ich werde ihn für immer und ewig tragen, und ihn niemals abnehmen.«

John pfeift durch die Zähne, als ich ihm die Lederscheide reiche. Er dreht sie in der Hand hin und her. »Ist am Ende doch nicht so schlecht, einen Arbeiter in der Familie zu haben. Obwohl ich es nicht sein kann.«

»Es noch nicht sein kannst«, verbessere ich ihn.

Er schnaubt nur zur Antwort, greift nach seinem Messer und steckt es in die Scheide. Ich kann das Leder über den Tisch riechen.

Bei Mam habe ich am meisten Angst, ihr ihr Geschenk zu geben, denn ich kenne ihre Forderung, dass alles, was über die Schwelle kommt, einen Nutzen haben muss. Und ich komme hier mit einem Schmuckstück an.

Sie schluckt, als sie die Kette entgegennimmt, schaut darauf herunter, wie sie auf ihrer rauen Handfläche ruht. »Oh, Mädchen«, sagt sie schließlich. »Du hättest deinen Lohn nicht auf ein altes Weib wie mich verschwenden sollen.«

»Kein altes Weib. Nur meine Mam.«

Sie tätschelt mir die Wange, und ich würde so gerne ihre Hand festhalten und immer dort halten. »Sie ist wunderschön«, sagt sie, als sie die Kette anlegt. »Ich werde sie Tag und Nacht tragen, und es wird sein, als würde ich dich immer bei mir haben.«

Ich nicke und umarme sie. »Ist er wieder da gewesen?«, frage ich. »Wright meine ich?«

Sie schüttelt den Kopf. »Nein, aber … die Geschichten, die ich so höre. Sie erzählen sich Dinge von ihm, die …« Sie sieht, dass Annie uns genau beobachtet, und schluckt ihre Worte hinunter.

»Alles wird gut«, sage ich, obwohl mich die Angst so krank macht, dass ich kaum sprechen kann.

Mam fährt sich glättend übers Haar. »Ja. Aber jetzt erzähl uns alles von deinem neuen Leben.«

Nachdem ich die Geschenke verteilt und Geschichten über das Luxusleben auf dem Bauernhof erzählt habe, helfe ich Mam bei ihrer Arbeit. Wir zermahlen getrocknete Kamillenblätter und bereiten einen Tee zu, denn Alice Turner ist zwar von dem Geist befreit, der sie so gequält hat, aber sie leidet immer noch unter wilden Gedanken und häufigen Ängsten, berichtet Mam. Als wir so zusammenstehen, im Topf mit dem Wasser mit den Blättern rühren, kann ich mir ganz kurz vorstellen, dass ich gar nicht gegangen bin, dass ich heute Nacht wieder mit Annie neben mir im Bett liegen werde.

Aber das Licht schwindet, und ich weiß, dass ich gehen muss. Annie und ich nehmen Asche vom Feuer, verstreuen sie ringförmig um ihre Matratze, dann stelle ich sie neben die offene Tür, um ihre Haut abzusuchen. Mam versichert zwar, dass sie das schon gemacht hat, aber ich muss es einfach mit eigenen Augen sehen.

Sie hüpft von einem Fuß auf den anderen und schlingt die Arme um ihren dürren Körper. »Es ist so kalt«, protestiert sie. »Wart doch bis morgen, schau doch dann.«

»Ich kann nicht, Annie«, sage ich und hebe ihre Arme vom Brustkorb weg, damit ich sie umdrehen und die Unterseite untersuchen kann.

»Warum nicht?«

»Ich wohne doch jetzt auf dem Bauernhof, weißt du nicht mehr?«

Sie wird still und schaut mich aus ihren nassen, braunen Augen an, dass ich ihren Blick kaum aushalte. »Aber warum?«

»Damit ich arbeiten und euch Essen bringen kann. Damit wir alle ein besseres Leben haben.«

Sie verschränkt die Arme und stampft mit ihrem schmutzigen Fuß auf. »Was ist besser, wenn du nicht hier bist?«

Ich will sie an mich ziehen, aber sie leistet Widerstand. »Wer soll für meine Sicherheit sorgen?«

Ich schlucke meine Tränen hinunter und zwinge meine Stimme, ruhig und gleichmäßig zu klingen. »Mam wird dich nach Malen absuchen, und John läutet die Glocke. Du bist schon in Sicherheit.«

Sie schaut mir nicht in die Augen und hebt nicht mal ihr Gesicht, um mich anzuschauen. Tränen tropfen ihr vom Kinn und hinterlassen kleine Pfützchen auf dem staubigen Boden. Wenn jede Träne ein Tropfen geschmolzenes Metall auf meiner Haut wäre, ich könnte keine schlimmeren Schmerzen haben.

Ich kann nicht bleiben. Mam umarmt mich, nimmt mein Gesicht in beide Hände und schenkt mir dasselbe Lächeln, das ich Annie geschenkt habe. »Bin stolz auf dich, Mädchen.« Sogar John klopft mir auf die Schulter.

Ich knie mich vor Annie und schließe sie in meine Arme. »Mach es gut, meine Kleine. Ich seh dich ganz bald wieder.«

Sie wendet sich ab, und ich gehe davon, wobei mir jeder Schritt einen weiteren Stich ins Herz versetzt.

Ich bin schon zur Hälfte den Hügel hinunter, da höre ich hinter mir einen Ruf. Der Wind dünnt ihre Stimme aus, stiehlt sie fast ganz, aber ich höre trotzdem meinen Namen, und ich weiß, dass sie es ist. Sie fliegt mit einer derartigen Geschwindigkeit auf mich zu, dass sie für immer weiterrennen würde, wenn ich nicht da wäre, um sie aufzufangen.

Sie prallt gegen mich und drückt mir die Luft aus dem Brustkorb, fast wirft sie uns beide um. Ich sinke ins Gras und halte sie fest, als würde sie wegschweben, wenn ich loslasse. Ihre Arme liegen fest um meinen Hals, ihre Finger wühlen in den Haaren, die mir lose unter der Haube herauskommen, und ich rede mir ein, dass es für uns beide ist, für uns alle ist, dass ich gehen muss.

Die Finsternis, die unter euch nistet

»Schlechtigkeit«, tönte Magistrat Wright. »Vergraben in der Brust dieser Gemeinde, eine Viper, tief in euren Herzen.«

Jedes Gesicht wandte sich zu ihm, jeder hielt den Atem an. Er sprach gar nicht besonders laut, aber die feste Autorität in seiner Stimme, die Art, wie er seinen Blick in die Menge warf, bannte sie alle. Der kleine Mann, mit seinen schmalen Zügen und tadellos sauber trotz Staub und Heu in der Scheune, stand den wettergegerbten Gesichtern und dem allgegenwärtigen Fischgeruch der Menge vor ihm gegenüber. Magistrat Thompson, unersättlich in jeder Hinsicht, war durch ein Wesen ersetzt worden, das in allen Aspekten anders war als er. Es hatte durchaus schon Gerüchte über seine fleischlichen Interessen gegeben, aber erst als das halbe Dorf ihn mit Phyllis ertappte, waren sie ausgezogen, um zu handeln. Noch jetzt hätten viele den Appetit des alten Magistrats der Sittenstrenge des neuen vorgezogen.

Daniel lehnte an der Wand, körperlich anwesend, geistig weit entfernt. Er verlor sich in Gedanken an die weiße Haut, die unter Sarahs Hemdkleid verlief, zu dem Ort, auf den er seine Hand nur über ihre Kleider zu legen gewagt hatte. Von der Wildheit in ihr, den Teilen ihres Geistes, die sie ihm vorenthielt und die er niemals wirklich kennen würde, was er sowohl aufregend als auch störend fand.

Wie als Antwort auf seine sündigen Gedanken fiel Daniels Blick, als er ihn schließlich konzentrierte, auf Pastor Walsh, der am Rand der Menge bei der Tür stand. Während er zu Beginn des Abends noch das leutseligste Verhalten an den Tag gelegt hatte, war das Gesicht des Pfarrers jetzt ganz faltig, und er rang die Hände.

Daniel warf einen Blick zum Magistrat.

»Papisten«, sprach dieser. »Vor unseren Blicken verborgen, setzen sie ihre abscheulichen Rituale hinter verschlossenen Türen fort, aber unter euch sind einige, die von diesem Treiben Kenntnis haben.« Die Pause, die er an dieser Stelle einlegte, war lang genug, dass seine Zuhörerschaft unter seinem anklagenden Blick verlegen mit den Füßen zu scharren und ihre Hände zu untersuchen begann. »Und so unschuldig ihr auch sein mögt, und wie gottesfürchtig ihr auch in euren eigenen Praktiken sein mögt, aber wenn ihr das Treiben des Teufels durch euren Nachbarn überseht, dann seid ihr genauso sündig wie er. Und ich in meinen Pflichten gegenüber Gott und König und Vaterland muss diese Verräter ausräuchern und sie der Gerechtigkeit zuführen, und es ist eure Pflicht, mir dabei zu helfen.«

Daniel lehnte sich ein bisschen vor, weil sich ihm der Magen bei jedem Wort umdrehte. Er beobachtete genau, wie verstohlene Blicke zwischen jenen getauscht wurden, die sich eigentlich als Freunde bezeichneten. Sam Finch, mit seiner grauen Haut und den eingesunkenen Augen, stand ein gutes Stück entfernt von Fischer Turner. Trotzdem warfen sie einander schuldige wie misstrauische Blicke zu.

»Und noch schlimmer als das ist die Hexerei. Verdächtige Ereignisse, die keine natürliche Erklärung zulassen. Hütet euch vor der Finsternis, die unter euch nistet. Zündet nachts eure Kerzen an, stellt ein Glas vor die Tür, um das Böse abzuwehren. Wenn ihr diese Bösartigkeit nicht verjagt, ladet ihr sie ein. Kommt lieber zu mir, dem Instrument des Rechts und des Lichts, das Mittel selbst, durch das der König seinen Willen geltend macht.«

Eine Bewegung an der offenen Tür, kaum wahrnehmbar, aber er sah sie, weil er auf sie gewartet hatte, er wusste, dass es Sarah war, die zurückkam von ihrem geheimen Besuch bei ihrer Familie. Er schlüpfte an der Seite der Scheune entlang, am Rand der Menge, die alle gebannt den Worten des Magistrats folgten.

»Das Böse kann das Gesicht von Nachbarn, Freunden, sogar Verwandten haben, von denen, denen wir vertrauen, von denen, die wir lieben«, sagte er jetzt gerade. »Schaut euch mit scharfen Augen um. Diejenigen, die Schlechtigkeit verstecken, werden selbst schlecht. Ich fordere euch auf, mit lauter und aufrichtiger Stimme eure Verdächtigungen zu äußern, und ich werde handeln. Die einzige Art, die Unschuldigen zu schützen, besteht darin, dass man die Schuldigen bestraft.«

Daniel hatte inzwischen die Tür erreicht, und im Geiste war er schon mit Sarah am Fluss, und ihre Haut unter seinen Händen, die Wärme abstrahlte. Er wollte gerade aus der Scheune treten und die hässlichen Worte, die darin gesprochen wurden, hinter sich lassen, als die Worte ihn innehalten ließen. Er war nicht hingegangen, als die Unruhestifter öffentlich an den Stock gebunden wurden. Trotzdem war er nicht darum herumgekommen, sich Gabriels Beschreibung anzuhören, wie die Leute gejohlt und die Männer mit verfaultem Kohl und Steinen beworfen hatten.

»Dieser Junge, Joshua, hat am Ende gewinselt und nach seiner Mammy gerufen«, hatte er gesagt, als sie gemeinsam beim Ausmisten waren. »Dieser kleine Kümmerling.«

»Der arme Junge«, sagte Daniel.

Gabriel schnaubte. »Es ist schon ganz gut, dass du hier so abseits vom Dorf wohnst. Du bist viel zu weichlich für das Leben von normalen Menschen. Da unten geht ein Dämon um, einer von den Teufeln, da hab ich gar keinen Zweifel. Jede Nacht nimmt er die Form eines anderen Tieres an und bringt ein schreckliches Schicksal zu jedem, den er sich aussucht, ganz besonders zu Sam und Nelly, wie man sich erzählt. Sam kann immer noch nicht wieder arbeiten.« Er hielt inne, um sich den Schweiß von der Stirn zu wischen. »Du solltest besser aufpassen, alle im Dorf benutzen Hexenabwehrzeichen und stellen Gläser vor ihre Türen. Vielleicht brauchst du ja auch mal Schutz hier.«

Daniel hatte seinen Worten weiter keine Beachtung geschenkt und sich eingeredet, dass sie nur in Gabriels Hass auf die Haworths gründeten. Aber nachdem er heute Abend mit angesehen hatte, was für Angst und Verdächtigungen der Magistrat hervorgerufen hatte, war er nervös. Er spürte jetzt viel deutlicher, wie gefährlich sein Plan war. Falls Sarah entlarvt wurde, würde das Dorf sie sicher als Hexe verurteilen, weil sie sie alle hinters Licht geführt hatte.

Hinter ihm rief jemand: »Papist!«, und der Antwortruf, voller Angst und Abwehr, bewegte ihn dazu, sich umzudrehen. Es war ein Handgemenge entstanden, aber er erkannte nicht, wer alles daran beteiligt war.

Am Rande seines Blickfelds gab es wieder diese Bewegung, das ruhige Verschieben von Stoff an der Tür des Bauernhofs. Er zögerte, hin- und hergerissen zwischen seinem Wunsch, zu beschützen, und dem Bedürfnis, Sarah zu treffen. Pastor Walsh eilte an ihm vorbei zu der Stelle, wo der Aufruhr stattfand. Ein Mann, der es sich zur Aufgabe machte, die Unschuldigen zu beschützen.

Ein Streifen Tang

Ich renne am Wasser entlang, lache über die Kälte an meinen bloßen Füßen und Beinen. Daniel rennt mir nach, hebt mich hoch und wirbelt mich herum, sodass meine Zehen einen Kreis aufs Wasser zeichnen.

Dann setzt er mich ab, und ich stehe knietief im Wasser, der Saum von meinem Rock treibt auf der Oberfläche.

»Oh nein, schau bloß, was du gemacht hast.« Ich haue ihm auf den Arm. »Jetzt bin ich ganz nass.«

»Du stehst im Fluss – hast du wirklich gedacht, du würdest trocken bleiben?«

»Ich hab meinen Rock hochgehoben. Das hier hast du jetzt gemacht, und ich glaube, es war mit voller Absicht.«

»Ich flehe um Vergebung, Lady«, sagt er lächelnd. »Wenn das Euer Wunsch ist, dann soll es so geschehen.«

Er kniet sich neben meine Füße, schnappt nach Luft, als das Wasser ihm gegen den Bauch schwappt, sammelt meinen tropfenden Rock zusammen und hält ihn mir hin. Er legt seine freie Hand an mein nacktes Bein, in die Kniekehle. Er blickt zu mir hoch, und ich schaue auf ihn hinunter, fühle seine Berührung warm durch das kalte Wasser, eine schwielige Hand auf glatter Haut. Einen Augenblick sagen wir beide kein Wort.

Ich lache. Nehme ihm den nassen Stoff aus der Hand und schlage ihm damit auf die Schulter. Und zittere dabei nur ein bisschen. »Trottel«, sage ich.

»Was?«

»Du weißt schon – du Trottel. Du bist ganz voller Matsch.« Er schaut mich verständnislos an. »Ein Narr«, sage ich.

»Das hast du, glaube ich, früher auch schon mal erwähnt.« Er steht auf. »Du läufst Gefahr, dich zu wiederholen.«

»Nein, du bist derjenige, der hier gerade in Gefahr ist mit deiner ständigen Dreistigkeit.«

»Die Gefahr gehe ich gerne ein«, sagt er. Er macht einen Schritt vorwärts, legt mir die Arme um die Taille und seine Lippen auf meine. Sein Körper presst sich an mich, und er küsst mich, bis ich keine Luft mehr kriege und auch gar keine mehr kriegen will, wenn das hier nur immer so weitergehen kann. Das Blut rauscht mir durch die Adern, wärmt meine Haut und pulst durch meinen Kopf, und ich würde mich am liebsten ans Ufer legen und ihn an mich ziehen.

Die Sonne geht auf und ruft mich aus einem zufriedenen, bequemen Schlaf. Ich schnüre mir das Mieder und binde mir schnell den Gürtel um den Rock. Halte die Nadeln mit den Zähnen fast, wickle mein Haar auf, bis es an der richtigen Stelle sitzt, und befestige es mit einer blinden, aber geübten Hand, bevor ich die Haube darüberziehe.

Zum Leben eines Milchmädchens gehört mehr, als ich zuerst gedacht hatte. Nicht nur Melken, sondern auch Bett zur Hand gehen bei allen Aufgaben, die sie sich für mich ausdenkt, vom Gänsehüten bis zum Wäschewaschen im Bach. Ich genieße jede davon, ich lerne lauter neue Dinge. Daniel hat mir beigebracht, auf Bonny zu reiten, sogar zu schwimmen, obwohl ich mich immer noch nicht ins Tiefe wage. Aber das ist ja schon mehr, als ich mir jemals hätte vorstellen können.

Bei den Mahlzeiten warte ich nicht auf eine Einladung, sondern fülle meine Schüssel mit Eintopf, der so viel üppiger ist als zu Hause, und esse, wie es die anderen tun. So viel, wie ich möchte, mehr, als ich brauche. Für mich immer noch ein Wunder.

»Du hast ja ganz hübsch zugenommen«, bemerkt Gabriel, als er an der Tür wartet, bis Daniel ihren Proviantkorb geholt hat. »Schau dir bloß an, wie rund deine Wangen geworden sind.«

Ich schenke ihm einen Blick, aber keine Antwort. Ich kann meine Abneigung kaum verbergen.

Mr Taylor schnaubt. »Das ist nicht die Art von Bemerkung, die einem jungen Mädchen gefällt.«

Gabriel schaut verwirrt drein, beharrt aber auf seiner Äußerung. »Ist doch was Gutes. Daran erkennt man ein gesundes Mädchen: guter Appetit, rote Wangen.«

»Danke«, sage ich. Ich schaue zu Daniel, aber der wirft gerade Gabriel einen finsteren Blick zu.

»Sagt meine Mam jedenfalls.« Gabriels Gesicht hat jetzt die Farbe von der Pastinake, die wir gestern Abend zu essen hatten.

»Tut sie das?«

»Ja, die arme alte Nörglerin. Ich werde nie die Freiheit haben, sie einfach verlassen zu können, so wie du.« Er lacht, und ich weiß, dass er es als ungeschickten Scherz gemeint hat, aber auf einmal befällt mich eine derartige Sehnsucht nach Mam, Annie und John, so stark, dass ich geradezu spüre, wie sie Spuren auf meinem Gesicht hinterlässt.

»Ich bin sicher, dass Sarah ihre Familie vermisst«, meint Daniel. »Und ihre Familie sie.« Ich lächle, getröstet nicht nur durch seine Worte, sondern auch, ich muss es zu meiner Schande gestehen, durch Gabriels belämmertes Schweigen, als er auf seine Hände hinunterstarrt.

»Na«, sagt Mr Taylor, »sie werden dich vielleicht vermissen, aber sie werden froh sein über deinen Verdienst, wenn das Jahr hier rum ist.« Auf einmal sickert ihm Blut aus der Nase.

»Oh«, sage ich. »Dagegen weiß ich ein Mittel.«

Alle Köpfe wenden sich zu mir, und zu spät fällt mir wieder ein, dass ich hier ja nur das Milchmädchen bin und keine Heilkundige. Mr Taylor wischt sich über die Nase, doch es blutet immer weiter.

»Ich … ich hab mal zugeschaut, wie jemand das gemacht hat. Weit weg in meinem eigenen … in der Gegend, in der ich gewohnt habe.« Ich sollte aufhören, aber es ist zu spät. Mein Wissen ist ausgesprochen. Aber selbst jetzt, trotz der Gefahr, entlarvt zu werden, bin ich stolz darauf, dieses Wissen teilen zu können.

Behutsam neige ich seinen Kopf nach vorne und fange die Blutstropfen in meiner hohlen Hand auf. Er gehorcht schweigend meinen Anweisungen. Gabriel lacht unsicher. »Na, Mädchen, wie kommst du denn zu solchen Fähigkeiten? Das ist ja fast so, als wärst du …«

Mein Unbehagen macht mich gereizt. »Ich hab dir doch gesagt, ich hab zugeschaut – ich erinnere mich, wie man das machen muss.« Ich schaue Daniel direkt in die Augen. Er sitzt nur blass und mit großen Augen da. Zu Tode verängstigt, und ich weiß auch, warum, aber ich kann jetzt nicht mehr aufhören. »Hol mir die Schaufel.«

Er nickt, und gemeinsam knien wir uns neben das Feuer. Er hält die Schaufel, ich lasse das Blut darauf tropfen. »Halt sie jetzt übers Feuer«, sage ich.

Er gehorcht, obwohl die Schaufel in seiner Hand zittert. Bald sind die Tropfen zu Staub geworden. Ich schaue mich suchend um und erspähe Betts Staubwedel mit den Gänsefedern.

Ich fange Gabriels Blick auf und deute mit einem Nicken darauf. »Pflück mir mal eine von denen raus.«

Er lacht und blickt von mir zu Mr Taylor, aber der zuckt nur mit den Schultern. »Ja, ja, schon gut«, sagt Gabriel und bringt mir eine Feder. Sorgfältig, so wie ich es bei Mam beobachtet habe, schiebe ich den Staub auf die Feder und blase ihn dann, als Mr Taylor sich auf meine Aufforderung vorbeugt, in seine Nase.

»Bitte sehr«, sage ich. »Ihr werdet geheilt sein, während Ihr noch Eure erste Arbeit verrichtet.«

Ich schaue in die Runde. Alle drei starren mich an. Gabriel und Mr Taylor mit Verwirrung, Daniel mit einem Ausdruck, der an Grauen grenzt.

»Ich … zumindest glaube ich, dass man das so macht. Ich hab mal zugeschaut.«

Mr Taylor greift nach seinem Hut. »Ja, gut, danke, Mädchen. Aber jetzt wollen wir mal unseren Tag angehen.«

Ich eile hinaus, bevor Daniel mich beiseitenehmen und mir Fragen stellen kann. Ich helfe Bett nur zu gerne beim Käse. Gabriel rennt mir nach und stellt mich, bevor ich bei der Milchkammer bin.

»Das war ein guter Trick«, sagt er.

»Das war kein Trick. Ich hab bloß mal zugeschaut, wie das jemand gemacht hat.«

»Ich … ich wollte dich nicht beleidigen«, sagt er. »Davor, als wir …«

»Ich weiß, dass du das nur aus Leichtsinn gesagt hast.«

Er nimmt seine Mütze ab und dreht sie in den Händen, wobei er mich mit besorgter Miene anschaut. Ich wünschte, ich könnte ihn noch einmal verfluchen, damit er von hier weggeht und nie wiederkommt. Ich richte mich kerzengerade auf, hebe mein Kinn und schaue ihm in die Augen, in der Hoffnung, dass ihm der Mut ausgeht. So wie ich ihm an dem Tag gegenübergetreten bin, an dem er mich geschlagen hat.

»Also, ich … Moment mal …« Er beugt sich herunter, um mein Gesicht genauer zu mustern, und verengt die Augen. »Manchmal könnte ich fast denken, dass … Wir kennen uns … wirklich noch nicht?«

Seine Worte gehen mir durch und durch, sie sollten mich warnen, und ich muss den Drang niederkämpfen, jetzt einfach wegzugehen. Ich hätte mich gleich beherrschen und Mr Taylor nicht behandeln sollen. »Wie könnten wir?«

Er blinzelt mich weiter an. »Du erinnerst mich fast ein bisschen an …«

In mir flammt es jäh auf. Der Geruch nach Asche, das Aufblitzen von Glutaugen. Ich sollte wie das bescheidene Mädchen auftreten, für das er mich hält, aber ich kann nicht. Ich kenne ihn, seine Grausamkeit, seine Eitelkeit. Die Wut in mir kratzt an der Tür, damit ich sie rauslasse. Er, der mich seiner Essensreste für unwürdig hielt, als ich ihm in Lumpen gegenüberstand, und mich jetzt dümmlich anlächelt, wo ich respektabel auftrete. Ich halte den Hund in Schach, eine Aufgabe, die jedes Mal schwerer wird. Ich zwinge mich, den Kopf zu senken, und lächle ihn an.

Er lacht und winkt ab. »Natürlich, geht ja gar nicht. Du bist unschuldig und sie war eine …« Er schaut in Richtung Hügel. »Na, ich werde deine Ohren nicht beschmutzen, indem ich ausspreche, was sie war.«

Ich schüttle ganz leicht den Kopf, als wäre ich verwirrt, und er tritt einen Schritt zurück und winkt mir mit seiner Mütze zu, bevor er sie wieder aufsetzt. Der Hass wallt durch mich hindurch, und ich muss das Knurren in meiner Kehle hinunterschlucken, wütend auf mich selbst, weil ich ihm so demütig gegenübergestanden bin, und wütend auf ihn, weil er mir das aufgezwungen hat.

Ihn wegzuwünschen wird nicht reichen. Er ist zu nah dran, mich zu erkennen und damit alles zu zerstören, was Daniel und ich uns erträumen. Ich brauche einen längerfristigen Plan, der seine dauerhafte Abwesenheit herbeiführt. Ich habe das Wissen und die Fähigkeiten, so etwas zu bewirken.

Ich werde später alles zusammensammeln, was ich brauche.

Als ich endlich die Kühle der Milchkammer erreiche, ist Bett nicht gerade begeistert. »Wo bist du denn die ganze Zeit gewesen?«

Ich zucke mit den Achseln. Sie hat die Milch von heute schon vorbereitet, und ich halte das Musselintuch, damit sie sie hindurchgießen und so den Quark von der Molke trennen kann. Ich muss den Kopf abwenden, weil es so bitter riecht, dann das ganze Paket aufhängen und den Quark von gestern abnehmen.

»Kannst du das allein?«, fragt Bett.

»Ja.« Ich lege die Käsepresse mit dem Tuch aus und fülle den Quark ein, um das letzte bisschen Molke herauszupressen. Bett mustert mich argwöhnisch, aber sagt nichts, und so arbeiten wir schweigend, während sie die älteren Käselaibe abwischt und umdreht. Ich lehne mich mit meinem ganzen Gewicht auf die Presse und stelle mir vor, dass ich gerade Gabriels Kopf zusammendrücke.

Annies sauberes Gesicht ist von einem kreisförmigen Fleck eingerahmt, ein Ring aus Schmutz, wie der Streifen Tang, der bei Ebbe auf dem Strand zurückbleibt. Ihre Haare sind feucht und ihre Wangen rosa vom Schrubben; die Kette mit dem Fuchsanhänger liegt ganz oben auf ihrer Kleidung. Das hat man extra für mich gemacht. Als wäre ich nicht länger Teil der Familie, sondern ein Besucher.

Trotzdem legt sie die Arme um mich, allerdings nicht ohne vorher die Lebensmittel durchgekramt zu haben, die ich mitgebracht habe, und die Flüstermuschel genommen zu haben, die Daniel gefunden und mir für sie mitgegeben hat. Sie dreht und wendet sie in ihren Händen, hält sie sich ans Ohr, und vor Staunen bekommt sie den Mund nicht mehr zu. Sie ist wieder dünner geworden in den Wochen, seit ich fort bin. Ich habe Angst, sie zu umarmen, weil ich Sorge habe, dass sie in meinen Armen zerbrechen könnte. Ich muss öfter kommen. Um ihr Essen zu bringen. Um meinen Platz im Leben meiner Familie zu behalten, als Tochter, als Schwester. Um den Hund auf Abstand zu halten. Ein Besucher bin ich nicht und werde es niemals sein.

Mam sieht auch verhärmt und dünn aus, obwohl das Wetter wärmer wird und es eigentlich möglich sein sollte, genug Essen zu finden. Aber irgendetwas in der glitzernden Eindringlichkeit ihres rasch hin und her zuckenden Blicks, ihrem düsteren Geflüster zu Tau-Springer, macht mir Sorgen. Ich befürchte, dass Magistrat Wright wieder da war, aber vor Annie wage ich nicht, danach zu fragen.

»Bist du beschäftigt mit Stärkungsmitteln, Mam?«, frage ich. Ich sitze am Tisch, mit Annie auf dem Schoß, die sich gerade einen Nachschlag nimmt. Sie riecht nach Schlamm und frischer Luft. Das Haus kommt mir klein vor, trostlos und verfallen. Zerbrechlich und über seine Schwachstellen gebeugt steht es da. Ich bin jetzt gerade Wände gewöhnt. »Jetzt im Sommer rufen dich doch sicher viele für einen Liebeszauber, oder?«

»Vielleicht brauchen sie alle keinen Liebeszauber mehr, sondern wollen der Natur freien Lauf lassen. So wie du.« Sie setzt sich hin, steht wieder auf, dann wendet sie uns den Rücken zu und stochert im erloschenen Feuer. »Es gibt keine Nachfrage für unsere Waren im Dorf, der neue Magistrat hat ihnen allen Angst eingejagt, sodass sie sich nicht trauen, mich zu rufen. Nicht einer im Dorf hat nach einem Zauber für die Ernte gefragt, wie sie es sonst um diese Zeit immer gemacht haben.«

Ich kann meine Zunge nicht länger bezähmen. »Er ist also nicht wieder hier gewesen?«

Sie schüttelt den Kopf. »Er lässt sich Zeit. Wartet vielleicht auf einen guten Grund.«

Ich bete, dass sie ihm keinen gibt. Dass sie nicht ins Dorf geht, um Flüche zu verkaufen. Dass sie John nicht auf Rachefeldzüge zum Netzmacher schickt. Ich mache den Mund auf, um das zu sagen, um der Schärfe ihrer Antwort die Stirn zu bieten.

»Ich werde auch mehr Essen bringen«, sage ich. Ich bringe es nicht über mich, sie herauszufordern, nicht an diesem Tag, an dem ich mich hier so fremd fühle, an diesem Tag, an dem ich immer noch unter Gabriels Fragen leide und der Dunkelheit, die sie in mir heraufbeschworen haben.

»Wir brauchen nichts«, sagt Mam, ohne sich umzudrehen.

Annie verschluckt sich fast an dem Mundvoll, den sie gerade kaut, ihre Augen sind kreisrund vor Empörung. »Aber ... Mammy, wir brauchen doch was, wir brauchen wirklich was, Sarah. Du wirst doch nicht aufhören, uns Essen zu bringen, oder?«

»Nein, natürlich nicht, Kleine«, lache ich. »Ich werde dafür sorgen, dass du so stämmig und rund bist, dass du nicht mal mehr durch diese Tür kommst.« Ich kitzle sie an den knochigen Rippen, und sie windet sich kichernd. Die kleine Fettfalte, die ihr unter dem Kinn gewachsen war, ist wieder verschwunden. »Möchtest du gar nichts, Mam?«, frage ich.

Sie versteift sich, richtet sich kerzengerade auf. Dann wischt sie sich die Haare aus dem Gesicht und wendet sich zu uns. »Vielleicht ein ganz kleines bisschen.«

Sie setzt sich an den Tisch, bricht ein kleines Stück vom Brot ab und steckt es sich in den Mund. In der Asche hinter ihr liegt etwas. Verbrannter und zerkrümelter Ton. Ich schaue mich nach dem Abbild des Netzmachers um, kann aber nichts entdecken.

»Wo ist John eigentlich?«, frage ich.

»Im Dorf«, sagt Annie.

»Wasser holen«, fügt Mam hastig hinzu, obwohl der Eimer hinter ihr in der Ecke steht.

»Nein«, sagt Annie und runzelt die Stirn. »Im Dorf hast du gesagt, er soll die Angelegenheit jetzt mal in Ordnung bringen, das hast du gesagt.«

Ich verstehe sofort, was sie damit gemeint hat. Wieder mal hat Mam sich vor Wut auf irgendjemand, der ihre Familie verletzt hat, hinreißen lassen, einen Rachefeldzug zu beginnen, der gerade die bedroht, die sie eigentlich schützen will.

Annie wendet sich zu mir und kümmert sich gar nicht um Mams bohrende Blicke. »Ich muss jetzt das Wasser schleppen, jetzt, wo ich groß bin, aber ich muss bis zum Abend warten, weil Mam sagt, dass es tagsüber nicht sicher ist.«

Ich habe im Winter einmal Eiszapfen vom Dach abgebrochen und gegessen, bis ich Magenschmerzen bekam und mein Mund ganz taub war. So fühle ich mich jetzt, wenn ich in Mams fieberhafte Augen blicke und daran denke, was John gerade im Dorf macht, und daran, wie Annies spindeldürre Arme den Wassereimer hochhieven. An das Gerede der Frauen, die ihre Wäsche mit mir am Bach waschen, von Hexerei und bösem Treiben, das sie fürchten. Und wie der neue Magistrat sogar Fischer Shaw und seine Frau zum Papismus befragt hat.

»Heute übernehme ich das«, sage ich und gehe an Mam vorbei, um den Eimer zu holen.

Ich spüre Mams Blick auf meinem Rücken, den ganzen Weg bis zum Brunnen hinunter, als hätte sie eines ihrer sehenden Augen an meinem Rücken befestigt.

Trotzdem bleibe ich unterwegs stehen, um die Pflanzen zu sammeln, die ich brauche, mit ihren weißen Blüten und dem mäuseartigen Geruch. Der Knecht soll mir nicht ungestraft davonkommen.

Auf dem Bauernhof liege ich schlaflos im Bett. Gabriels Worte gehen mir immer noch durch Mark und Bein, während ich an Annies frisch gewaschenes Gesicht denke. Während der Hund mich von hinten anschmeichelt, mich einlädt, mich ganz auf ihn einzulassen. Ich bin eine Haworth und werde es immer sein, egal, was ich anhabe, egal, wo ich mich schlafen lege. Ich bin Familie, keine Besucherin. Ich wünschte einen Moment lang, dass Gabriel mich früher schon gekannt hätte, damit er verstehen könnte, dass das Mädchen, das er jetzt umschmeichelt, dieselbe ist, die er vorher so verachtet hat. Mein Wunsch, dass er leidet, überwiegt meine Angst davor, entlarvt zu werden, und der Hund treibt mich weiter an.

Schweigend stehe ich auf und greife mir die Blumen, schleiche mich in die Küche. Das Haus um mich knarrt. Niemand rührt sich.

Der Gestank ist faulig und sauer, als ich die Blüten in einer Schüssel zerstoße, sie zu einer Paste mische. Es wird ganz einfach sein. Ich werde ihm die Paste unters Essen mischen. Oder eine Walderdbeere aufstechen und das Mittel hineinschmieren, um sie ihm dann anzubieten, und er wird sie sicher gerne annehmen. Er soll mich kennenlernen als die, die ich wirklich bin, den Respekt, den er dem Milchmädchen entgegenbringt, soll er vor seinem Ende auch meinem wahren Ich schenken. Und er soll meine Familie oder mich nie wieder verhöhnen.

Weder ist es ein Zaubermittel, das ich schon einmal ausprobiert hätte, noch habe ich Mam es jemals herstellen sehen, aber sie hat mir davon erzählt, für den Fall, dass ich ganz dringend etwas brauche, und ich weiß, welche Wirkung es haben wird. Sie hat mich gut unterrichtet. Er wird Krämpfe bekommen, und seine Glieder werden immer steifer, bis er sich gar nicht mehr bewegen kann. Und dann wird es nicht mehr lange dauern, bis er für immer zu atmen aufhört.

Ich halte die Schüssel und starre auf die Paste, die ich kaum sehen kann hinter den ganzen gesträubten Nackenhaaren und Zähnen und glühenden Augen, die meinen Blick verdunkeln, meinen Geist ausfüllen und durch meinen Körper trommeln. So stehe ich da, während meine Füße auf dem kalten Boden taub werden und meine Finger steif, vom stundenlangen Zupacken, und dann zieht sich der Hund Stück für Stück zurück, bis ich wieder frei bin. So verharre ich die ganze Nacht.

Die Sonne ist fast schon aufgegangen, als ich schließlich hinaustrete, die Paste wegwerfe und die Schüssel auswische. In mein Zimmer gehe und mich anziehe, mein Haar hochstecke, meine Haube aufsetze und meine Strümpfe überziehe. Und ein weiteres Mal das Kostüm anlege, das mich versteckt und mich in Sicherheit bringt.

Der Wind dreht sich

Es war Schafwaschtag. Daniel schlotterte vor Kälte, obwohl ihm die Junisonne auf den Nacken schien, denn er stand im Fluss und war pitschnass. Seine Hände waren rot und aufgerissen und schmerzten vom stundenlangen Waschen und Festhalten sich wehrender, nasser Schafe. Das Summen und Stechen der Insekten wollte kein Ende nehmen.

Für einen Moment befreit, weil Gabriel um die Ecke musste, stolperte Daniel zum Flussufer und schluckte etwas von dem Getränk, das Bett ihnen für diese Gelegenheit immer mitgab, warme Milch mit Bier und Gewürzen, die die schwer benötigte Hitze spendeten. Seine Schultern taten weh vom ständigen Bücken, und die Haut an seinen Händen war lose und faltig.

»Ah, da ist ja unser Junge«, sagte Gabriel, obwohl sie den ganzen Vormittag zusammengearbeitet hatten, und schlug Daniel herzhaft auf den Rücken. Ein bisschen zu herzhaft, und seine Stimme verriet, dass er sich anstrengen musste, um fröhlich zu klingen.

Es waren nicht die Worte, sondern der falsche Ton, der Daniel mitten im Schlucken innehalten ließ. Er beschattete sich mit einer Hand die Augen, damit er Gabriels Gesicht sehen konnte, das zu einem ganz ungewohnten Lächeln verzogen war.

»Willst du … willst du, dass wir weitermachen?«, fragte er.

»Ich … ähm … nein, nein. Ich hab mir gedacht, vielleicht können wir uns ja mal ein bisschen unterhalten.« Gabriel räusperte sich, blickte zum Himmel und wieder zurück. »Von Mann zu Mann sozusagen.«

Nichts an Daniels Erfahrungen mit Gabriel hatte ihn auf dieses Gespräch vorbereitet. Er korrigierte seine Miene von Erstaunen zu mildem Interesse.

»Ich hab mir gerade einen Schluck von diesem Trunk gegönnt«, sagte er.

Gabriel nickte. »Das werd ich jetzt auch mal tun.«

Sie setzten sich unter einen Baum, blinzelten im Schatten und studierten gründlich ihre Flaschen. Nur das schwache Geräusch von kauenden Schafen, die in der Sonne trockneten, war zu hören.

»Du steigst immer noch auf dieses Mädel, oder?«, fragte Gabriel schließlich.

Daniel schaute ihm in die Augen und sagte nichts. Gott hatte diese Seele sicherlich für einen Eber oder einen Bullen geschaffen. In einen Menschenkörper passte sie nicht.

Unter dem steten Blick von Daniel wurde Gabriel rot, nahm einen Schluck von dem Stärkungstrunk und wischte sich den Mund ab. Rülpste leise. Wackelte mit seinem rechten Bein.

Daniel nahm noch einen letzten Schluck von dem gewürzten Milch-Bier-Gemisch, dann stand er auf und klopfte sich den Staub von der Hose.

»Dieses Milchmädchen ist ja eine hübsche kleine Draufgängerin«, stellte Gabriel fest.

Daniel hielt inne. Er spürte, wie sich unter ihm der Boden bewegte.

»Das – Sarah?«

»Ja. Die hat irgendwie was.«

Daniels Atem blieb ihm in der Kehle stecken wie Stroh, und

ihm fiel wieder ein, wie Gabriel der Meinung war, dass er Sarah wiedererkannte, als sie zum ersten Mal auf den Bauernhof kam. Wusste er Bescheid?

Gabriel schüttete sein Getränk hinunter und stellte seine Flasche zurück. »Glaubst du, die schaut so einen wie mich an?«

Daniel wartete und ließ die Worte auf sich wirken, bis sein Geist ihre Bedeutung erfasst hatte. War das etwa ein Trick? Aber es lag eine unbequeme Aufrichtigkeit in Gabriels Miene. Er sagte die Wahrheit, das wusste Daniel, obwohl er ihr kaum zu vertrauen wagte.

Es lag so viel Sehnsucht in Gabriels Augen, dass Daniel fast zu Mitleid gerührt war. Selbst jetzt noch.

»Ich hab vorher schon Mädchen gehabt«, sagte Gabriel und hob das Kinn, »ziemlich viele sogar. Ich bin nicht unschuldig.«

»Das … das bezweifle ich nicht im Geringsten.«

»Aber jetzt hab ich beschlossen, mir eine Frau zu nehmen.«

Daniel schüttelte seine Schultern aus und räusperte sich. Er war erleichtert.

»Ich kenn mich schon aus mit den süßen Mädels, da muss ich keinen kleinen Jungen wie dich fragen«, sagte Gabriel. Er lehnte sich vor und verschränkte die Hände ineinander. »Keinen Mann muss ich dazu fragen.«

Daniel unterdrückte das Bild, das vor seinem geistigen Auge stand. Gabriel schwitzte, sein Gesicht hatte die Farbe der untergehenden Sonne. Daniel sah ihm an, dass ihm jedes Wort Schmerzen bereitete, als hätte er glühende Kohlen auf der Zunge. Trotzdem sprach er weiter. »Ich hab dich mit ihr gesehen«, sagte er.

Daniel wartete darauf, was Gabriel als Nächstes sagte, bevor er es abstritt. Er war immer noch angespannt. Er beobachtete das älteste Mutterschaf, das schon fürs Mittsommerfest ausgesucht worden war. Es schüttelte sich das Wasser aus dem restlichen Fell und schloss die Augen, als es in die Sonne schaute.

»Beim Reden. Sie lächelt, wenn du mit ihr redest. Mich lächelt sie nie an. Ich muss wissen, was ich ihr sagen muss.«

Er schaute zu Daniel, wartete ab und forderte ihn heraus, ihn zu verspotten.

»Ich bin sicher, du brauchst meine Hilfe nicht«, sagte er vorsichtig.

Gabriel runzelte die Stirn und wedelte eine Wolke kleiner Mücken weg. »Ich hab gerade darum gebeten.«

»Sie ist ein anständiges Mädchen«, sagte Daniel. »Reserviert. Der muss man sich ganz sanft annähern.«

»Also … ruhig, oder was?«

»Ja. Wie bei einem Tier, das man noch nicht kennt.«

Gabriel schlug mit einer Faust leicht auf den Boden. »In Ordnung, dann mach ich das so. Das krieg ich hin.«

Er stand auf und bückte sich, um seine Lippen neben Daniels Ohr zu halten.

»Darüber wirst du mit niemand reden.«

Das war keine Bitte.

Daniel blieb stehen und sah zu, wie Gabriel das nächste Schaf ins Wasser schleifte. Er wusste nicht, warum er ihm diesen echten Rat gegeben hatte. Vielleicht weil er so sicher war, dass Sarah Gabriel hasste, oder erleichtert darüber war, dass man sie nicht entlarvt hatte. Oder weil er einfach keinen anderen geben konnte.

Die Schuhe des Magistrats machten ein tappendes Geräusch, als er über den Hof aufs Haus zuging. Die saubersten Schuhe, die dieser Bauernhof jemals gesehen hatte, und Daniel wusste nicht, wie der Magistrat dem Staub und Mist auswich, der den Boden bedeckte. Er betrat schweigend die Küche, hob die Augen, um die Ecken nach Spinnweben abzusuchen, und fuhr mit dem Finger über die Wand, wo Bett stand und ihn mit grimmiger Miene anschaute.

»Wollt Ihr Euch nicht setzen?«, fragte Vater. »Wir haben noch jede Menge Essen übrig, falls Ihr noch hungrig sein solltet.«

»Ich verzichte, danke.«

»Wie können wir Euch dann helfen, Magistrat Wright? Braucht Ihr schon wieder eine Versammlung?«

»Das kann gut sein«, erwiderte der. »Denn ich höre verstörende Neuigkeiten aus dem Dorf, und ich mache mir Sorgen wegen einer Familie dort – den Shaws? Kennt Ihr sie?«

Vater stand auf. »Er ist Fischer, oder? Er ist mir immer vorgekommen, als wäre er ein aufrichtiger …«

Der Magistrat hob die Hand und brachte ihn so zum Schweigen. »Ich brauche nicht die Geschichte des Mannes. Ich will nur wissen, ob Ihr die Shaws in der Kirche gesehen habt, das ist alles.«

Daniel machte den Mund auf, um die Shaws zu verteidigen, aber als er überlegte, konnte er sich nicht entsinnen, sie in der Kirche gesehen zu haben. Sein Beschützerinstinkt wurde erstickt von seiner Angst, Unwahrheiten zu behaupten, wo Gott im Spiel war.

»Ich habe gehört, sie haben nicht mal den Ostergottesdienst besucht? Weil sie ihre eigene … Feier abgehalten haben?« Der Magistrat blickte sie bohrend an.

Gabriel begann, den Kopf zu schütteln, doch Vater warf ihm einen warnenden Blick zu. »Ich bin sicher, sie waren … ich könnte es gar nicht richtig sagen«, antwortete Vater. »Vielleicht weiß ja der Pastor …?«

»Pastor Walsh ist weniger mitteilsam, als ich gehofft hatte. Und da ist noch eine andere Angelegenheit, von der Ihr vielleicht Kenntnis habt. Sie betrifft den Netzmacher.« Er schritt durchs Zimmer, drehte dabei die Pfannen um, die an der Wand hingen, und spähte in eine Wanne. Bett verschränkte die Arme und funkelte ihn wütend an.

»S-Sam Finch?« Der brutale Schläger, der einen Zahn verloren hatte, als er die Faust von Sarahs Bruder zu spüren bekam. Unsicherheit flackerte auf.

»Allerdings. Das reinste Unglück hat ihn heimgesucht – sein ganzes Essen ist verdorben, während er letzten Sonntag in der Kirche betete, und er und seine Frau leiden an Krankheit und Entzündung der Haut – das ist mehr als nur Pech. Hier ist eine böse Hand am Werk, befürchte ich, und ich weiß, dass Master Gabriel in der Vergangenheit schon einmal erzählt hat, wie er bei einer bestimmten Familie in Ungnade gefallen ist, nicht wahr?«

Er sprach von Furcht, aber Daniel sah etwas ganz anderes an ihm: Lust.

»Ja«, sagte Gabriel und stand so schnell auf, dass sein über den Boden geschobener Stuhl ein hässliches Geräusch machte. »Ja, da kann ich Euch sicher aushelfen, da gab's tatsächlich böses Blut mit den Finches, mit dieser Familie, die da oben auf dem verfluchten Hügel wohnt.«

»Aber ... das war doch nur ein einziger Vorfall«, sagte Daniel, bevor Gabriel sein letztes Wort zu Ende gesprochen hatte. Er lachte und versuchte, die Angelegenheit herunterzuspielen. Ihm schlug Schweigen entgegen. »Das war doch nicht mehr als ein kleiner Zank, oder?«

Gabriel schnaubte. »Ich glaube, das war eher ein Mordversuch von diesem Teufelsjungen.«

Daniel schaute weiter auf den Magistrat. Er war sicher, dass sein Auge kurz aufglänzte, als das Wort »Teufel« fiel. Er trat ans Feuer, schaute in den Topf, der darüber hing, rührte den Inhalt um und hob den Löffel an seine Nase. Er verzog das Gesicht. Daniel wagte kaum, Bett anzusehen.

»Du stellst das völlig falsch dar, Gabriel«, sagte er. Gabriel schaute ihn überrascht und verärgert an.

»Ja, und du bist nicht gerade langsam mit dem Gebrauch deiner Fäuste, wenn man dich provoziert«, sagte Bett.

Wieder verspürte Daniel einen außergewöhnlichen Drang, sie zu küssen.

Vater schnipste mit den Fingern und zeigte auf den Herd. »Du vergisst dich, Mädel. Verschwinde an deinen eigenen Herd und komm morgen mit einer sanfteren Zunge zurück.«

Einen Moment lang erwartete Daniel, dass sie einen Streit anfing, aber sie ging nur ihr Schultertuch holen und verschwand. Der Magistrat trat beiseite, als sie vorbeiging, als hätte sie eine ansteckende Krankheit.

»Ich muss mich entschuldigen«, sagte Vater. »Sie ist schon sehr lange bei uns, und manchmal glaube ich, sie hat das Gefühl, hier mehr Tochter als Hausmädchen zu sein.«

»Vielleicht wart Ihr zu nachsichtig mit ihr«, sagte der Magistrat. »Dieser Besuch war wirklich nützlich. Ich befürchte, der Wind dreht sich, weht etwas Böses heran, und Ihr tätet gut daran, Euch darauf vorzubereiten.«

Wieder dieses Wort, obwohl er keine Anzeichen von Furcht zeigte.

Er wandte sich zur Tür, drehte sich dann aber noch einmal um, als wäre ihm nachträglich noch etwas eingefallen. »Ach, ich habe übrigens gehört, Ihr habt ein neues Milchmädchen, das nicht aus dieser Gegend stammt.«

Daniels Herz machte einen scharfen Satz, und er hätte nicht sagen können, ob ihm tatsächlich ein erschrockener Laut entfahren war.

»Ich würde sie gerne mal treffen.«

»Sie hat sich in ihr Zimmer zurückgezogen«, sagte Vater.

»Trotzdem.«

Daniel begann, aufzustehen, und betete innerlich, dass Sarah nicht auf Besuch zu ihrer Familie gegangen war. Doch da sagte Vater schon: »Gabriel, hol Sarah doch mal zu uns.«

Gabriel war weg, bevor Daniel sprechen konnte.

»Ah«, machte der Magistrat, als Sarah erschien. Er nahm sie beim Arm und führte sie zum Licht, das vom Feuer ausging. Er befingerte die Kante ihrer Haube, hob mit dem Finger ihr Kinn hoch, um ihr Gesicht besser mustern zu können, dann hob er ihren Rock ein kleines bisschen hoch und musterte ihre Schuhspitzen. Ihr Zittern teilte sich über die Kleidung mit, aber sie bewahrte stur ihre ruhige Miene.

Gabriel trat vor, dann riss er sich wieder zusammen. Vater warf einen Blick zu Daniel, runzelte die Stirn und zuckte ganz leicht mit den Schultern.

»Gut«, sagte der Magistrat und wandte sich an Vater. »Seid Ihr mit ihr zufrieden?«

»Oh ja, allerdings«, sagte Vater. »Eine gute kleine Arbeiterin.« Er lächelte Sarah an, aber sie erwiderte sein Lächeln nicht, sie wandte ihm nur ihre großen Augen zu.

»Sehr gut«, sagte der Magistrat. »Dann werde ich Euch jetzt erst mal verlassen. Denkt dran, dass Ihr Eure Kerzen anzündet. Ich sehe, dass Ihr auch noch kein Hexenglas habt. Wartet nicht damit.«

Die Tür hatte sich kaum hinter ihm geschlossen, da brach Vater in lautes Gelächter aus und schaute sie der Reihe nach an.

»Na, so was hab ich aber auch noch nicht gesehen. Armes Mädchen – es hätte mich nicht überrascht, wenn er deinen Mund aufgemacht und die Zähne nachgezählt hätte«, sagte er.

»Wenn er noch einen Finger auf dich gelegt hätte, dann hätte ich ihm das Gesicht zerschlagen«, meinte Gabriel.

Sarah lächelte Vater an, ignorierte jedoch Gabriel.

»Würdest du gern zurück in dein Zimmer?«, fragte Daniel.

Er stand auf, legte ihr eine Hand auf den Rücken und führte sie hinaus. Immer noch zitternd.

Girlanden aus Blättern und Blüten

Es ist noch nicht hell, als ich vom Geräusch einer Faust geweckt werde, die gegen meine Zimmertür hämmert. Einen Augenblick lang glaube ich mich zu Hause, mit Annie neben mir, und habe Angst, dass der Mob wieder da ist, um uns anzugreifen. Ein Traum von Magistrat Wright, der sich herabbeugt und mir zuflüstert, dass er meinen richtigen Namen kennt, will mir nicht aus dem Kopf.

Am Rande meines Blickfelds flackert ein Schatten. Ich versuche, den Aschegeruch herunterzuschlucken, ich werde den Anblick der Augen dieses Hundes einfach nicht los. Geflüsterte Worte kommen mir über die Lippen, unbekannt und doch vertraut, eine Anrufung der dunklen Mächte, dass sie Leid über denjenigen bringen mögen, der uns bedroht. Ich kann nicht aufhören. Die Macht, die ich angenommen habe, kocht und schäumt in mir, sie gehorcht weder meinem Willen noch meinen Befehlen und bringt sowohl ein rauschhaftes Hochgefühl als auch Schrecken mit.

Das erneute Klopfen an der Tür holt mich zurück in meine Umgebung und befreit mich aus dem Griff der Finsternis. Bett steckt ihren Kopf in mein Zimmer.

»Auf, Mädchen, die Arbeit wartet.«

Dann ist sie wieder weg. Ich werfe mir schnell meine Kleider über, muss noch einmal an die warme, trockene Berührung der

Hand des Magistrats denken und folge dann dem Geräusch, wie Bett die Asche zusammenkehrt und lärmend Töpfe auf den Tisch stellt.

»Arbeit, Arbeit, Arbeit«, singt Bett, während sie Wasser heiß macht und das ganze Aufgebot an Essen mustert – zwei Hammelkeulen, Brot, Holunderblüten, Milch, Sahne und Käse. Davon könnte sich meine Familie monatelang ernähren.

»Der beste Abend des Jahres, und am meisten vorzubereiten. Ich hatte noch nie ein zweites Paar Hände, um mir zu helfen.« Sie runzelt die Stirn, als sie mich dabei erwischt, wie ich ein Gähnen unterdrücke. »Aber deine Hände werden mir nicht viel nützen, wenn dein Kopf immer noch im Bett liegt – wach auf, Mädel, und geh in den Garten.«

Und so beginnt ein Tag, wie ich ihn nie gekannt habe. Zuerst pflücke ich Stachelbeeren, weiße Johannisbeeren und Apothekerrosen. Die Blütenblätter werden für Salate und Rosenwasser gebraucht, aber ich behalte ein paar zurück, die ich Mam geben möchte, für Menschen, denen man den Geist erhellen muss.

Bett hält mich auf Trab mit Hacken, Kochen, Umrühren, Umgießen, neben meinen eigenen Tätigkeiten wie Melken, Käseumdrehen und -abwischen und Eiersammeln. Die ganze Zeit gibt sie mir Anweisungen und ist ganz aufgeregt vor Vorfreude. Ich bin dankbar für die Arbeit, weil sie mich ablenkt und meine Hände beschäftigt.

»Was passiert auf diesem Fest?«, frage ich, während ich Stachelbeeren in den Topf schütte, in dem eine der Hammelkeulen kocht. Mir schlägt ein so herzhafter Duft von Kräutern und Fleisch entgegen, dass ich am liebsten den Löffel nehmen und zulangen würde.

Sie dreht sich um, während sie den Wein mit den eingebrockten Stücken umrührt. »Das gibt kein Fest, sondern Randale, wenn wir diese Speisen nicht rechtzeitig fertig bekommen.«

Ich kann das Essen fast schon schmecken. Dieser Hammel

wird geschmort, bis das Fleisch von selbst vom Knochen fällt. Ich lecke mir die Lippen.

»Aber Mittsommer ist der beste Abend, mit dem Feuer und allen Gästen, und dann wird gefeiert und getanzt und Wein getrunken.« Bett wendet sich mir zu und wischt sich das gerötete Gesicht ab. »Du wirst meinen, dass du plötzlich im Himmel bist, und wenn du dann das ganze Essen selbst gemacht hast und siehst, wie das ganze Dorf es genießt – dann ist das jeden Tropfen Schweiß wert.«

Sie stemmt eine Hand an den Rücken und stöhnt. Ich schaue mich um. Wir sind allein.

»Es gibt nichts, was so gut heilt wie die Mittsommersonne«, sage ich. »Geh nach draußen und schließ die Augen, und dann dreh dich, bis die Sonne auf das Körperteil scheint, das dir wehtut. Dann bist du bis Sonnenuntergang geheilt.«

Sie kratzt sich unter ihrer Haube und runzelt die Stirn. »Ich hab jetzt keine Zeit zum Heilen, und ich bin gerade zu beschäftigt für Mittsommersonne. Mach weiter mit deiner Arbeit. Du plapperst zu viel.«

Dann, als sie mir den Rücken zudreht und ich gerade den Löffel an meine Lippen hebe, sagt sie: »Und nicht essen.«

Wir arbeiten den ganzen Tag, und endlich, als die Schatten länger werden und das Sonnenlicht reift, ist das Essen auch fertig. Bett und ich fangen an, es hinauszutragen zum Brachfeld, wo die Männer gerade mit hochgekrempelten Ärmeln und schweißfeuchtem Haar das Feuer vorbereiten.

Daniel zwinkert mir zu, und die Hitze steigt mir ins Gesicht. Auch jetzt noch, obwohl ich ihn ja täglich sehe, obwohl unsere Pläne für ein gemeinsames Leben beschlossen sind. Die Tage, an denen er beim Schafescheren pausenlos der Sonne ausgesetzt war, haben ihn kräftig gebräunt, und seine blauen Augen heben sich hell von der glänzenden Haut ab.

Bett räuspert sich und schaut weg. »Dafür ist später noch genug Zeit – jetzt mach zu, Mädchen.«

Ich halte mich am Rande der Menge, während der Magistrat die Fackel hält. Er schaut sie aufmerksam an, und ich glaube, er würde mich in diesem Moment gar nicht sehen, doch nach seiner Inspektion bin ich besonders vorsichtig. Ich trage keine Haube, sondern habe mir von Bett weiße Lichtnelken in die Haare flechten lassen, aber meine neuen Röcke verkleiden mich immer noch gut. Ist es ein Fehler, wenn ich versuche, so zu sein wie die anderen? Hier ist kein Platz für die Tochter der Heilkundigen.

Er hält die Fackel ans Holz, und der Stapel lodert jäh auf und versprüht Funken. Ein Schrei geht durch die Mange, die Geigenspieler fangen an zu spielen, und dann entsteht kurz ein bisschen Gedränge um Essen und Bier. Jungen springen durch den Rauch des Feuers. Ich schaue den Kindern zu, die mit Girlanden aus Blättern und Blüten geschmückt sind und Hand in Hand tanzen, herumrennen und lachen, mit ausgezogenen Schuhen im Gras sitzen und sich das Essen in den Mund schaufeln.

Eines Tages wird Annie hier auch dabei sein. Vielleicht nächstes Jahr schon. Ich werde sie mit Bändern schmücken und ihr die Haare zu Zöpfen flechten, und sie wird mit ihren Freundinnen spielen statt mit den Geistern, die im Pestdorf lauern. Solange sie das Zeichen nicht trägt, ist ihre makellose Haut Beweis ihrer Unschuld. Wir müssen sie nicht mehr vor dem lüsternen Auge des letzten Magistrats verstecken, aber jetzt müssen wir sie vor einer ganz neuen Grausamkeit beschützen.

Bett drückt mir einen kleinen Becher Wein in die Hand. Es ist nicht mein erster. Sie hat Butterblumen um ihren Strohhut gewunden und umklammert den Arm eines großen Mannes.

»Dein Essen taugt nun ja doch was, also hast du dir auch ein Getränk verdient.« Sie blickt zu dem Mann auf, der mich ansieht und die Augenbrauen hochzieht. »Du hättest mal sehen sollen, was für eine Unordnung die angerichtet hat.«

Er lacht. »Du tust mir leid, Mädchen, Bett kann einen ganz schön rannehmen. Das hab ich auch schon zu spüren gekriegt.«

»Ach, und ich dachte, ich bin deine große Liebe«, sagt Bett.

»Bist du ja auch, mein Schatz.« Er senkt den Kopf, um ihr einen Kuss auf die Wange zu drücken.

Bett ist netter und sanfter, wenn sie nicht auf dem Hof ist. Wenn ich sie jetzt so mit ihrem Mann sehe, meine ich, eine Distel zu sehen, die sich in ein Gänseblümchen verwandelt hat.

Sie schaut mich an. »Tut mir leid. Ein oder zwei Glas Apfelwein, und er meint, er muss mir immer noch schöne Augen machen.«

Der Wein brennt mir leicht würzig im Mund und wird warm in meinem Magen. »Ich bin so glücklich.«

»Also dann. Aber Vorsicht mit dem Zeug, ja?«

Nathaniel zieht sanft an Betts Arm und führt sie zum Kreis der Tanzenden. Sie hält einen Augenblick dagegen, ergreift meine Hand und drückt sie.

»Viel Vergnügen, Mädchen. Aber pass auf, dass du keine Aufmerksamkeit auf dich ziehst, ja? Bleib ruhig und halt dich immer schön am Rand der Menge. Wenn dich irgendjemand erkennt, werden sie dich des Betrugs anklagen oder schlimmer noch.«

Ich verstehe ihre Worte. Doch der Wein hindert mich daran, sie wirklich zu fühlen.

Der Tanz, den die Geiger spielen, ist schnell, und obwohl ich sicher bin, nicht tanzen zu können, bewegt sich mein Körper, und ich schlage mit den Füßen den Takt mit. Das macht mir Vergnügen, aber da ist noch etwas mehr – eine Erinnerung an Johns hübsche Stimme, als er ein Junge war, ein jäher Wunsch, ihn hier zu sehen, unbeschwert tanzend. Wir haben nie an so einer fröhlichen Versammlung teilgenommen. Ich beobachte, wie sie alle lachen und reden und tanzen. Alle außer Phyllis Ross, die neben dem Tisch mit dem Essen steht, zuschaut und bewusst Raum lässt zwischen sich und allem, was ihr nahe kommt.

Ich weiß, dass sie diejenige war, die Magistrat Thompson im Wald genommen hat, die Geschichte wurde mir zugeraunt, als ich zum ersten Mal mit den anderen Frauen Wäsche wusch. Sie sieht so schmächtig aus. Ich habe versucht, ihre Unschuld zu betonen, soweit ich das als Neuling eben wagen konnte, aber keine wollte mir zuhören.

Quer durch die Menge halte ich Ausschau nach Daniel, der sicher ein freundliches Wort für sie hat, aber wieder mal steht mir plötzlich Gabriel gegenüber.

»Ach, ich hab dir auch Wein mitgebracht«, sagt er und hält mir den Becher hin, wie um die Wahrheit seiner Worte zu beweisen. Der Becher wirkt absurd klein in seiner großen, fleischigen Faust.

»Ich hab schon welchen.«

»Ja, das seh ich.«

Ich schaue an ihm vorbei. Irgendwo in der Nähe muss Daniel sein.

Gabriel räuspert sich und steht linkisch da mit seinem Wein und seinem Cider. »Du bist ein schüchternes Mädchen«, sagt er.

»Das stimmt nicht.«

»Nein, nein, nicht schüchtern, ich hab mich falsch ausgedrückt. Ich meine, ich wollte sagen, du bist – so unschuldig.«

Er nennt mich Hure, wenn ich Lumpen trage, unschuldig, wenn ich so gekleidet bin wie alle anderen Mädchen. »Du kennst mich wirklich nicht gut genug, um meinen Charakter einschätzen zu können«, sage ich.

»Aber das würde ich gerne.«

»Warum?«

Er verlagert sein Gewicht auf den anderen Fuß, nimmt seine Mütze ab und bekleckert sein Oberteil mit Wein. Er flucht leise.

Der Schweiß sammelt sich in Perlen und rinnt ihm über die Wange. Er blinzelt in die untergehende Sonne, dann wieder zu mir. Wieder räuspert er sich. »Ich habe nicht die hübschen Worte, die du verdienst, aber wenn ich dich die ganze Zeit dastehen sehe, mit diesen Augen und deinem …« Er deutet auf mich und verschüttet noch mehr Wein. »Und ich bin ein Knecht und du ein Milchmädchen, da ist es doch klar, dass …«

Seine Stimme verliert sich. Würde ich nicht noch immer seinen Daumen auf meiner Zunge schmecken, seine Faust auf meiner Wange spüren, könnte ich Mitgefühl empfinden bei seinen gestammelten Werbungsversuchen. Aber der Wein und meine Wut haben mich kühn gemacht, und so starre ich ihn an, bis er als Erster die Augen niederschlägt. Schließlich senkt er den Kopf, und ich stelle befriedigt fest, dass sich Röte über sein Gesicht ausbreitet.

Hinter ihm sehe ich Daniel, und ich rufe ihn laut. Er wirft einen Blick auf Gabriel, zögert erst, kommt dann aber doch zu uns herüber.

Gabriel schaut mich kläglich an, dann geht er davon. Ich empfinde ganz kurz noch einen Stich von Mitleid und muss mir wieder ins Gedächtnis rufen, was für ein Rüpel er ist.

»Willst du tanzen?«, fragt Daniel.

»Oh, ich … weiß nicht, ob ich das kann.«

Er nimmt mir den leeren Becher aus der Hand, wirft ihn ins Gras und zieht mich mit. Ich lache und protestiere, aber er zieht mich mit sich, bis wir beim Kreis am Feuer sind. Und ich bewege mich, mein ganzer Kopf ist voller Musik. Die Wärme der Flammen auf meinem Gesicht, die Stimmen der Menschen um mich herum. Daniels Hand in meiner. Wir tanzen immer weiter, bis wir völlig außer Atem sind.

Wenn doch nur meine Familie auch dabei sein könnte. Wenn doch nicht ständig die Angst, aufzufliegen, in den Schatten lauern würde. Dann hätte ich den Fluss überquert, um die neue Sarah zu werden.

Als die Musik langsamer wird, werden wir es auch. Daniel lehnt sich so nah an mich, dass ich seine Lippen an meinem Hals fühlen kann. »Komm mit«, flüstert er.

Wir machen uns davon, als die Musik wieder anfängt, rennen von dem Licht und den Gesichtern fort und auf die Dunkelheit zu, die uns versteckt. Seine Hand in meiner. Einmal drehe ich mich um, um nachzuschauen, ob uns jemand beobachtet. Gabriel schaut zu uns, aber er unterhält sich mit der Tochter des Schmieds, und ich glaube nicht, dass er es merkt, als wir gehen.

Andere Liebespaare werden auch im Wald sein, aber ich weiß jetzt schon, wo er mit mir hinwill. Kaum haben wir das Flussufer erreicht, als wir stolpernd zum Stehen kommen, die Hände immer noch ineinander verschränkt. Hier ist die Luft kühler, doch ich spüre die Hitze seiner Haut und trete näher an ihn heran.

Sein Brustkorb bewegt sich immer noch heftig vom Tanzen und Rennen. Er hebt eine Haarsträhne von mir hoch, in die Blüten gewunden sind, und schüttelt ganz leicht den Kopf. »Du bist schön heute Abend. Du bist immer schön.«

Er drückt seine Lippen auf meine, schmeckt nach Bier und dem süßen Pudding, den ich vorher selbst gemacht habe, und er küsst mich so, dass ich das Gefühl habe, er wird nie mehr aufhören. Ich will auch nie mehr aufhören.

Der Boden unter mir ist rau, der Fluss plaudert in der Nacht. Und wir. Nichts weiter. Ich will das hier, ich weiß, dass ich es will mit jeder Faser meines Körpers, nur hier und nur ihn. Daniel schiebt meinen Rock höher. Mein Atem geht schneller. Trotzdem zittert meine Hand, als ich sein Oberteil aufschnüre, ich bin ungeschickt, verheddere mich mit den Schnüren. Er bricht ab, schaut auf das Chaos, das ich da anrichte, und fängt an zu lachen.

»Komm, lass mich machen«, sagt er, setzt sich zurück und löst die Knoten. »So.« Er streichelt mein Gesicht. »Bist du glücklich?«

»Furchtbar glücklich.«

Da verschwindet sein Lächeln, und er senkt den Kopf. Ich weiß, warum. Ich setze mich auf, lege meine Hand auf sein Oberteil. »Bist du es nicht?«

»Doch, schon.« Er lacht kurz. »Ich könnte gar nicht glücklicher sein … du bist hier, und du bist so schön. Es ist nur, dass ich … wir sind ja noch nicht verheiratet, und … es ist so eine Sünde.«

Ich sollte mich von ihm lösen, mich selbst bedecken, wieder zu Atem kommen und gehen. Aber ich kann nicht. Die Sehnsucht ist zu groß, um ihn so leicht davonzulassen. »Wir werden doch heiraten«, sage ich. »Wir werden unser Haus haben, und du wirst Bauer, und wir werden dieses Leben führen, Daniel. Gott weiß, dass wir es tun werden.«

»Und du wirst das Brot backen.«

»Und wir werden tanzen und …«

Wir vollenden den Satz lachend gemeinsam: » … und Flan essen.«

Ich lege mich wieder hin. Er folgt mir. »Gott weiß, dass wir heiraten werden«, sagt er.

»Dann ist es doch nicht so eine schlimme Sünde«, sage ich. Obwohl mir in diesem Augenblick sowieso egal ist, ob es eine Sünde ist.

Spröde und bröckelig

Als Vater Bier trinkend am Tisch saß, entschuldigte sich Daniel und stahl sich in dessen Zimmer. Er trat ganz leise auf und lauschte nach Schritten. Das Nachthemd seiner Mutter lag auf dem Bett, stellenweise schon fadenscheinig, wo Vater es zwischen Daumen und Zeigefinger gerieben hatte, es sich an die Nase gehalten und hineingeweint hatte wie ein Kind. Sie war jetzt seit zweiundzwanzig Jahren tot. Es konnte unmöglich noch eine Spur von ihr in diesem Hemd sein, doch er wollte es nicht aus der Hand geben, und auch ihren Platz wollte er nicht neu besetzen.

Daniel nahm den Schlüssel, wie schon einmal, drehte ihn im Schloss und zuckte zusammen beim Knarren des alten Leders, als er den Deckel anhob. Wie er wusste, war der Ring mit einem Band, das durch die Spitze ihrer Hochzeitshandschuhe gefädelt war, an diesen befestigt. Er hatte keine Schuldgefühle. Er hätte ihn sowieso geerbt, das hatte Vater selbst ihm an seinem sechzehnten Geburtstag mitgeteilt. Von Bier und Tränen durchnässt hatte er die Truhe geöffnet, Daniel den Ring gezeigt und ihm versprochen, dass, wenn er eines Tages ein würdiges Mädchen finden würde, eine, die er lieben konnte, wie Vater einst geliebt hatte, er ihr gerne diesen Ring schenken dürfe.

Daniel wusste, dass er das gesagt hatte.

Den ganzen Tag war er mit einem kuschelweichen Glücksgefühl herumgelaufen, denn das, was er sich in seinen wachen und seinen träumenden Momenten ausgemalt hatte, war jetzt Wirklichkeit geworden, und sie waren zusammen und würden es immer bleiben. Er war von Nieselregen geweckt worden, aber das war ihm egal, denn er war mit Sarah zusammen, und besser hätte der Tag gar nicht anfangen können.

Sie hatte sich vorgebeugt, die Hände um ihre Flanken gelegt und den Rücken ihm zugewandt, als sie nach ihren Röcken griff.

Er legte seine Hand auf ihre. »Zeig es mir.«

Ihre Finger hatten sich gerade genug gelockert, dass er sie hochheben konnte. Das Mal, das sie versteckte, war dunkelrot, daumennagelgroß und flach auf ihrer weißen Haut.

»Ist das alles?«, hatte er gefragt. »Das … das ist doch bloß ein Muttermal, das ist gar nichts.«

»Das Mal stört mich auch nicht«, sagte sie mit Tränen in den Augen. So hatte er sie noch nie gesehen. »Aber das, was es bedeutet.«

Er nahm ihre Hände, zog sie an sich und küsste sie. »Es hat keine Bedeutung. Ich habe so was schon an Kälbern und Welpen und Ferkeln gesehen. Es ist einfach nur ein Mal auf deiner Haut.«

Sie hatte ihm ein Lächeln geschenkt, und er wünschte, er hätte es ihr abnehmen können. »Ja, du hast recht. Ich bin sicher, dass du recht hast.«

Als sie auseinandergingen, hatte er das Gefühl, dass an den Stellen, an denen sie sich berührt hatten, etwas fehlte.

Im Hof hatte Gabriel ihn am Oberteil gepackt und ihn in den Schatten des Obstgartens gezogen.

»Du hast sie mitgenommen«, sagte er und strich sich eine Strähne feuchtes Haar aus den Augen. »Stimmt's etwa nicht? Das Milchmädchen, und du wusstest ganz genau, dass ich ein Auge auf sie geworfen hatte, ich hatte sie gerade schon vorgewärmt, und dann hast du sie mir weggenommen.«

»Sie ... du bist doch weggegangen, du warst fertig.«

Gabriel schob sein Gesicht ganz nah vor das von Daniel. »Solange sie im Wald nicht unter mir gelegen ist, war ich auch noch nicht fertig.«

Ein brutales Bild war Daniel in den Sinn gekommen und wollte nicht mehr weichen, egal, wie sehr er die Lider zusammenpresste und sich auf das Tropfen von Wasser durch die Blätter konzentrierte.

»Wenn sie nicht so unschuldig wäre und du nicht so ein blutiger Anfänger, würde ich glauben, dass du sie die ganze Nacht besprungen hast.«

Daniel rang sich ein wenig überzeugendes Lachen ab. Er atmete den Geruch von sauber gewaschener Luft ein. »Ist schon genug Mühe, mit einem Mädchen klarzukommen und dem ganzen Liebesgeflüster und Zukunftspläneschmieden, hm?« Er tätschelte Gabriel den Arm. »Aber konntest es gar nicht abwarten, die nächste dranzukriegen, was?«

Die finstere Miene war langsam von Gabriels Gesicht gewichen.

»Und, wie du schon ganz richtig gesagt hast«, redete er weiter, während ihm der Regen durchs Oberteil sickerte, »sie ist nicht die Art Mädchen, die sich im Wald hinlegt, ohne vorher ein Versprechen bekommen zu haben, glaube ich.«

»Jedenfalls nicht mit so einem wie dir«, erwiderte Gabriel achselzuckend. »Trotzdem, du hast sie mir weggenommen. Und wenn du wissen willst, mit wem ich gestern Abend im Wald war: Dein kleines Schmiedemädchen war's. Ich hab sie aufgeschlitzt wie einen ausgenommenen Fisch, und sie hat mich angebettelt, dass ich bloß nicht aufhören soll.«

Daniel hatte ihn nur angewidert angestarrt.

Jetzt schüttelte er den Kopf, um sich von der Erinnerung zu befreien. Ruhig und behutsam nahm er einen Rock und eine Schürze aus der Truhe, bis er die Hochzeitshandschuhe gefunden hatte. Sie waren schon ausgeblichen und rochen nach Staub und Moder, sie waren so spröde und bröckelig, dass er Angst hatte, sie könnten unter seinen Fingern zerkrümeln. Er nahm sie heraus und versuchte, den Knoten im Band zu lösen. Dabei dachte er über die Frau nach, die sie getragen hatte, die ihn nie als Baby auf dem Arm gehalten oder ihm die schmutzigen Knie gewaschen hatte.

Schließlich bekam er den Ring los. Ein schlichter goldener Trauring. Innen war in so winziger Schrift, dass er sie kaum entziffern konnte, eingraviert: *Liebe mich und verlass mich nie*. Er rief sich Sarahs kleine Hände in Erinnerung, ihre schmalen, rissigen Finger, und war ganz sicher, dass er ihr passen würde.

Schmuckstück

Ich bin außer Atem, als ich das Haus erreiche, nachdem ich, so schnell ich nur konnte, den Hügel hochmarschiert bin. Den ganzen Weg über habe ich mir zurechtgelegt, was ich Mam sagen soll. Wie sie reagieren wird, kann ich nicht abschätzen – mit Freundlichkeit oder Verärgerung, je nach Stimmung. Mir bleibt nichts anderes übrig, als mich ihrer Laune zu stellen.

Der bittere Geruch von Bilsenkraut liegt in der Luft, als ich eintrete. Seth ist hier gewesen, er brauchte mal wieder eine Gabe von Mam. Ich habe den Zeitpunkt für meinen Besuch gut abgepasst, denn er ist schon weg, als ich komme, Annie ist im Wald, und John ist nicht da. Als ich frage, wo er ist, zuckt Mam nur mit den Schultern und erwidert, dass er beschäftigt sei. Doch ich habe jetzt keine Zeit für die auflodernden Ängste, die diese Aussage normalerweise in mir auslöst.

Ihr Blick landet auf dem Ring, der an meinem Finger glänzt, sobald ich eingetreten bin, und sie ergreift meine Hand, um ihn gründlich zu mustern.

»Was ist das für ein Schmuckstück?«, fragt sie.

»Das ist kein Schmuck, Mam.« Der Schweiß prickelt mir auf der Haut. Ich weiß auch nicht, warum. Das hier ist der Beweis dafür, dass ich recht hatte und sie unrecht. Ihre Augen suchen mein Gesicht ab wie Vögel, die nach Essensresten scharren.

»Willst du mir etwa erzählen, dass es schon eine Hochzeit gegeben hat?«

»Noch nicht«, sage ich.

Sie lässt meine Hand fallen. »Dann ist's auch nur ein Schmuckstück ohne Wert.«

»Wir werden heiraten«, sage ich. Die Wahrheit, die darin liegt, schwingt in meiner Stimme mit.

Sie schaut mich mit leicht zusammengekniffenen Augen an. »Hast du dich in Schwierigkeiten gebracht, Mädchen?«

Ich ignoriere die Hitze, die mir über die Wangen kriecht. »Nein, ich bin nicht in Schwierigkeiten.«

Sie beobachtet mich ganz genau. Ich warte, fummle am Stoff meines Rockes herum, den Steinen an meinem Handgelenk, dem Ring an meinem Finger.

»Ich glaube zumindest, dass es keine Schwierigkeiten geben wird«, sage ich. »Wir haben nur …«

Sie macht einen Schritt auf mich zu und reißt die Arme hoch, so plötzlich und mit solcher Kraft, dass ich zurückzucke.

»Na, jetzt steh nicht so dumm rum, Mädel«, sagt sie. »Du weißt doch, wo Petersilie und Knöterich stehen. Ich stell inzwischen das Wasser auf.«

Diesen Tee habe ich noch nie gekostet. Eine Spur von Bitterkeit, die meine Zunge verbrennt, als ich schlucke. Wir sitzen am Tisch, und wenn es ein anderes Getränk wäre, könnten wir einfach nur Mutter und Tochter sein, die sich nichtige Geschichten erzählen.

»Wann weißt du Bescheid?«, fragt sie.

Ich überlege. »Beim nächsten Vollmond.«

»Dann nimm lieber noch was mit. Aber du musst dir vor Augen halten, dass es früher oder später versagen wird. Das wird dich nicht immer davor schützen.« Sie umklammert den Hasenanhänger mit der Hand und reibt ihren Daumen über das glatte Holz.

Ich schlucke den letzten Mundvoll und verziehe das Gesicht ob der körnigen Säure. Nicke. Aber ich kann nur hoffen, dass es mich lang genug absichert. Wir haben eine neue Art zu leben entdeckt, und das lässt sich jetzt nicht mehr rückgängig machen.

Sie greift über den Tisch und legt mir die Hand auf den Arm. »Was auch immer geschieht, hier hast du dein Zuhause. Immer. Das weißt du doch, oder?«

Ich stelle die Tasse ab und bin froh, dass ich sie schon leer getrunken habe, denn ich könnte jetzt nichts mehr runterkriegen, so voll ist meine Kehle. Ich ergreife ihre Hände. »Das weiß ich, Mam.«

Sie drückt meine Finger und schüttelt ganz leicht den Kopf. »Na, dann. Erzähl mir von dem feinen Leben, das du dort führst, hm? Ich will alles hören, was …«

In dem Moment geht die Tür auf, und Annie kommt hereingestürmt. Schluchzend wirft sie sich auf Mams Schoß. Wir tauschen einen Blick über ihren Kopf. Ich erwarte ein verwaistes Fuchsjunges oder etwas in der Art. Ich hoffe es.

Irgendwann werden ihre Worte klarer, obwohl sie immer noch durchtränkt sind von Kummer.

»Das Mädchen«, sagt sie. »Das Mädchen baumelt im Wald.«

Wir rennen schweigend los, alle drei. Annie läuft voraus, schneller, als ich sie jemals habe laufen sehen, und sie zieht Mam an der Hand hinter sich her.

Die Füße sind auf der Höhe meiner Knie. Gar nicht so weit weg von dem Boden, auf dem sie sicher war.

Um ihren Hals geschlungen und an den Ast darüber gebunden hat sie einen aus einem Laken herausgerissenen Streifen. Ihr aufgequollenes, schwärzlich verfärbtes Gesicht starrt ausdruckslos auf uns nieder. Ihre Zunge ist geschwollen wie ein verfaulender Fisch.

Sie hatte keinen schnellen Tod. Keinen gnädigen. Sie wird hin und her geschwungen und gewürgt worden sein, bevor das Leben aus ihr wich. Ohne eine barmherzige Seele in der Nähe, die an ihren Beinen hätte ziehen können, damit ihr Genick bricht.

Und auf den in allen Farben schillernden Wangen hat sie immer noch Tränenspuren.

Mam bewegt sich langsam, beschwert von dem Grauen darüber, was wir gerade gesehen haben. Sie wickelt das Schultertuch um mich, als wäre ich ein Kind, und drückt mir das Päckchen mit den Blütenblättern in die Hand. Nimmt mein Gesicht in beide Hände und küsst mir die Wange.

»Erzähl es nur jemand, dem du vertraust«, sagt sie. »Sag nichts von uns, wir können unmöglich mit dieser Geschichte in Verbindung gebracht werden. Und behaupte, dass ein anderer sie entdeckt hat, nicht du. Du darfst jetzt nicht enttarnt werden.«

Ich umarme sie kurz und beuge mich dann zu Annie hinunter. Sie hat sich in Mams Rock gewickelt und lutscht an ihrem Daumen. Kleine, braune Augen schauen mich aus der Rockfalte heraus an.

Ich küsse ihr die Wange. Die ein bisschen draller ist als früher.

»Mammy wird dich beschützen«, sage ich. »Das Mädchen ruht jetzt.«

»Das arme Ding«, sagt Mam, als ich mich wieder aufrichte. »Ihre Seele wird mit den anderen durch diesen Wald wandern.«

Er bringt gerade die Tiere in den Stall, und ich bin dankbar, denn es ist niemand anders da, vor dem ich mich verstellen müsste. Ein Blick auf mein Gesicht, und er runzelt die Stirn, macht einen Schritt nach vorn und schließt mich in die Arme.

»Phyllis«, bringe ich heraus. »Phyllis hat sich im Wald aufgehängt.«

Ein Ausschnitt vom Ganzen

Daniel zählte die Schläge der vorbeifahrenden Glocke. Sechs für eine Frau, und dann einen für jedes Jahr, das Phyllis gelebt hatte. Vierzehn.

Sie stellten bei Beerdigungen immer das Pferd und den Karren, und so stand er wieder einmal hier und schaute in die Gesichter der verwirrten und vom Kummer gebeugten Trauergäste. Phyllis' Mutter beugte sich vor und klammerte sich an seine Hand. Aus der Nähe konnte er die neuen Furchen und Falten zählen, die sie in den Tagen seit dem Tod ihrer Tochter bekommen hatte.

»Sie hat sich ihm nicht geschenkt, weißt du? Sie wollte das nicht«, sagte sie.

Der Anblick von Phyllis' tränenüberströmtem Gesicht in jener Nacht im Wald würde ihn für immer verfolgen. »Ich weiß.«

Sie trat näher und ergriff mit ihren kalten Händen die seinen. Tränen strömten und tropften. »Erst als die zweite Blutung ausblieb …«, sagte sie. Er hätte nicht sagen können, ob sie nickte oder einfach so heftig von Trauer geschüttelt wurde.

»Mary«, rief Phyllis' Vater mit finsterer Miene. Er kam mit großen Schritten herüber, fasste sie am Arm und führte sie weg. Er warf noch einen Blick über die Schulter zu Daniel. »Sie wird verrückt vor Kummer über ihren Verlust«, sagte er. »Sie kann kein sinnvolles Wort mehr sprechen.«

Daniel stellte sich an seinen Platz in der Reihe von Dorfbewohnern, die dem Karren zum Friedhof folgen würden. Er war froh, dass die Dunkelheit ihn verbarg, froh über die Kerze, die vor wiederkehrenden Geistern beschützte. Als er zurückblickte, entdeckte er Sarah, die zum ersten Mal Teil das Trauerzugs war. Ihre Haube leuchtete hell im Mondlicht, Bett ging gleich neben ihr.

Es war nicht üblich, sich nach einem Begräbnis in die Scheune zurückzuziehen.

Es wurden weder Kekse noch Wein angeboten, nur die Versammlung von nüchternen Trauernden war da. So hatte Magistrat Wright es vorgeschlagen. Er nahm wieder seinen Platz von der letzten Versammlung ein, hoch und gewagt auf einer Schütte, ganz vorne vor der Menge.

»Ein trauriges Ereignis hat uns hier zusammengeführt«, sagte er. »Das tragische Ableben eines jungen Geistes, eines Geistes, der einen großen Verlust für ihre Familie bedeutet, ja, für das ganze Dorf.« Schluchzer von Phyllis' Familie. »Aber wir dürfen nicht wegschauen von den unappetitlichen Ereignissen, die eine Rolle dabei gespielt haben, herbeigeführt durch ihr eigenes weibliches Versagen und frauliche Wollust.«

Daniel stockte der Atem in der Kehle. Er wartete, während der Magistrat über die Menge hinblickte. Obwohl jeder im Dorf wusste, dass Phyllis freiwillig in den Tod gegangen und ihr Tod unnatürlich in jeder Hinsicht gewesen war, war die Geschichte, die man Pastor Walsh erzählt hatte und dieser tatsächlich geglaubt hatte, die eines unseligen Unfalls. Seine Stimme war beim Gottesdienst gebrochen. Ganz sicher würde er sich jedem Widerspruch gegenüber taub stellen, sogar – so hoffte jedenfalls Daniel – wenn er aus dem Mund des Gesetzes selbst kam.

»Alle unter euch, die Eltern sind, alle unter euch, die in diesem Dorf Ansehen genießen, eure Pflicht ist es, den Weg zu weisen, den Pfad der Reinheit mit eurem eigenen Vorbild zu erleuchten. Ich sehe die Schlechtigkeit, die euch ummantelt, lauernd wie dichter Nebel. Euer Fang wird austrocknen, und eure Kinder verhungern, durch die Hand des Bösen, das ihr selbst in euer Haus geladen habt.«

Daniel verlagerte sein Gewicht von einem Fuß auf den anderen und behielt Sarah gut im Auge. Konnte nichts auf ihrem Gesicht erkennen. Er sehnte sich danach, wieder mit ihr in den Armen am Fluss zu liegen, an einem Tag in jüngster Vergangenheit, als Phyllis noch am Leben war und er noch nicht besudelt von Schuldgefühl und der Verzweiflung über ihren Tod. Nur Sarah konnte ihn jetzt erreichen, denn er war in tiefer Trauer. Er begann, sich um die Menge herumzuschleichen. Einfach nur in ihrer Nähe zu stehen, würde ihm schon reichen.

»Unsere Jugend ist schwach«, fuhr der Magistrat fort. »Unsere Frauen sind schwach, sie haben nicht die Stärke des Geistes, um dem Treiben des Teufels widerstehen zu können. Verdorben durch Schwäche und einen bereits vorhandenen Flecken auf der Seele, werden sie zur willigen Beute des Bösen. Wir müssen sie vor ihren eigenen niederen Trieben beschützen.«

Es entstand Bewegung und Gemurmel in der Menge. Daniel bewegte sich langsam an ihr vorbei.

»Ihr müsst wachsam sein.« Jetzt hob er seine Stimme. »Beobachtet euer Weibervolk gut im Hinblick auf Lüsternheit, die über ihr normales Versagen hinausgeht. Haltet Ausschau nach Hexenzirkeln, also Versammlungen von Weibern ohne einen Mann, der ihnen die nötige geistige Stärke geben kann. Ihr braucht ein aufmerksames Auge für das verbotene Wissen der Kräuterheilkunde, das Teufelsmal auf der Haut, denn das sind Anzeichen für Schlechtigkeit.«

Daniel ging schneller. Die Worte des Magistrats bewegten sich wie schwefliger Dunst, der die Menge langsam vergiftete, bis am Ende alle unruhig wurden und lauthals irgendwelche Beschuldigungen herausplärrten. Er dachte an Sarahs Mutter und ihre Kräutermedizin, das Geflüster von schlimmeren Dingen, das ihm über sie zu Ohren gekommen war, und er hatte keinen Zweifel, dass er nicht der Einzige war. Ein paar mutige Frauen widersprachen laut.

»Ich warne euch jetzt«, rief der Magistrat über das ganze Gesindel, »diese Frauen sind unter euch und vermehren sich wie die Maden. Und ihr einziger Wunsch ist, euch in jeder Hinsicht zu schaden.«

Er sah, wie sie den Kopf umwandte. Sie suchte ihn, und er war immer noch nicht bei ihr. Er war jetzt hinter ihr, nur noch eine Armlänge entfernt.

»Ich frage mich«, bellte der Magistrat wütend, »warum ich keine Hexengläser vor euren Häusern sehe, warum ich nachts keine Lichter in den Fenstern sehe und keine Hexenabwehrzeichen auf euren Mauern. Ich frage mich, wenn ihr dieses Böse nicht abwehrt, wer von euch lädt es dann in sein Haus ein? Meine Untersuchungen zu den Abscheulichkeiten der Papisten, die ihr im Herzen dieses Dorfes ausübt, sind fast abgeschlossen. Die Schuldigen werden vor Gott und meinem Gericht stehen, und um eurer Seelen willen wird es keine Gnade geben. Jetzt habt ihr die Gelegenheit, eure Unschuld zu beweisen, kommt zu mir mit dem, was ihr wisst, oder stellt euch gleich zu den Befleckten, die gesündigt haben.«

Daniel drängte sich durch, streckte die Hand aus und berührte ihre Schulter. Sie drehte sich sofort zu ihm um, und ihre Augen waren ganz dunkel vor Angst und Zorn.

Bett lehnte sich zurück. »Bring sie hier weg«, sagte sie leise. Er sah, wie sie Sarahs Hand drückte und dann wieder losließ.

Es gab einige Unruhe in der Ecke, in der Phyllis' Familie saß, dann den qualvollen Aufschrei einer Frau und Schmerzensgebrüll von einem Mann.

Daniel nahm Sarahs Hand, kümmerte sich nicht um die Blicke der Umstehenden und führte sie rasch zum Ausgang.

Die Menge schwoll und erhob sich, als Phyllis' Vater einen Satz nach vorn machte, und die Personen, die in seiner Nähe standen, mussten ihn zurückhalten.

»Meine Tochter war nicht lüstern. Und auch keine Hexe«, schrie er. »Habt ihr mich gehört?«

Daniel und Sarah prallten zurück, um seinen wild umherschlagenden Fäusten und dem funkelnden Blick auszuweichen. Die offene Tür war jetzt nur noch ein paar Schritte entfernt.

Phyllis' Vater bahnte sich einen Weg durch die Menge. »Sie war ein unschuldiges Mädchen, das zum Opfer geworden ist durch …«

Daniel wartete nicht mehr ab, was er sonst noch zu hören bekommen könnte. Er schleifte Sarah hinter sich her durch die kalte Nachtluft. Sie kamen auch am Pastor vorbei, als er mit gesenktem Kopf an der Wand neben der Tür zusammensackte.

»Ich muss zu Mam«, sagte Sarah, sobald sie sicher draußen waren.

»Ich weiß.«

Sie gingen zurück zum Haus, hielten sich in den Schatten und redeten nur im Flüsterton miteinander.

»Aber … aber sie ist eine Heilkundige, jeder hat sich irgendwann schon einmal an sie gewandt, um sich von ihr eine … eine Salbe oder ein anderes Heilmittel geben zu lassen. Nur Heilen und Kräuterkunde.«

Noch während er diese Worte aussprach, wusste er, dass sie nur ein Ausschnitt vom Ganzen waren, dass der Rest der Wahrheit in unausgesprochenen Schatten lag. Das alte Haworth-Weib, oben auf dem verfluchten Hügel mit ihrer Brut von wilden Teufelskindern. Geschichten von Ernten, die auf dem Feld eingingen, wenn man sie verärgert hatte, von Verhungern und Leiden und Krankheiten, die Dorfkinder befielen. Ein Zauberspruch, um deinen Feind auszuschalten, zum Preis einer Münze. Sarahs Fluch, den sie über Gabriel ausgesprochen hatte. Der Dämon, den man im Dorf gesehen hatte.

»Du weißt, dass sie auf die eine oder andere Art alle schuldig sind«, sagte sie. »Jede Frau, die ihre Wäsche am Bach wäscht, erzählt uns, wer mit dem Ehemann einer anderen schläft, oder welcher Mann seine Frau schlägt und dann behauptet, dass sie von einem Geist besessen ist, der sie gegen die Wände geschleudert hat. Sie sind verängstigt, und sie werden sie ausliefern, um ihre eigenen Sünden zu verbergen. Genauso wie sie sie erst um Heilmittel angehen, sie dann aber anspucken, wenn sie in die Kirche gehen.«

Als ihn jemand auf die Schulter tippte, schrie Daniel erschrocken auf. Er hatte keine Schritte gehört, die ihn hätten vorwarnen können.

»Es tut mir leid, mein Sohn«, sagte Pastor Walsh und hob entschuldigend die Hände. »Ich wollte dich nicht erschrecken, aber ich muss ganz dringend mit euch beiden sprechen.«

Sarah klammerte sich an seinen Arm. »Seth, kannst du nicht zu Mam gehen? Bitte? Und sie warnen?«

»Das werde ich tun, versprochen.« Er tätschelte ihr die Hand. »Aber es tut mir leid, dir sagen zu müssen, dass ich falschlag mit meiner Zuversicht, und jetzt habe ich euch in meine verdrehten Gedankengänge mit hineingezogen. Es ist mir nicht gelungen, Magistrat Wright von der Unschuld der Shaws zu überzeugen, und jetzt wird mir klar, wie himmelschreiend vermessen meine Annahme war, ich sei auserwählt, eure Familien zusammenzuführen.«

Das kam unerwartet. In der Hoffnung auf eine Erklärung blickte Daniel zu Sarah, aber die schaute den Pastor nur voller Mitleid an.

»Du wolltest doch nur helfen«, sagte sie.

»Ihr befindet euch wegen mir in einer gefährlichen Lage. Warum der Herr mir diese verdorbene Seele aufgebürdet hat, werde ich nie erfahren.« Seine Stimme wurde so leise, dass Daniel ihn kaum noch hören konnte. »Aber ich habe vor, sie mit Demut zu tragen.« Der Pastor senkte den Kopf und wischte sich über die Augen. »Ach, hätte ich euch nur vorsichtiger beraten.«

»Das konntest du doch gar nicht wissen«, sagte Sarah.

Er schüttelte den Kopf und sprach zügig, wobei er kaum einmal Pause zum Luftholen machte. »Ihr müsst einsehen, dass ihr jetzt auf keinen Fall heiraten könnt, und du darfst nicht auffliegen, Sarah, in solchen Zeiten, wie sie jetzt auf uns zukommen. Magistrat Wright hat mit mir über seine Errungenschaften in der Vergangenheit gesprochen – als solche betrachtet er sie: Papisten und Hexen zur Strecke bringen, sie verurteilen, einfach nur wegen eines Muttermals und des Wortes eines Nachbarn.« Er beugte sich vor und flüsterte: »Sollte er erfahren, wer du bist, befürchte ich, dass du verurteilt wirst, weil du unseren jungen Daniel hier behext hast.«

Daniel konnte spüren, wie sie schauderte, obwohl sie keinen Laut von sich gab.

»Aber wir sind schon so gut wie verheiratet, wir haben einen Schwur vor Gott geleistet, und Er weiß es«, sagte er. »Ich habe ihr den Ring meiner Mutter gegeben.«

Er hörte Stimmen aus der Scheune, die sich zu einer wachsenden Flut von Wut und Angst steigerten, ein Aufruhr, der ihm die Haare auf den Armen zu Berge stehen ließ.

Seths Geflüster wurde noch hastiger. »Und ich bin sicher, dass Gott die Reinheit eurer Gefühle sieht, aber jetzt müsst ihr verstehen, dass diese Wunder, von denen ihr geträumt habt, nicht wahr werden können.« Er holte tief Luft und verkündete: »Ihr müsst euch trennen.«

Daniel streckte die Hand nach Sarah aus, und sie ergriff sie, während sie sagte: »Das werden wir nicht.«

»Sie werden sie nicht entlarven«, meinte Daniel.

»Irgendwann werden sie es. Irgendjemand wird sie entlarven, und dieses giftige Gerede zerstört jede Hoffnung, dass eure Vereinigung akzeptiert werden würde.«

Daniel schnappte nach Luft. »Wir können uns nicht trennen.«

»Ihr müsst.«

»Nein«, erwiderte Sarah.

Sie standen zusammen da, verbunden durch ihre Hände und ihre Absichten. Daniels Herz schlug wie wild, sein Atem ging schnell und oberflächlich. Er hatte Angst wie nie zuvor in seinem Leben, aber gleichzeitig war er auch so sicher wie nie zuvor in seinem Leben.

Die Dorfbewohner begannen, aus der Scheune zu strömen. Pastor Walsh fuhr zusammen und war im nächsten Moment in der Dunkelheit verschwunden. Er ließ sie schweigend, aber verbunden stehen.

Eingenäht

Ich liege hellwach im Bett. Weine heiße Wuttränen in die dicke Strohmatratze und das Baumwolllaken. Heute habe ich mehr Angst im Bauch als in allen anderen Nächten, dass mein Meister Daniel aufsuchen und ihn mir wegnehmen wird. Mich aus diesem neuen Leben und diesem Haus herausholen wird. Ich spüre ihn so stark, er ruft mir zu, dass ich einen Fluch über diesen hasserfüllten Magistrat flüstern soll, und nichts täte ich lieber. Ich stelle mir vor, wie er sich furchtsam vor mir zusammenkauert, aber ich habe Angst, dass mich diese Macht von innen auffrisst. Ich muss den Schatten in meinem Auge bekämpfen.

Als ich endlich einschlafe, träume ich von Annie, wie sie weiß und still dasteht, mit einem Dickicht von Haar mit Zweigen darin, mit aufgeschürften, schlammigen Knien. Geflüsterte Worte strömen aus ihr heraus, dünn und silbrig wie ein Spinnennetz, und umgeben mich, bis ich in ihren hauchdünnen Fäden gefangen bin. Ich kann mich nicht bewegen, kann nicht sprechen, kann nicht sehen, aber ich weiß, dass sie weg ist und es für immer sein wird, und alles nur, weil ich dastand und es geschehen ließ.

Als ich aufwache, höre ich durch die Bodendielen, wie Daniel seinen Vater davon überzeugt, dass mich die Trauer über Phyllis' Tod völlig niedergestreckt hat. Mr Taylor hat mich sehr gern, ich bin ein gutes Milchmädchen, deswegen hat er Nachsicht und gibt mir am Nachmittag ein paar Stunden frei.

Zuerst muss ich Bett bei der Wäsche helfen, und wir tragen den Korb mit den Kleidern und der Bettwäsche zum Bach. Das ist eine Aufgabe, die ich normalerweise gern erledige, aber ich bin heute nicht so erpicht auf die Gesellschaft der anderen Frauen aus dem Dorf.

Die Lauge, in der wir das Leinen eingeweicht haben, sticht in meinen Augen, als ich ins Wasser wate und die Kleider untertauche, um sie anschließend mit dem Wäschebleuel auf den Felsen zu schlagen. Befriedigende Arbeit. Heute nimmt Bett Rücksicht auf meine Stimmung, und sie plaudert nicht und lacht nicht und spritzt mich auch nicht nass, wie sie es sonst immer tut. Vielmehr beobachtet sie die am Ufer spielenden Kinder mit derselben Miene wie Annie, wenn sie zuschaut, wie jemand Kuchen isst. Trotzdem muss ich gezwungenermaßen mithören, wie die anderen Frauen sich über Phyllis unterhalten, wie sie schon immer gewusst hätten, dass Böses in ihr steckte, und kein Wunder, dass sie so ein Ende genommen hatte.

Ich schlage die Kleidung mit besonders viel Kraft, spritze dabei meine Nachbarin nass. Ich habe sie hier noch nie gesehen, aber sie kam manchmal zu Mam, um sich eine Salbe zu holen, die die Haut beruhigt. Ich wende mich ab.

»Entschuldigung.«

»Macht nichts.« Sie starrt mich an. »Weißt du, ich … sind wir uns nicht schon mal irgendwo begegnet?«

Ich bücke mich, um die Wäsche zu inspizieren, und mein Herz schlägt ein bisschen schneller. »Nein.«

»Doch, ich … ich kann dich im Moment nicht einordnen, aber trotzdem, ich kenn dich irgendwoher, da bin ich ganz sicher.«

Bett tritt zwischen uns. »Ach, die hat diese Art von Gesicht, dass immer jede meint, schon ein Leben lang mit ihr befreundet zu sein, auch wenn sie sie gerade erst getroffen hat.« Sie tätschelt mir den Arm und dreht mich sanft zum Flussufer. »Stimmt doch, oder?«

Ich versuche zu lachen. »Ja.«

»Na siehst du, da haben wir's schon. Mehr ist nicht dahinter. Wie geht es deinem Sohn, ist der immer noch so ein Wildfang?«

Die Frau lacht, und ich wünschte, ich könnte mich bei Bett bedanken, aber sie bedeutet mir mit einem unauffälligen Winken, dass ich lieber gehen soll. »Geh du mal schön nach Hause«, sagt sie. »Ich kann die Wäsche auch allein auswringen, und ich weiß, dass auf dich auch noch Arbeit wartet.«

Ich gehe durchs Dorf, um die Nachwirkungen der Rede von Magistrat Wright mit eigenen Augen zu begutachten. Es ist nicht zu übersehen. Auf jeder Treppe steht ein Hexenglas, in jedem Fenster ein Kreuz, das aus Treibholz oder Getreide gebastelt wurde. Und so manche Mauer weist auch frisch eingravierte Muster auf. Es herrscht eine Stille, wie ich sie noch nie erlebt habe, ich kann hören, wie meine Schuhe auf den Boden schlagen. Niemand hält sich auf den Straßen auf, um die neuesten Neuigkeiten auszutauschen, niemand geht am Hafen spazieren, um ein bisschen zu flirten. In diese Stille mischt sich noch ein anderes Geräusch von Schritten, schnell und leicht.

Ich sehe eine flüchtige Gestalt, die sich duckt und schnell wegrennt vom Haus des Netzmachers, wobei sie Blicke nach allen Seiten wirft. Angesichts der Art, wie er sich bewegt, gebeugt und einem Menschen unähnlich, kann ich durchaus verstehen, warum ein ängstlicher Geist ihn für einen Dämon hält. Kaum da, doch ich sehe ihn. Ich kenne ihn. John.

Ich drehe mich um und schlage die Richtung zu meinem alten Zuhause ein. Ich wage nicht, ihn zu rufen, obwohl ich es gerne täte. Was immer er hier tut, kann nichts Gutes sein und kann – zumal nach der gestrigen Versammlung – nur Gefahr anziehen. Ich werde mit Mam darüber sprechen, sobald ich sie sehe. Ich laufe den Hügel hinauf, ohne mich darum zu kümmern, dass meine weißen Strümpfe schmutzig werden vom Staub, während ich meinen Rock anhebe und weitermarschiere. Von der Anstrengung bekomme ich einen trockenen Mund und eine feuchte Stirn, aber ich bleibe nicht stehen. Ich bete, dass sie zu Hause sind, dass Seth so gut war, sie letzte Nacht aus den Betten zu scheuchen, um sie vor den bitteren Worten zu warnen, die derzeit durchs Dorf fliegen.

Vor der Tür halte ich inne, sogar jetzt noch, und drehe den Ring an meinem Finger. Als würde ich dadurch Daniel bei mir haben. Ich wage es nur, ihn bei meinen Besuchen zu Hause zu tragen, damit sein Vater ihn nicht sieht und wir alle auffliegen. Ich sehe, wie ich meine eigene Hand ausstrecke, wie Metall im Sonnenlicht aufglänzt, und stoße die Tür auf. Der Moment, der letzte unwissende Augenblick, bevor ich herausfinde, wer von ihnen drinnen wartet und ob alles in Ordnung ist, dehnt sich ins Unerträgliche.

»Mam«, rufe ich, noch bevor meine Füße drinnen sind, bevor ich irgendetwas von der Dämmerung im Hausinneren sehen kann. »Mam, sag mir bitte, dass ihr alle in Sicherheit seid, im Dorf reden sie, und ich habe gerade John gesehen …«

Sie erscheint vor mir und sagt leise: »Ich hatte dich jetzt nicht erwartet.«

Ich werfe meine Arme um sie, und sie legt ihr Kinn auf meine Schulter, während ich in die Schatten starre und nach Annie und John Ausschau halte, denn vielleicht hat er das Haus ja vor mir erreicht.

An unserem Tisch sitzt eine Frau.

Ich bin gefangen in der Umarmung von Mam. Ich weiß, wer es ist, die mich beobachtet, wie ich, Sarah, das Milchmädchen vom

Bauernhof, meine Mutter umarme, die Heilkundige vom verfluchten Hügel. Aber ich bin unfähig, ihre Anwesenheit zu begreifen.

Ihre weiche Schönheit hebt sich ab von den abgenutzten Möbeln, dreckigen Wänden und Spinnweben in den Ecken. Ihre Haut ist zu hell, ihre runden Augen zu strahlend. Dennoch hat sie einen gehetzten Blick, den ich vorher nie an ihr bemerkt habe. Natürlich. Nur die Menschen, die wirklich in Not sind, besuchen dieses Haus.

Sie schaut von dem Ring an meinem Finger zu meinem Gesicht unter der Haube, die eigentlich meine Verkleidung sein soll, und mir ist klar, dass sie alles durchschaut.

»Du«, sagt sie, und das Wort schwebt von ihren aufgesprungenen Lippen wie eine Feder durch den Raum.

Mam löst sich aus meiner Umklammerung und tritt an den Tisch. »Trink aus«, sagt sie.

Das Mädchen hebt die Tasse und schluckt den Trank hinunter. Ich erkenne den Geruch sofort.

Sie schaut mir wieder in die Augen, als sie ausgetrunken hat.

»Petersilie und Knöterich«, sage ich.

Es gibt nichts weiter zu sagen. Wir schauen einander nur an und wissen, dass ausgerechnet das, was wir wirklich gerne verborgen halten würden, jetzt bekannt geworden ist.

Mam nimmt ihr die Tasse ab und hält ihr die Hand hin, um die Münze entgegenzunehmen.

Ich bleibe neben der Tür stehen, als Molly aufsteht und ihre Röcke glatt streicht. Sie geht wortlos an mir vorbei, ohne einen Blick, nur der feine Stoff streift meinen Arm, und der schwache Geruch von heißem Metall hängt in der Luft.

Annie und John kommen nicht nach Hause. Mam versichert mir, dass sie beide im Wald sind, und als ich ihr erzähle, dass ich John im Dorf gesehen habe, behauptet sie, ich hätte mich getäuscht, ich hätte einen anderen Jungen gesehen und mir eingebildet, es wäre mein Bruder. Sie schwört es sogar, ich bin fast überzeugt. Sie macht sich am Feuer zu schaffen.

Ich erzähle ihr alles. Wie ihre Arbeit durch das Geplapper von nur einer Zunge für ihre Verurteilung sorgen wird, sodass sie am Ende auch vom Galgen baumelt. Sie soll ruhig mit Salben und Wickeln weitermachen, wenn sie muss, aber auf keinen Fall sich zu Zaubersprüchen und Flüchen hinreißen lassen.

»Du erzählst mir nichts, was Seth mir letzte Nacht nicht auch schon gesagt hat, und nichts, was nicht schon immer so gewesen wäre«, sagt sie.

»Es ist jetzt aber nicht mehr dasselbe. Magistrat Thompson ist weg, und sie haben alle Angst, ich sehe doch die Veränderung. Sie sind wütend. Du hast keine Macht über diesen Wright. Du darfst ihm keine Gelegenheit geben, dir wehzutun. Keinem von euch.«

Sie tätschelt mir die Hand. »Keine Sorge, mein Mädchen. Ich weiß schon, wie ich für ihre Sicherheit sorge.«

Schließlich muss ich gehen, ohne den Trost, Annie einmal im Arm gehabt zu haben, ohne ihre hübsche, makellose Haut zu sehen. Und ich habe nichts gehört, was mir das Gefühl gibt, dass Mam die veränderte Lage wirklich begreift.

Ich gehe schweren Schrittes von einem Zuhause fort, das kein Zuhause mehr ist, zu einem Zuhause, das noch keines ist.

Daniel wartet am Weg neben der Schafweide auf mich. Ein Risiko, aber ich bin froh, ihn zu sehen. Er nimmt mich in die Arme, und ich erlaube mir, seinen Duft nach Sonnenlicht und Heu einzuatmen und mich trösten zu lassen.

»Es fühlt sich an, als würde alles, was wir aufgebaut haben, demnächst eingerissen«, sage ich. »Falls sie dahinterkommen, wer ich bin, werden wir gezwungen sein, auseinanderzugehen. Und was noch schlimmer ist, sie werden dir wehtun.«

»Wir werden nicht auseinandergehen«, sagt er. »Wir sind jetzt aneinander gebunden.« Er lässt mich los und nimmt meine Hände in seine. »Es gibt noch einen anderen Weg.«

Ich weiß, was er meint, denn ich hatte schon denselben Gedanken. »Weggehen?«

»Ja. Weggehen und Arbeit suchen.«

Ich würde so gerne, aber der Gedanke, dass ich damit auch Mam, John und Annie verlasse, ist mir unerträglich. Ohne sie wegzugehen ist nicht möglich. »Aber … ich kann nicht. Meine Familie …«

Er zögert nur ganz kurz. »Dann kommen sie eben mit. Genau. Wir werden uns Arbeit suchen und sie dann nachholen. Und am Ende werden wir unser eigenes Häuschen haben. Und du wirst das Brot backen.«

»Und wir werden Flan essen«, ergänze ich.

Sogar jetzt noch, angesichts unserer Verzweiflung, müssen wir lachen. Er zieht mich an sich und küsst mich auf den Kopf. »Du würdest auch allein mit dem Flan durchbrennen, ich bin überflüssig.«

Ich zucke mit den Achseln.

»Ach komm«, sagt er. »Streit es doch nicht ab.«

»Ich … nein, natürlich.«

Er schüttelt lächelnd den Kopf. »Du hast zu lang gezögert, jetzt kenne ich die Wahrheit.«

Einen Moment lang fühlt sich der Gedanke an Feuer und Flan, der Gedanke dieses Lebens mit ihm ganz echt an. Hoffnung durchfährt mich. »Wo könnten wir hin?«, frage ich.

Er seufzt und breitet die Arme aus. »Ich weiß nicht. Wir haben beide Fähigkeiten, wir können schon Arbeit finden.«

»Du wirst den Bauernhof verlieren.«

»Das ist nicht wichtig.«

»Und deine Familie?«

Er schüttelt den Kopf.

»Ist das unser Plan?«, frage ich.

Er beugt sich zu mir herunter und küsst mich. »Das ist unser Plan. Aber zuerst müssen wir uns trauen lassen.«

Ich habe noch nie zuvor den Fuß in eine Kirche gesetzt. Bunte Lichtsplitter fallen durch das Fenster hinter ihm und verteilen sich auf dem staubigen Boden, und ich habe Schwierigkeiten, mich auf Seth zu konzentrieren. In der Luft liegt ein Geruch, den ich vom Bauernhof als Bienenwachs erkenne, und obwohl draußen die Sonne scheint, sickert Kühle aus Wänden und Böden.

»Wir werden nicht auseinandergehen«, sagt Daniel und blickt mich an.

»Ich wünschte, ich könnte euch davon abhalten«, sagt Seth langsam, als wäre jedes Wort ein schwerer Felsen, den er aus seinem Inneren hochhieven muss. Er hält ein in Leder gebundenes Buch in der Hand, und ich weiß, dass das die Bibel ist.

»Das könnt Ihr nicht«, sage ich. »Aber Ihr könnt uns immer noch helfen, wenn Ihr bereit seid.«

Seth kaut auf seiner Lippe. »Wenn es irgendeinen Weg gibt, auf dem ich euch entschädigen kann für die Schmerzen, die ich verursacht habe, indem ich eure Gefühle ermutigt und euch in Gefahr gebracht habe, dann …«

»Wir gehen weg von hier«, sage ich.

»Und wir müssen verheiratet sein«, sagt Daniel.

Seth schaut auf unsere ineinander verschränkten Hände. »Wo wollt ihr hin?«

»Das wissen wir noch nicht«, antworte ich.

Er geht zu einem erhöhten Bereich im vorderen Teil der Kirche und geht die hölzernen Stufen hinauf. »Dann kann ich vielleicht doch ein bisschen helfen, und vielleicht tue ich dann doch noch ein bisschen Gutes. Es wird nicht einfach sein, aber ich sehe, dass ihr fest entschlossen seid.« Er legt seine Bibel vor sich hin und blättert, bis er die Stelle gefunden hat, die er gesucht hat. Daniel fängt meinen Blick auf. Ich kann mich mit knapper Not beherrschen, Seth nicht anzuschreien, dass er endlich weitermachen soll.

»Ich kenne eine Familie«, sagt er, »weit weg von hier, die euch vielleicht helfen könnte. Bauern, die schrecklich unter dem Verlust ihrer Kinder gelitten haben, und ich habe sie auf meine bescheidene Art getröstet. Wenn ich für euch Fürsprache einlege, werden sie euch vielleicht erlauben, ihr Land zu bebauen und unter ihrem Dach zu leben.«

Daniels Griff um meine Hand wird fester. »Herr Pastor, wir wären Euch so dankbar.«

Seth bedenkt ihn mit einem kurzen Lächeln. »Dann werde ich heute noch eine Botschaft losschicken. Wartet noch ein wenig ab, ich werde euch Bescheid geben, sobald ich eine Antwort erhalten habe. Und ihr werdet Mann und Frau sein, bevor ihr geht.«

Draußen schaut sich Daniel um, um sich zu vergewissern, dass uns niemand sieht, dann zieht er mich in seine Arme und schwingt mich herum, bis meine Schuhe frei über dem Gras schweben.

Lachend halte ich meine Haube fest. »Was denn?«

»Wir werden zusammen sein. Es wird wahr werden – das Haus, der Bauernhof.« Er fährt mir mit dem Finger zärtlich über die Mitte meines Gesichts: Stirn, Nase, Lippen. »Mann und Frau.«

• • •

Kein Wort über Molly kommt mir über die Lippen, und das wird auch so bleiben. Denn das Gleichgewicht der Dinge hängt davon ab, dass ihre Geheimnisse in meinem Mund eingenäht bleiben, ebenso wie meine vergraben in ihrer Brust ruhen müssen. Wir werden uns niemals Freundinnen nennen, sind uns aber verbunden durch die Verletzlichkeit, die wir einander gezeigt haben.

Unschuldig

Der Klappertopf war ausgeblichen, trocken und dürr – ein Zeichen, dass es Zeit wurde für die Heuernte, und damit begann die endlose Schufterei des August. Sie standen im Morgengrauen auf und arbeiteten bis zur Abenddämmerung, wobei Daniels Strohhut ihm wenig Schutz bot vor der erbarmungslosen Sonnenglut, die seine Arme und seinen Nacken knallrot verbrannte, während er den ganzen Tag gebückt die Sense schwang. Das unablässige Jucken von Schweiß, Staub und Insektenstichen. Er musste oft an das neue Leben denken, das demnächst beginnen würde, und er versuchte, sich vorzustellen, wie es wäre, anderswo zu leben und zu arbeiten, alles zu verlassen, was er bis jetzt gekannt hatte. Bald würde er jede Nacht in den Armen seiner Frau liegen. Sie zählten die Tage mit geheimem Lächeln und verstohlenen Blicken, während sie auf Nachricht von Pastor Walsh warteten.

Endlich kam er nach Hause, erschöpft und schmutzig vom Feld. Auf der Schwelle stand ein Glas.

Er erkannte es sofort, fragte aber trotzdem. Machte den Mund auf und wartete darauf, dass seine Stimme kam. »Was ist das?«

Vater räusperte sich und fing Daniels Blick auf. Trampelte sich den Staub von den Stiefeln, bevor er das Haus betrat. »Du weißt genau, was das ist.«

»Warum brauchen wir ein Hexenglas? Es gibt keine ... wir sind doch gar nicht verflucht worden.«

»Um die abzuwehren, die kommen werden.«

Daniel bückte sich, um die Stiefel auszuziehen. »Vorher haben wir so einen Schutz doch auch nicht gebraucht.«

»Vorher lag ja auch noch nicht so viel Schlechtigkeit in der Luft. Vielleicht hat uns der Magistrat ja zu Recht gewarnt, und wir sollten diese Geister wirklich fürchten, mein Sohn. Wir kennen die Wahrheit, dass Phyllis dem Unheil nachgegeben hat, das sie in Versuchung geführt hatte, und nun ist sie verloren. Jetzt klebt auch noch Sam Finch das Pech an den Fersen – angeblich soll ihn der Teufelsjunge vom Hügel verflucht haben. Weißt du noch, der kleine Junge von den Robinsons, der sich letzte Woche in den Wäldern rumtrieb, als er eigentlich beim Fischen hätte helfen sollen? Sein Vater wollte ihn schon durchprügeln, da erzählte der Junge von einem Dämon in Gestalt eines Hasen, der ihn weglockte und schwor, seine ganze Familie mit einem Fluch zu belegen, wenn er nicht gehorchte.«

Daniel schaute auf die endlosen Bäume und Felder, das Glänzen der ersten Sterne. Er schob die Hand in die Hosentasche, in der er immer noch den Stein hatte, den Sarah ihm gegeben hatte, und er überlegte, wie stark wohl der Schutz war, den er durch ihn genoss. »Das hatte ich gar nicht gehört«, erwiderte er.

»Ja, du musst in diesen Tagen eben die Ohren offen halten, mein Sohn. Lauschen, was man sich zuflüstert. Die Familie des Jungen brachte ihn geradewegs zu Magistrat Wright, und der führt Buch über alle derartigen Ereignisse, damit er das Böse, das sich hier ausbreitet, besser zur Strecke bringen kann. Papisten und Hexerei. Was sollte aus uns werden, wenn wir Opfer eines Fluches werden? Wenn wir die Heuernte verlieren, verlieren wir auch das Vieh im Winter und müssten verhungern. Ich muss den Bauernhof und alle, die ihn am Laufen halten, so gut schützen, wie ich kann.«

Einen Moment sagte keiner etwas.

»Ich dachte, Hexengläser wirken am besten, wenn man sie im Boden vergräbt? Oder … oder verbrennt?«, fragte Daniel.

Vater öffnete die Tür. »Hier ist es am stärksten. Wo der Magistrat es sehen kann und sicher ist, dass wir unschuldig sind.«

Mit seinem Fleisch muss er bezahlen

Die Tür geht auf, und Bett wirft etwas auf mein Bett. Sie hat mich aus meinen Tagträumen gerissen, wie mein Leben als Daniels Frau aussehen wird. Wie das Leben aussehen wird, das ich demnächst führen werde.

»Was ist das?«, frage ich.

»Ein Sonntagskleid.«

»Wofür?«

»Für Gott.«

Ich setze mich auf und ziehe mir die Decke bis zur Brust. »Kirche ist nichts für mich«, sage ich.

»Jetzt schon. Der Magistrat beobachtet alle Bewohner dieses Dorfes ganz genau.«

»Aber niemand hat bisher gefragt, ob ich nicht vielleicht zu meiner eigenen Kirche gehe am Sonntag …«

»Das werden sie ab jetzt aber. Zeig dein Gesicht mit dem Rest des Dorfes.«

Sie geht hinaus, die Tür fällt hinter ihr ins Schloss, und ich schaue mir genauer an, was sie mir gegeben hat. Eine Haube, die nicht viel anders aussieht als diejenige, die ich bereits besitze, bis auf die mit schwarzem Garn aufgestickten Stechpalmenblätter, die sich unter meinen Fingern ganz seidig anfühlen. So viel Schönheit zu besitzen, das hätte ich mir niemals träumen lassen.

Gabriel geht die ganze Zeit neben mir, so nah, dass ich seine Haut in der heißen Luft riechen kann.

»Bleib neben mir, Mädchen«, sagt er. »Denn einmal hab ich hier dieses Hexenmädchen mit ihrer Teufelsschwester vom Pesthügel rumlungern sehen, die nur darauf wartete, jeden Vorübergehenden mit einem Fluch zu belegen, wie sie es auch mit mir gemacht hat. Aber ich bin stark genug, um ihm zu widerstehen. Ich sorge für deine Sicherheit.«

Ein bedrohlicher Schatten in meinem Augenwinkel. Ich wünschte jetzt, dass Mam ihm die Salbe nicht gegeben hätte, mit der er seine Pocken kurieren konnte. Dann wäre er jetzt nicht so großsprecherisch. Ich atme tief ein und beiße mir auf die Innenseite meiner Wange, um mich zu mir selbst zurückzuholen, bevor meine Wut Halt findet und der Hund mich überwältigt.

Mein Gelächter ist durchsetzt mit Hass. »Ich brauche wohl kaum Schutz vor einem Mädchen und einem Kind.«

»Das sind keine gewöhnlichen Menschen, die verstehen sich auf Höllenmagie und sind bereit, jedem, der hier zur Kirche geht, Schaden zuzufügen.«

Das Knurren lässt meine Knochen vibrieren. Ich beiße fester zu, und Blut füllt meinen Mund. Ich bleibe stehen und schaue ihm in die Augen. »Vielleicht haben sie ja nicht um mehr gebeten als eine kleine Nettigkeit.«

Sein Kopf fährt zu mir herum, und er mustert mein Gesicht aus halb zusammengekniffenen Augen. Mein Herz macht einen Sprung, und ich weiß, ich hätte nicht dieselben Worte aussprechen dürfen, die Annie an jenem Tag benutzt hatte. Ich sollte meinen Blick senken, damit er nicht die Wildheit erkennt, die darin flackert, aber ich kann mich einfach nicht mehr ducken vor diesem Raufbold.

Er schüttelt die Schultern und lacht. »Ach, du bist so ein unschuldiges Ding, du kannst dir ihre wahre Natur gar nicht vorstellen. Und das musst du auch nie, denn mit so etwas Bösem wirst du niemals in Berührung kommen, dafür werd ich schon sorgen. Ich hätte gute Lust, sie selbst von diesem verfluchten Hügel runterzuholen und sie zum Magistrat zu bringen, und dann würd ich zuschauen, wie sie am Strick baumelt.«

Ich gehe voraus und kämpfe darum, das Knurren zu unterdrücken, das mich zu überwältigen droht, das Feuer, das jedes Mal auflodert, wenn ich die Augen zumache. Mir tut der Kopf weh, als wir die Kirche erreicht haben. Sie steht vor einem hellblauen Himmel und schmiegt sich hinter eine große Eiche. Ein Anblick, der mir ein unerwartetes und angenehmes Gefühl von Ruhe verleiht und die Wut in mir beruhigt.

Der Mauersims ist gesäumt mit den Köpfen von irgendwelchen Geschöpfen, die ich nicht wiedererkenne, in Stein gehauen, mit weit aufgerissenem Maul und gesträubtem Haar rund ums Gesicht. Vielleicht sollen sie Angst machen vor den beeindruckenden Wesen, die Gottes Befehlen unterstehen, doch ich fühle nur Frieden und bin froh, als ich in die gedämpfte Dunkelheit eintrete. Die den Aufruhr in mir verdrängen kann. Die die dunkle Macht daran hindern kann, ganz Besitz von mir zu ergreifen.

Zuerst schaue ich nur die Menschen in meiner unmittelbaren Nähe an, damit mein wahrer Herr mich nicht in meiner Verkleidung erkennt. Ich erkenne fast alle Gesichter: Molly Matthews sitzt mit ihren Eltern auf der anderen Seite des Ganges. Immer noch kränklich und mit roten Augen. Ich überlege, ob das Petersiliengebräu wohl seinen Zweck erfüllt hat. Vor uns sitzt Nelly Finch, der die Kleider am Leib schlottern und deren Gesicht seine Weichheit verloren hat, seit wir uns zum letzten Mal begegnet sind. Sam ist nicht da. Phyllis' Mutter sitzt ganz hinten und hat die Hände auf den Knien verschränkt.

Ich beobachte die Füße, die den Mittelgang überqueren, denn ich weiß, wenn er mich holen würde, wäre sein Fuß der einzige Teil, den er nicht verändern könnte. Und er darf mich nicht holen, nicht jetzt, wo mein neues Leben mit Daniel zum Greifen nah ist. Und eine Enttarnung bedeuten würde, dass eine Katastrophe über alle hereinbricht, die ich liebe. Schuhe, die unter Röcken hervorschauen, Stiefel, die unter Hosen hervorschauen, und Socken. Kein Huf. Nichts, was den Verdacht erwecken würde, dass nicht alles so ist, wie es scheint.

Schließlich hebe ich meinen Blick. Seth nimmt seinen Platz ein, und obwohl ich ihn schon früher in Pastorenrobe und Hut gesehen habe, kommt er mir jetzt gar nicht mehr so vor wie der Mann, den ich kenne. Er spricht von Liebe und Vertrauen, davon, dass man nicht urteilen, sondern Gott gehorchen soll. Ich versuche, seinen Blick aufzufangen, suche nach irgendeinem hoffnungsvollen Zeichen, dass er gute Nachrichten für uns hat. Seine Worte kommen langsam und flach, ich sehe, wie anstrengend es für ihn ist, sie durch seine Lippen zu schieben.

Er wird danach sofort zu Mam gehen.

Ich versuche, bei den Gebeten mitzusprechen, die ich noch nie gehört habe, die Kirchenlieder zu singen, die ich nicht kenne. Mich hinzuknien, aufzustehen und hinzusetzen, wenn es die anderen tun, und am Ende des Gottesdienstes allen ins blendende Sonnenlicht zu folgen.

In der Hoffnung, Seth zu erwischen, bleibe ich absichtlich ein bisschen zurück, doch dann kommt Bett, nimmt meinen Arm und zieht mich in eine ruhige Ecke des Friedhofs. Ich stolpere beim Versuch, mit ihr Schritt zu halten.

»Es ist gut, dass du mich hergebracht hast«, sage ich. »Ich hätte gar nicht gedacht, dass es so ...«

»Sei still, Mädchen. Du erregst Aufsehen, wenn du daherredest, als wärst du noch nie zuvor in einer Kirche gewesen.« Sie senkt den Kopf, bis er ganz nah neben meinem ist. »Alle reden über Sam Finch.«

Mein Glück verdunstet in der warmen Luft, und dann stehe ich fröstelnd unter der erbarmungslosen Augustsonne.

»Was weißt du darüber?«, fragt sie und schaut an mir vorbei zu der Menge, die sich neben dem Weg versammelt hat. Ich drehe mich um. Niemand kommt zu uns.

»Ich weiß gar nichts«, erwidere ich.

»Du weißt, dass er Schwierigkeiten hatte, eine Reihe von sehr unglücklichen Zufällen, und jetzt leidet er an Durchfall.«

»Na ja, schon, ich wusste, dass …«

»Und du weißt, dass man deinen Bruder mittlerweile drei Mal beobachtet hat, wie er von Sams Haus davonrannte?« Ihre Worte sind nur noch ein leises Zischeln. Hinter ihr sitzt ein Spatz in den Zweigen eines Baumes und tschilpt, und ich würde am liebsten nur ihm zuhören und ihre Worte aus meinen Ohren verbannen.

Sie hält inne, stützt die Hände auf die Hüften und mustert mein Gesicht eingehend. Ihre Brust hebt und senkt sich rasch.

»Sarah?«

»Ich weiß nichts darüber.« Obwohl ich in dem Moment, als ich diese Worte ausspreche, an die zerkrümelte Tonfigur in der Gestalt von Sam Finch denke, an die geheimnisvollen Besorgungen, die John immer so macht. Ich weiß, dass er es war, den ich im Dorf gesehen habe. Ich schlucke, doch der bittere Geschmack in meinem Mund bleibt.

Bett atmet heftig aus, schürzt die Lippen und schaut zum Himmel. »Es heißt, er liegt im Sterben.«

»Das tut mir leid.«

»Wenn dein Bruder oder deine Mutter irgendeine Schlechtigkeit im Gange haben, dann musst du sie dazu bringen, damit aufzuhören. Dieser Ort hat sich verändert. Wenn Sam stirbt, werden sich alle versammeln und diejenigen bestrafen, denen sie die Schuld geben. Ich habe gehört, dass einige wieder mit Fackeln zu eurem Haus marschieren wollen. Ich habe Nathaniel angefleht, sie zu beruhigen, und er tut, was er kann, aber er hat nur eine Stimme gegen so viele. Und die Nächste, nach der sie schauen werden, wirst du sein, die Leute haben schon angefangen, zu fragen, warum wir dich in letzter Zeit nicht mehr haben betteln sehen – draußen mit deiner Schwester. Verstehst du?«

Ich verstehe.

Bett keucht und drückt sich die Hand auf den Mund. Sie schaut an dem Baum vorbei, der uns vor den Blicken der anderen schützt. Ich drehe mich um und sehe eine Frau, die in den Klauen des Magistrats gefangen ist.

»Bitte«, schreit sie. »Bitte, Sir, ich bitte Euch, lasst Gnade walten.«

Magistrat Wright hält ihren Arm fest und wehrt mit dem anderen einen Mann ab, der versucht, die Frau aus seinem Griff zu befreien. »Die Zeit für Gnade ist vorbei«, sagt er. »Deine Sünden haben dich eingeholt.«

Eine Menge versammelt sich mit etwas Abstand um sie und schaut schweigend zu. Bett und ich rühren uns nicht. »Die Shaws«, sagt sie. Ihr Gesicht ist so blass, dass es die Farbe von Milch hat.

»Was haben sie denn getan?«, will ich wissen.

»Papisten«, sagt sie knapp.

»Eure List ist gescheitert«, ruft der Magistrat. »Jetzt ist die Zeit gekommen, um sich der Wahrheit zu stellen und vor Gericht Rede und Antwort zu stehen. Wo wart ihr am Karfreitag? Nicht hier, wie mir die gottesfürchtigen Bewohner dieses Dorfes erzählt haben, sondern mit euren eigenen heidnischen Ritualen beschäftigt. Das ist ein Fall von Hexerei.«

Mrs Shaw schluchzt und schüttelt den Kopf. »Nein, Sir, Gott ist mein Zeuge, Ihr irrt Euch. Ich bin keine …«

Ein Junge in der Menge zeigt auf sie und ruft: »Das ist sie, ich hab gesehen, wie sie sich in einen Hasen verwandelt hat, der mich dann mit einem Trick in den Wald gelockt hat.«

Der Boden schwankt unter mir, und ich greife nach Bett. Sie umklammert meinen Arm. Bei der Erwähnung des Hasen kann ich nicht umhin, an Tau-Springer zu denken.

Mrs Shaws Augen rollen zu dem Kind. Ihr steht der Mund offen. »Nein«, beschwört sie. »Der Junge täuscht sich, das war nicht ich, der Herr soll …«

Jetzt kommen weitere Rufe aus der Menge, die sie der Hexerei und böser Machenschaften beschuldigen. Mr Shaw versucht erneut, sie zu erreichen, er murmelt etwas von Gott und Gebeten in einem Strom von Worten, der keinen von ihnen retten wird, so viel ist sicher.

»Mein Wille ist, dass du gehängt wirst für deine Sünden«, sagt Magistrat Wright. »Und zweifellos wird Gott dafür sorgen, dass es auch so geschieht.«

Sie schreit bei seinen Worten, bricht schluchzend zusammen und reißt den Magistrat fast mit sich. Er wendet einen zornigen Blick in die Menge. »Seid ihr alle etwa auch Sünder, die ihr hier herumsteht und zulasst, dass die Hexe und der Papist entkommen? Ergreift diesen Mann und helft mir, die beiden abzuführen.«

Ich fasse nach Betts Hand. »Aber … sie sind doch in der Kirche. Wie könnten sie dann …«

Sie schüttelt den Kopf. »Heute waren sie in der Kirche. Davor nie.«

Ich schaue zu und kann nichts tun, als man sie davonschleift. Sie ist jetzt ganz schlaff und stumm, ihre Schuhe hinterlassen eine Spur auf dem staubigen Weg. Gabriel hilft dem Magistrat, seine fleischige Hand umklammert Mr Shaws Arm. Ich suche nach Daniel. Kein Zeichen von ihm, und auch nicht von Seth. Magistrat Wright hat sich seinen Moment gut ausgesucht.

»Wird man sie wirklich hängen?«, frage ich.

Bett wischt sich über die Augen. »Das ist die Strafe.«

Ich lasse meinen Blick über die restliche Menge schweifen. Frauen, die mir beim Wäschewaschen im Bach helfen, die nach mir fragen, wenn sie kommen, um ihr Brot im Ofen auf dem Bauernhof zu backen. Die gleichen, die mich weggestoßen haben, Steine nach mir geworfen und mich an den Haaren gezogen haben, wenn ich gewagt hatte, sie in meinem anderen Leben um eine Münze zu bitten.

Mein Verstand spielt mir Streiche, es kommt mir jetzt vor, als würde mich jedes Gesicht misstrauisch anschauen. Und durchschauen. Mein Schicksal im Falle meiner Entlarvung ist klarer denn je zuvor.

Je näher ich dem Hügel komme, umso stärker spüre ich seinen Schatten.

Ich bin überrascht, als mir gar kein Geruch von Bilsenkraut aus dem Haus entgegenschlägt, und außerdem bin ich enttäuscht, denn ich brenne so darauf, gute Nachrichten von Seth zu hören.

Annie rennt bei der Tür los, bevor ich sie erreichen kann.

»Ich hab dich gehört«, sagt sie. »John hat gesagt, dass Seth kommt, aber ich hab gleich gewisst, dass du es bist.«

Sie ist warm und weich in meinen Armen. Sicherlich auch gewachsen, seit ich sie zum letzten Mal gesehen habe. Ich halte sie ganz fest, atme den Geruch von Erde und Bäumen ein, der aus ihrem zotteligen Haar steigt.

Sie befreit sich aus meinem Griff, zieht an meinem Rock und sucht hinter meinem Rücken. Dann tritt sie zurück und stemmt mit gerunzelter Stirn die Hände in die Hüften. »Wo ist das Essen?«

Das Paket liegt säuberlich geschnürt in seinem Versteck hinter meinem Bett. In meiner Eile bin ich direkt von der Kirche hierhergekommen. Ich kneife mich fest in meinen eigenen Arm. Es ist noch gar nicht so lange her, dass ich selbst hier gewohnt habe, und trotzdem habe ich schon vergessen, wie dringend man hier Essen braucht.

Ich lasse mich auf die Knie sinken und ergreife ihre Hände. »Tut mir leid, Annie. Ich hab's vergessen. Ich werde es unter der Woche vorbeibringen.«

Sie zieht ihre Hände zurück, kaut auf ihren Nägeln herum und überlegt, was sie angesichts dieses Verrats fühlen soll. Sie betastet die Stickerei an meiner Haube. »Na gut. Ich werd es dir gleich holen.«

Sie flitzt davon in Richtung Wald.

Mam rührt in der Nesselsuppe und dreht sich nicht um. »John hat dich für Seth gehalten«, sagt sie.

»Ich hab Seth heute Morgen gesehen«, sage ich. »Er wird gleich hier sein.«

»Wusste ich's doch«, sagt John. Er sitzt am Tisch und schnitzt an einem Stock. »Der war ganz melancholisch, als ich ihn das letzte Mal gesehen habe.«

»Und wo war das? Als du im Dorf deinen bösen Geschäften nachgegangen bist?«

Die Anschuldigung ist zu früh ausgesprochen und nicht so überzeugend, wie ich es vorgehabt hatte. Keiner von beiden bewegt sich oder sagt ein Wort, bis sich Mam umdreht, sich die Hände an ihrem Rock abwischt und ein paar Schritte auf mich zu macht, um mich zu umarmen. Ihr Gesicht ist rot und geschwollen, ein tiefer Kratzer verläuft unter ihrem linken Auge.

»Was ist passiert?«, frage ich.

Sie schaut an mir vorbei zu John. Winkt ab. »Ach, so eine Frau aus dem Dorf. Schwört, dass ich ihren Leib verflucht habe, damit sie keine Kinder kriegt. Tau-Springer war unterwegs, um etwas für mich zu erledigen, und konnte mich nicht warnen.«

John schnaubt. »Der Grund für ihren unfruchtbaren Leib liegt eher im Geschmack ihres Mannes als in irgendeinem Fluch, was ich so gehört habe. Der schläft lieber mit seinesgleichen.«

»Oh, Mam. Hast du eine Salbe aufgetragen?«

»Natürlich, Mädchen, reg dich nicht auf. Das ist nichts, womit wir nicht früher auch schon fertigwerden mussten.«

Sie tritt einen Schritt zurück und mustert mich von oben bis unten. Fast so wie Annie vorhin.

»Ich hab das Essen vergessen«, sage ich. »Tut mir leid.«

»Bringst uns also nichts außer deiner Einmischung«, stellt John fest.

»Weil ich Angst um euch habe! Es gibt Gerede im Dorf, und ich hab dich gesehen …«

Er steht auf und lässt den Stock fallen, aber das Messer behält er in der Hand. »Du redest dich leicht, in deinen neuen Kleidern. Du bist jetzt ein Dorfmädchen, du hast schon vergessen, was wir tun müssen, um zu überleben.«

»Was immer du mit Sam Finch gemacht hast – du musst damit aufhören. Wenn er stirbt, werden sie sich gegen dich wenden. Und sie werden kommen, um dich zu holen, um euch alle zu holen. Annie auch, und dann ist ein zerkratztes Gesicht noch das Harmloseste, was euch widerfahren wird. Erst heute hat der Magistrat einen Mann und seine Frau fortschleifen lassen, für weniger als das hier. Du musst auf mich hören, Mam.«

»Er hat meinem Fleisch wehgetan«, sagt sie. »Also muss er mit seinem Fleisch dafür bezahlen. So einfach ist das.« Sie blickt auf den Boden neben ihren Füßen. »Ganz genau, mein Kleiner. Du verstehst das, und du spielst auch deine Rolle dabei.«

»Aber Mam …«

Ihre Augen sind wie Nadeln. Ich wage nicht, mich weiter mit

ihr anzulegen. Die Verzweiflung lässt mich meine Tränen herunterschlucken. Schmerz hämmert in meinem Kopf, eine Dunkelheit, von der ich nur hoffen kann, dass ich sie zurückhalten, zähmen und dämpfen kann.

Die Tür hinter mir geht auf, und Mam schnappt nach Luft. »Raus«, sagt sie. »Bring sie wieder raus.«

Annie steht auf der Schwelle und hält ein Bündel Roten Lein und Wiesenkerbel in der Hand. Das Lächeln auf ihrem Gesicht, als hätte sie Juwelen mitgebracht, zerfällt, und sie blickt mit gerunzelter Stirn auf ihren Strauß.

»Schaff die hier raus«, sagt Mam. Sie drängt sich an mir vorbei und springt auf Annie los, reißt ihr die Blumen aus der Hand und wirft sie, so weit sie nur kann, den Hügel hinunter. Annie stampft mit dem Fuß auf, ballt die Fäuste und entblößt knurrend die Zähne. Tränen sickern aus ihren Augen und rinnen ihr über die Wangen. John lacht.

»Die waren für Sarah«, ruft sie. »Die waren so hübsch.«

Ich nehme sie in die Arme, doch sie schüttelt mich ab.

Mam lehnt sich keuchend gegen die Tür und drückt die Handflächen dagegen. »Ich dachte, ich hätte dir mehr beigebracht, Mädchen.«

John hält den Kopf gesenkt, während er weiter an seinem Stock schnitzt. »Niemals rote und weiße Blumen mischen«, sagt er.

Annie blickt mit schwimmenden Augen zu mir hoch. Ich streiche ihr übers Haar. »So was bringt Tod ins Haus.«

Was er gesehen hatte

Der Pastor hatte noch keine Neuigkeiten, als Daniel ihn nach der Kirche ansprach, aber er erwartete jeden Moment einen Bescheid. Das Warten war unerträglich, und Daniel wachte jeden Morgen weit vor Morgengrauen auf, gequält von Albträumen, und betete, dass heute der Tag sein würde, an dem ihr neues Leben beginnen konnte. Unter Magistrat Wrights Einfluss war dieses Dorf ein Ort der Angst und des Misstrauens geworden. Die Gefahr, aufzufliegen, wurde größer mit jedem Tag, der verstrich, und er wagte sich gar nicht auszumalen, was sie dann erwartete.

Endlich neigte sich der Sommer seinem Ende zu und damit auch seine tyrannische Herrschaft über Daniels Zeit. Der Weizen war jetzt golden und spröde und verströmte einen üppigen, staubigen Geruch. Er war reif, geerntet, zu Garben gebunden und bereit, eingelagert zu werden. Auch die Stoppeln waren getrocknet und wurden geerntet. Die langen Tage der anstrengenden Arbeit und spärlichen Ernährung in Form von Butter und Brot auf dem Feld lagen hinter ihnen. Man hatte eine Gans geschlachtet, um das zu feiern, und Bett und Sarah kochten ein Festmahl.

An diesem ersten freien Abend hatten Sarah und Daniel endlich ein bisschen Zeit füreinander. Die Luft war warm, das Flussufer leer. Es brauchte nicht viel, um Sarah davon zu überzeugen, baden zu gehen. Sie zog eine Kleidungsschicht nach der anderen aus und rannte ins Wasser, bevor ihre Schönheit zu lange sichtbar war. Er beeilte sich, ihr zu folgen, fluchte, als seine übereifrigen Finger sich in Bändern verhedderten, als er auf dem unebenen Boden stolperte. Er sehnte sich nach dem Tag in naher Zukunft, an dem sie ihre Liebe nicht mehr zu verstecken brauchten.

Der Schrei kam vom Flussufer, als sie schwammen, und sie drehten sich beide um, um zu sehen, woher er kam.

Daniel blinzelte in die Sonne, seine Füße tasteten nach dem schlammigen Flussbett, während er seine Augen mit der Hand beschattete. Er hatte sich sicher geirrt. Er hatte sich sicher verhört.

»Hexe«, kam es in dem Moment wieder, ein Schrei, den man nicht ignorieren konnte, egal, wie der Wind ihn fortriss.

Die Gestalt stand am Flussufer. Sie waren so in ihr Treiben versunken, dass sie sie gar nicht bemerkt hatten.

Sarahs blasse Arme bewegten sich unter der leicht gewellten Oberfläche, ihr Körper war nur noch eine verschwommene weiße Form darunter. Licht und Schatten spielten über ihr Gesicht. Sie schlug mit den Beinen, bis sie bei ihm war, wobei silberne Wassertröpfchen von ihren erhobenen Armen fielen.

»Wer ist das denn?«, fragte sie. »Vielleicht ein Besucher?«

Ihr Ton sollte ganz leicht klingen, doch ihre Augen waren hart und versprühten ein Feuer, das er bisher nur zu sehen bekommen hatte, wenn sie Annie bedroht glaubte. Er war immer noch von seinem Wunsch abgelenkt, seine Arme um sie zu legen und ihren Körper an seinen zu ziehen. Sie wandte sich von ihm ab und starrte zum Ufer.

Er schaute wieder ins Sonnenlicht. »Ich … ich glaube, das ist …«

»Molly«, sagte sie.

Es war, wie er schon wusste, Molly Matthews, die dort über Felsen kletterte, näher und näher zum Flussufer, bis sie Gefahr lief, ihre Schuhe nass zu machen. Sie schrie in den Wind: »Du hast ihn verhext. Gestohlen und verhext. Ich werd es allen erzählen.«

Wie kam es, dass sie hier war? Woher wusste sie, wer Sarah war? Seine Gedanken überschlugen sich wie ein tosender Wasserfall – was sie als Nächstes tun würde, was Sarah deswegen passieren würde. Und ihm selbst.

»Hab keine Angst«, sagte er, obwohl ihm die Stimme zitterte. »Ich werd mit ihr reden.«

»Sie sollte Angst haben«, sagte Sarah mit einer kalten Flamme in den Augen.

Sie schwamm, so weit sie konnte, aufs Ufer zu, dann stand sie auf und erhob sich nackt aus dem Fluss, unmittelbar vor der Stelle, an der Molly stand. Das Wasser strömte ihr in Rinnsalen aus dem glatten, dunklen Haar. Sie hob eine Hand und zeigte mit dem Finger auf Molly, die jetzt nichts mehr sagte.

»Du wagst es, mich Hexe zu nennen. Du, die du doch genau weißt, dass ich weiß, was du getan hast«, zischte sie.

Molly wimmerte und raffte ihre Röcke zusammen. Daniel, der sich scheute, sich nackt vor jemand anderem als Sarah zu zeigen, blieb, wo er war, und rief ihr zu, dass sie aufhören solle. Sie hörte nicht auf ihn.

»Du hast ihn dir einfach genommen«, rief Molly, und ihre Worte wurden von Schluchzern unterbrochen. »Du hast deine Hexerei benutzt und hast ihn mir weggenommen. Wenn er es gewesen wäre, wäre jetzt alles gut. Was soll ich jetzt tun?«

»Schluck deine hässlichen Worte runter und lass sie nie wieder über deine Lippen kommen. Sonst wird deine Zunge Bläschen bekommen und schwären«, sagte Sarah. »Jedes Wort soll sich in eine Fledermaus verwandeln, die aus deinem Mund fliegt und dir die Zähne zeigt und dich mit der Schlechtigkeit und dem Schmerz erfüllt, den du mir so gerne zugefügt hättest.«

Molly wickelte ihre Röcke immer weiter auf, ihr Gesicht sah

aus wie das eines greinenden Kleinkinds, ihr Körper jedoch war gebeugt wie der einer alten Jungfer. »Ich bin schon damit angefüllt«, schrie sie. »Jetzt kann mir niemand mehr helfen.«

Sarah machte einen Schritt nach vorn, mit immer noch ausgestrecktem Arm, und Molly wich zurück, mit strömenden Tränen und angstvoll aufgerissenem Mund.

»Sarah«, rief er. »Hör auf.«

Sie machte noch einen Schritt, bis sie nur noch eine Armlänge von Molly entfernt war. »Und das Blut soll aus deinem vergifteten Fleisch sickern, sich zu deinen Füßen in Pfützen sammeln und von deinen Fingern fließen.«

Ihre Stimme war langsamer, tiefer, als er sie je gehört hatte. Als würde ein anderer aus ihr sprechen. Und die Worte waren böser als alles, was er je von ihr erwartet hätte, so hässlich, dass er gar nicht glauben konnte, dass sie sie in sich trug. Das Sonnenlicht glitzerte auf dem Wasser, bis er nichts anderes mehr sehen konnte, jeder Atemzug kam hektischer, schneller. Er wusch sich das Gesicht ab, blinzelte, zwang sich, bewusst zuzusehen, damit er hinterher wusste, was passiert war.

»Lass sie in Ruhe«, rief er, doch seine Stimme brach. Aber er drang sowieso nicht mehr zu ihr durch. Das war nicht mehr die Sarah, die er kannte, sondern ein unergründliches und mächtiges Wesen. In diesem Augenblick verkörperte sie alles, was die Dorfbewohner von der Familie fürchteten.

»Und alles, was du anfasst, alles, was du liebst, soll angesteckt werden«, fuhr Sarah fort.

Molly schluchzte, wollte davonrennen, doch Sarah griff nach ihr, hielt sie am Arm fest und drehte sie zu sich herum. Sie ragte hoch über dem zusammengekauerten Mädchen auf. Sie nahm Mollys Kinn in die Hand, hob ihr Gesicht an und brachte ihr eigenes ganz nah davor.

»Höre. Meine. Worte.«

Sie ließ sie los, und Molly rannte davon, stolperte über einen Zweig und stürzte, wobei sie sich den Kopf an einem Stein aufschlug. Er hörte das Knacken von der Stelle im Wasser, an der er stand. Einen Augenblick lag sie regungslos da, und Daniel watete zum Ufer, wo er hastig in seine Hose schlüpfte. Er schaute Sarah an. Sie stand da und beobachtete alles. Wo Molly lag, breitete sich langsam ein roter Fleck auf dem Boden aus.

Sie bewegte sich, bevor er sie erreichte, hielt sich stöhnend den Kopf und wimmerte, als sie die Hand vom Kopf nahm und das Blut sah.

»Du hast es gesehen«, sagte sie mit hoher Stimme, als sie sich an ihn klammerte. »Sie hat den Zweig bewegt, um mich zum Stolpern zu bringen, der war vorher nicht da, sie hat ihre Zauberkräfte benutzt, um das zu machen. Du hast es doch auch gesehen, stimmt's, Daniel?«

Daniel schaute von Molly zum Zweig, und vom Zweig zu Sarah. Ihr Gesicht verriet nichts von dem, was in ihr vorging. War der Zweig vorher da gewesen? Er hätte es nicht sagen können. Er wusste nicht, was er gesehen hatte.

»Ich … ich glaube, das muss ein Unfall gewesen sein«, sagte er, hörte aber selbst den Zweifel in seiner Stimme.

»Sie hat ihn da hingetan.« Mollys Stimme wurde jetzt immer lauter, sie kreischte nur noch. »Ich wäre da doch nicht reingerannt. Ich hab geschaut, der Boden war leer. Sie hat ihn bewegt, um mich zu bestrafen. Du weißt doch, was man von den Haworths sagt, wie sie einem die Kinder stehlen und ihre Knochen auskochen, um ihre Zaubertränke zu brauen.«

Daniel half ihr auf die Füße und warf Sarah erneut einen Blick zu. Sie stand, wo sie war, und nahm ihre Augen nicht von ihnen. »Ich glaube, dass vielleicht nur …«

»Sie hat dich verhext«, wiederholte Molly. »Sie hat ihre Zauberkräfte auch bei dir eingesetzt. Du weißt, dass es ihre Mam war, die den Sturm heraufbeschworen und ihren Vater ertränkt hat, überleg doch, was aus dir werden wird. Komm wieder zu dir, Daniel. Bitte. Komm mit mir.«

Sie griff unsicher nach oben, stellte sich auf Zehenspitzen und drückte ihre Hände an ihn. Küsste ihn auf die Lippen. Er schüttelte den Kopf, und sie rannte davon.

Daniel wartete, bis Molly verschwunden war, dann ging er zurück zu Sarah. Drehte sie zu sich um und hatte Angst, ihr Gesicht zu sehen, weil er dachte, dass es in das Antlitz des hässlichen Viechs verwandelt worden war, das aus ihr gesprochen hatte, aber es war immer noch ihres. Weiß vor Kälte, mit weit aufgerissenen, leeren Augen, aber immer noch Sarah.

»Was hast du getan?«

Ihre leeren Augen fingen seinen Blick auf. »Es kam einfach über mich«, sagte sie ganz ruhig. »Es war hier, aber es hat mich nicht überwältigt, ich habe ihn selbst reingelassen. Es war meine eigene Entscheidung.«

»Ich … was ist über dich gekommen? Du bist doch keine …«

»Der Hund. Er war hier, und ich habe mich entschieden, ihn gewähren zu lassen. Er ist ein Teil von mir. Aber es ist nicht so, wie ich gedacht hatte.«

Er schaute ihr ins Gesicht und versuchte, sie zu sehen, wie er sie immer gesehen hatte. Versuchte, das in ihm aufsteigende Flüstern des Zweifels zu verbannen.

Eine kurze Hoffnung

Seth ist eine ziemlich schwere Last, wenn er sich so auf mich stützt, aber ich trage ihn gern. Ihm verdanke ich schließlich das ganze Glück, das jetzt beginnen soll.

Ich war den Hügel hochgegangen, dem Geruch von Bilsenkraut entgegen, den mir der Wind zutrug, und stieß die Tür auf. Da lag er auf seinem Rücken, mit weit ausgebreiteten Armen.

Obwohl ich es Mam nicht zu erzählen wagte, hat man sich letzte Woche von Sam Finchs Erholung erzählt. Tief in meinem Herzen wusste ich, dass es nicht meiner eindringlichen Aufforderung, sondern Annies todesbringendem Strauß zu verdanken war, dass sie ihre Flüche oder Gifte oder womit auch immer sie ihm zugesetzt hatte, zurückgenommen hatte. Ich war immer noch dankbar. Zumindest vorerst musste ich jetzt nicht mehr ganz so viel Angst um sie haben.

Weniger Angst vor allem, denn ich spürte eine beständige Kraft durch mich strömen, sobald ich daran zurückdachte, wie ich mich der Macht des Hundes geöffnet hatte, als ich Molly mit ihrem Fluch belegte. Ich hatte angefangen, ihn zu zähmen, lernte, ihn für meine Zwecke zu nutzen. Und das Grauen in ihren Augen hatte mir die Gewissheit gegeben, dass sie keine gefährlichen Worte mehr über mich verlieren würde.

Seth hob blinzelnd den Kopf. »Meine Kleine, das ist ja ein glücklicher Zufall.« Die Worte gedehnt, als würde man sie aus ihm herausziehen, und leicht verwaschen. »Ich muss mit dir reden.«

Mein Bauch schnürte sich zusammen, und ich ließ das Träumen von meinen neuen Fähigkeiten sein, um mich ganz auf das zu konzentrieren, was jetzt und hier passierte. Seth hatte Neuigkeiten, und ich hoffte sehr, dass es gute waren.

Seufzend ging er in sich und holte jedes Wort mit quälender Langsamkeit hervor. »Ich habe Bescheid bekommen von der Familie, über die wir gesprochen hatten. Sie wären dankbar für Arbeitskraft und könnten euch Kost, Logis und ein kleines Gehalt geben.«

Ich schnappte nach Luft in meine brennende Brust.

Sein Kopf sackte wieder auf seine Arme. »Ich werde euch morgen trauen.«

Ich rannte zu Mam und warf ihr die Arme um den Hals. »Oh, Mammy. Es wird wahr, es wird wirklich wahr.«

Sie hielt mich fest. »Du wirst gerettet werden.«

»Wir alle werden gerettet werden. Wir müssen zwar weg von hier, aber Daniel hat geschworen, dass wir euch nachholen lassen, sobald wir dazu in der Lage sind.«

Mams Gesicht verschloss sich wie ein Schild gegen jede Hoffnung. »Dass eines meiner Kinder so ein Leben haben soll, ist mehr, als ich mir je hätte träumen lassen.«

»Wir werden euch nachholen, Mam. Und ihr werdet kommen.«

Die Worte gehen mir immer noch durch den Kopf, als wir den Hügel hinuntergehen. Er hat seinen Arm um mich gelegt und lehnt sein ganzes Gewicht auf mich. Ich drehe den Ring an meinem Finger. Das Lächeln bleibt immer noch auf meinen Lippen, während Seth unablässig leise irgendetwas in sich hineinmurmelt. Ich schnappe hie und da etwas auf, weil ich mit halbem Ohr zuhöre.

»Das Dorf ist eine gute Reise weg von hier, weit genug, dass niemand dort deine Familie kennt«, sagt er. Ich verlagere das Gewicht von dort, wo er sich aufstützt, weiter hoch auf meine Schulter. Mein Nacken ist wund und trocken von der Sonne. »An Middon müsst ihr vorbei, hast du das schon mal gehört?«

Ich nicke und lecke mir die trockenen Lippen.

»An Middon vorbei, durch Aldmore hindurch, und dann ist es ein Weg, ein langer Weg, bei dem ihr das Meer immer zu eurer Linken habt, und dann werdet ihr einen Ort namens Blackop erreichen, und obwohl der Name so dunkel klingt, ist das ein Dorf von Fischern und Bauern, und die Menschen sind alle gut und aufrichtig.«

Ich verstärke meinen Griff um Seths Taille, obwohl ich die Hitze, die er verströmt, an einem Tag wie diesem eigentlich kaum ertragen kann. Eine Gestalt steht am Fuß des Hügels. Ein Mann. Es scheint, als würde er in unsere Richtung schauen. Er rührt sich nicht vom Fleck.

»Alle werden euch herzlich willkommen heißen, und die Wilsons sind die Besten von allen. Solche guten Seelen, und so vom Kummer geplagt.«

Ich lasse den Mann, der dort unten steht, nicht aus den Augen. Es ist nicht Daniel. Dieser Mann lehnt sich zurück und schwingt einen Stock, wie ein Kind.

»Morgen, wenn die Nacht anbricht, kommt ihr zu mir, und wir werden die Trauung vollziehen und euch auf den Weg schicken, bevor die Sonne aufgeht.«

»Danke, Seth«, sage ich, ganz atemlos von der Hitze und dem Gehen und seinem Gewicht. »Wir stehen tief in deiner Schuld.«

Seth bleibt stehen, so jäh, dass ich fast ins Stolpern komme. Er hält einen Finger hoch, als wollte er feststellen, aus welcher Richtung der Wind weht.

»Ich befürchte, ich muss brechen«, verkündet er und sackt auf die Knie.

Die Gestalt kommt auf uns zu und ich auf sie. Es dauert nicht lang, bis ich ihn erkenne. Gabriel.

Er pfeift durch die Zähne und bleibt stehen. Betrachtet mich und stochert mit dem Stock im Boden. Das Ende hat er zugespitzt.

Ich werfe einen Blick zurück auf Seth, der auf allen vieren hinter mir kniet und würgt. Dass Gabriel weiß, wer ich bin, ist nicht mehr wichtig, denn morgen werde ich ja schon weg sein.

Schweigend trete ich vor ihn hin. Es wäre zwecklos, ihn jetzt noch mit einem Fluch zu belegen, denn es bräuchte mehr als einen drohend ausgestreckten Finger und ein paar Zauberworte, um ihm Angst einzujagen.

»Dann hat Molly also die Wahrheit gesagt«, sagt er. »Du bist niemand anders als diese Hexenhure, verkleidet als süßes, nettes Mädchen.«

Die Geschichte setzt sich in meinem Kopf zusammen wie die Stücke eines abgebrochenen Asts, und sie sind so ineinander verwickelt, dass kein Platz mehr bleibt für Zweifel.

»Der Trank hat also nicht gewirkt, hm?«, frage ich.

»Was?«

»Sie bekommt ein Kind von dir.«

Er kommt näher, ist jetzt nur noch einen Schritt von mir entfernt, groß und breit wie eine Wand. Ich biete ihm die Stirn und starre zu ihm hoch. Seth stöhnt hinter mir.

»Das kannst genauso gut du ihr in den Bauch gepflanzt haben mit irgendeinem Hexenkunststückchen.«

»Ich möchte eher wetten, dass du es getan hast, Gabriel.«

»Du wagst es, meinen Namen auszusprechen?«

Seine Hand fliegt hervor, lässt den Stock zu seinen Füßen fallen, und ich zucke zurück, obwohl ich entschlossen war, fest stehen zu bleiben. Er packt meine Haube und wirft sie auf den Boden, reißt mir die Haarnadeln aus der Frisur, sodass mir die Haare den Nacken hinunter bis auf die Schultern fallen. Langsam wickelt er sie sich um die Hand, hebt sie hoch und streicht sich damit über die Wange, senkt seine Nase hinein und atmet mit geschlossenen Augen ein. Während er sich meine Haare um die Faust wickelt, werde ich immer näher an ihn herangezogen.

»Lass mich in Ruhe«, sage ich.

»Davon hab ich schon lange geträumt«, sagt er, mit einer sanfteren Stimme, als ich sie je von ihm gehört habe. »Zu wissen, wie es aussieht, wenn es dir auf die Schultern fällt, zu wissen, wie es sich anfühlt und riecht.«

Ich versuche, langsam und beherrscht zu atmen. Scheitere kläglich. In diesem Moment, als mein Glück in greifbarer Nähe ist, wagt er es, mich anzufassen, mir Angst einzujagen.

»Nimm deine Hände weg von mir«, sage ich.

Seine Augen gehen jäh wieder auf, sein Griff um mein Haar wird fester. Ich zucke zusammen.

»Egal, denn jetzt sehe ich dich ja mit einem klaren Auge. Hast du mich mit einem Zauberbann belegt, dass ich dich als eine andere sehe? Ich hab ihn abgeschüttelt, du Hexe.«

Er wickelt mein Haar immer fester und fester auf, zieht mich ganz nah an sich heran, mein Körper kommt immer dichter an seinen, mein Gesicht ist auf ihn gerichtet. Ich spüre, wie sein Herz an meiner Schulter klopft, das schnelle Heben und Senken seines Brustkorbs. Ich müsste mir das Haar vom Kopf reißen, um zu entkommen. Aus dem Augenwinkel sehe ich Seth, auf Händen und Knien, sein Körper ist völlig kaputt, als er weiter würgt. Er wendet sich zu uns, und ich bete, dass er sich raushält und sich selbst schützt.

»Ich würde meine Zeit nicht mit jemandem wie dir verschwenden«, sage ich.

»Jetzt sehe ich dich«, sagt er. »Hässlich. Nur deine Hexenkünste haben mir eingeredet, ich könnte dich heiraten und mich dir hingeben wollen. Dich berühren.«

Er fährt mir mit dem Daumen über die Lippen, den Kopf ganz nah zu meinem gesenkt, sein Atem heiß auf meinem Gesicht.

»Du hast einen hässlichen kleinen Mund, Mädchen. Du kleine Hure, das warst nicht du, niemals du, die ich geliebt und begehrt habe. Nicht diesen Mund.«

Er zwängt mir seinen Daumen zwischen die Lippen. Ich wehre mich und versuche, mich zu befreien.

»Nicht diese Haare.«

Er dreht und reißt. Ein feuriger Schmerz auf meiner Kopfhaut, und ich schreie auf. Mein Herz rast jetzt.

»Nicht diesen Körper.«

Eine Hand auf meiner Haut, die sich unter mein Hemdkleid schiebt und sich fest um meine Brust schließt. Sein Gesicht ist jetzt so nah an meinem, dass ich seinen Atem bei jedem Wort an meiner Wange spüre.

»Es war niemals Liebe«, sagt er, »sondern Betrug, eine Verhöhnung meiner Gefühle, aber jetzt sehe ich dich, ich sehe dich, du hässliche, kleine Dirne.«

Seine Lippen sind jetzt auf meinen, er zwängt seine Zunge in meinen Mund, dringt in ihn ein, seine Hände reißen mich an den Haaren und schlagen auf meinen Körper ein. Ich weiche zurück, so gut ich kann, aber er ist zu stark, zu entschlossen. Ich versuche, zu schreien, aber mein ganzer Mund ist ausgefüllt von ihm, und ich habe keine Stimme. Mein Herz pocht, ich wehre mich, kämpfe, aber nichts passiert. Ich schmecke ihn, ich schmecke meine Tränen. Ich stemme mich dagegen, ich muss mich befreien. Aber schaffe es nicht. Ich bin gefangen.

»Gabriel.«

Die Stimme ist laut, selbstsicher und langsam. Sie scheint von oben zu kommen, und wir schrecken beide hoch. Gabriel lockert seinen Griff, und ich kann mich befreien, wische mir den Mund ab und trete ihm im Davonlaufen noch einmal kräftig vors Schienbein. Ich bin dankbarer für die Schuhe als je zuvor. Er jault und stolpert, starrt mich an.

»Hure«, sagt er.

»Vieh.«

Ich hasse jetzt, wie ich noch nie gehasst habe, mit jedem Teil meines Geists und jeder Faser meines Körpers. Dafür, dass er mir seine Berührung aufgezwungen hat. Dafür, dass er mir solche Angst eingejagt hat, dass ich mich zitternd und schwach zu Seth flüchten muss. Ich hasse ihn genug, um meine Kräfte zu bejahen, den Hund loszulassen, sodass ich zuschauen kann, wie er ihm die Kehle herausreißt und diesen entweihten Boden mit seinem Blut tränkt. Genug, um das zu werden, was ich fürchte, und alles zu verlieren, was ich mir erhoffe.

Seth legt mir eine Hand auf den Arm. Er steht auf, richtet sich mit ruhigem und souveränem Gesicht auf, obwohl ich die Blässe seiner Haut sehe und noch einen Hauch von Erbrochenem rieche.

»Du lässt sie in Ruhe«, sagt er zu Gabriel.

»Aber Pastor, Ihr wisst nicht …«

»Wir sind alle Kinder Gottes, und du sollst dieses hier in Ruhe lassen. Für immer.«

»Nein, sie ist nicht, was sie zu sein scheint, Ihr habt Euch …«

Seth wendet sich zu mir und spricht mit leiser Stimme. »Geh jetzt.«

Ich schüttle den Kopf.

»Geh«, wiederholt er. Er senkt seinen Kopf noch tiefer, um mir in die Augen zu schauen. »Geh zu deinem Liebsten und teile ihm die Neuigkeiten mit.«

Ich blicke zu Gabriel hinüber. Er verfolgt mit gerunzelter Stirn jedes Wort.

»Nein«, sage ich.

»Beginne deinen neuen Weg«, sagt Seth. »Ich werde die stürmische See hier beruhigen und sehe euch beide morgen Abend.«

Ich weiche ein paar Schritte zurück, dann renne ich wieder zu ihm, küsse ihn auf die Wange, bevor ich mich umwende und den Hügel hinunterfliehe. Die Worte, die jetzt aus Gabriels Mund zu strömen beginnen, folgen mir mit dem Wind.

Hexe. Hure. Sklavin des Teufels. Zauberin. Und mit jedem Wort steigt die Lautstärke und die Giftigkeit seines Tons.

Ich renne vor ihnen davon. Renne zu Daniel. Zu unserem neuen Leben.

Ganz kurz davor

Sie standen da. Daniel und Vater in der stillen Küche, schauten sich um – das kalte Feuer, der leere Tisch.

Daniel hatte eine schlaflose Nacht hinter sich, er hatte vor Aufregung darüber, was jetzt kommen würde, und vor Herzschmerz darüber, was er zurücklassen musste, kein Auge zugetan und fühlte sich jetzt entsprechend erschöpft und erfüllt von einer Art bangem Elan.

Vater schaute ihn an und hob die Arme seitlich in einer Geste, die Ratlosigkeit verriet.

»Gabriel kann ich ja noch verstehen«, sagte er. »Der hat sich gestern so mit Bier volllaufen lassen, dass er jetzt Kopfweh hat und faul im Bett geblieben ist. Oder er ist auf dem Heimweg in eine Schlägerei geraten und kommt deswegen zu spät. Aber Bett – die hat doch noch nie einen Tag gefehlt, oder?«

Daniel schüttelte den Kopf. »Nicht einen. Außer den Tag, an dem sie geheiratet hat. Aber dass sie jetzt beide verschwunden sind …«

Vater zupfte sich am Bart. »Seltsam.«

Sie blickten sich noch einmal um, als könnten die abwesenden Personen unter dem Tisch hervorgekrochen kommen und ihren Streich gestehen.

»Das Mädchen wird schon beim Melken sein«, meinte Vater.

»Wie immer.« Daniel versuchte, seine Stimme so unbeteiligt wie möglich klingen zu lassen. Er hatte Sarah heute Morgen noch nicht gesehen und konnte nur hoffen, dass sie schon bei der Arbeit war, wie immer.

Da flog die Tür auf, und Bett kam hereingestolpert, wobei sie sich keuchend die Seite hielt.

»Ach«, sagte sie und lehnte sich gegen die Wand. »Ach, es gibt Neuigkeiten aus dem Dorf, die schrecklichsten Neuigkeiten überhaupt, und obwohl ich zu Gott bete, dass nichts Wahres dran ist – ich habe es schon von so vielen gehört.«

»Was für Neuigkeiten?«, fragte Vater.

Sie hievte sich von der Wand, sprang zu Daniel und ergriff seine Hände. »Du musst kommen, denn was sie da sagen, ist ... du musst sie beruhigen.«

»Was für Neuigkeiten?«, fragte er.

»Vom Herrn Pastor«, sagte sie.

Daniel rannte wie nie zuvor, er ließ sowohl seinen Vater als auch Bett weit hinter sich.

Das Glück und die furchtsame Hoffnung, die ihn in der Nacht noch erfüllt hatten, in dem Wissen, dass er am Ende dieses Tages Sarahs Mann sein würde und ganz kurz davorstand, ein Leben nach eigenen Vorstellungen zu führen, schienen ihm immer noch zum Greifen nah. Die Geschichte, die Bett ihnen erzählt hatte, würde sich als falsch herausstellen, als ein Fehler; so eine große Schandtat konnte unmöglich passiert sein. Er würde alles ruhig vorfinden, alles, wie es sein sollte. Und Sarah und er würden sich leise verabschieden und ihren eigenen Weg gehen.

Er hörte die Rufe und das Geheule, noch bevor er auf die Menge stieß, die sich am Fuß des verfluchten Hügels versammelt hatte, in unmittelbarer Nähe neben einer Gestalt auf dem Boden.

Verzweifelt stieß er alles beiseite, was ihm im Weg stand, bis er das entsetzliche Bild selbst sah.

Der Pastor lag auf dem Rücken, mit ausgestreckten Armen und nebeneinandergelegten Füßen, ein groteskes Abbild von Christus am Kreuze. Festgenagelt mit einem Pflock durch die Brust, das Gras unter ihm war verdunkelt durch schwarze Flügel aus Blut. Sein Gesicht war wächsern, der Mund stand ihm offen, seine Augen waren leer. Kein Hut weit und breit. Sein flaumiges Heer bewegte sich im Wind in einer grausamen Nachahmung von Leben.

Daniel weigerte sich, zu glauben, was er sah, schaute noch einmal hin und konnte es nicht leugnen. Er schnappte nach Luft, bekam aber keine. Fiel auf die Knie und streckte die Hand aus, um den Pastor zu streicheln, um seinen Schmerz zu lindern oder ihm Trost zu schenken, aber unter seiner Berührung fand er nur die Kälte des Todes. Ein Geräusch, das er nicht wiedererkannte, drang aus seinem Mund, ein Ausdruck von Kummer und Ärger, den man nicht in Worte fassen konnte. Seine Hosenbeine waren an den Knien mit Blut befleckt.

Hände ergriffen seine Schultern, hoben ihn auf die Füße und drehten ihn um. Einen Augenblick musste er sich auf Betts standhafte Umarmung legen.

»Er … er ist ein guter Mann«, sagte Daniel. »Ein Mann Gottes. Wie kann das sein?«

Bett nickte. »Ich weiß. Und du bist betroffen, wie wir alle, aber du musst jetzt wieder zu dir kommen. Denn man spricht schon vom Schuldigen, und derjenige steht deinem Herzen sehr nah.«

Daniel betrachtete ihr Gesicht, auf dem herabrinnende Tränen ihre Spuren hinterlassen hatten, und ließ ihre Worte auf sich wirken. Er hörte die Stimmen rundum, roch das Metall, das sich in nassen Schlamm gebohrt hatte.

Eine Stimme erhob sich über alle anderen, führte, bis die anderen ihr folgten. Gabriel.

»Sonnenklar, wer hier der Schuldige ist. Nur eine Familie lebt in unmittelbarer Nähe. Und nur eine Familie würde so etwas einem Mann der Kirche antun. Es ist dieses Hexenmädchen von da oben auf dem Hügel, mit ihren Flüchen und ihrer Zauberei.«

Daniel schaute sich um, doch die Menge grölte ihre Zustimmung heraus. Kein vertrautes Gesicht, mit dem er hätte reden können, keiner in einer Stellung, dass er sich ein Publikum hätte schaffen können, und Sarah wurde beschuldigt. Er dankte Gott, dass sie nicht wussten, wo sie sie finden konnten. Normalerweise hatte sich Daniel in Situationen wie dieser immer an den Pastor gewandt, um beruhigende Worte zu hören. Und einen Magistrat, an den man sich wenden konnte, damit er ein faires Urteil sprach, gab es schon längst nicht mehr.

»Das ist doch keine Hexerei«, rief er laut, in der verzweifelten Absicht, sie aufzuhalten. »Das war ein gewalttätiger Angriff. Das sieht doch jeder, was ihn umgebracht hat – hier war ganz sicher kein Zauberspruch oder Fluch im Spiel.«

»Wer sonst würde einen Mann Gottes töten?«, fragte Gabriel.

Daniel blieb die Antwort schuldig.

»Schaut doch mal, wie er hingelegt worden ist«, ertönte eine Stimme aus der Menge. »Eine Verhöhnung der Kirche selbst, von allem, wofür dieser Mann stand. Das können nur diese Heiden gewesen sein.«

»Trotzdem hat mein Sohn Recht mit dem, was er sagt«, rief Vater nun. Daniel war dankbar für diese ruhige, starke Stimme, die ihn unterstützte. »Kein Mädchen hätte die Kraft für das hier gehabt …« Er deutete mit der Hand auf die brutale Szene, die vor ihnen lag. »Ich schätze, dass es der Sohn gewesen ist.«

Daniels Herz machte so einen heftigen Satz, dass er nach Luft schnappen musste.

»Der Junge hat genug Kraft und Wut im Leib, das haben wir ja früher schon gesehen. Und er hat einen Dämon in seiner Macht, der, den man gesehen hat, wie er aus Sams Haus gerannt kam. Er hat diese Schandtat begangen. Wer sonst hätte es tun können?«

»Ja, und ich habe euch die ganzen letzten Wochen erzählt, dass nicht ich, sondern er euch euren Besitz gestohlen hat«, warf Gabriel ein. »Jetzt seht ihr selbst ein, dass er schuldig ist, und jetzt noch eines viel schlimmeren Verbrechens.«

Daniel rannte davon, ließ ihre Stimmen hinter sich, ließ das Pumpen seines Blutes seine eigenen Zweifel übertönen. Er wusste nur, dass er Sarah erreichen musste. Er wollte sich nicht gestatten, über die Frage nachzudenken, die er selbst nicht beantworten konnte.

Wer sonst würde einen Mann Gottes töten?

• • •

Sie ging den Weg entlang, die Sonne im Rücken, ihr Gesichtsausdruck ganz ruhig. Wenn er irgendeinen Zauberspruch wüsste, irgendein magisches Wort, um sie in diesem Moment aufzuhalten, bevor alles, was sie liebte und sich erhoffte, fortgerissen wurde, würde er seine Seele verpfänden, um ihr den Schmerz zu ersparen, der jetzt auf sie zukam.

»Da bist du ja«, sagte sie, als sie näher kam. Sie blickte über seine Schulter auf den leeren Weg. »Mein Mann.«

Sie legte ihm die Arme um den Hals. Das Herz wollte ihm brechen angesichts ihres zerbrechlichen Glücks.

»Ich bin zum Haus zurückgekommen, und niemand war da – was ist denn passiert?«, fragte sie.

Er brachte es immer noch nicht über sich, zu sprechen.

Sie runzelte die Stirn. »Was? Was ist los?« Sie musterte ihn von oben bis unten. »Ist das Blut?«

»Als du gestern deine Familie besucht hast«, sagte er, »war dein Bruder da zu Hause? Hast du ihn gesehen?«

Er versuchte, sie aufzuhalten. Versuchte es mit guten Gründen, versuchte, sie zu überreden, dass sie sich verstecken sollte. Doch sie riss sich ihre Haube vom Kopf, raffte ihren Rock zusammen und rannte los. Er folgte ihr.

Bett empfing sie am Fuß des Hügels. »Es tut mir leid«, sagte sie. »Ich habe versucht, sie aufzuhalten oder sie zu überzeugen, dass sie zumindest auf den Magistrat warten, aber ...« Sie schüttelte den Kopf.

»Sind sie beim Haus?«, fragte Sarah.

»Auf dem Weg, ja. Tut mir leid.«

Sarah rannte weiter und blieb nur kurz stehen, als sie beim Pastor vorbeikam. So erpicht waren sie darauf, Rache für ihn zu nehmen, dass sie ihn einfach so würdelos liegen gelassen hatten. Sarah schnappte nach Luft und bückte sich dann, um ihm einen Kuss auf die Stirn zu geben.

»Es tut mir leid«, flüsterte sie.

Daniel schloss sie in die Arme und teilte ihr Elend mit ihr. Sie blieb einen Moment stehen und vergrub ihr Gesicht an seinem Oberteil.

»Jetzt ist alles vorbei«, sagte sie. »Alles einfach vorbei.«

Er küsste sie auf den Scheitel. »Ich weiß.«

»Und jetzt geben sie meiner Familie die Schuld.« Sie stieß ihn beiseite und stolperte auf die Hütte der Haworths zu, wobei ihr die Tränen nur so übers Gesicht strömten.

Die Menge war schon beim Haus. Ein paar hatten Waffen in der Hand: Stöcke, Messer, Seile, Fackeln. Gabriel trug eine Mistgabel in der Hand.

Nackenhaare

Sie haben ihn aus seinem Bett gerissen. Vier Männer tragen ihn, an jeder Gliedmaße einer. Er windet sich in ihren Armen und rollt mit den Augen, sein Gesicht hat die Farbe von Holzasche.

Nur ein Junge. Ein verängstigter Junge. Es will mir nicht in den Kopf, warum sie nicht sehen können, dass er nicht mehr ist als das.

»Mam«, ruft er. »Mam, mach, dass sie aufhören.«

Sie rennt von Mann zu Mann, zieht sie an den Armen und weint. »Lasst ihn doch in Ruhe, was wollt Ihr denn von meinem Sohn?«

Annie steht in der Ecke des Nebenzimmers und knetet ihren Rock. Tränen tropfen in ihren weit geöffneten Mund, während sie heult und schluchzt. So habe ich sie nicht mehr gesehen, seit sie ein ganz kleines Kind war.

Ich renne zu ihr, nehme sie auf den Arm. Sie zeigt keine Anzeichen, dass sie mich erkennt. Gestattet mir aber, sie hochzunehmen, doch sie spricht nicht und legt mir auch die Arme nicht um den Hals. Mein Hals ist nass von ihren Tränen.

Daniel steht auf der Schwelle und kann nur hilflos starrend zusehen, wie die Männer mühsam den um sich schlagenden John hinaustragen, wie sie Mam abschütteln. Er schaut mich an, seine

Augen wirken riesig gegen den kränklichen Ton seiner Haut. Zu Tode verängstigt.

Ich renne zu ihm und drücke ihm Annie in die Arme.

»Nimm sie«, sage ich.

Seine Arme schließen sich um sie, er streicht ihr das Haar aus dem feuchten Gesicht. »Komm mit uns«, sagt er.

Ich schüttle den Kopf. Ich kann nicht.

»Sarah …«

»Geh.«

Er nickt.

Die Männer, die John tragen, die Menge, die ihnen folgt, und Mam, die sie zurückzuhalten versucht, sind jetzt alle draußen. Mir ist ganz schlecht vor Angst, mir ist schlecht, wenn ich Johns Gesicht sehe.

»Bitte«, ruft er. »Lasst mich in Ruhe. Bitte.«

Gejohle und Jubelschreie aus der Menge. Leute, die ich in der Kirche gesehen habe, Frauen, die auf dem Markt schwatzen und lachen, die oft zu Mam gekommen sind, um sich Heilmittel zu holen. Gabriel führt die Gruppe mit erhobener Mistgabel an.

Ich renne ihm nach, ziehe mit aller Kraft an den Männern, die John festhalten, versuche, ihre Finger zu lösen.

»Hört auf«, sage ich. »Bitte, er ist doch bloß ein Junge, er hat überhaupt nichts getan.« Das trägt mir eine brennende Ohrfeige ein, die mich zu Boden streckt. Ich stehe wieder auf, bettle weiter, versuche erneut, ihn zu befreien.

Ich schaue nicht den Hügel hinunter, wo Daniel gerade mit Annie flieht. Er wird für ihre Sicherheit sorgen.

Sie umzingeln uns, und diejenigen, die Johns Beine festgehalten haben, lassen ihn jetzt los und stellen ihn auf die Füße. Er stolpert, aber sie halten ihn fest. Er schluchzt und ruft nach Mam.

»Er ist doch bloß ein Junge«, rufe ich. »Lasst ihn in Ruhe.«

»Das ist kein Junge, sondern ein Fleisch gewordener Dämon«, sagt Gabriel.

»Bitte«, sagt John. Er hält sich aufrecht, atmet tief durch, und ich sehe, dass er versucht, ruhig zu bleiben, vernünftig zu bleiben, trotz dem Zittern, das seinen ganzen Körper beben lässt. »Bitte, das ist ein Irrtum. Ich weiß nicht, was Ihr meint, was ich gemacht haben soll – ich versuche einfach nur, mir auf ehrliche Art meinen Lebensunterhalt zu verdienen. Und manchmal gelingt es mir eben nicht. Und Ihr alle hier, forscht in Euren Seelen nach Mitleid, gebt mir eine Chance, und ich werde Euch zeigen, dass ich anständig bin. Gott soll mein Zeuge sein.«

»Warum hast du den Pastor getötet?«, fragt Gabriel.

Und ich hasse ihn. Das Flackern kommt in meine Augen, ich erschaudere bis in die Knochen, und ich fühle es mit Freuden.

John weicht stolpernd zurück, als hätten ihm die Worte einen Schlag versetzt. »Was? Seth? Den hab ich nie angerührt«, sagt er. Spöttische Bemerkungen aus der Menge. John schaut sich mit wildem Blick um. »Bitte, das würde ich nie tun. Er ist gut zu uns. Bitte. Lasst mich gehen.«

»Es war nicht John, der Seth getötet hat, und das weißt du auch. Du trägst diese Schuld nämlich selbst, du Mörder«, rufe ich.

Gabriel wendet sich zur Menge und lacht. »Oh, seine Hexenschwester gibt mir die Schuld an der Ermordung eines Kirchenmannes, der so hingelegt wurde, dass es aussieht, als würde er Christus verhöhnen. Und das natürlich genau da, wo diese Sklaven des Satans wohnen.«

Ich werfe mich auf ihn, werde aber zurückgehalten und stelle fest, dass es Bett ist, die mich festhält. »Tut mir leid«, sagt sie mir leise ins Ohr. »Ich kann nicht zulassen, dass du dich selbst opferst, nicht mal hierfür.«

Es gibt ein Crescendo von Klängen, von außen und aus meinem Inneren. Das Heulen von Mam, das Betteln von John, die rauschenden Stimmen rundherum. Und das Knurren, das Knurren, bis es mir durch die Knochen donnert und ich nicht verstehe, wie Bett die Stärke aufbringt, mich festzuhalten.

Gabriel versetzt ihm den ersten Schlag. Die Mistgabel gegen den Brustkorb, und John stürzt. Schreit auf. Schluchzt und drückt sich die Hand auf die Wunde. Ruft nach Mam.

Ich schreie seinen Namen in den ganzen Lärm. Versuche, mich aus Betts Griff zu befreien.

Danach sind es zu viele, als dass ich noch sehen könnte, was passiert. Viecher, johlend und zuschlagend, jeder darf mal, jeder feuert jeden an. Waffen, Fäuste und Füße. Ich kann John gar nicht mehr unter ihnen erkennen, kann seine Schreie nicht mehr über ihre hören. Mam wird zurückgehalten von Frauen aus dem Dorf, die früher einmal ihre Freundinnen waren. Bett hält mich fest, sie hat ihre Arme um mich gelegt und ihren Kopf an meinen gelehnt, während sie weint.

»Es tut mir leid«, sagt sie. »Mach die Augen zu, schau nicht hin. Oh Gott, was ist aus uns geworden?«

Ich blinzle, und die Augen sind da, glühende Glut. Das Knurren schüttelt mich von innen durch. Meine Nackenhaare stellen sich auf. Ich spüre ihn, den Hund. Er ist ich, ich bin er.

Das Schweigen breitet sich von der Mitte nach außen aus. Johns Stille steckt sie alle an. Einer nach dem anderen wird still und tritt zurück. Die Augen gesenkt auf die verknäulte, blutige Masse, die einmal mein Bruder war. Geräuschlos saugen sie an ihren blutenden Knöcheln, wischen sie ihre befleckten Waffen ab.

»Mein Sohn«, schreit Mam. »Oh, mein Sohn. Mein Sohn, mein Sohn.«

Mehr ist nicht zu hören.

Man lässt sie los, und sie kriecht hinüber zu John, nimmt seinen Kopf in beide Hände und küsst ihm das Haar.

»Wach auf«, flüstert sie. »Mach die Augen auf, Junge.« Wieder und wieder streicht sie ihm übers Gesicht. »War nicht so schlimm. Hat nur ein bisschen wehgetan. Wach auf.« Ihr Haar teilt sich im Nacken, und ihr Mal ist deutlich für alle zu sehen.

»Lieber Gott«, flüstert Bett. »Was haben wir getan?«

Hände sacken schlaff herunter. Niemand kann dem anderen in die Augen schauen. Ich beobachte sie mit glühenden Augen, die Klauen kommen aus meinen Fingerspitzen. Das Knurren erschüttert meine Knochen.

Nur Gabriel schaut sich um, mit leuchtenden Augen und gerötetem Gesicht. Er sticht die Mistgabel in den Boden und ist mit zwei Schritten bei mir, packt mich am Arm und reißt mich aus Betts Griff, die ihn anschreit, dass er aufhören soll.

»Und was ist mit dieser hier? Die hat uns auch betrogen und verhöhnt. Hat uns verhext, bis wir ihr getraut haben, ihr Arbeit gegeben und sie im Haus aufgenommen haben, obwohl sie die ganze Zeit des Teufels war.«

Seine Worte stoßen auf Schweigen, abgewandte Rücken und niedergeschlagene Augen.

»Ihr seht doch, was sie jetzt ist«, fährt er fort. »Kein Milchmädchen, sondern die Hexenhure der Haworths.«

»Lass gut sein, Gabriel«, sagt Mr Taylor. Ein Netz aus Blut zieht sich über seine Knöchel.

»Es reicht für heute.«

Ich winde mich, aber kann mich nicht aus dem Griff von Gabriels fleischigen Fingern befreien. Ich senke den Blick und sehe Klauen, fahre mir mit der Zunge über meinen Fang. »Siehst du, was ich bin?«, schreie ich. »Dann schau mich noch ein bisschen länger an, denn das hier ist nichts im Vergleich zu dem, was noch kommen wird. Ich werde dir in deinen wachen und deinen schlafenden Stunden nachspuken, bis du nichts mehr siehst als sein Gesicht, nichts mehr hörst als seine Schreie, und du wirst wissen, wie deine eigene Hand an der Schandtat beteiligt war, die hier geschehen ist. Ich vermähle mich jedem Wesen, das dazu die Macht hat. Und ich werde das Blut von jedem Einzelnen von euch vergießen, bevor dieser Tag um ist.«

Ich grabe meine Zähne in Gabriels Hand, und er lässt mich mit einem Aufschrei los, zieht seine Hand zurück, sodass ich auf die anderen falle. Ich kratze Haut auf, bis sie sich dick unter meinen Nägeln angesammelt hat und warmes Blut mir über die Finger fließt. Ich vergrabe meine Klauen in Augen, reiße büschelweise Haare aus.

»Ich verfluche euch alle«, schreie ich. »Jedes eurer Kinder soll dahinwelken und vor euch sterben.«

Sie weichen zurück, als ich auf sie losgehe, sie wimmern und heben die Hände, als würde die Hitze der Hölle selbst durch mich brennen.

»Die Pestilenz soll von Haus zu Haus gehen, bis ihr alle so gelitten habt wie er.«

Sie drehen sich um, die Feiglinge, und flüchten sich in ihre festen Wände, in der Annahme, mich damit aufhalten zu können.

»Und am Schluss«, rufe ich ihren sich entfernenden Rücken zu, »sollen die blutüberströmten Hände meines Bruders aus der Erde emporgreifen und euch hinabziehen.«

Sie sind weg.

Nichts mehr zu sehen. Ich muss Johns zerfleischten und verdrehten Körper ansehen. Mam hat sich über ihn gebeugt, ihre Tränen fallen auf sein Gesicht, als sie ihn an sich drückt. Sie nimmt überhaupt nichts mehr wahr.

Bett tritt mit wie zum Gebet verschränkten Händen auf mich zu.

»Ach, Sarah.« Sie streckt eine Hand aus, ganz langsam, als könnte ich zerbrechen oder in Flammen aufgehen. »Es tut mir leid, es tut mir so leid. Was kann ich nur tun?«

»Du kannst gehen.«

»Ich will aber helfen.«

Ich knie mich neben Mam, lege ihr meinen Arm um die zuckenden Schultern und schaue auf Johns Gesicht.

»Ihr habt genug angerichtet«, sage ich, und dann höre ich an ihren Schritten, wie sie nach kurzem Zögern meinem Wunsch nachkommt.

Seine Haut ist aufgeplatzt, seine Lippen und Wangen geschwollen und verformt. Doch er sieht sich immer noch so ähnlich, dass ich weiß, sein Geist ist bis zum Schluss derselbe geblieben. Es ist eine Ruhe um seine geschlossenen Augen, und sein Mund sieht so weich aus, dass ich auch jetzt noch fast glauben könnte, dass er nur schläft.

Mam ist ganz in ihrer Trauer verschwunden, mit ihr ist nichts anzufangen. Ich ziehe John zurück zum Haus, ein langer, schmerzvoller Vorgang, bei dem er gegen Wurzeln und über Steine holpert. Ich weiß, dass er nichts mehr spürt, doch ich habe trotzdem Angst, ihm wehzutun. Zweimal rutscht er mir aus den Händen, und sein Kopf schlägt auf den Boden auf. Mam folgt uns händeringend und weint.

Ich wasche ihn, so gut ich kann, und lege ihn hinters Haus, wo die Erde weich ist, direkt im Blickfeld der Fenster unserer Hütte. Mam kniet sich neben ihn, legt ihre Wange an seine und flüstert ihm Mutterliebe in sein taub gewordenes Ohr.

Später werde ich ihn begraben. Und wenn es die ganze Nacht dauert, ihm mit bloßen Fingern ein Grab in die Erde zu kratzen.

Seine eigene Hand

Annies Tränen waren versiegt. Sie saß am Flussufer neben ihm, zog sich ihre Haare übers Gesicht und flüsterte irgendetwas. Er konnte nicht hören, was sie sagte. Wusste nicht, was er tun sollte.

»Wollen wir mal schauen, ob wir einen Mondfisch finden?«, fragte er. Er hoffte, dass sie nicht hörte, wie angestrengt seine Stimme klang.

Sie spreizte die Finger und riss sie sich durchs Haar, zerrte an den Kletten, bis ganze Klumpen abgingen und sich in ihrer Hand sammelten. Sie flüsterte.

Er öffnete den Mund, um ihr zu sagen, dass alles wieder gut werden würde, aber er brachte es nicht fertig. Alles, was er von der Welt zu wissen geglaubt hatte, war verloren, und er wusste nicht, wie er seinen Platz darin wiederfinden sollte. Er war einfach nicht in der Lage, Annie eine tröstliche Geschichte anzubieten. Er hätte Sarah zurückhalten und ihren Bruder beschützen müssen. Er hätte die Stimme erheben müssen, richtig laut. Doch nun versteckte er sich hier am Flussufer, war dankbar, dass Annie ihm einen Grund dafür gab, und schämte sich für diese Dankbarkeit.

Das Flüstern schlüpfte aus ihrem Mund, wickelte sich um ihn und glitt durch sein Blut. Sie war nur ein Kind, bestimmt unschuldig, aber gefangen im Grauen. Trotzdem hatte er das Gefühl, dass da irgendeine Beschwörung von ihren Lippen kam. Er wünschte, er könnte die Worte verstehen, und fürchtete sich gleichzeitig davor. Konnte nicht länger unterscheiden, was wirklich war: das Leben, das er sich mit Sarah ausgemalt hatte, oder die Geschichten der Familie. Das Bild von Sarah, die dem Mädchen, das er kannte, so gar nicht mehr ähnlich war, so voller Macht, als sie den Fluch über Molly aussprach, wollte ihm nicht aus dem Sinn gehen.

Er wusste keine Antwort auf Gabriels Frage: Wer außer dem Teufelsbruder würde einen Mann Gottes ermorden? Und jetzt flüsterte auch noch das Kind irgendwelche Worte, die bestimmt mit finsterer Magie aufgeladen waren.

»Hast du ein verwahrlostes Kind gestohlen?«

Die Stimme kam so unerwartet, dass er erstarrte. Molly ließ sich neben ihn fallen und betrachtete Annie mit unverhohlenem Abscheu. Eine dünne rote Linie zog sich über ihre Stirn, aber sie war schon so gut wie verheilt. Das kleine Mädchen flüsterte weiter und fügte dem Haufen Haare, der sich zu ihren nackten Füßen angesammelt hatte, immer weitere hinzu.

»Sie sieht aus, als hätte sie Läuse«, sagte Molly.

Einen Augenblick wurde er wieder zu dem Tag zurückversetzt, an dem er Sarah geholfen hatte, Annie die Haare zu waschen. Hast du sie gestohlen?, hatte sie gefragt. Überwältigt von Trauer konnte er Molly nur schweigend ansehen. Ihr Gesicht war schmal, und rund um die Augen war die Haut gerötet.

»Wo um alles in der Welt hast du die aufgelesen?«, fragte sie.

»Hast du es noch nicht gehört?«

»Ich habe keinen Dorfklatsch gehört, weil ich hier war, um nach Steinen zu suchen, die mich so schwer machen, dass ich bis auf den Grund sinke.«

Wolken ballten sich schwer und tief zusammen, bildeten einen Nebel, der vom Wasser heranwallte. »Es gab eine furchtbare … Moment, was hast du da gerade gesagt? Wonach hast du gesucht?«

Sie warf ihm einen Blick zu und schaute dann wieder weg, weil ihr Tränen in die grünen Augen stiegen. »Ich war zu feige. Ich hatte schon lauter Steine in den Händen und stand am Flussufer, bis ich aufgegeben und sie stattdessen alle ins Wasser geworfen habe. Ich muss mir einen einfacheren Weg suchen.«

Sie stieß ein seltsames Gelächter aus, fast wie ein Schluckauf, und wischte sich über die Augen, aber die Tränen quollen weiter heraus.

»Aber … warum?«, fragte er.

»Ich kann es dir nicht sagen, ich schäme mich zu sehr.«

Dann herrschte Stille, bis auf das Plätschern des Flusses, das Geräusch der ersten Regentropfen auf dem Boden und die unaufhörlich geflüsterten Worte von Annie. Er hörte sie jetzt, aber sie ergaben keinen Sinn. »Er ist gewesen. Er ist gewesen. Ich habe das Mal.«

»Was auch immer es ist, es kann doch nicht so schlimm sein«, sagte er.

»Du bist so nett. Du hättest es werden müssen, wenn du es geworden wärst, dann wäre jetzt alles gut, aber du hast dir ja eine andere ausgesucht. Und ich war so wütend, und er hat gesagt, dass er mich liebt, dabei wusste ich doch, dass er mich anschwindelt, aber ich wollte, dass es wahr ist, ich wollte einfach jemand haben, und … es war nur einmal. Aber jetzt wird er nicht …«

Sie legte den Kopf auf ihre Arme und schluchzte. Daniel versuchte, sich einen Reim auf ihre rätselhaften Worte zu machen, und ihm dämmerte, dass seine eigene Hand mitgewirkt hatte an der hoffnungslosen Lage, in der sie sich jetzt befand. Wie konnte er, der so schwach war, dass er beim Auftreten keine Spuren hinterließ, so eine Wirkung haben, so viel Schmerz verursachen? Er hatte sich an jeder Gabelung falsch entschieden – er hatte Molly verlassen, er war Phyllis nicht zu Hilfe gekommen. Seine Schwäche war das Einzige, was Spuren hinterließ bei den Menschen, die er berührte.

»Ich habe sogar so einen Zaubertrank versucht, aber er hat nicht gewirkt«, sagte Molly. »Hat sie dich auch mit einem Zauberbann belegt, dieses Hexenmädchen? Damit du sie liebst?«

Sie schaute zu ihm und wischte sich schniefend die Tränen von den Wangen.

Er wollte Nein sagen, wollte ihr sagen, dass Sarah nicht so war, wie sie alle dachten. Aber die geflüsterten Worte des Kindes wirbelten immer noch durch die Luft. Der Beleg für den Jähzorn ihres Bruders und sein verdorbenes Herz, der Dämon, den er beschworen hatte, um seine bösen Taten zu verüben, das alles hatte Daniel immer noch lebhaft vor sich, sobald er die Augen zumachte und Pastor Walshs toten Körper sah. Und war diese Narbe, die Molly trug, nicht auch ein Zeugnis dafür, dass Sarah ihre Macht benutzt hatte, um den Zweig zu bewegen und sie zu Fall zu bringen?

Seine eigenen Worte kreisten ihm durch den Kopf. Wenn ich verhext bin, dann sei es eben so.

Und obwohl er verloren war in seiner Liebe zu ihr, wusste er es. Sie hatte seiner empfindlichen Seele nachgestellt, hatte durch finstere Kräfte seine Zuneigung heraufbeschworen, und er hatte es einfach zugelassen.

Der Schrei kam von hinten, und Molly und er sprangen auf. Nur Annie schien nichts mitzubekommen, sie flüsterte weiter und legte immer mehr Haare auf den weichen Stapel zu ihren Füßen.

»Du«, schrie Sarah.

Sie stürzte auf sie zu, eine schwarze Masse flammender Wut vor dem Regen. Molly drehte sich um und floh, doch Sarah machte einen Satz und bekam sie zu fassen, und sie schüttelte sie, wie ein Tier seine Beute schüttelt. Molly sackte auf die Knie.

»Hör auf«, sagte sie weinend. »Bitte, es tut mir leid.«

»Du.« Sarahs Stimme war ein tiefes Knurren. »Du hast es Gabriel erzählt. Stimmt's?« Sie packte Molly bei den Haaren und schüttelte sie erneut durch. »Stimmt's?«

Molly schluchzte. »Du hast sie mir beide weggenommen«, sagte sie. »Dabei hast du Gabriel gar nicht wirklich gewollt, aber du hast ihn behext, um ihn mir wegzunehmen. Es tut mir leid, bitte verfluche mich nicht.«

Sarah zog Mollys Gesicht ganz nah vor ihr eigenes und zischte die Worte hervor. »Du hast es Gabriel erzählt, und er hat Seth getötet. Und John hat man die Schuld daran gegeben, und jetzt ist er tot, verstehst du? Er ist tot, weil du es erzählt hast.«

Daniel streckte die Hand aus, um Sarahs Wut zu beschwichtigen und um Molly zu beschützen. Und die Bedeutung zu erfassen. John war tot, und er fühlte das Grauen, das Sarah empfand, mit. Doch ein Teil von ihm atmete wieder leichter, sicherer, weil der Teufelsjunge ihm jetzt nichts mehr tun konnte.

»Und ob ich dich verfluche«, sagte Sarah. »Ich verfluche das Kind in deinem Leib, dass es dich aufschlitzt und in die Hölle schickt, wenn du es auf die Welt bringst. Und dieses Kind verfluche ich zu einem Leben, das den ganzen Schmerz, den seine Eltern verursacht haben, in sich trägt.«

Molly heulte auf und flehte um Gnade. Sarah lockerte ihren Griff, und Molly erhob sich unsicher auf ihre Füße und stolperte davon.

Daniel stand da und sah sie davongehen. Dann wandte er sich wieder zu Sarah. Beide waren jetzt bis auf die Haut durchnässt. Ihm fiel nichts ein, was er hätte sagen können. Nichts, was er hätte tun können. Wie konnte sie von Mollys Zustand wissen? Er hatte Angst vor dieser unirdischen Fähigkeit, Verborgenes zu sehen.

»John ist tot«, sagte sie. Ihre Stimme klang tonlos nach der ganzen Wut, die vorher in ihr gelegen hatte.

»Ja. Es tut mir so leid.«

»Danke, dass du Annie mitgenommen hast.«

»Sie ist …« Er deutete hilflos auf das Kind, das sich immer noch Haare ausriss, wenngleich das Flüstern jetzt aufgehört hatte.

Sarah nickte. »Ich werde sie jetzt mitnehmen.«

Sie rührte sich nicht.

»Sarah?«

»Ja?«

»Als du gestern deine Familie besucht hast, war er da? Ich meine – dein Bruder?«

Sie schenkte ihm einen hasserfüllten finsteren Blick. »Nein. Aber Gabriel hat Seth umgebracht, nicht John.«

»Gabriel? Er ist ein Raufbold, aber er würde doch keinen Mann Gottes umbringen. Und dann auch noch auf diese Art …«

»Es war Gabriel.«

Sie ging zu Annie, ging in die Hocke und schob ihr zärtlich das Haar aus dem Gesicht. Sie gab ihr einen Kuss auf die Wange und nahm sie in die Arme.

Er schaute zu, zerrissen von Trauer um das Leben, das sie miteinander geplant hatten, um die Person, für die er sie gehalten hatte. Sogar jetzt noch würde er sich dafür entscheiden, sich von ihr verhexen zu lassen und an dieses Leben zu glauben. »Wir hätten eigentlich heute Abend getraut werden sollen«, sagte er.

Sarah hob Annie auf ihre Hüfte und ging an ihm vorbei. Ihr Haar hatte sich gelöst, und der Rock, den Bett ihr gegeben hatte, war zerrissen und fleckig, klebte ihr nass an den Beinen, als sie ging. Sie sah aus wie die Sarah, die er zum ersten Mal gesehen hatte, aber eher noch – eine tote Ausgabe ihrer selbst. Der Sturm, den sie mitbrachte, war kalt und abgeflaut.

»Ja«, sagte sie und ging davon.

Jeden beliebigen Tag

Annie spricht kein Wort mehr. Sie lässt mich nicht mehr los, klammert sich mit ihren Armen an meinen Schultern fest und mit ihren Beinen um die Taille, und ich bin ganz dankbar für ihre Wärme. Wenn ich sie so an mich drücke, verebbt das Knurren. Ihr Gesicht vergräbt sie an meinem Hals, jetzt ohne Tränen.

Sie fragt nicht nach John, und ich erzähle ihr auch nichts.

Das Haus liegt im Schatten, und irgendwann hat Mam sich auch endlich von John losreißen können, aber sie liegt zusammengerollt in seinem Bett und drückt sich seine Decke ans Gesicht.

»Wisst ihr noch«, sagt Mam, »wie er einmal bei den Taylors vom Apfelbaum gefallen ist? Totenblass ist sein Gesicht geworden, und sein Knöchel verfärbte sich schwarz, aber er ist trotzdem noch den ganzen Weg nach Hause gelaufen. Er hat Äpfel so gern gegessen, er hat keinen einzigen fallen lassen. Und als er jünger war und sein Vater noch lebte, konnte er noch nicht über den Zaun zur Lämmerweide klettern. Dann hat er sich untendrunter durchgeschoben, und ich hab ihn immer geschimpft wegen der Flecken, die er sich dabei auf die Hosen gemacht hat. Ach, ich wünschte, ich könnte diesen Tag noch einmal erleben.«

Ihr Atem bebt.

»Ich wünschte, ich könnte alle diese Tage noch einmal erleben.

Ach, ich wünschte, ich könnte diese Tage immer und immer wieder durchleben, jeden würde ich nehmen, auch wenn er was gestohlen und geflucht hatte oder faul im Bett lag ... jeden beliebigen Tag würde ich nehmen, außer diesem, nicht diesen, ich will ihn nicht, ich kann diesen Tag nicht durchstehen.«

Ihr Schmerz erfüllt das ganze Haus. Ich schließe die Augen davor und halte mir die Ohren zu. Er lässt mir keinen Raum für meine eigene Trauer. Das Dorf wird sich jetzt gegen uns wenden, und ich weiß nicht, wie ich Annie beschützen soll. Wenn wir weggehen, wird uns der Ärger folgen, denn es gibt keinen Ort, an dem man eine schmuddelige Gruppe verzweifelter Frauen sieht und nicht sofort »Hexe« schreit.

Ich halte sie in meinen Armen, das kleine Mädchen. Das wilde Wesen, das sich mit ihren Zehen an der Baumrinde abstützt, um schneller klettern zu können, das jedes kleine Tier beobachtet und alles darüber lernt. Das die Fäuste ballt und vor Wut knurrt. Das Blumen als Geschenk mitbringt und einmal ein Mann werden möchte, wenn es groß ist. Ich ziehe sie ganz nah an mich. Werde sie nie wieder loslassen.

Ich erinnere mich jetzt daran, wie wir Annie damals gefunden haben, als wäre es gestern gewesen. Eine kalte, klare Erinnerung, scharf wie eine Messerklinge.

Es war in den Jahren, als die Männer zu uns kamen. Ich lag auf dem gleichen Platz, wo ich jetzt liege, und sah, wie Mam zusammenzuckte und stöhnte und sich den geschwollenen Bauch hielt. Sie beugte sich zu mir herunter und strich mir die Haare von der Wange.

»Keine Sorge, Mädchen«, sagte sie. »Ich hab bloß einen Stein verschluckt, das ist alles. Ich muss ihn im Wald vergraben. Du bleibst hier und passt auf deinen Bruder auf. Bis morgen früh bin ich zurück.«

Es war nicht der erste Stein, den sie geschluckt und vergraben hatte.

Ich wartete die ganze Nacht und spähte durch die Wimpern meiner halb geschlossenen Augen. In der Morgendämmerung kam sie zurückgeschlichen. Ein blutiger Fußabdruck auf dem Boden, als sie an mir vorüberging.

»Leg dich wieder schlafen«, sagte sie und kroch zu ihrem Lager.

Ich ging den Stein suchen.

Das Geräusch war dünn, ein verzweifeltes Jammern, das sich wie ein Faden durch die Bäume schlängelte und mich an den Ort führte, wo ich es fand. Ein dürres, kleines Baby, das seine kleinen Ärmchen ausstreckte unter dem Baum, wo es lag. Ich konnte es nicht dort lassen.

»Schau mal, Mammy«, rief ich, als ich mit Annie auf dem Arm nach Hause kam. »Schau mal, was ich im Wald gepflückt habe.«

Mam wickelte sie in ein Stück Stoff und hielt sie an ihre Brust. Lächelte und weinte. Wiegte sie in den Armen und flüsterte ihr Koseworte zu.

An diesem Tag zeigte sie mir mein Mal und erklärte mir, was es bedeutete. Danach kamen keine Männer mehr.

Als alles still ist, schleiche ich mich aus dem Bett und hinaus in die mondbeschienene Nacht. Wut und Angst brennen in mir, während ich immer tiefer und tiefer grabe. Das Knurren gibt meinen Knochen Kraft, es treibt mich an. Ich war dankbar heute, dieses Wesen zu haben, das aus meinen schwärzesten Tiefen heraufkam, mir Stärke verlieh und tat, was ich ihm befahl. Jetzt habe ich es gezähmt, meinem Willen unterworfen. Immer weiter und weiter arbeite ich. Der Schmerz in meinen erschöpften Armen und der aufgeschürften Haut an meinen Händen kann mich nicht aufhalten.

Er hat eine flache Ruhestätte, ohne Markierung und weniger,

als er eigentlich verdient, aber er schläft darin, als sich das Sonnenlicht über den Himmel ausbreitet.

Ich lege mich auf seine Erddecke und nähre sie mit meinen Tränen.

Verdunkeln

Die Milch drohte überzuschwappen, als Daniel dahinging und der schwere Eimer an seinem Arm zog. Gabriel, der gerade auf dem Weg ins Haus war, stieß einen Pfiff aus und kicherte, als er an ihm vorbeiging.

»Jetzt bist du wieder da, wo du hingehörst, Danny. Jetzt hast du keine kleine Hexenhure mehr, die dir die Frauenarbeit abnimmt.«

Worte, die ihn trafen wie eine Mistgabel in die Brust. Daniel ging weiter. In den zwei Tagen seit Pastor Walshs Ermordung war Gabriels Stimmung ins Unendliche gestiegen. Er lachte, erzählte Witze und Geschichten von Frauen, von denen Daniel hoffte, dass sie erfunden waren, und schlug ihn auf den Rücken. Aber unter seiner guten Laune schien etwas Nervöses zu liegen, ein ständiges Flackern im Auge, ein Zucken in der Hand.

Niemand hatte den Pastor erwähnt. Oder Sarah. Bis jetzt. Es war, als wäre sie tot, und alles, was er für sie gefühlt hatte, war mit ihr verschwunden. Die Liebe, die sie geteilt hatten, das Leben, das sie sich ausgemalt hatten, alles nur ein Hirngespinst, das sie in ihm heraufbeschworen und ihm eingepflanzt hatte.

Als sie vergeblich versuchte, ihren Bruder zu schützen, und dann ihren ganzen Zorn über die Dorfbewohner niedergehen ließ, wussten alle, dass ihr Milchmädchen niemand anders gewesen war als die Tochter der Familie Haworth. Einschließlich Vater. Daniel hätte erwartet, dass er aus dem Haus gejagt werden würde, nachdem er sie unter ihr Dach gebracht hatte, aber niemand hatte sie erwähnt. Trotzdem war es gut, dass Sarah wegblieb. Gabriels Blut köchelte immer noch vor Rachelust, und Vater würde sein Mitgefühl ganz sicher nicht auf die Tochter der Heilkundigen ausdehnen. Und Daniel fürchtete sich vor der Strafe, mit der sie diejenigen belegt hatte, die ihren Bruder ermordet hatten.

Jede Nacht träumte er von dem Sturm in ihren Augen.

Als er jetzt die Küche betrat, herrschte angespanntes Schweigen. Der Magistrat ging durch alle Zimmerecken, während Vater, Gabriel und Bett unbehaglich am Tisch saßen. Vater warf einen Blick in seine Richtung. Es war das erste Mal seit zwei Tagen, dass er Daniel in die Augen schaute, und sein Schmerz und seine Scham waren offensichtlich.

»Eure Reaktion auf die tragischen Neuigkeiten ist unerwartet, und doch schlug sie mir überall entgegen, wo ich die Nachricht verkündet habe«, sagte der Magistrat. »Kein Schock, keine Trauer. Nicht mal richtige Überraschung.«

Gabriel zuckte mit den Schultern. »Ist ja auch keine große Überraschung für uns, nachdem wir mit dieser Heidenfamilie am Hügel leben müssen.«

Der Magistrat blieb stehen, schaute auf die Spitzen seiner glänzenden Schuhe und nickte langsam. »Interessant, dass du das sagst, angesichts des Fundorts der Leiche und der … ähm … Lage. Ich hätte erwartet, dass mir so eine Tat früher gemeldet werden müsste. Es fällt mir schwer, zu glauben, dass niemand davon gewusst hat.«

Daniel schloss die Augen und versuchte mit Willenskraft, das Bild von Pastor Walsh fortzuschieben. Er atmete langsam und tief. Er hörte weder die Worte des Magistrats noch seinen eigenen Pulsschlag.

»Wir wissen nichts«, sagte Vater, stand auf und zeigte auf die Tür. »Aber sobald irgendjemand von uns etwas zu Ohren kommt, werden wir Euch auf jeden Fall davon berichten.«

Der Magistrat berührte seinen Hut und ließ sich hinausbringen. Vater fiel zitternd zurück auf seinen Stuhl und vergrub das Gesicht in den Händen. Blut sickerte ihm aus der Nase und tropfte auf den Tisch.

»Oh, ist das eine üble Geschichte, die übelste, die ich in meinem ganzen Leben erlebt habe«, sagte er.

»Wir sollten ihm sagen, dass es die Hexenfamilie war, das ist uns doch allen sonnenklar, und dann wird er die Gesetze walten lassen«, sagte Gabriel.

»Ist dein Blutdurst denn immer noch nicht gestillt, Gabriel?«, fragte Bett. »Du hast deine Rache an dem Jungen gehabt.« Sie schluckte und bemühte sich, ihrer Stimme Festigkeit zu geben. »Er hat bezahlt, wenn er wirklich so eine schwarze Seele hatte und Dämonen befehligt hat, die wir gefürchtet haben. Aber die Mutter und die Schwestern, was wissen wir denn wirklich von ihrer Zauberei? Ihre Beschwörungsformeln und Heilmittel und dass sie dich mit den Rinderpocken geschlagen haben – das ist doch weit weg von der Ermordung des Pastors.«

Daniel warf Bett einen Blick zu. Sogar jetzt, wo sie Sarah und ihre Familie doch eigentlich verteidigte, bestätigte sie seine Angst, dass Sarah wirklich Zauberkräfte besaß und sie eingesetzt hatte, um eine nicht vorhandene Liebe zu schaffen. Er musste die Tränen zurückblinzeln, die ihm in den Augen stachen. Bett konnte gerne an die unschuldige Version von Sarah glauben, wie sie sie gekannt hatte. Doch er war dabei gewesen, als sie Molly mit einem Fluch belegte, und diese Erinnerung steckte in ihm wie ein Stück Eis, machte ihn unempfänglich für alles, was einmal gut gewesen war. Er wusste etwas, was Bett nicht wusste.

»Sie hat recht«, sagte Vater. »Hier ist jetzt genug getan worden.

Der Anblick seiner Mutter in solcher Trauer … hat mir fast gereicht, um mich zu überzeugen, dass sie Gefühle hat wie jede andere. Und mich hat glauben lassen, dass sie vielleicht wirklich alles getan hat, um deine Mutter zu retten, wie sie es immer behauptete.«

Bett stieß ihren Stuhl zurück und marschierte hinaus. Die Männer tauschten einen Blick. Es gab keine Worte, die stark genug waren, um auszudrücken, was geschehen war und was sie fühlten angesichts der Rolle, die sie alle drei dabei gespielt hatten.

Gabriel zuckte mit den Schultern. »Ich kann meinen Mund halten. Er wird es sowieso bald erfahren.«

Vater rieb sich das Gesicht. Mit zitternden Fingern und Tränen in den Augen.

»Arbeit«, sagte er schließlich. Mit erstickter Stimme, als ob sich die Scham um seine Kehle gewickelt hätte. »Der Hof kann nicht warten, es gibt Arbeiten zu erledigen, und wir haben sowieso schon zu viel Zeit verloren durch diese Vorkommnisse.« Er stand auf und ging zur Tür. »Na los, Jungs.«

Daniel machte Anstalten, ihm zu folgen, doch Gabriel stellte sich ihm in den Weg mit seiner großen Masse, die die Schwelle verdunkelte.

»Gib dir keine Schuld«, sagte er. »Sie hatte mich eine Weile auch getäuscht.«

Daniel machte eine Bewegung, doch Gabriel stützte blitzschnell einen Arm gegen den Türrahmen.

»Ich … ich weiß nicht, was du …«

»Hast du wirklich gedacht, ich hätte nicht mitbekommen, wie ihr euch den Hof gemacht habt? Sie hat es nicht vor mir versteckt. Sie muss uns mit einem Zauberbann belegt haben, sodass wir eine Schönheit in ihr sahen, die gar nicht da war. Wenn sogar ich, der schon mit so vielen Mädels im Heu war, hin und weg war, als sie sich mir an den Hals warf, wie solltest dann du, der nur unsere Bett zum Vergleich hatte, ihren Betrug durchschauen?«

»Sie hat sich dir an den Hals geworfen?« Das Lächeln auf Gabriels Lippen ließ Daniel hoffen, dass an seinen Worten nichts Wahres war.

Ein Mundwinkel wanderte jetzt noch weiter hoch. »Ja, ein oder zwei Mal, obwohl ich ziemlich schnell ihre Zauberei durchschaut habe und von ihr angewidert war. Unter ihrem Zauberbann ist sie nämlich potthässlich.« Er senkte den Kopf so tief, dass er mit Daniels Augen auf einer Höhe war. Dann sagte er, ganz leise: »Hast du gesehen, wie hässlich sie war?«

Daniel sah die stürmischen blauen Augen vor sich, die weichen, geschwungenen Lippen und den glatten Fluss ihrer Haut. Er erinnerte sich an Gelächter, das durch die Luft perlte wie die Sterne in der Nacht. Er sehnte sich mit jedem Teil seiner selbst danach, an ihre Liebe zu glauben, sehnte sich danach, dass sie echt war.

Er sah vor seinem inneren Auge, wie sie sich an Gabriel drückte.

Eine Hitzewelle durchlief ihn. Ein Narr war er gewesen. Schwach in seinem Bedürfnis, sein wahres Ich gesehen und geliebt zu wissen. Nichts an ihr war gewesen, wie es schien – ihr unschuldiger Geist, ihre Loyalität zu ihm. Alles nur herbeigezaubert.

Sie hatte seine Zerbrechlichkeit erkannt und war an dem Tag bei ihm erschienen, als er Bonny zähmte, hatte ihn in ihr alles sehen lassen, wonach er sich sehnte. Hatte ihn so benebelt, dass er sich selbst hergab und sich von allem abwandte, was er kannte. Und die ganze Zeit hatte ihre Mutter ihre tödliche Magie auf Sam ausgeübt, und der Bruder hatte seinem Dämon befohlen, den Pastor abzuschlachten. Ihre eigenen Taten mit schwarzer Magie, der Fluch, den sie über Gabriel verhängt hatte, und das Bewegen des Zweiges, um Molly zu Fall zu bringen, hatte er sogar mit eigenen Augen gesehen. Irgendwo hatte er die ganze Zeit gewusst, dass sie nicht so war, wie er dachte, dass etwas Wahres an den Geschichten war, die man sich über sie erzählte. Das einzige Mal in seinem Leben, als er nicht auf seine Zweifel gehört hatte, war das einzige Mal, bei dem er auf sie hätte hören müssen.

Nichts davon war echt gewesen. Die Stärke, die sie in ihm gesehen hatte. Das Band zwischen ihnen, das Leben, das sie geplant hatten.

Wilde, schöne Hexe. Sie hatte sich alles ausgedacht.

Gabriel lachte und schlug Daniel auf die Schulter. »Du solltest froh sein, wie sich die Dinge entwickelt haben, Danny. Dir ist ein Leben als Mann einer Hexe erspart geblieben.«

Sein Gelächter schwächte seinen Stand, und Daniel konnte ihn beiseitestoßen und nach draußen ins Helle gehen. Nur aus Gabriels Mund hatte der Vorschlag kommen können, dass er über diese für ihn schlimmste Zeit froh sein sollte. Durch den Stoff seiner Hose fühlte er den Stein, den er immer noch in der Tasche trug. Immer noch unfähig, sich von ihm zu trennen.

Daniel arbeitete wie nie zuvor, bis ihm die Hände bluteten und ihm sein Oberteil durchgeschwitzt am Rücken klebte. Er beobachtete, wie junge Kaninchen am Feldrand herumtollten, ein Anblick, der ihn früher beruhigt hätte. Aber heute kam sein Geist nicht zur Ruhe.

Er hatte in den letzten Monaten alles zerstört, was er angefasst hatte, und eine Spur der Verwüstung hinterlassen. Hatte geplant, seine Familie und sein Erbe zu verlassen, wobei er den Pfarrer in einen Plan verwickelte, der ihn am Ende zum Mordopfer machte. Er hatte Phyllis den Rücken zugewandt und dann Molly, die prompt Gabriels Trieben und moralischer Armut zum Opfer fiel. Er hatte sich vom Teufel einnehmen lassen, und das aus freien Stücken.

Er mähte mit der Sense und jätete und pflügte und säte. Doch sein Geist wurde dadurch nicht weniger ungestüm.

Am Ende des Tages, als er völlig ausgelaugt war, hatte er sich für einen Weg entschieden, mit dem er sein Gewissen erleichtern konnte.

Als Bett und Gabriel endlich nach Hause gegangen waren, war die Küche ganz still.

»Ich muss mit dir reden«, sagte Daniel.

Vater zog eine Augenbraue hoch und trank aus seiner Flasche. Daniel setzte sich hin. Diesmal verspürte er weder Vorfreude noch Angst, nur eine schnöde Entschlossenheit zu sagen, was er sagen musste. Das zu tun, was in seiner Macht lag.

Jetzt. Bevor er wieder von Sarahs Hexenkünsten verführt wurde.

»Ich muss gestehen, dass ich Molly weiter den Hof gemacht habe, obwohl du es mir verboten hattest.«

Die Flasche blieb auf dem Weg zu Vaters Lippen stehen. »Ich dachte, du hättest sie zurückgewiesen.«

»Ich … ja, hab ich auch, aber sie war so hartnäckig, und ich war …«

Vater nickte. »Verstehe.«

»Ich habe mit ihr geschlafen.«

»Oh.«

»Und sie ist …«

»Oh nein.«

»Doch.«

Daniel wartete schweigend, während Vater die Neuigkeiten verdaute. Früher hätte er Angst gehabt, dass er vor Wut an die Decke ging, ihn sogar verprügelte. Heute nicht mehr. Das Feuer knisterte hinter ihm.

»Ich nehme an, es gibt gewisse Kräuterkuren für solche …«

»Die hat sie schon ausprobiert«, sagte Daniel.

»Oh. Und die haben keinen Erfolg gehabt?«

Daniel schüttelte den Kopf. Vater schluckte den Rest von seinem Bier hinunter und wischte sich mit dem Handrücken den Mund ab. Seufzte. Streckte ein Bein aus und zog es wieder an.

»Du hast mich enttäuscht, mein Sohn.«

Daniel konzentrierte sich auf die Maserung des Holztischs. »Ich mich auch.«

»Du weißt ja, wo Mutters Ring aufbewahrt wird.«

»Ja.«

»Das ist nicht das, was ich mir erhofft hatte.«

»Ich auch nicht.«

»Aber du liebst sie doch, oder? Sag, mein Sohn? Wenn du euch beide einem solchen Risiko ausgesetzt hast? Du hast sie so gern, wie ich deine Mutter gernhatte, und der Ring kommt in die richtigen Hände, nicht wahr?«

Daniel zögerte. Molly war süß und albern und manipulativ und zerbrechlich.

Die Gefühle, die er erfahren und Liebe genannt hatte, waren nicht echt gewesen. Waren nicht mal seine eigenen gewesen. Er wusste nichts von der Liebe.

»Ja«, sagte er.

• • •

Sarahs Zimmer war so, wie sie es hinterlassen hatte. Die Decken ordentlich übers Bett gezogen, die Kleider lagen gefaltet in einer Ecke. Darunter, wusste er, lag der Ring. Versteckt, bis zu dem Tag, an dem sie durchbrannten und sie ihn frei tragen konnte. Was jetzt niemals geschehen würde.

Nachdem er so getäuscht worden war, als er ihn hergegeben hatte, durfte er ihn sich jetzt auch zurückholen.

In der Luft hing immer noch ihr Duft.

Die Reichweite eines Fluchs

Bett hat Essen gebracht, in ein Tuch gewickelt, so wie ich es früher immer am Sonntag gemacht habe. Brot, Butter, Käse, kalten Braten, Salatblätter und einen Kübel Milch.

»Iss«, sagt sie, fasst mich bei den Schultern und dirigiert mich zum Tisch. Sie wirft einen Blick auf Annie, die auf der Schwelle steht und einen Fuß hinter ihr Knie geklemmt hat. »Du auch«, sagt Bett.

Annie schaut mich an. »Ja«, sage ich, und Annie schlängelt sich neben mich, setzt sich auf einen Stuhl und knabbert an einem Stück Brot.

Bett schaut zu Mam, die zusammengerollt auf Johns Bett liegt, seine Decke streichelt und irgendetwas flüstert. Sie sagt nichts.

»Es tut mir so leid«, sagt sie. »Was da passiert ist, Sarah, es tut mir leid, dass ich das nicht aufhalten konnte. Ich wusste nicht, was ich tun sollte, ich wollte zum Magistrat gehen, aber Nathaniel meinte, dann wäre es für dich nur noch schlimmer gekommen.«

»Nathaniel hat recht.«

Sie streicht sich seufzend die Schürze glatt. »Du könntest weggehen, du bist doch ein Milchmädchen, geh zur nächsten Bauernmesse und such dir eine neue Stelle.«

»Und was soll dann aus Annie und Mam werden? Ich kann

nicht mit ihnen auf eine Bauernmesse gehen. Wenn drei Frauen wie wir in ein Dorf kommen, weißt du doch, was sich alle denken würden.«

Bett lässt den Kopf hängen und nickt.

»Wir drei können nirgendwohin, wo wir nicht genauso enden würden wie hier.«

Bett stößt ärgerlich den Atem aus. »Das kann doch nicht so sein. Ich lass das nicht zu. Da muss man doch was unternehmen können, es muss doch etwas geben, was ich tun kann.«

Ich denke ganz kurz an den kleinen Stapel von Habseligkeiten, den ich auf dem Hof gelassen habe und nicht abzuholen wage. Meine ganzen Sachen. Das Armband. Den Ring, den Daniel mir geschenkt hat. »Danke für das Essen«, sage ich.

»Ich will dir aber mehr als Essen geben.«

Die Worte entschlüpfen mir, ungewollt, und jedes reißt ein Stück aus mir heraus, als ich es ausspreche. »Du kannst Annie zu dir nehmen.«

Beide zucken zusammen. Bett starrt Annie an. Annie starrt mich an und hört auf zu kauen, obwohl ihr Mund voll mit Essen ist.

Bett stößt ein dünnes Lachen aus. »Ich … nein, du hast alles verloren …«

Annie spuckt alles, was sie im Mund hat, auf den Tisch, ballt die Fäuste und funkelt Bett knurrend an.

»Nimm sie zu dir und pass auf sie auf. Du sehnst dich danach, Mutter zu werden, und sie braucht eine.« Stirnrunzelnd wische ich ihr den Mund mit der Hand ab. »Und meistens ist sie viel hübscher als jetzt«, füge ich hinzu.

»Nein, sie … sie kennen sie doch sowieso alle, das würde nicht funktionieren.« Ihre Augen leuchten hell, als sie Annie anschaut. Ich weiß, dass sie sich gerade vorstellt, wie es wäre, ihre Mutter zu sein.

Ich hebe Annie hoch, trage sie um den Tisch und versuche, sie Bett in die Arme zu legen. »Nimm sie«, fordere ich sie auf.

Annie heult und klammert sich an mich, knirscht Bett mit den Zähnen an. Und die ganze Zeit flüstert Mutter vor sich hin, so überwältigt vom Verlust eines Kindes, dass sie nicht merkt, wie sie gerade ein anderes verliert.

»Nimm sie zu dir«, sage ich und schiebe Annie zu ihr. »Pass auf sie auf.«

Annie schreit und weint. »Nein«, ruft sie. »Sarah, nein.« Ihre Arme hat sie fest um meinen Hals geschlungen, ihre Beine umklammern meine Taille, sie greift mit Fingern und Zehen. Ich fühle, wie die Schluchzer ihren ganzen Körper erzittern lassen, fühle ihre Tränen warm an meinem Hals und kann meine eigenen nicht zurückhalten.

Bett tritt zurück und schüttelt den Kopf. Ihr stehen ebenfalls Tränen in den Augen.

»Das kann ich nicht tun. Sie braucht dich.«

Während Annie sich an mir festhält, weiß ich, dass ich mich nicht von ihr trennen kann, nicht mal, um sie zu retten. Ich lasse mich auf einen Stuhl sinken und drücke mein Gesicht an ihre Schulter.

»In Ordnung«, flüstere ich. »Es ist in Ordnung. Du bleibst bei mir.«

Bett räuspert sich und nickt einmal, dann macht sie eine energische Handbewegung vor ihren Augen. »Gut. Ich werde weiter Essen bringen. Aber Sarah, denk wirklich darüber nach, zu gehen. Der Magistrat klopft an jeder Tür und befragt alle zu Pastor Walsh … Er fragt die Leute nach Satan und Hexerei. Ich habe Angst um dich.«

Sie greift in ihren Rock und kramt nach ihrer Geldbörse. Holt einen Kamm heraus, der aus Bein geschnitzt ist. Einen Kamm, den ich schon oft gesehen habe.

Ich drücke meine Hand auf den Mund. »Woher wusstest du …?«

Ihre Stimme ist sanft. »Ich hab ihn gesehen, wie er an jenem Tag damit aus dem Haus geschlichen ist. Und dann hab ich ihn später in deinem Zimmer gesehen. Ich dachte, du möchtest vielleicht …«

Ich nehme ihn aus ihrer Hand. Kann nichts erwidern, meine Kehle ist zu voll zum Sprechen.

Als sie weg ist, rutscht Annie von meinem Schoß, stellt sich mit geballten Fäusten vor mich hin und funkelt mich durch einen Haufen Haare wütend an. »Du hast mich weggegebt«, schreit sie und rennt zu ihrer Matratze, um sich darauf zu werfen.

Ich bleibe am Tisch sitzen und drehe den Kamm in meiner Hand. Denke zurück. Ich war am Bach gewesen. Nachdem er uns den Mondfisch gezeigt hatte. Vor dem Maifeiertag. Bevor er überhaupt in diesem Haus gewesen war. Durch die Luft zieht sich ein Geruch von Schlamm.

»Ich hatte mir schon gedacht, dass ich dich hier finde«, hatte er gesagt. »Nicht, dass ich dich gesucht hätte. Ich mag den Fluss, ich bin oft hier. Na ja, nicht sehr oft, aber …«

Ich beobachtete, wie sich die Röte über seine Wangen ausbreitete und die Sommersprossen verschwinden ließ. Ich wurde nicht so richtig schlau aus ihm. Er atmete lang und bedächtig aus, schaukelte auf den Füßen vor und zurück und schaute zum Himmel empor.

»Heute keine Schwester dabei?«, fragte er. Er klang, als würde ihm jemand die Luft abdrücken.

»Geht es dir gut?«

Er hatte gelacht. »Gute Frage.«

Ich wandte mich wieder zum Wasser. Spürte, wie er von einem Fuß auf den anderen trat, seine Mütze abnahm und sich mit der Hand durch die Haare fuhr. Dann räusperte er sich.

»Warst du drin?«, fragte ich. »So richtig – bis über deinen Kopf?«

»Oh ja. Das ist herrlich an so einem heißen Tag. Aber ich weiß, dass du das Wasser nicht magst.«

Er wandte sich zu mir und lächelte. Zu lange. Sein Lächeln wurde immer breiter. Mein eigenes Gesicht machte dasselbe, ich wusste nicht, warum. Ich spürte seine Wärme neben mir und atmete seinen Geruch nach Heu und Pferden ein.

»Oh«, sagte er, mit einem überraschten Ton in der Stimme, der ein bisschen gespielt klang. »Ich hab was für dich.« Er hielt mir den Kamm hin, der so schön war wie kaum ein anderer Kamm, den ich je gesehen hatte. Geschweige denn besessen. »Der hat meiner Mutter gehört. Ich dachte … für deine Schwester. Damit du sie besser … äh …«

Er hatte mit der Hand über dem Kopf herumgewedelt, um Annies Flöhe anzudeuten.

Ich musterte sein Geschenk, fuhr mit den Fingern über die weichen Kurven, die Spitzen der Zinken. Als ich wieder aufblickte, ging er bereits davon und verschwand zwischen den dicht stehenden Bäumen.

Wenn ich diesen Kamm jetzt in der Hand halte, fühlt sich jener Tag so weit entfernt an. Als wäre er Teil eines Lebens, das einem anderen Mädchen passiert ist. Ich halte ihn in beiden Händen, drücke ihn an mich. Dann lege ich ihn auf den Tisch, seufze, gieße Milch in eine Tasse und setze sie Mam an die Lippen. Sie schaut nicht einmal auf.

•••

Zuerst denke ich, dass die Morgendämmerung durch die Lücken in Wand und Dach dringt. Aber das Licht ist nicht gleichmäßig, und es wird auch nicht schrittweise heller, wie es sollte – es flackert eher an der Hauswand.

Irgendetwas ist gekommen, und ich weiß nicht, was es ist. Ich stehe vor der Tür, beobachte, wie die Helligkeit pulsierend durch die Lücken zwischen den Holzplanken dringt.

Draußen hustet jemand.

Bevor ich den Mut verliere, reiße ich die Tür auf. Niemand wird mich in meinem Zuhause umzingeln.

Wäre es keine Bedrohung, dann wäre der Anblick schön.

Lauter Flecken von gelben Fackeln in der Nacht, in einem Halbkreis vor unserem Haus, sie scheinen zu schweben, aber ich weiß, dass sie von unsichtbaren Händen gehalten werden. Ein paar Schritte entfernt, denn die, die sie tragen, haben zu viel Angst, sich uns auf die Reichweite eines Fluchs zu nähern. Es sind so viele. Jeder Dorfbewohner muss hier sein. Ich überlege, welche Fackel wohl von Daniel gehalten wird.

Ich stehe auf der Schwelle, während Annie schläft, während Mam flüstert und weint, und betrachte die furchtbare, flackernde Schönheit in der Finsternis.

Die Sterne am Himmel

Es war ein Fehler, zum Fluss zu kommen. Als würde man in einer offenen Wunde bohren.

Er berührte die Orte, an denen sie gewesen waren. Hier hatten sie nach Holz gesucht, hier das Feuer angezündet. Zum ersten Mal miteinander geschlafen. Dort waren sie geschwommen. Hier hatte er ihr den Ring gegeben. Er sehnte sich nach all dem, was er für echt gehalten hatte, und verfluchte seine eigene Schwäche, weil sie ihn gar so leicht zur Strecke gebracht hatte. Er nahm den Stein aus der Tasche, den sie ihm gegeben hatte, fragte sich, ob er ihn vielleicht an den Baum hängen und warten sollte, ob sie kommen würde.

Das war sein Abschied. Er würde nicht wiederkommen.

Endlich, als der Mond hell über ihm stand und er wusste, dass er in wenigen Stunden anfangen musste, zu arbeiten, steckte er den Stein wieder ein und machte sich auf den Heimweg. Er ging schnell, bis die Anstrengung beim Versuch, nicht außer Atem zu kommen, fast ausreichte, um ihn von allem anderen abzulenken.

Er hatte sich geweigert, sich dem Hexengang letzte Nacht anzuschließen, wobei ihm sein Ruf als Feigling gut zupassgekommen war. Stattdessen hatte er den Ring genommen und Molly aufgesucht, während die Männer Kerzen anzündeten und sich auf den Weg den verfluchten Hügel hinauf machten.

»Was führt dich so spät zu mir?«, fragte sie und trat in die Nacht hinaus.

»Heirate mich.«

Sogar im Dunkeln konnte er den schwarzen Fleck sehen, den ihr offener Mund bildete.

»Wenn ich die Wahl hätte, würde ich ablehnen«, sagte sie. »Nicht, weil ich nicht gerne deine Frau sein würde, sondern weil du aus Nettigkeit fragst statt aus Liebe.«

»Nettigkeit ist eine gute Grundlage für eine Ehe. Und vielleicht fühle ich ja auch eine Art von Liebe.«

Sie hatte auf die stille See hinausgeblickt. »Wenn da Liebe wäre, würdest du es wissen.«

Er schüttelte den Kopf. »Ich glaube nicht.«

Sie standen nebeneinander und beobachteten die schwarzen Wellen, die regelmäßig an den Strand brandeten.

»Danke«, sagte sie und küsste ihn auf die Wange.

Ihre Schritte waren weich hinter ihm. Der Ring immer noch warm in seiner Handfläche. Er hatte sich am Ende doch nicht von ihm trennen können. Noch jetzt konnte er sich keinen anderen Finger für diesen Ring vorstellen als Sarahs.

Also hatten Molly und er, unbeholfen in ihren Sonntagskleidern, in Magistrat Wrights spartanischem Raum gestanden, ein unangezündetes Holzscheit lag auf dem Kaminrost, eine Bibel und eine Ausgabe der *Dämonologie* des Königs auf dem Schreibtisch.

Der Magistrat hatte die Fingerspitzen dachförmig aneinandergelegt und an die Lippen gehalten. »Der neue Pastor ist unterwegs und sollte jeden Moment eintreffen. Sobald er sich eingefunden hat, bin ich sicher, dass sich eine Trauung einrichten lässt. Bis dahin habe ich dringende Geschäfte, um die ich mich kümmern muss. Ich wäre dankbar, wenn man mit solchen Frivolitäten wie Hochzeiten nicht zu mir kommt.«

Daniel räusperte sich. »Ich befürchte, es besteht eine gewisse Dringlichkeit …«

Der Magistrat hatte seinen kalten, alles durchschauenden Blick auf Mollys behandschuhte Hand gerichtet, die sie sich auf den Bauch gelegt hatte. »Aha«, meinte er. »Ich dachte mir doch, dass Ihr ein seltsames Paar abgebt. Ich bin solche … ländlichen Bräuche nicht gewöhnt.«

Daniel war errötet vor Scham, die eigentlich gar nicht er hätte empfinden müssen.

»Ich bin sicher, der neue Pfarrer wird sich freuen, so ein frohes Ereignis in die Wege zu leiten, sobald er hier ist. Ich werde ihn über seine Pflicht in Kenntnis setzen.«

Er stand auf und wies auf die Tür.

»Darf … kann ich fragen«, sagte Daniel, »was für Fortschritte Ihr mit Euren Untersuchungen zum Tod des Pastors gemacht habt?«

Einen Moment herrschte Schweigen.

»Ich bin ziemlich sicher, dass ich die Verantwortlichen identifiziert habe. Aber in solchen Angelegenheiten überstürze ich grundsätzlich nichts. Je gründlicher meine Untersuchungen, desto sicherer ist es, dass eine gerechte Strafe verhängt wird.«

Die Luft war dicker geworden um ihn, und Daniel erlaubte Molly, sich bei ihm unterzuhaken und ihn zur Tür zu führen.

»Es ist schon seltsam«, hörte man Magistrat Wright von hinten. »Ich muss mich getäuscht haben, aber nach meinen vorherigen Beobachtungen hätte ich angenommen, dass das Milchmädchen es Euch angetan hat.«

Er hatte sein Schicksal selbst besiegelt. Nicht das mit Licht erfüllte, von dem er mit Sarah geträumt hatte, sondern eines, mit dem er büßte für den Schmerz, den er, ohne es zu wissen, verursacht hatte. Vielleicht konnte er die Scham abwerfen, die so schwer auf ihm lastete.

Sein nächtlicher Besuch am Fluss hatte ihn genau dann heimgehen lassen, als die letzten Gäste die Schenke verließen. Jemand hatte ihm nachgepfiffen, dann gehickst und gelacht. Seufzend drehte sich Daniel zu seinem Quälgeist um. Gabriel.

»Wie ich sehe, hast du dir ein Getränk gegönnt«, sagte er.

Gabriel schwankte vor ihm und grinste anzüglich. »Ach, tatsächlich, siehst du das, hm? Ich bin da gewesen, wo echte Männer hingehen, du Weichling.«

Daniel schickte sich zum Gehen an, doch Gabriel hielt ihn an der Schulter fest und schüttelte sie. Sein Atem stank sauer vom Bier. »Ich hab gehört, dass du meine Späne aufklaubst, Danny.«

»Wenn du die Feigheit meinst, mit der du Molly verlassen hast – ja, ich werde eintreten, wo du nicht das Rückgrat hattest.«

»Wagst du es etwa, mich einen Feigling zu nennen, du greinendes altes Weib?« Gabriel hob die Stimme, aber er schwankte so, dass Daniel keine Angst hatte. Wenn Gabriel in diesem Zustand eine Faust gehoben hätte, wäre er wahrscheinlich umgefallen. »Pass nur auf, der Letzte, der meine Ehre beleidigt hat, hat am Ende übel ausgesehen.«

»Ich bin nicht in der Stimmung, mir die Geschichten von deinen Schlägereien anzuhören.«

Gabriel beugte sich vor und lehnte sich so wacklig gegen Daniels Schulter, dass er fast gefallen wäre. »Und von dieser wirst weder du noch jemand anders jemals etwas hören, denn ein anderer hat die Schuld dafür bekommen und kann nicht mehr darüber sprechen.«

»He, das ist nicht … Moment, wofür die Schuld bekommen? Wer hat welche Schuld auf sich genommen?«

Gabriel grinste höhnisch. »Ärgere mich bloß nicht. Denn ich

kann tun, was ich will, der Täter steht schon vorher fest, und niemand wird hinterher fragen.«

Daniel wagte kaum, zu atmen, wagte nicht, sich zu bewegen. Er durfte jetzt nichts tun, womit er ihn wieder auf den Boden unter seinen Füßen bringen würde oder zu den Sternen am Himmel, denn nun würde Gabriel die Wahrheit aussprechen. Daniels Herz hämmerte. Er musste es wissen und hatte gleichzeitig Angst davor, das zu hören, was Gabriel jetzt als Nächstes sagen würde.

»Wenn ich einen Mann der Kirche pfählen kann, ohne dass man mir auf die Schliche kommt, dann gibt es nichts mehr, was mich aufhalten könnte.«

Daniel taumelte. »Du?«, sagte er mit gebrochener Stimme. »Du hast den Pastor getötet?«

Gabriel lächelte.

»Aber … sicher nicht.« Daniels Gedanken überschlugen sich, er verstand erst, was er gerade gehört hatte, und dann verleugnete er es. »Nicht mal du würdest … du könntest doch nicht …«

Gabriel trat auf ihn zu, duckte sich auf die Seite und richtete sich wieder auf. Er wühlte in seiner Hosentasche. »Meinst du, dass ich nicht den Mut dazu hätte? Dass ich nicht Manns genug bin?«

Manns genug. Brutal genug. Aber nicht der Dämon, der so eine Tat verüben würde. Bestimmt nicht.

»Was hältst du denn hiervon?«

Daniel verstand im ersten Moment nicht, wovon Gabriel redete, konnte das Stück schwarzen Stoff nicht erkennen, mit dem der Knecht ihm vorm Gesicht herumwedelte. Weich. Blutbefleckt.

Er brachte die Worte kaum über die Lippen. »Der Hut des Pastors.«

Gabriel grinste höhnisch und fummelte den Hut zurück in seine Tasche. »Ja. Und ich trag ihn immer bei mir, damit er mich daran erinnert, dass ich alles tun kann, was ich will.«

Gabriel. Nicht Sarahs Bruder. Kein Dämon.

Sie hatte es ihm gesagt. Aber er hatte sich nicht die Zeit genommen, ihr zuzuhören.

»Und als du gesagt hast, sie hätte sich an dich gedrückt, war das …?«

»Oh ja. Ich hab sie an mich gedrückt, ich hab meine Lippen auf ihre gelegt. Habe sie angefasst.« Er unternahm einen betrunkenen Versuch, seine Taten mimisch darzustellen.

Daniel schluckte.

»Oh, die hat schon ein bisschen gequiekt und sich gewehrt, aber sie wollte es doch auch, die kleine Hure, ich war nicht der Erste, der sein Zeichen hinterlassen hat, oder? Die hat doch nur protestiert, weil es der Pfarrer gesehen hat, und ich musste aufhören. Aber dafür hab ich ihn bezahlen lassen.«

Daniels Kiefer verkrampften sich, so fest biss er die Zähne zusammen.

Kein Dämon. Kein Zauberbann. Sie hatte ihn nicht betrogen. Er war ein größerer Narr, als er selbst je geglaubt hatte.

»Wir wollten uns trauen lassen«, sagte er.

Gabriel schwankte. »Was?«

»Wir wären jetzt schon verheiratet und über alle Berge. In einem anderen Leben. Das Leben, das wir uns ausgemalt hatten, war wirklich, wir würden es jetzt führen.« Daniel packte eine ungekannte Wut. »Du hast es uns weggenommen. Du hast uns alles weggenommen.«

Als Gabriel den Mund öffnete, um weiterzusprechen, gab Daniel seinem Zorn nach, schubste ihn von seinen unsicheren Füßen und schickte ihn zu Boden.

Morgen würde er Magistrat Wright aufsuchen. Ihm alles erzählen, was er gesehen und gehört hatte. Den Beweis für seine Schuld würde man in Gabriels Hosentasche finden.

Daniel kehrte um und ging wieder zum Fluss. Ohne zu wissen, warum.

Brotkrümel

Ich beobachte, wie sich die Lichter zu einer Linie zusammenfinden und über den Weg den Hügel hinuntergehen.

Johns Decke ist auf den Boden gefallen, und ich ziehe sie über Mam, die auf der Seite eingerollt schläft, wie ein Kind. Dann krieche ich selbst ins Bett, als die Morgendämmerung sich schon bemerkbar macht. Der Ring aus Asche rund um die Matratze ist unversehrt. Letztendlich überkommt mich doch der Schlaf.

Ich erwache mit einem Ruck, noch benebelt vom ersten richtigen Schlaf seit Tagen, aber ich habe Angst, dass in der Zeit, die seitdem verstrichen ist, irgendetwas ganz Schreckliches passiert ist.

»Annie«, rufe ich. »Annie, komm her, wo bist du?«

Ich stehe aus dem Bett auf, noch schlaftrunken, und stolpere mit der um mich gewickelten Decke zur Tür. Annie sitzt am Tisch und schiebt Mam mit dem Löffel Milch in den Mund. Sie sitzt auf einem Stuhl und schaut mit leerem Blick auf einen anderen, vielleicht glücklicheren Tag.

Annies Augen unter ihrem Haarschopf sind klein und braun wie die von einem Spatzen. »Was schreist du denn so?«, fragt sie.

»Ich wusste nicht, wo du bist. Ich hab mir Sorgen gemacht.«

»Du bist den ganzen Tag im Bett gelegen. Mammy hatte Hunger.«

Ich schaue Mam an. Sie sieht zugleich älter und jünger aus, als ich sie jemals gesehen habe, hohläugig und mit schlaffem Gesicht, das ihr in schweren Falten herunterhängt. Gehorsam öffnet sie den Mund, als Annie mit dem tropfenden Löffel vor ihrem Mund herumwedelt.

»Du bist so ein gutes Mädchen«, sage ich, als ich mich neben Annie setze und ihr den Arm um die Schultern lege.

Sie windet sich aus meinem Griff und kleckert die Milch über Mams Kinn. »Warum hast du mich dann weggegebt?«

»Ich würde niemals von dir weg sein wollen.«

»Du hast mich dieser Dame gegebt.«

»Es tut mir leid. Ich dachte, dass es dir bei ihr besser gehen würde. Dass du glücklicher wärst.«

»Aber du bist doch meine Schwester.«

»Ich weiß. Entschuldige.«

Ich ziehe sie auf meinen Schoß. Erst wehrt sie sich, aber dann dreht sie sich zu mir.

Ich habe Angst, als ich Annies Geruch einatme, der jetzt nicht mehr nach frischer Luft oder Bäumen oder Schlamm riecht, sondern einfach nur nach Verfall. Ich verliere jedes Zeitgefühl, tagelang, während wir warten. Doch worauf warten wir? Darauf, dass sie mit Waffen wiederkommen statt mit Fackeln? Darauf, dass der Magistrat uns vor Gericht bringt und wir dahinschmachten, bis man uns die Schlinge um den Hals legt?

Wenn nur Annie gerettet werden kann, reicht das schon. Sie ist so klein. Sie werden doch sicher merken, dass sie unschuldig ist.

Ich trage sie zur Tür, mache sie auf, obwohl es schon dunkel ist und nur der Mond Licht gibt.

»Was tust du denn?«, fragt sie.

»Wir müssen dich absuchen.«

Sie versucht, sich aus meinem Griff zu befreien, zappelt so stark, dass ich gezwungen bin, sie fester zu packen. »Nein«, sagt sie. »Ich will nicht, lass mich in Ruhe, lass mich los.«

»Annie, hör auf. Sei nicht albern, das haben wir doch schon immer gemacht. Lass mich nachschauen.«

»Nein«, ruft sie schluchzend. »Ich will nicht, dass du es siehst.«

Ich lasse sie los. Sie steht da, hat sich die Hände vors Gesicht geschlagen, und die Tränen tropfen ihr durch die Finger.

Meine schlimmste Befürchtung ist wahr geworden. Ich kann kaum sprechen. Sanft ziehe ich ihr die Hände vom Gesicht und gehe in die Hocke, sodass ich mit ihr auf Augenhöhe bin. »Zeig her.«

Weinend schiebt sie sich den Ärmel hoch und zeigt mir die Unterseite ihres Arms, kurz über dem Handgelenk. Und ich sehe das Mal. Flach und dunkel, kaum größer als ein Brotkrümel.

Genug, um sie zu verurteilen, wenn der Magistrat kommen und nachschauen würde.

»Er war da, stimmt's?«, fragt sie und wendet mir ihr tränenüberströmtes Gesicht zu.

Ich lächle. Versuche, meiner Stimme Festigkeit zu geben. »Ach, das da? Nein, das ist nicht er gewesen. Das ist gar nichts. So was hab ich auf dem Bauernhof bei Kälbern und Welpen und Ferkeln gesehen.«

Sie trocknet sich die Tränen und schluckt. »Wirklich?«

»Oh ja.« Ich nehme sie in die Arme. Sie wischt sich die Nase an meinem Hemdkleid ab. »Ich bin so dumm, ich dachte, er wäre da gewesen.« Sie lacht durch Tränen, ihre Augen zugleich hoffnungsvoll und ängstlich.

Ich werde nicht zuschauen, wie sie sie zur Strecke bringen. Ich werde nicht zuschauen, wie sie der Magistrat holt. Die Finsternis hat uns so vollständig eingeschlossen, dass mir nur noch eine Wahl bleibt.

»Komm, wir gehen zum Fluss«, sage ich. »Wir schauen, ob wir einen Mondfisch finden.«

Sie blickt unsicher aus der Tür. »Es ist doch dunkel.«

»Ja. Deswegen heißen sie doch Mondfische. Die kommen jetzt gerade raus.«

»Verstehe.«

»Verabschiede dich.«

Annie geht zu Mam, nimmt sie in die Arme, und Mam streicht ihr übers Haar. Als ob sie es wüsste. Ich küsse sie auf die weiche, eingesunkene Wange.

»Auf Wiedersehen, Mammy«, sagt Annie.

Mam dreht mir ihre wässrigen Augen zu und sagt nichts.

Der Fluss ist dunkel und tief, er fließt langsam heute. Ich nehme Annies Hand und gehe mit ihr hinein.

»Ist das kalt«, sagt sie. »Das mag ich nicht.«

»Nur noch ein kleines Stück.«

Das eiskalte Wasser geht mir jetzt bis über die Knie, Annie reicht es bis zur Brust. Sie schnappt nach Luft und klammert sich an mich.

»Wo sind die Mondfische?«, fragt sie.

»Unten.«

»Wir gehen unter Wasser?«

Ich zwinge mich, sie anzulächeln. »Genau.«

»Das wird mir bestimmt nicht gefallen.«

»Doch, das wird es. Ich bin doch bei dir.«

Sie fängt an zu weinen. »Ich will nach Hause.«

Sie klettert an mir hoch, und ich hebe sie auf meine Hüfte. Ich wate immer tiefer und tiefer hinein, bis sich die Wasserpflanzen um meine Beine schlingen und uns das Wasser bis zum Kinn geht.

»Ich hab Angst«, sagt sie. »Ich mag das nicht, ich will nach Hause.«

»Ist schon in Ordnung.« Ich versuche, mein Zähneklappern zu unterdrücken. »Gleich sehen wir den Mondfisch.«

Sie schluchzt jetzt und zittert. »Ich will aber nicht.«

»Du musst nur kurz tapfer sein«, sage ich. »Und dann ist alles so schön, wir werden unter Wasser sein und das Wasser voll mit glitzernden Fischen.« Ich spucke Wasser aus. »Nicht mehr lange.«

Nach zwei Schritten fällt das Flussbett steil ab. Ich trete ins Nichts. Annies Schrei blubbert durchs Wasser, das sich über unseren Köpfen schließt.

Ein saurer, kalter Mundvoll. Meine Augen stechen, meine Brust brennt. Ich halte die zappelnde Annie ganz fest. Als ich die Augen aufmache, sehe ich sie unter Wasser, ihr blasses Gesicht, ihre braunen Augen, ihre schwimmenden Haare. Der kleine Fuchsanhänger schwebt langsam zwischen uns hoch.

Es tut mir leid, sage ich, aber es gibt keinen Platz für Worte. Ich will doch nur, dass du in Sicherheit bist.

Ich schaue sie an, bis die Dunkelheit uns ganz umschließt.

Den Sturm sehen

Er schaute zwischen den Bäumen hervor. Dachte sich, dass sie vielleicht mithilfe ihrer Hexenkräfte seine Sehnsucht und seine Reue gespürt hätte und ihm erscheinen würde, wenn er sich am meisten nach ihr sehnte.

Doch erst, als es fast zu spät war, verstand er, was sie vorhatte. Er watete durchs Wasser, in voller Montur, sogar die Stiefel hatte er noch an, der Atem wurde ihm aus den Lungen gedrückt. Er schnappte nach Luft, hustete, spuckte. Ein würdeloser Retter.

Zuerst griff er nach ihrer Schwester, denn er wusste, das würde Sarah auch wollen. Sie war so klein und leicht. Ein winziger, dunkler Schatten, der regungslos unter der Oberfläche trieb. Er warf sie ans Ufer und stolperte zurück, um Sarah zu holen.

Lass sie nicht tot sein. Bitte lass sie nicht tot sein.

Er zerrte sie an ihren Röcken heraus, taumelte ans Ufer und stürzte, wobei er sie in den Schlamm fallen ließ. Das kleine Mädchen war auf allen vieren, schnappte nach Luft und weinte. Sarah begann zu husten, sowie sie auf dem Boden aufschlug. Er kroch zu ihr hinüber, nahm ihren Kopf in beide Hände und strich ihr das pitschnasse Haar aus dem Gesicht. Er wartete darauf, den Sturm zu sehen, als sie die Augen aufschlug.

»Es tut mir leid«, flüsterte er. »Es tut mir so leid.«

Was bleibt

Ich weiß, dass ich nicht tot bin. Mir ist zu kalt, und alles tut mir weh. Mein Brustkorb schmerzt, und ich bin bis aufs Mark durchgefroren.

»Annie.« Ich versuche, ihren Namen zu rufen, aber er kommt nur als Krächzen.

Sie kriecht herüber und klettert auf meinen Schoß. Ich schlinge meine Arme um sie. Wir zittern beide. »Ich will keinen Mondfisch sehen«, erklärt sie.

»Schon gut.«

»Es tut mir leid«, sagt Daniel. »Es tut mir so leid. Ich weiß jetzt, dass es Gabriel gewesen ist.«

Ich nicke. Er weiß es, und das freut mich, aber es wird uns nicht viel helfen. Ich kann mich dem Wasser nicht mehr zuwenden. Er hat uns nicht gerettet, sondern uns unseren letzten Fluchtweg genommen.

»Was hast du jetzt vor?«, fragt er.

»Das hier war unser einziger Weg.«

»Nein.« Er schüttelt den Kopf. »Nein, das kann nicht sein. Das werde ich nicht zulassen.«

Genau wie Bett gesagt hat. Aber er kann auch nicht mehr tun als sie. Ich drücke Annie an mich.

»Ich hätte dir die ganze Zeit glauben sollen«, sagt er. »Ich hätte zu dir halten sollen. Dich heiraten und von hier weggehen, wie wir gesagt hatten.«

»Das hättest du doch gar nicht machen können. Seth war doch schon tot, bevor wir die Gelegenheit hatten.«

»Ich werde es mir immer wünschen.«

Ich starre über Annies Kopf. Wage es nicht mal, zu wünschen. Dieses Leben, das jetzt für immer außer Reichweite ist. Alles, was ich wollte, war, Annie vor dem Magistrat zu retten, und das ist mir nicht gelungen.

Er steht jäh auf und zieht mich hoch. »Geh«, sagt er. »Komm mit trockenen Kleidern zurück, bring deine Mutter mit und alles, was du tragen kannst. Und dann komm wieder hierher und warte auf mich. Ich werde dich nicht noch einmal enttäuschen.«

»Wohin gehen wir?«, fragt Annie immer wieder.

»Weg«, lautet meine ganze Antwort.

Sie ist in Lumpen gekleidet, aber immerhin sind sie trocken. In der Hand hält sie ihre Flüstermuschel. Ihren kostbarsten Besitz. Ich untersuche ihre Arme, ihre Beine, ihre Fußsohlen und die Stellen zwischen ihren Fingern, ob sie sich im Fluss irgendwelche Verletzungen geholt hat. Kratzer und blaue Flecken, aber die gehen ja wieder weg. Ich wickle eine Decke um sie. Ich ziehe meine alten Lumpen wieder an, die ich vor der Bauernmesse getragen habe.

Mam sitzt immer noch auf dem Stuhl, wo wir sie verlassen haben. Ich gehe vor ihr auf die Knie und nehme ihr Gesicht in meine Hände. Sie schaut mich an, aber ich sehe in ihren Augen keinen Funken des Wiedererkennens.

»Mam«, sage ich. »Komm mit mir.«

Sie schaut zu Johns Bett.

Ich schüttle den Kopf. »Es tut mir leid. Er ist tot. Annie und ich bleiben bei dir. Du musst jetzt mit uns kommen.«

Ich ziehe sie behutsam auf die Füße. Sie wiegt kaum mehr als Annie. Ich lege ihr eine Decke um die Schultern und führe sie. Unsere Strecke liegt in nächtlichem Dunkel. Ein Schritt. Und noch einer. Und noch einer. Annie ergreift ihre Hand und geht mit uns.

Wir werden nur langsam vorankommen.

• • •

Daniel erwartet uns am Flussufer. Annie ist müde geworden, und ich muss sie tragen, wobei ich gleichzeitig Mam mit meinem freien Arm stütze. Er kommt auf uns zugerannt und nimmt mir Annie ab.

»Hier entlang«, sagt er. Er geht voraus, und wir folgen ihm.

Auf dem Pfad unter einer Eiche steht Bonny, vor die Kutsche der Taylors gespannt. Daniel hebt Annie hinauf und hilft mir dann, Mam hochzubugsieren. Sie schaut ihn an, als sie einsteigt.

»Deine Mutter war eine gute Frau«, sagt sie. »Die netteste, die ich je gekannt habe. Sie hat dir ihren Charakter vererbt.«

Daniel schluckt. »Danke.«

Annie rollt sich unter der Decke zusammen und steckt den Daumen in den Mund, legt den Kopf auf Mams Schoß und macht die Augen zu. »So, so«, flüstert Mam. »Mein süßes Kind.«

»Hier ist Essen«, sagt Daniel und zeigt auf drei Stoffbündel. »Und die letzten Kleider meiner Mutter.«

Aus dem Knoten eines der Bündel schaut mein Armband hervor, es glänzt im Mondlicht. Den Kamm habe ich fest in der Hand. Ich schaue ihn an. Ihm stehen die Tränen in den Augen.

»Weißt du noch den Namen der Familie, zu der der Pastor uns schicken wollte?«, fragt er.

Ich nicke.

»Kannst du dich an den Namen des Dorfes erinnern? Und den Weg dorthin?«

»Ja. Aber die erwarten doch eine Bauersfrau.«

Er macht seine Hand auf, und darin liegt der Ring seiner Mutter. Er nimmt meine Hand und steckt ihn mir auf den Finger. »Bauerswitwe«, sagt er mit bebender Stimme. Er holt zitternd Luft und hebt sein Gesicht zum Himmel. Auf jede Wange fällt eine Träne. »Ich würde alles geben, um mitkommen zu können, aber ich kann nicht. Wenn ich das täte, hätte ich Blut an den Händen. Molly ist ...«

»Der Trank hat nicht gewirkt.«

»Ich habe ihr geschworen, dass ich ihr Mann werde, um sie davon abzuhalten, ihrem Leben selbst ein Ende zu setzen. Es tut mir leid. Ich dachte, dass ...«

Ich schmecke meine eigenen Tränen. Schaue auf den Ring hinunter. Die sanfte Wärme von Daniels Gegenwart wird für immer verloren sein. Ich bin allein auf einem mir unbekannten Weg.

Kälte und Dunkelheit bewegen sich in mir. Er wird Mollys Ehemann werden und ich eine Witwe. In den Augen des Hundes flackert eine weiße Flamme auf, das Knurren, das mich durchläuft, ist mit Frost durchsetzt. Ich kann sein Gesicht nicht erkennen hinter den Schatten meines Zorns.

Ich könnte diesem Wesen erlauben, die Gewalt über mich zu übernehmen. Könnte ihm den ganzen Schmerz an den Hals wünschen, den ich gerade empfinde und der nicht weniger tief ist als die Freude, die wir geteilt haben.

Mams Stimme ist trocken und brüchig, sie kommt kaum durch zu mir. »Sie finden immer eine Art, zu gehen«, sagt sie. »Ich hab dir doch gesagt, dass er sie uns wegnimmt. Die Männer, die wir lieben.«

Alles, was sie für meinen Vater fühlt, rast durch mich hindurch und trifft auf meine eigenen Gedanken an Daniel. Unsere Liebe ist verfault, bis sie bitter geworden ist. Ich blinzle und atme tief durch.

Reiße mich innerlich davon los. Ich werde mir nicht erlauben, ihn zu hassen. Ich werde nicht Mam werden.

»Erzähl ihnen, dass du verwitwet bist«, sagt er. »Und deine Mutter und deine Schwester aus Verzweiflung mitgebracht hast.«

Er hilft mir aufs Pferd und drückt mir die Zügel in die Hand. Aus seiner Tasche nimmt er den Altweiberstein, bindet den Stoffstreifen los und befestigt ihn an meinem Handgelenk.

»Zum Schutz«, sagt er mit brüchiger Stimme. »Geh, bevor die Sonne aufgeht.«

»Daniel?«

»Ja?«

»Danke.«

Er schüttelt den Kopf. »Ich wünschte ...«

»Ich weiß.«

Ich lasse die Zügel auf Bonnys Hals klatschen und mache ein schnalzendes Geräusch mit der Zunge, wie er es mir beigebracht hat. Bonny geht los, und die Kutsche setzt sich ratternd in Bewegung.

»Sarah«, ruft er. »Sarah, warte.«

»Sag ihnen, dass du eine Witwe bist, weil du wirklich eine bist«, sagt er. »Mein Körper wird arbeiten und essen und schlafen, bis Gott es anders will. Aber der Teil von mir, den du zum Leben erweckt hast, den nimmst du mit.«

Ich beuge mich hinunter und drücke ein letztes Mal meine Lippen auf seine.

Er bleibt am Straßenrand stehen und schaut uns nach. Jedes Mal, wenn ich mich umdrehe, sehe ich ihn noch dastehen, bis der Weg selbst von Hügeln und Bäumen verdunkelt wird.

Ich höre, wie Annie hinter mir gleichmäßig an ihrem Daumen nuckelt, während Mam ihr Koseworte ins Ohr murmelt. Was übrig bleibt von meiner Familie. Und ich, Sarah, Tochter und Schwester,

Milchmädchen und Witwe, werde sie an Middon vorbeifahren, und dann durch Aldmore nach Blackop.

Ich weiß nicht, ob Tau-Springer mitfährt. Meinen eigenen Schutzgeist, das Wesen, das meinem Zorn entsprungen ist, trage ich unsichtbar in mir für alle Zeiten, denn ich habe mich für ein anderes Leben entschieden. Niemals soll er sich von mir lösen, niemals soll er einen Namen bekommen. Und nie soll er mich beherrschen, sondern ich ihn, damit ich stark bin, wenn es nötig ist.

Ich schaue auf einen überschatteten Weg. Wir können nicht wissen, was vor uns liegt. Doch die Sonne wird aufgehen, und wenn sie das tut, wird unser neues Zuhause auf uns warten. Die Dunkelheit ist wieder gewichen, und wir fahren vom Tod ins Leben. Ein Leben, das ich führen werde, mit der Chance, die Daniel uns gegeben hat, und meiner eigenen, ehrlichen Arbeit. Ein Leben, in dem Annie satt und frei ist. Nie wieder werde ich ihre Haut absuchen, nie wieder soll sie das Balg vom verfluchten Hügel sein, gefürchtet und verlassen, sondern einfach nur die Schwester des Milchmädchens. Bald wird jede Erinnerung an das Leben, das wir gerade hinter uns lassen, von ihr abgewaschen sein.

Aber nicht von mir. Ich werde mich immer an ihn erinnern.

Endlich bin ich die andere Sarah. Ich habe den Fluss überquert.

Danksagungen

Um diesen Roman zu schreiben, habe ich ein ganzes Dorf gebraucht, nicht zuletzt das, in dem ich aufgewachsen bin, eine Gemeinde, die wesentlich netter ist als die in diesem Buch beschriebene.

Ein Riesendankeschön an alle vom Solihull Writers' Workshop, die meine unerfahrenen Worte genährt haben, insbesondere der Pub Club: Carla, Cheryl, Deb, Den, Pete E., Pete H., Ray und Sarah, für ihr unerschütterliches Talent, ihre Klugheit und ihre Freundschaft.

Danke an Richard Beard, Rena Brannan, Ian Marchant und alle von der National Academy of Writing, wo ich die Kunst des Redigierens gelernt habe. An Lorraine Blencoe, Sofie Baekdal Brauner und Susan Haniford für ihre jahrelange Freundschaft und Inspiration.

Ich stehe in tiefer Schuld bei der brillanten und großzügigen Marian Keyes, die meinen Stipendienplatz im Curtis Brown Creative Course finanziert hat. Und auch bei Lisa O'Donnell, deren Anleitung unschätzbar wertvoll für mich war, bei den Schriftstellern und Freunden, die ich in diesem Kurs kennengelernt habe, und bei jedem bei Curtis Brown Creative.

Danke für die hervorragenden Beta-Leser, die mir geholfen haben, dieses Buch besser zu machen, Kate Mascarenhas und Laura Tisdall.

Ich werde für immer dem Dream-Team dankbar sein, Lucy

Morris und Charlotte Cray, für ihre Klugheit, Leidenschaft und manchmal einfach nur ihre harte Arbeit. Ich kneife mich noch immer in den Arm. Und Jodi Fabbri, Sarah Harvey, Luke Speed, Anna Weguelin, Isabelle Ralphs, Natalia Cacciatore, Hope Butler und Kate McQuaid für ihre enthusiastische Unterstützung für dieses Buch.

Ich habe das Glück, zu einer großen, glücklichen Familie zu gehören, die in allem das Komische sehen kann und mir so viel Freude bereitet. Besonders dankbar bin ich meinem verstorbenen Papa, dass er mir seine Exzentrik vererbt hat, und meiner lieben Mama, die mich auf jede erdenkliche Art unterstützt hat.

Liebe Grüße an meine verrückten, klugen, mitfühlenden Kinder, Zoë und Ed, die mich jeden Tag wieder in Staunen versetzen.

Und an Pete, dessen Talent mich immer unfehlbar inspiriert und dessen Unterstützung durchwegs unerschütterlich ist.